然而不用质疑，非洲人莱昂，
旅行者莱昂，也是我的写照。

——威廉·巴特勒·叶芝
爱尔兰诗人
（1865–1939）

非洲人莱昂的旅程

LEO AFRICANUS

[法]阿敏·马卢夫/著　牛振宇/译

民主与建设出版社

目 录

译序

非洲人莱昂，一个动荡年代不平凡的小人物。

正如狄更斯小说《双城记》中的那句名言：这是一个最好的时代，这是一个最坏的时代。莱昂的一生，经历了西班牙收复失地运动、格拉纳达王国灭亡、奥斯曼土耳其吞并埃及马穆鲁克王朝、基督教宗教改革运动、大航海时代开启……生在这样一个时代，历经颠沛流离和生离死别，无暇体验平凡人简单的幸福，却意外地卷入诸多重大历史事件的漩涡，活出了别样精彩的人生，幸乎？不幸乎？

伟大的历史时代，总会留下一些伟大的名字。本书中，有完成收复失地运动的伊莎贝拉一世、费尔南多二世，神圣罗马帝国皇帝查理五世，英勇的马穆鲁克王朝最后一任苏丹图曼贝伊二世，为奥斯曼帝国开疆扩土的塞利姆一世，教皇利奥十世，克雷芒七世，德国人马丁路德，探险家哥伦布，称霸地中海的红胡子海盗，显赫了几个世纪的美第奇家族……有些城市，有些建筑，历经了战火、自然灾害，顽强地保留了下来，例如格拉纳达的阿尔罕布拉宫，菲斯和通布图的古城，伊斯坦布尔的圣索菲亚大教堂，梵蒂冈的圣天使城堡，麦加的禁寺……这些历史的见证，是人类发展不可复制的宝贵遗产。

然而，在历史的长河中，在岁月的轮回里，人类还是显得太过渺小，大多数的人不过是轻轻地来，轻轻地去，不留下一丝痕迹，仿佛一切都没有发生过。人类存在的印迹，在自然以及人类创造出的力量面前，也是那么不堪一击，一场洪水，一阵沙暴，或是一次战斗，就能把一个村庄，一座城市，完全从这个地球上抹去。虽然本书中描绘的不过是几百年前场景，很多城市、村镇却可能已经完全消失在沙漠中，消失在战火里，无处可考，不失为一种遗憾，也请各位读者谅解。另外，由于译者知识所限，翻译不准确之处，也请不吝赐教指正。

人生苦短，世事无常。对非洲人莱昂来说，这一生也许并非全部随心所愿，很多事也是在意料之外。而他能够从容应对任何局面，不被困难击倒，除了九天之外难以捉摸的一丝运气，就是靠他那坚定的信念和时刻保持的学习的能力，靠的是不丧失人生目标，一直努力做有意义的事。也正是因为如此，当命运将他推上风口浪尖的时候，他能成为一个踏过三个大洲的探险家，成为了不同文化交流的使者，正如当年远赴天竺求经的玄奘，虽目的不同，经历各异，却同样成为了不同文化、不同国度沟通的纽带。这样的人在当今的世界一体化中，更应该被记起。

莱昂走过很多路，去过很多国家，经历过很多历史事件，对我们这些普通人来说，恐怕是一生难以企及的。译者本人也是在翻译本书的过程中，第一次如此接近那些遥远的国度，那个消逝的年代，并从莱昂的人生经历中，受益匪浅。各位读者，不如静静地坐下来，翻开这本书，品上一杯茶，一起去那个遥远的时空遨游一番，再次见证一下那些已经快被遗忘的历史吧。

牛振宇

2017 年元月

I | 格拉纳达之书

我，称重员穆罕默德的儿子哈桑；我，美第奇家族[1]的约翰 - 莱昂。为我执行割礼的是一个剃须匠，而施洗的却是教皇。人们叫我非洲人莱昂，然而我并非从非洲而来，也不是欧洲，也不是阿拉伯半岛。人们也叫我格拉纳达[2]人，菲斯[3]人，扎亚特[4]人，但是我并不来自任何一个国家，也不来自任何一个城市，任何一个部落。我出生在路上，沙漠里的商队才是我的国家，我的生活也命中注定般充满了各种不可思议的旅行。

我的手腕感受过丝绸的光滑、羊毛的粗糙，戴过王子的金镯、奴隶的枷锁。我的手揭开过上千面纱，我的唇吻过上千女孩，我亲眼见证过城市的衰落和帝国的消亡。

你能听到我讲阿拉伯语、土耳其语、西班牙语、柏柏尔语、希伯来语、拉丁语和通俗意大利语，因为我掌握所有的语言，会说所有的祷告词。但我不属于它们。我只属于上天和大地，那才是我将来的归宿。

你是我生命的延续，我的儿子。你将承载我的回忆。你会读我写的书。你的眼前会浮现出这样的场景：你的父亲，一身那不勒斯人的打扮，乘着帆船前往非洲海岸，不时地在纸上写写画画，就像一个商人在长途航行即将结束的时候，忙不迭地制定他的商业计划。

那么我的一生都做了些什么。得到什么，失去什么，将来对造物主说些什么。上天给了我四十年的光阴，我的一生都在不停旅行。罗马留下了我的智慧，开罗感受了我的热情，菲斯见证了我的忧伤，我的天真在格拉纳达保留至今。

---

[1] 意大利佛罗伦萨著名家族 。创立于 1434 年，1737 年因为绝嗣而解体。在欧洲文艺复兴中起到了非常关键的作用。

[2] 西班牙一省，欧洲大陆最后一个穆斯林国家所在地。

[3] 摩洛哥小城，靠近卡萨布兰卡。

[4] 部落名。

萨尔玛·奥拉之年

伊斯兰历 894 年

（公元 1488 年 12 月 5 日 –1489 年 11 月 24 日）

那一年的斋月在盛夏到来，我的父亲天黑前基本不出门，白天的时候，整个格拉纳达都显得很焦躁，人们不停地争吵，表情忧郁，仿佛这才能显出他们对宗教的虔诚，因为一个饿着肚子斋戒的人在烈日下根本就笑不出来，尤其在这个被内战破坏，并面临异教徒威胁的城市里，只有对穆斯林死活漠不关心的人，才能保持平静和乐观。

感谢万能的主，我出生在八月末，也就是斋月开始前的那几天。我的母亲萨尔玛因为要恢复身体，不用参加斋戒。我的父亲也不抱怨了，哪怕是又饿又热的时候，因为他的儿子出生了，从此有人姓他的姓，有人继承他的武器，这对所有男人来说理所应当是值得高兴的事。并且，我是家里的第一个儿子，自然被叫做阿布 - 哈桑。很少有人觉察到，我父亲腰杆挺得更直了，他一边用两个大拇指慢慢地捋着胡子，一边贪婪地朝我睡觉的楼上小屋那儿望。然而他的兴高采烈无论如何也赶不上我的母亲萨尔玛。尽管为了生我她疼得死去活来，简直如浴火重生一般，现在仍然很虚弱，但我的出生还是给她带来了很大快乐，因为我，她在家里的女人中占了上风，在今后的日子里会得到父亲更多的青睐和宠爱。

后来，她向我提起，我的到来无形中打消了她的疑虑。她和我父亲是表兄妹，从小青梅竹马，定下终身，但结婚四年都一直没怀孕。从婚后第二年开始，他们就感到了周围人们的指指点点。终于有一天，我父亲穆罕默德带回来一个头发黝黑、梳着辫子的漂亮的女基督徒。她是军队在掠夺穆尔西亚附近村庄时被抓的俘虏，父亲从士兵手中把她买来了。她叫瓦尔达，父亲让她住在朝院子的房间里，还打算让埃及人伊斯马尔教她弹琴、跳舞和写字，就像教苏丹的王妃一样。

母亲对我说 :“我是自由人，她是奴隶，我们之间的争斗从一开始就是不平等的。她可以竭尽所能施展媚术，比如不戴面纱、唱歌跳舞、斟酒、抛媚眼，甚至脱衣服，而我则因为正室夫人的地位，不能干任何出格的事，连想讨你父亲欢心都不能表现出哪怕一点。他总是叫我‘我的表妹’。向别人提起我的时候，他也是很尊敬地称我为奥拉、自由人、阿拉比亚或者阿拉伯人。瓦尔达对我也处处体现着仆人对主人的尊重。但在夜里，其实她才是主子。”

尽管事情已经过去了很多年，我母亲说起来还是很激动，她接着跟我讲 :“一天早上，萨拉 - 巴里奥雷来敲我家门。她的嘴唇搽了胡桃木根唇彩，眼睛抹了粉，染了指甲，穿着皱巴巴、脏兮兮的丝绸衣服，浓妆艳抹的，从头到脚看起来都那么滑稽。她经常过来看我——不管她在哪，希望我主保佑她——向我推销些护身符、项链、柠檬香水、龙涎香、茉莉花或者睡莲之类的小玩意儿，顺便讲讲她在外面有趣的经历。还没等我说话，她就已经从我红肿的双眼里看出了我的不幸，随即抓起我的手给我看手相，就像仔细翻看一本书被揉皱的书页一样。”

“她没有抬头，只是缓缓地说了这句让我记忆犹新的话 :‘对我们格拉纳达的女人来说，自由有着它隐形的羁绊，奴隶却也有着自己的优势。’然后，她从她的柳条口袋里掏出一个深绿色的小瓶递给我 :‘今晚把这个瓶子里的药水往大麦糖浆里滴三滴，然后亲手交给你的表哥。他喝了以后肯定会像飞蛾扑火一样过来找你。三天和七天以后再分别做一次。'"

"几周以后，萨拉再来看我的时候，我已经有恶心的妊娠反应了。那天我把身上所有的钱都给了她，一大把迪拉姆银币和铜币，然后笑着看她跳起舞来，双脚重重地跺在我卧室的地板上，还把手中的硬币抛起来，和她身上戴的铃铛一起发出叮叮当当的声响。"

可以说，萨尔玛怀孕正是时候，因为无巧不成书，老天爷已经让瓦尔达怀上了，尽管瓦尔达极力隐藏，避免给自己带来麻烦。纸包不住火，两个月以后，当瓦尔达的身孕终于瞒不住的时候，萨尔玛和瓦尔达之间的竞争关系变得简单而又公平了，那就是看谁将来能生儿子。如果两个都是儿子，就看谁生的是长子。这下轮到萨尔玛焦虑得睡不着了，因为对瓦尔达来说，生的儿子是长是幼，就算生的是个女儿，根据我们的法律，她都将获得自由人的身份，哪怕她改不掉骨子里轻浮的本性。

而对于我的父亲来说，同时让两个女人怀上他的孩子，让他对自己的男子气概十分满意，因而忽略了家里两个女人之间有趣的竞争关系。两个女人的肚子都渐渐大了起来，一天傍晚日落前，父亲甚至让她们两个都陪着他去城门边的酒吧，他平时都在那儿跟一帮朋友喝酒。那天，父亲在前面，两个大肚子女人手牵着手慢慢地走在他身后，这场景就像一出有趣的滑稽戏，整个阿尔拜辛区最游手好闲、最八卦的人们都来凑热闹，屋顶平台上、帘子后面到处是冷笑着对她们指指点点的人，这让她们两人觉得简直就是一种耻辱，尤其是我母亲。把两个怀孕的女人这样展示给别人看，我父亲大概终于感受到了周围恶毒的目光，于是乎装作忘记带什么东西，转身朝着家的方向迅速溜走了。这时天已经黑了下来，夜幕笼罩下的阿尔拜辛对两个女人来说可谓危机四伏，这个多雨的春天，泥土路特别泥泞湿滑，而就算是石板路也十分危险，路上任何一个小坑对这两个即将做母亲的女人来说都可能是致命陷阱。

萨尔玛和瓦尔达互相搀扶着回到家的时候，都已经精疲力竭、动弹不得，萨尔玛实在没力气爬到楼上自己的卧室里，就倒在瓦尔达的床上，两个人挤在一起。而我父亲又离家去了酒馆，丝毫不在意刚刚差点同时失去两个孩子。用我母亲的话说，他当时一定是急着去见他那帮狐朋狗友，听他们祝他早生贵子，然后去和我们的邻居剃须匠哈姆扎下棋。

听到父亲把门锁好出去，两个女人对视一眼，再也忍不住大笑起来。十五年后，当我向母亲问起这些事情，她看起来还是一脸的不好意思，觉得彼时在众人面前出了洋相，毕竟那时瓦尔达才十六岁，而她都快二十一岁了。也因为经历了这件事，她和瓦尔达之间竟达成了一些默契，不仅结束了敌对关系，而且还好得像一对姐妹。第二天，萨拉 - 巴里奥雷照例来到家里，这个犹太女人可不简单，她是行游商人，还是接生婆、按摩师、理发师、脱毛师，更重要的是，她见多识广，总能给深居闺中的女客户们带来各种最新消息，整个国家的事没有她不知道的。萨尔玛于是叫来瓦尔达，让萨拉给她俩都做个检查。萨拉发誓说我母亲变丑了，这反而让我母亲很高兴，因为这毫无疑问证明她怀的是个儿子；相反，萨拉称赞瓦尔达面容姣好，尽管语气中带着一丝同情和怜悯。

萨尔玛对萨拉的诊断深信不疑，萨拉还告诉她们，现在最好不要跟男人亲近，以免影响胎儿的发育，甚至引发早产。当晚，萨尔玛就把这些告诉了穆罕默德，尽管她支支吾吾，尽量轻描淡写，我父亲还是听明白了她的意思，并立刻对她胆敢提出这样的想法大为光火，就像一堆干木柴一点就着。他情绪十分激动，大骂萨拉是个老巫婆、魔鬼伊比利斯，还不停地咒骂医学、犹太人和女人的脑子。萨尔玛甚至感觉，如果不是因为怀孕，他一定会狠狠地揍她一顿。但她转念一想，如果没怀孕，也就不会有这次争吵了。不过，跟过程中这些不愉快比起来，萨尔玛还是觉得即将成为母亲带来的好处要多得多，心情也就因此释然了。

作为对她的惩罚，穆罕默德正式禁止“斯拉这个讨厌的人”踏进他家半步——他在说萨拉名字的时候，带着他一辈子都改不掉的格拉纳达口音，同样的道理，他叫我母亲斯尔玛，叫他的小妾威尔达，叫他的城市吉尔纳达，苏丹的宫殿也被叫成了阿尔西穆拉。此后几天的时间里，他都沉着脸，一副恨不得吃人的样子，不过不知道是因为谨慎，还是怨恨，还是二者皆有，在两个女人临盆之前，他确实没有再进过她们的卧室。

两个女人生产前后只间隔了两天。一天夜里，瓦尔达首先感受到了宫缩，但夜里只是断断续续的，到了黎明才变得强烈。她忍不住大声呻吟，人们才反应过来。我父亲赶紧跑去邻居哈姆扎家，咚咚地敲门，让哈姆扎赶紧请她母亲去家里看看，瓦尔达就快生了。哈姆扎的母亲是一个端庄、虔诚的老贵妇，并且十分能干。几分钟以后，她蒙着白色的面纱，带着脸盆、毛巾、肥皂等一应工具赶了过来。人们都说她的手能给人带来幸运，因为经她手出生的男孩比女孩多得多。

直到临近中午的时候，我的姐姐，玛利亚姆才生出来。我父亲都懒得看她，他的眼睛现在只盯着萨尔玛，因为她曾很确定地告诉他："我一定不会让你失望！"然而她也并非那么笃定，尽管萨拉有那个从来没出过错的秘诀，并且一再向她保证不会看错。现在对萨尔玛来说，接下来的两天是那么漫长，她沉浸在忧虑和痛苦的情绪中，等待着实现她最珍贵的愿望：听到他的表哥叫她乌姆 - 哈桑，哈桑的母亲。

*

我出生后的第七天，父亲请剃须匠哈姆扎来给我做割礼，同时还请他所有的朋友来赴宴。考虑到母亲和瓦尔达的身体状况，这次宴会由我的两个祖母和她们的仆人来准备。母亲没有参加宴会，但她也没老老实实地待在屋里，而是悄悄地溜到卧室外面，看客人们走来走去，听他们讲话。那天她太激动了，所有的事都记得清清楚楚，连最微不足道的细节都刻在了她的脑子里。

客人们聚在院子中央的白色大理石喷泉周围，喷泉哗哗的水声和四处飞溅的水花让人感觉凉爽了许多。斋月已经开始了，面对一大桌子美食，所有人都食欲大开。为了庆祝我正式成为一名穆斯林，他们都破了斋戒。我的母亲在第二天享受了宴会剩下的食物，在她看来，这次宴会的丰盛程度可与国王的宴会相媲美。当天的主菜叫作马露琪亚，主料是羊肉，加上一点蜂蜜、香菜、淀粉、杏仁、梨，还有应季的青核桃。还有山羊羔肉和新鲜香菜做的绿塔法亚和干香菜做的白塔法亚。我还没来得及提到鸡肉、雏鸽、云雀，蘸着蒜味奶酪酱特别美味，浇着藏红花和醋调成的汁的烤野兔，还有其他十几样各色菜肴，也是母亲日后经常给我说起的，而这是在上天发怒并给她和家人降罪前，这个家里举行的最后一次盛大的庆祝活动。我那时还是个小孩，每次听母亲讲起那天的美食，我都会迫不及待地想立刻吃到那些浸过蜂蜜、上面撒着桂皮的白奶酪馅饼，带杏仁或者椰枣酱的蛋糕，还有用泡过玫瑰水的松子和榛子做的夹心饼干。

母亲很虔诚地告诉我，那天的宴会上，客人们只喝了大麦糖浆。为什么一滴酒都没喝呢？当然是为了表示对斋月的尊重。在安达卢西亚地区，割礼已经成为节日，在这个节日里，人们全不顾及什么教义、戒律的，似乎忘了他们所庆祝的割礼原本是一项宗教活动。人们总是提起那个时代最奢华的一次割礼，那是托莱多埃米尔伊布恩 - 杜胡尔 - 努恩为他的孙子举办的，那是一直被模仿、却从未被超越的一次盛会。当时，人们不都大口喝着酒，还欣赏着几百个漂亮的奴隶伴着犹太人丹尼的乐队翩翩起舞吗？

在母亲的一再要求下，我的割礼上也有音乐和诗歌。她还记得当时剃须匠哈姆扎对着我父亲念的那几句诗：

你的儿子经过割礼会更加风光
就像剪过灯芯的蜡烛变得更亮

剃须匠哈姆扎用各种调式唱完萨拉戈萨诗人的这几句诗以后，宴会宣布结束，割礼仪式正式开始。父亲上楼把我抱了下来，客人们也都安静地聚集到剃须匠哈姆扎和他的助手周围。助手是一个还没长胡子的小男孩。哈姆扎向他使了个眼色，他便提着灯笼在院子里转起圈来，在每个客人面前都停一下。根据我们这儿的习俗，每个客人都要给剃须匠一点儿小意思，客人将钱贴在助手小男孩的脸上，小男孩则要大声喊出客人的名字并表示感谢，再接着去找下一个客人。小男孩收完一圈钱以后，剃须匠让人拿来两盏更亮些的灯笼，取出刀片，一面嘴里念念有词地诵经，一面向我弓下身来。母亲说我当时的那一声大叫在整个街区都能听到，似乎已经能看出我将来一定是一个英勇的男子汉。仿佛看到了即将到来的不幸，我用尽弱小身体里全部的力气继续大叫，而诗琴、长笛、列贝克琴和手鼓等各种乐器也一起奏响，这次割礼节直到黎明吃早饭的时候才结束。

然而并非所有人都有过节的心情。我的舅舅阿布 - 马尔万，我总叫他哈里，那时在阿尔汗布拉宫国务院里当文书，当天晚上，他到得比较晚，脸色也很不好。很快就有一群人围住他问东问西的。母亲也竖起耳朵仔细听他们说些什么。突然一句话传进她的耳朵，再次将她带回她以为已经忘掉的那次噩梦般的经历：

“自从那次大阅兵后，”舅舅说，“我们再也没有过过一年太平日子！”

“那次该死的阅兵！”母亲再次感到一阵恶心，就像她刚怀孕的头几个星期似的。在她模糊不清的脑海中，她隐约又看到了那个十岁的自己，光着脚，坐在路中间的烂泥里，不知身处何处，只能拽起她那湿透的、皱巴巴、脏兮兮的红裙下摆挡住自己哭泣的脸。“我是阿尔拜辛最漂亮、最受宠的女孩子。你的外婆——真主请宽恕她！——当时在我衣服上绣上了两个护身符，一个露在外面，一个藏在里面，希望我能够躲过厄运。但是那一天，它们什么作用都没有起。”

*

“当时的苏丹阿布 - 哈桑 - 阿里决定举行一次盛大的、持续数日甚至数周的阅兵，借以向他的臣民展示他的强大和无所不能——只有真主才是万能的，并且真主不喜欢那些狂妄自大的人！——苏丹让人在阿尔汗布拉宫的红色丘陵上搭了一些台阶，每天早上他和随从们在那接见大臣，处理国务。与此同时，王国各地赶来的士兵们，从隆达到巴斯塔，从马拉加到阿尔梅里亚，不断地列队从苏丹面前通过，高呼万岁并祝苏丹万寿无疆。格拉纳达和附近几个村子的居民们，不论大人小孩，每天都习惯性地聚集到阿尔汗布拉宫山脚下的萨比卡，从墓地附近向上可以看到无休止的庆祝场面。小贩们也在周围摆起摊位，有卖拖鞋的，也有卖香肠、小吃和橙花汽水的。"

大阅兵的第十天，正赶上伊斯兰教历 882 年的最后一天，而人们庆祝伊斯兰教历新年的活动在大阅兵中显得毫不起眼。大阅兵的庆祝活动在伊斯兰教历一月还将继续进行，母亲还是每天和哥哥、表哥们去看热闹，她发现观众的人数越来越多，很多人她都没见过。街上到处是喝醉的酒鬼，偷盗等案件也时有发生，还有几拨年轻人手持木棍斗殴，打得头破血流，造成一死多伤。最终是市长出面维持秩序，局面才恢复了平静。

直到这时，出于对可能发生的混乱局面的担心，苏丹才决定结束这一系列的庆祝活动。他颁布命令称，伊斯兰教历 883 年 1 月 22 日将是庆祝活动的最后一天，也就是公元 1478 年 4 月 25 日。他还补充道，最后一天的庆祝活动将比此前几周更为盛大。那天，戴面巾和不戴面巾的女人们和各色男人混在一起，聚集在萨比卡。城里的小孩子们，包括母亲在内，都穿上了新衣服，天还没亮就出门往萨比卡赶去，还不忘带点零钱，一会儿买马拉加无花果干吃。耍把戏的、街头卖艺的、走钢丝的和不知道是不是真瞎的乞丐也随着人群聚到萨比卡。当时正值春天，还有农民牵着种马过来，收过钱以后给别人的母马配种。

"那一整个早上，"母亲回忆道，"我们都在看一种叫塔布拉的表演，嗓子也喊哑了，手也拍红了。表演太精彩了，泽尼特骑兵们骑着马飞奔而过，从马上扔木棍，一次又一次地砸中靶子。虽然我们看不清楚到底谁扔得最准，谁输谁赢，但通过山上靶子那边传过来的喊声我们也能猜个八九不离十。”

“突然，我们的头顶出现了一大片乌云。乌云来得太快，我觉得太阳好像都熄灭了，就像神仙吹灭了一盏灯。只见白昼如夜，不等苏丹下命令，表演都停止了，人们感觉天要塌下来了。”

“一道闪电划破黑暗，然后一声惊雷，又一道闪电，雷声成了沉闷的隆隆声，随后大雨倾盆落下，浇到我们头上。当我意识到这只是一场暴风雨，而不是什么黑暗的诅咒，我就没那么害怕了。就像当时聚在萨比卡的几千人一样，我也开始四处寻找地方避雨。

“我哥哥一直拉着我的手，这让我感到安全，但我也只能任由他拉着在泥泞的路上奔跑。突然，在我们前面几步远的地方，几个孩子和老人摔倒在地，人们躲闪不及踩到他们身上，人群也更加混乱起来。天色一直都很暗。恐惧和痛苦的喊声此起彼伏。我也滑了一跤，赶紧松开拉着哥哥的手，想抓住路过一个人的裙摆重新站起来，没成功，又试了一次，还是抓不住。水已经没过我的膝盖了，我想我尖叫的声音肯定比其他人更大。

“在努力了五次还是六次以后，我终于重新站了起来，很幸运没有被人踩到。我注意到周围的人越来越少，移动也更加缓慢，因为这是一段上坡路，水流也更急了。我一个人也不认识，不知道在哪，也顾不上找我的哥哥和表哥们。我躲在一个门廊下，疲劳加上绝望，竟然睡着了。

“我醒过来时已是一两个小时之后。天色终于不再那么暗，但是瓢泼大雨一直都没停。震耳欲聋的雷声震得我坐着的那块石头都在发颤。我所在的这条路是我经过无数次的啊！但是现在路上空无一人，水流湍急，我竟想不起来这到底是哪。我的衣服湿透了，鞋也跑丢了，冻得瑟瑟发抖。一条冰冷的水柱顺着我的头发不停地流进我哭红的双眼里。我冻得打哆嗦，还咳嗽得厉害，这时我听到一个女人的声音在喊我：‘小姑娘，小姑娘，来这边！’我抬起头四处寻找，终于在我头顶上方很远的地方看到一个拱形的窗户，窗口有一个条纹头巾和一只挥舞的手。

“我母亲曾经教导我，千万不要进你不认识的人的房子里。在我那个年纪，我应该学会不相信陌生人，不只是男人，也包括某些女人。但是这一次我并没有犹豫太久。顺着路往上走了三十几步，我看到刚刚叫我的那个人帮我打开了一扇很沉的木门，并朝我喊着：‘我认识你，你是书商苏雷曼的女儿，你父亲是一个好人，对真主充满敬畏。’她说话的时候，我已经跑到她身边了。‘我见到你和你父亲从这路过好几次，是去你姨妈家吧，嫁给公证师的那个，就住在榅桲树死胡同里。’尽管周围一个男人也没有，她还是直到把门插上后才摘下面巾。她拉着我跑过一条狭窄的路，转过转角，穿过一个小院子，顺着一段很陡的楼梯爬到了她的卧室里。她把我轻轻地拉到窗前：‘看，这就是上天在发怒！’

“我听懂了她的话，对着外面躬了躬身。我看到我正站在莫罗尔山的最高处。在我右边是新阿尔汗布拉宫，左边远一点的地方是老阿尔汗布拉宫，越过宫墙可以看到阿尔拜辛清真寺白色的尖塔。刚刚在路上听到的隆隆声现在已经变得很大了，我顺着声音来源往下看，不由得发出一声惊呼。屋子的女主人在我身后嘟囔着：‘上天是怜悯我们的，这是诺亚时代的洪水啊！’”

母亲看到的画面让她一生都难以忘记，格拉纳达的所有人也都不会忘记该死的阅兵那天。山谷里，达罗河流过的地方，现在成了横冲直撞的急流。它流过的地方，一切都被冲走了，花园和果园都被冲毁，几千棵大树被连根拔起，有高大威武的榆树、上百年的胡桃树、白蜡树、杏树和花楸树。最终，这条急流带着它所有的战利品，就像一个鞑靼征服者一样，冲进了城市的中心，淹没了所有街区，摧毁了数百计房屋、货摊和仓库，将桥上的建筑夷为平地。临近晚上的时候，水里裹挟的大量树木和房屋残骸阻塞了河道，形成了一个巨大的水塘，淹没了大清真寺的院子、批发商的货仓、珠宝市场和铁匠铺。没人知道到底有多少人被淹死、被瓦砾砸死或是被水流冲走。晚上，当上天终于肯结束这场噩梦的时候，急流夹杂着冲毁的物件迅速流向了城外。

第二天太阳升起的时候，湿漉漉泛光的土地上铺满了遇难者的遗体，而杀人的凶手已经走远了。

“这是对格拉纳达所犯下罪行的惩罚。”母亲用单调的语气做出了这个决定性的结论，“上天向我们展示了他的无所不能，他要惩罚统治者们的狂妄、腐败、不公和堕落。如果我们继续在亵渎神灵的道路上执迷不悟，这就是他给我们的警告，然而人们的眼睛和心都看不到这些。”

灾难过后的第二天，城里所有人都很确定，这次灾难的罪魁祸首，惹怒了上天的那个人，一定就是狂妄的、腐败的、不公的、堕落的苏丹阿布 - 哈桑 - 阿里，萨阿德 - 奈斯尔德的儿子，格拉纳达第二十一任、也是倒数第二任苏丹。愿上天能把他的名字从所有人的记忆中抹去啊！

为了能够登上王位，阿布 - 哈桑 - 阿里推翻并且毒死了他的亲生父亲。而为了巩固他的统治，他砍掉了王国里无数贵族子嗣的头，其中就包括骁勇善战的阿邦赛琪拉家族。在我母亲眼中，他犯下的更为不可饶恕的错误则是抛弃了他的原配妻子，穆哈迈德 - 高切的女儿，他的表妹自由人法蒂玛，而去宠幸一个俘虏来的女基督徒索利斯的伊莎贝尔，他称之为索拉雅。

“有人说，一天上午，苏丹把他的随从和大臣们叫到院子里，一起欣赏这个女基督徒游泳。”讲到如此亵渎神灵的事，让母亲很惶恐。“上天宽恕我！”她望着天空结结巴巴地重复着，“上天宽恕我！”随后她继续讲道：“索拉雅游完泳之后，苏丹让所有人都去喝游泳池里的水，而那些谄媚的随从和大臣们竟然还作诗作散文来夸赞水的美味。除了大臣阿布 - 卡塞姆，他一直站在原地，没有去游泳池旁喝水。这一举止没有逃过苏丹的眼睛，苏丹问他这么做的原因。阿布 - 卡塞姆回答道：‘陛下，我担心喝了这碗汤，会突然想吃小鹌鹑。’上天宽恕我！”母亲讲完还是忍不住笑出声来。

这则趣闻提到了安达卢西亚地区几个知名人物，而说实话，我不知道这个故事到底出自谁口。不过在格拉纳达，灾难后的第二天，人们都开始在阿尔汗布拉宫主人荒淫的生活中搜寻，究竟是哪件事惹怒了上天。而人们找到的往往只是一首诗、一句玩笑，甚至是加工成符合当下口味的一则古老寓言。

相比这些无聊的风言风语，苏丹本人对灾难的态度才更加让人担心。他不仅没有把这场毁灭性的洪水当作是上天的警告，而是竟然从中悟出人生苦短、及时享乐的道理。如果是一位诗人，这样的领悟还算是一种情怀，而对于他这个已经五十岁的王子来说，面对天灾却产生这种想法绝对是不明智的。

他开始沉迷享乐，不理会他的医生伊沙克 - 哈蒙三番五次的提醒。他的身边围满了漂亮的女奴隶和道德败坏的诗人。这些诗人不是描绘裸体舞女的曼妙身材，就是赞扬瘦高英俊的小伙儿，将印度大麻比作祖母绿，将大麻的味道和焚香相提并论，夜复一夜地饮酒作乐。一只巨大的黄金酒杯在他们手中传递，每人一口，最终喝完的那个人则会自豪地喊斟酒人帮他斟满。宾客们面前放着各式各样的小吃，杏仁、松子和榛子、水果干和新鲜水果、蓟菜和蚕豆、果酱和点心。人们不知道，吃这些东西到底是为了填饱肚子，还是只为了下酒。后来我在罗马的时候，才了解到从古罗马时代开始，人们就有喝酒吃零食的习惯，他们称这些零食为“努克勒”。难道是因为这个原因，在格拉纳达人们才称之为“努克尔”？真主才知道这些的渊源啊！

苏丹整日沉浸在享乐中，渐渐不理朝政，任由他的亲信横征暴敛、搜刮民财，而士兵们由于领不到军饷，生活窘迫到要靠卖衣服、坐骑甚至武器来养家糊口。城里的治安很差，人人都担心朝不保夕。很快士兵们的悲惨命运就引起了大家的议论，而王宫里那些纵酒作乐聚会的消息被一些宾客或者侍从传得人尽皆知，任何人哪怕只是提到苏丹或者索拉雅的名字，都会被当成对王室的侮辱和不敬，甚至会被认为是想造反。人们已经不敢直接指责苏丹阿布 - 哈桑，周五的布道者只要提到腐败、卑鄙和对真主不虔诚，信徒们就都明白他真正所指的人，从而大声发泄对政府的不满。伊玛目有时则遮遮掩掩地对他们说：“真主的手段远远高于他们。”一面说着，一面满眼愤怒地看着阿尔汗布拉宫的方向。

尽管遭到国民的一致唾弃，苏丹还是有他的耳目，每天给自己带来外面的消息和人们的议论，这也使他更加多疑、狂躁和不公。母亲回忆道：“那么多达官显贵、正直市民，因为竞争对手或嫉妒的邻居检举，被诬陷辱骂苏丹、做出了有损苏丹尊严的事，遭到逮捕，倒骑在驴背上游街，然后扔进牢房甚至被杀头！”因为索拉雅在背后撺掇，苏丹软禁了他的王妃法蒂玛以及两个王子博阿迪尔和尤塞夫，就在阿尔汗布拉宫东北的坚固堡垒科玛莱斯塔里。法蒂玛此时已经开始思考如何帮助自己的儿子登上王位。而此刻的朝廷上也分为了两派，一派支持法蒂玛，人数众多但行事隐秘，另一派支持索拉雅，苏丹只听他们的。

如果说王宫内的争斗只是给人们的漫漫长夜增加一些谈资，苏丹对于邻国卡斯蒂利亚的态度则带来悲剧性的后果。因为宠幸女基督徒而冷落王妃、忽视军队以及生活放浪遭到谴责，年轻气盛的苏丹阿布-哈桑毅然决然地下令与基督徒们开战。

此时，一些明智的参谋提醒苏丹，阿拉贡和卡斯蒂利亚已经因为费迪南德和伊莎贝拉的婚事而结成联盟，他们正在发愁没有借口向伊斯兰王国动武。心意已决的苏丹听不进任何忠告，宣布撕毁与各强大邻国的停战协定，派一队三百人的骑兵发动突袭，并夺回了七十多年前落入基督徒之手的扎哈拉城堡。

格拉纳达的人们听到这个振奋人心的消息都欢呼起来，阿布-哈桑也重新赢得了一些民意。但很快人们就意识到，苏丹的这一行为会把格拉纳达带入一场几乎毫无胜算的战争中，这样做似乎也太欠考虑了。随后发生的事证实了人们的猜测：卡斯蒂利亚人迅速作出回应，攻占了格拉纳达王国西部最坚固的要塞，建在山顶易守难攻的阿拉哈马。苏丹想重新夺回它的所有努力都无功而返。

一场大战已经爆发，对于穆斯林来说，这是一场注定无法打赢的战争，而这场战争本可以避免，或至少可以推迟几年再打。这场战争持续了十年，以屈辱的结果告终。与卡斯蒂利亚人开战不久，格拉纳达就陷入了更加令人绝望的内战中，正是这场旷日持久的内战加速了格拉纳达的灭亡。

准确地说，在攻占扎哈拉城堡二百天以后，阿布 - 哈桑被正式赶下了台。政变发生在伊斯兰教历 887 年 5 月 27 日，也就是公元 1482 年 7 月 14 日。那一天，费迪南德率领军队来到赫尼尔河边，洛加城的城墙下，他们已经包围洛加五天了。突然，他们遭到了一队穆斯林士兵的攻击，带领军队的是阿里 - 阿尔 - 阿塔尔，格拉纳达最能征善战的武将之一。这是值得纪念的一天，苏丹阿布 - 哈桑应该为此自豪，因为正是他下令袭击基督徒的部队，他的将士们成功地在敌营中引起恐慌，并迫使敌军大溃退，扔下了无数的火炮、弹药、粮食以及数百死尸和俘虏。但是胜利来得太晚了。当消息传到格拉纳达城里的时候，政变已经发生：博阿迪尔顺着一条绳子溜下城墙，成功地从科玛莱斯塔逃了出来，并迅速潜入阿尔拜辛，第二天便在一些支持者的帮助下进入了阿尔汗布拉宫。

“上天让阿布 - 哈桑在获胜的那天被推翻，就像之前在大阅兵的当天降下大洪水一样，目的就是让他在造物主面前低头。”萨尔玛总结道。

但是老苏丹并没有认输。他逃到马拉加，重新聚集起他的追随者，准备向他的儿子复仇。王国也自此分成了水火不容的两部分，在卡斯蒂利亚人饶有兴致的注视下，无休止地自相残杀。

“内战已经七年了，七年里父子争斗、兄弟相残，邻里之间相互猜疑，相互背叛，七年里我们阿尔拜辛的男人都不敢冒险从大清真寺旁边经过，因为可能会被骂、被暴打，甚至被割喉杀死。”

她的思绪已经飞远，眼前近在咫尺的割礼上，人们的说话声和碰杯声听起来那么沉闷，好像在梦里一样。她下意识地又自言自语道：“这次该死的阅兵！”她叹了口气，昏昏欲睡。

*

“斯尔玛，我的妹妹，你又在胡思乱想了？”

哈里粗声粗气的声音让母亲又变成了一个小女孩。她跳过去搂住哥哥的脖子，飞快地吻过他的额头、肩膀、胳膊和手。他笔直地站在那里，肩上缠着绶带，丝质长袍宽大的袖子随风摆动，被妹妹的真情流露所感动，又有点尴尬，脸上只微微露出一丝欢喜的笑容。但是这种表面上的冷淡一点都没让萨尔玛失望，她始终认为一个好男人是不会轻易显现出自己的情绪的，那样只会让他看起来轻浮，有损他的形象。

“你在想什么？”

如果是我父亲这样问她，她一定是支支吾吾地搪塞过去。而现在眼前只有哈里一个人，她摘下头巾，并决定敞开心扉。

“我在想大阅兵那天我们所经历的痛苦，想这没完没了的战争，想我们被分裂的城市，想那些每天都在死去的人们。”

他用扁平的大拇指擦掉她脸颊上的一滴眼泪。

“这些可不是一个刚生了第一个儿子的女人该想的事。”他说这句话时显得没什么信心，但随后又恢复了他严肃却真诚的语气，像一个预言家似地说道：“你们会遇到称职的统治者。”

她重复了一遍他的话，随后天真地问：

“你这么说是什么意思？你不是现任苏丹最早的拥护者之一么？当时不是你举阿尔拜辛之力支持他么？你在阿尔汗布拉宫里不是受人尊敬的人物么？”

哈里感觉被戳到了痛处，刚想通过激烈的言语自我辩解，却发现眼前只有他产后虚弱的妹妹，这个世界上他最疼爱的人。

“你还是一点都没变，斯尔玛。我们都以为和女人说话很简单，但是跟书商苏莱曼的女儿这样说话就会有麻烦。上天把他的年龄分给了你一些，并且让你变得伶牙俐齿。”

想到他们的父亲，两个人都露出了真诚的笑容。现在两个人又像从前一样亲密无间了。哈里把长袍的下摆拽到前面，盘腿坐在了妹妹卧室门口的一张草席上。

“你的问题总是轻轻刺痛别人的心，就像克莱尔山上的雪打在人的脸上，比沙漠里的太阳晒得更疼。”

萨尔玛突然感到信心倍增，于是有点调皮、又不假思索地问道：

“那你的答案呢？”

与此同时，她低下了头，假装在看他的绶带，以躲避他的眼光。随后，她低着头，但语气就像法官宣判一样：

“告诉我一切吧！”

哈里的话并不多。

“这个城市被它的窃取者保护，被它的敌人统治。很快，我的妹妹，我们就要到海上逃难去了。”

他的声音哽咽了，为了不再暴露他的不安，他起身离开了萨尔玛，消失在夜幕中。

她惊呆了，竟没有想到留住他，甚至都没发现他已经走远。院子里，人们的说话声、笑声、碰杯声消失了，她眼前已经看不到任何光亮。

节日的气氛就此烟消云散。

护身符之年

伊斯兰教历 895 年

（公元 1489 年 11 月 25 日 –1490 年 11 月 13 日）

这一年，因为一个微笑，我的舅舅踏上了流亡之路，至少他告诉我的原因就是这样。几年后一个晚上，我们的商队行进在广阔的撒哈拉沙漠中，赛格梅斯城以南。那是一个宁静清爽的夜晚，远处豺狗的吠声也完全没有破坏这种安详的气氛。微风轻拂，哈里高声朗诵着他的散文，他的声音那么让人安心，让我仿佛又闻到了家乡格拉纳达熟悉的味道，我的骆驼好像听得入了神，随着他的节奏缓步前进。

我多想记下他的每一句话啊，但我的记忆力实在太差，我的口才也并不突出，他的故事中有很多亮点，我却没能在任何书里记述下来，这是多么遗憾啊！

以下是我舅舅的叙述。

“这一年的第一天，我早早就来到了阿尔汗布拉宫，并不是像往常一样去文书处替王子处理信件，而是和家族中的一些头面人物一起向苏丹祝贺新年。此时苏丹王宫的使节厅里已经聚满了人，缠着头巾的法官，戴着红色、绿色高毡帽的达官显贵，还有头发染了色、精心分在两边的富商。

“向苏丹博阿迪尔行过礼之后，大部分宾客都退到院子里，绕着游泳池闲逛，随后相互鞠过躬便四散开来。靠着石墙放着一些铺着毯子的长沙发，主宾们都坐在那里，不停地挪动着想离苏丹和大臣们更近一些，也许是为了向他们提些请求，也许只是为了露个脸证明他们确实在那。

“我是国务院的文书和书法家，人们从我手指上的红色墨迹能看出来，所以我在王宫里比常人多一些便利，比如可以在宫殿和院子里随意走动，找一些我感兴趣的人聊两句，然后再回到我的座位上，继续寻找下一个目标。这是搜集消息、了解时事的好机会，在苏丹博阿迪尔的统治下，人们可以自由地交谈，而当年他的父亲在位时，人们发表什么观点之前，先要反复确认周围有没有危险，说的话也是模棱两可，有时还夹杂着几句诗、谚语什么的，以便万一遭人揭发时，能有合理的解释。环境自由了，不再被监视了，格拉纳达人对苏丹的态度却越发尖刻，即使此时正身处王宫，而他们又是来祝贺苏丹万福的。对于没有实权的统治者，我们的人民从来都是冷酷无情的。

“在这个秋日里，黄叶对树木的忠诚度要远远高于格拉纳达贵族们对他们的君主。几年来，城里的人已经分成了两派，一派主战，一派主和，而两派都并不以苏丹为靠山。

“主张和卡斯蒂利亚人和谈的一派说：基督徒实力强大，而我们国力衰弱；我们的埃及和马格里布盟友都抛弃了我们，而我们的敌人背后有罗马和所有基督徒的支持；我们已经失去了吉布拉塔、阿尔哈马、隆达、马贝拉、马拉加，还有其他很多城市，如果不和谈，我们失去的还将更多；果园都荒芜了，农民们怨声载道；路上不安全，商人们难以找到货源，商铺库存几乎耗尽，食品价格飞涨，只有肉还卖一迪拉姆一磅的低价，因为人们宁可把牲口杀了贱卖，也不愿被敌人夺去；博阿迪尔应该全力压制那些好战分子，和卡斯蒂利亚人签订一个长久的停战协议，以免有朝一日基督徒兵临格拉纳达城下。

“主战派则说：敌人已经下定决心，这次要将我们彻底消灭，并不因为我们愿意归降，他们就会后退半步。看看马拉加投降以后他们多少人被抓作奴隶吧！看看他们的宗教裁判所在塞维利亚、萨拉戈萨、巴伦西亚、特鲁尔和托莱多是如何烧死犹太人的吧！明天，他们就会在格拉纳达把我们烧死，不仅仅是对犹太人，对我们穆斯林也是一样！如果我们不抵抗，不全民动员，不发动圣战，怎么能避免基督徒对我们的迫害呢？每次遭遇强敌，我们还能浴血奋战，阻挡卡斯蒂利亚人前进。而往往是在取胜之后，我们的内部就会出现叛徒，他们拼命讨好我们的敌人，向敌人纳贡，还为他们大开城门。博阿迪尔不是也向费迪南德承诺过，有朝一日会献上格拉纳达？三年前，他在洛加就已经签署过这样的合约了，这个苏丹就是个叛徒。我们应该找一个真正的穆斯林取代他，一个真正能够统领我们的军队、坚决带领我们圣战的领袖。

“然而不管是士兵、军官、伍长、百夫长、千夫长，还是宗教界人士、法官、公证师、学者或者清真寺的布道者，想找到支持主战派观点的人并不容易，而商人和农民们则明确表示希望和平。博阿迪尔的朝廷也分成两派。对苏丹来说，他生来为王，当然希望死的时候也还是王，为达此目的，他不在乎是停战还是付出其他任何代价；而他的军队此刻正焦急地看着奈斯尔王室其他的王子英勇地抵抗侵略，博阿迪尔也不能忽视他们请战的意愿。

“主战派找到了属于他们的最振奋人心的故事：格拉纳达东面的穆斯林城市巴斯塔，被基督徒围困了五个多月了。基督徒的国王们——希望上天摧毁他们所建立的，重建他们所摧毁的啊！——搭建了可以看见城里的木塔，还挖了水沟以切断城内守军与城外的联系。然而，尽管他们在人数和装备上占尽优势，尽管他们的国王费迪南德亲自督战，卡斯蒂利亚人仍然攻不下巴斯塔，而且每天还因为城内守军出城骚扰而损兵折将。奈斯尔埃米尔亚合亚 - 纳贾尔带领巴斯塔守军顽强抵抗，点燃了格拉纳达人的热情，也让他们对未来充满幻想。

“博阿迪尔对此则完全不感到兴奋，因为巴斯塔的英雄亚合亚，是他最强劲的一个竞争对手。亚合亚曾经觊觎过阿尔汗布拉宫的宝座，因为这曾属于他的祖父，而他认为现任苏丹博阿迪尔是个篡权者。

“新年前夜，格拉纳达人听到了关于巴斯塔守军的一条爆炸性新闻。有消息称，卡斯蒂利亚人得到情报，巴斯塔城里粮草供应已经不足了。为了迷惑敌人，亚合亚想出了一个计策，他将城内所有的粮食收集起来，堆在市场的货摊上，随后邀请基督徒派代表前来谈判。费迪南德的特使们一进城便看到各种物资供应充足，返回后即刻向他们的国王汇报，并恳求国王不要再试图摧毁巴斯塔，找到一个更体面的解决方法或许更可行。

“几个小时的时间里，至少有十几个人兴奋地给我讲了这个相同的故事，不管是在公共浴室里、清真寺里还是阿尔汗布拉宫里；每一次，我都装出吃惊的表情，让他们兴高采烈地继续添油加醋，不打击他们的热情。我一直都保持微笑，但越笑越勉强，心中也愈发不安。我总在想，为什么亚合亚会允许费迪南德的代表进入巴斯塔，尤其是他怎么会相信能够向敌人掩盖物资短缺的实情，因为全格拉纳达人都知道这只是个计策而已，其他人不可能不知道。

“我最坏的推测，很不幸成为了事实。新年那天，我正在阿尔汗布拉宫和客人们闲聊的时候，得知了这个消息。亚合亚，这位‘信仰战士’‘伊斯兰判官’，不仅向卡斯蒂利亚异教徒交出了巴斯塔，还加入了他们的队伍，充当开路先锋，现在矛头已经指向了瓜迪斯和阿尔梅里亚，最终将逼近格拉纳达。这位王子太能干了，他的诡计欺骗了所有穆斯林，掩盖了他将与费迪南德谈判的真正目的。有人说，费迪南德接受了亚合亚提出的条件，给了他一大笔钱，承诺将保全他手下所有将士以及城内百姓的性命。而亚合亚得到的还不止这些：这个王室的埃米尔，老苏丹的孙子，竟然皈依了基督教，成为了卡斯蒂利亚的高层人物。以后我还会跟你提起他。

“伊斯兰教历 895 年刚开始的时候，人们根本就不能想象会发生这样的转变。但是没过几天，更加令人震惊的消息便纷至沓来。巴斯塔沦陷，随后是普尔赛纳、阿尔梅里亚、瓜迪斯。整个王国的东部地区，即主战派实力最强的地区，被卡斯蒂利亚人不费一枪一弹地拿下了。

“主战派失去了自己的英雄，博阿迪尔也少了一个难缠的对手。然而，他统治下的版图已经被卡斯蒂利亚人压缩到只剩格拉纳达和附近的少部分村庄，并且不断遭到敌人袭扰。对于亚合亚的变节，苏丹到底是应该高兴还是哀叹呢？

“正是在这样的时候才能看出一个人究竟是有大局观还是小心眼。而新年那天，在阿尔汗布拉宫，我从博阿迪尔脸上清楚地看到了他的狭隘。一个年轻的卫队军官向我讲述了这一残酷的事实，他的家人就在被围的城里。之前他在国务院见过我几次，因为不敢直接向苏丹汇报，尤其是这样一个不幸的消息，便找到我，向我先通报了情况。我径直带他去拜见博阿迪尔，他俯下身子，在苏丹的耳边结结巴巴地汇报他听到的这些消息。

“但是，听军官汇报的时候，苏丹的脸上现出了一个丑陋的、不合时宜的大笑。我看到他张开肥大的嘴唇，毛乎乎的脸颊直咧到耳朵，牙齿分开像是在咀嚼胜利，眼睛也慢慢闭上，像是在等待情人的亲吻，脑袋饶有兴致地从前到后、又从后往前不停摆动，就像在欣赏一首最伤感的歌曲。这个微笑在我有生之年会一直在我眼前浮现，这个狭隘的人可憎的微笑。”

哈里停了下来。黑夜中我看不到他的表情，但是我听到他叹了口气，随后低声念着几句祷告词，我也跟着他念了起来。豺狗的尖叫声听起来更近了。

哈里平静地继续说道：“博阿迪尔的态度一点都不让我吃惊。我早就看到了阿尔汗布拉宫主人的轻率，看到了他性格的弱点，还知道他和卡斯蒂利亚人保持着微妙的关系。我知道我们的王子们已经都堕落了，他们根本就没有计划要保卫这个国家，我们的人民很快就要面临被流放的命运。但我一定要亲眼看到安达卢西亚最后一位苏丹的真正内心，才能心安理得地离开。上天指给他眷顾的人一条坦途，而将其他人带进地狱！”

在那之后，舅舅在格拉纳达只待了三个月，期间他悄悄地变卖了家里的财产，换成了便于携带的金币。随后在一个月黑风高的夜里，他带着他的母亲、妻子、四个女儿和一个仆人，牵着一匹马和几头骡子，前往阿尔梅里亚，在那里卡斯蒂利亚人允许他们和其他移民一起上船前往特莱姆森（阿尔及利亚境内，靠近地中海南岸）。但舅舅的目的地是菲斯，他将在那里安顿下来，格拉纳达陷落后，我和父母也将到那里与他重逢。

一整年母亲都对哈里的离开伤心不已，而父亲穆罕默德则从来没有打算效仿他的大舅哥。城里没有一点失望的气氛。相反，各种鼓舞人心的消息不时传来，母亲说这些大部分是出自神秘的萨拉之口：“每次巴里奥雷来看望我之后，我都能给你父亲带来一些新消息，这些消息足以让他兴奋一个星期。后来，倒是他总不耐烦地跑来问我，他出门的时候，那个犹太人身上的铃铛有没有在家里响起来。”

有一天，萨拉又来了，从她的眼睛就能看出她有好多话要说。还没坐下，她就手舞足蹈、迫不及待地讲起来。她刚刚从她一个塞维利亚的表兄那听说，费迪南德秘密地接见了埃及苏丹的两个特使，从耶路撒冷来的两个僧人。听说特使从开罗带来的消息是，如果卡斯蒂利亚人不立即停止对格拉纳达的进攻，埃及苏丹的愤怒将带来严重后果！

几个小时以后，这条消息就传遍了全城，并且被人添油加醋地加上了更多的细节。第二天，从阿尔汗布拉宫到莫罗尔，从阿尔拜辛到波提耶，如果有人敢怀疑大批埃及军队即刻就到，那他一定会被人鄙视，甚至遭人怀疑。有人甚至信誓旦旦地说，在格拉纳达南方的拉比塔一线，已经发现大批穆斯林部队，不仅有埃及人，还有土耳其人和马格里布人。就算这些都不是真的，人们又会问最后那几个怀疑派，对于卡斯蒂利亚人几个星期前突然全线停止进攻要如何解释？另外，一向胆小怕事的博阿迪尔派出了一波又一波部队，掠夺基督徒控制的地区，而没有招致任何报复行动，这又如何解释？在格拉纳达这个濒临灭亡的城市里，人们被一种莫名的胜利的喜悦笼罩着。

我当时只是个婴儿，没有成年人的智慧，也没有他们的疯狂，这使得我没有与那些轻信、幼稚的人为伍。多年以后，当我已经长大成人，并且很骄傲地拥有格拉纳达人这一称谓后，我时常想起我逃离的这个美丽的城市，也时常疑惑为什么我们国家的人会如此盲目，比如我的父母，他们始终相信拯救他们的军队很快就会到来，殊不知等来的只有死亡、失败和屈辱。

*

这一年也是我一生中最危险的一年。当然不仅仅因为我的城市和我的家人受到战争的威胁，更主要是因为对所有婴儿来说，出生的第一年都是最危险的，很多孩子死于致命的疾病，很多人没有给这个世界留下任何痕迹就走了。多少未来的伟大国王、才华横溢的诗人、勇敢无畏的探险家都没能安然度过命运的第一关，如此简单却又如此致命的一关。多少母亲担心自己孩子的安危，生怕有朝一日只能抚摸他们的影子。

有诗人说：死亡在我们生命的两端，衰老和童年离它一样近。

在格拉纳达，人们不也总说，婴儿时期最危险的就是他断奶的那段时间，也就是快一岁的时候么？没有母乳后，很多孩子都活不了多长时间，为了保护他们，人们都会给孩子戴上煤玉护身符，或是装在皮袋子里、写着咒语的神符，认为这样可以使孩子不受毒虫和疾病的侵扰。还有一些被称作“狼石”的神符更为神奇，据说只要把它放在野兽的头上，就能将野兽驯服。有段时间，菲斯附近凶猛的狮子很常见，我总是很遗憾手里没有这种石头；但我相信就算有，我也不敢把它放在狮鬣上。

虔诚的信徒们认为迷信护身符，佩戴护身符是不合教义的，但是他们的孩子往往也都戴着护身符，因为这些老好人是几乎不可能说服他们的妻子或母亲的。

我自己也是如此，何必否认呢？自我的第一个生日起，母亲就给我戴上了萨拉卖给她的煤玉护符，这个画着我不认识的神秘符号的护符从未离开过我的身体。我当然不相信这个护符能有什么魔力，但面对命运，人的力量显得太过脆弱，只好借那些所谓有魔力的物件聊以自慰。

上天，你把我创造得如此弱小，会不会有一天责怪我不够坚强呢？

阿斯塔菲鲁拉之年

伊斯兰教历 896 年

（公元 1490 年 11 月 14 日 –1491 年 11 月 3 日）

阿斯塔菲鲁拉教长肩膀不宽，总是戴着一块大头巾，嗓音嘶哑，就像大清真寺里其他的布道者一样。这一年，他厚厚的淡红色胡子转为灰白，棱角分明的脸上总是写满愤怒，仿佛这就是流亡时他将带走的一切。因为感到灰心和不幸，他决定今后不再染头发，人们问他原因，他说："有朝一日，当造物主问你格拉纳达被围困的时候你都做了些什么，你敢告诉他你化妆了吗？"

每天早上到了做穆安津[1]的时候，他都会登上自家的屋顶，全城的制高点之一，并不是为了召集信徒们来做祷告，就像他多年来一直做的那样，而是为了远眺那个让他狂怒不已的东西。

"看啊，"他对着那些睡眼惺忪的邻居喊道，"那边正在建的就是你们的坟墓，就在通往洛加的路上，你们还在这里睡大觉，等着他们来把你们埋葬！过来看看吧，上天多么希望你们睁眼瞧瞧啊！看看这些

[1] 意为"宣礼员"，即清真寺每天按时呼唤穆斯林做礼拜的人。

靠伊比利斯恶魔之力在一天之内就拔地而起的城墙吧！”

他用细长的手指指向西边桑塔费的城墙，基督徒们春天动工，夏天才过了一半的时候，那里已经显出一个城市的样子了。

很久以来，我们国家的男人们就已经习惯光着头在街上逛，或者只是随意地往头上戴一块薄头巾，不用多久就会滑落到肩膀上，因此，所有人隔很远都能认出阿斯塔菲鲁拉那蘑菇形的侧影。但是在格拉纳达几乎没有人知道他的真名。人们说是他的母亲首先给他起的这个绰号，因为在他很小的时候，每当看到他认为应该指责的东西或者行为，比如有人提起酒、谋杀或者仅仅是一件女人的衣服，他都会大声喊：“阿斯塔菲鲁拉！阿斯塔菲鲁拉！我恳求上天的原谅！”

有一段时间，人们总是或善意或不怀好意地嘲笑他。父亲也跟我承认，在我出生前不久，每周五中午祷告开始前，他总跟一帮朋友聚在一个小书摊那里打赌：一会儿讲道的过程中教长会说多少次阿斯塔菲鲁拉？最少的猜十五次，最多的七十五次。然后，在整个祷告的过程中，他们当中就会有人有意记下次数，并不断和其他人得意地交换眼色。

“但是，当格拉纳达被围困的时候，再也没有人公开嘲笑阿斯塔菲鲁拉的口头禅了。”想起当年那些顽皮的劣迹，父亲感到有些困惑，他继续说道，“在大多数人的眼里，教长成了一位可敬的人物。我们曾经认为很可笑的标志性的口头禅，并没有随着岁月发生丝毫改变，反而更加明显，但我们的城市已经换了灵魂。

“哈桑我的儿子，你明白吗，他的一生都在不断地劝告人们，如果继续这样生活下去，上天不仅在这个世界会惩罚他们，在另一个世界也一样。我还记得他的一段演讲，是这样开始的：

“今天早上我走在去清真寺的路上，穿过采沙场大门和旧货商的货摊，路过了四家小酒馆。阿斯塔菲鲁拉！他们竟然偷偷在卖马拉加红酒，阿斯塔菲鲁拉！还有其他我不想知道名字的违禁饮料。”

父亲用极不自然的沙哑嗓音模仿布道者的语气，还加上了无数个“阿斯塔菲鲁拉”，当然可能除了布道者本人说的那几个，其他的都没什么特别的意思。除了这一点有些夸大，我认为父亲的叙述还是比较符合真实情况的。

“那些经常出入这些肮脏地方的人们，他们难道不是从小就知道，真主会诅咒那些卖酒和买酒的人吗？不知道喝酒和给别人酒喝同样会被诅咒吗？道理他们都懂，但是他们忘记了，或者相比起伊甸园的圣言，他们更喜欢把人变成爬行动物的酒精。其中一家酒馆是犹太人开的，但是另外三家都是穆斯林开的，阿斯塔菲鲁拉！另外，他们的顾客既不是基督徒，也不是犹太人，我都知道！他们中的一些人今天可能就在我们中间，此时正在造物主面前谦卑地低着头，而昨晚却倒在酒桌上，倒在妓女的怀里，或者头脑混乱，语无伦次，咒骂真主禁止饮酒，或是咒骂上天禁止他们酒后去做祈祷！阿斯塔菲鲁拉！”

父亲穆罕默德清了清因为模仿而撕裂的嗓音，接着说：

“是的，我的信徒兄弟们，这些事情就发生在我们的城市，发生在你们的眼前，而你们没有任何反应，好像觉得审判日那天上天不会找你们算账似的。你们难道觉得，对他人辱骂上天和圣使熟视无睹，上天还会在战争中保佑你们打败敌人吗？在你们城市拥挤的街道上，妇女们出门都不戴面纱，让那些男人们色迷迷的目光看到她们的脸和头发，我想那些人不全是她们的丈夫、父亲、儿子或者兄弟吧。在格拉纳达这座城市里，人们的道德水平又回到了无知时代，穿衣打扮也回到伊斯兰教出现之前，例如在葬礼上哭嚎，种族优越感，信奉占卜术、巫术，供奉圣物，给他人起外号，你们难道不知道这都是上天明确禁止的么？”

父亲向我投来一个心领神会的眼神，没有停下他的讲道，甚至都没喘口气：

“在家里，不顾教义的明令禁止，你们摆放大理石塑像和象牙雕刻，那些雕像有男人，有女人，还有野兽，这是对上天的亵渎，难道造物者创造世界还需要他的作品给他提供帮助吗？当你们，以及你们孩子的思想中对宗教产生怀疑，产生无神论的思想的时候，你们难道不知道，这种怀疑让你们远离造物主，远离圣书，远离圣使和信众，这种怀疑会使格拉纳达的城墙产生裂痕，动摇这座城市存在的基础吗？”

父亲还在转述着教长的话，而他的语气听起来已经不像之前那么愉快，动作也不那么丰富和混乱，“阿斯塔菲鲁拉“几乎听不到了：

“当你们毫无节制、毫无羞耻心地大笔消费，追求享乐的时候，有没有想过你们花掉的钱能让上千个穷人吃饱肚子，让上千个孤儿露出笑容？当你们认为你们所占有的房屋、土地都是属于你们的时候，难道没想过其实它们都是属于上天的，只属于他，他赐予你们，也可以随时收回，就像我们自己有一天也会回到他的怀抱，不带任何身外之物，只有一块裹尸布和我们一生的善举么？信徒兄弟们，财富的衡量并不是你占有多少，而是你能够看开多少。敬畏上天吧！敬畏上天吧！当你衰老的时候敬畏他，年轻的时候也要敬畏他！当你虚弱的时候敬畏他，强大的时候也要敬畏他！我认为，在你强大的时候更应该敬畏他，因为这时上天会对你更残酷无情，要知道他的目光穿过王宫厚厚的宫墙，和穿过一间破房子的土墙一样容易。他在宫墙内会看到什么？”

说到这里，父亲的语气已经不像是一个模仿者，而更像是讲经学校的老师；他的声音恢复了原本的状态，他的目光径直望向远方，就像被催眠了一样。

“当上天的目光穿过宫墙，他看到人们听歌声多于听戒律，琴声使他们听不到穆安津的召唤，无法从衣着和行为上区分男人和女人，从信徒手中强取豪夺的钱财被随意扔到舞女脚下。兄弟们！钓上来的鱼都是从头开始腐烂，人类社会也一样，腐化堕落都是自上而下的。”

接下来是一段长时间的沉默，当我想提问题的时候，父亲用手势制止了我。于是我等他先回忆完，然后自己告诉我：

“哈桑，我向你重复的这些话，只是教长在格拉纳达陷落前几个月演讲的一部分。不论我是否完全赞同他的观点，我的心灵已经受到了极大震撼，即使是十年后再想起这些的时候。所以你可以想象，在伊斯兰教历 896 年格拉纳达陷入绝境的时候，他的言论会引起怎样的反响。”

“当格拉纳达人慢慢意识到末日就要到来，而阿斯塔菲鲁拉曾经预言的不幸逐渐发生在自己身上后，他们全都相信，教长从一开始就是对的，真主一直在借他的口说话。从此人们在街上看不到任何一个女人的面孔，哪怕是在那些最贫穷的地区。即使是刚到青春期的小女孩也把自己裹得严严实实，有些是因为对上天的敬畏，有些则是害怕男人们，因为一些年轻人拿着棍子，自发地组织起来，提醒人们行善避恶。从此没有一家酒馆敢开门了，哪怕是私下的。大批妓女离开城市，转投到城外围城大军的怀抱，在那里她们受到了热情的欢迎。书商们把内容涉及质疑教义和传统的书、歌颂酒和享乐的诗集以及占星术、风水类的书籍全都藏了起来。有一天，人们把搜出来的书搬到大清真寺的院子里烧掉，我那天刚好路过那里，书已经烧得差不多，火焰慢慢熄灭，看热闹的人们也像烟一样逐渐散去了。从烧得只剩半页的一张纸上，我了解到这是以前的一位医生兼诗人阿尔 - 卡兰达尔的诗集，上面写着：

喝醉的时候，我找到了人生中最美好的。
酒在我的身体里流淌，就像我的血液一样。

*

父亲告诉我，那天被当众焚毁的书属于一个医生，也是阿斯塔菲鲁拉最强劲的竞争对手之一。他的名字是阿布 - 阿穆尔，而教长的朋友们则把他称作阿布 - 卡姆尔，也就是“酒精老爹”。

布道者和医生二人之间只有一点是相同的，那就是直言不讳，而正是这直言不讳引发了两人之间无数次的争吵，这其中的过程格拉纳达人都知道。而两人的其他方面，上帝能把他们创造得完全不同，也着实是花了一番心思。

阿斯塔菲鲁拉教长是一个皈依伊斯兰教的基督徒的儿子，或许只有如他所做才能证明他的虔诚；而阿布 - 卡姆尔医生的父亲是法官，祖父也是法官，他则完全不需要证明自己对教义和传统的忠心。教长头发金黄，身材修长，脾气暴躁；医生的头发则是成熟椰枣的棕色，体形肥胖得像宰牲节前夜待宰的绵羊，而嘴角总是带着或高兴、或讽刺的微笑。

医生学习的医学知识，一部分用的是古医书，包括希波克拉底、盖伦、拉泽斯、阿维森纳、阿布尔卡西斯、伊本 - 苏尔及迈蒙尼德等人的著作，另一部分则是新近的关于麻风病和鼠疫等疾病的作品。上天让我们远离这些疾病啊！他有个习惯，每天都会免费发放几十瓶自己制作的软糖药剂，用于治疗毒蛇咬伤等，不论穷人富人都可以得到。但是这只是为了验证他的软糖药剂或者蝰蛇肉是否有功效，因为比起治病救人，他更感兴趣的是科学和实验。另外，他怎么可能用他因为酒精刺激而不时颤抖的手去做白内障手术，或是缝合伤口呢？他又如何能够给患者开出限制性食谱——先知说过，控制饮食是任何治疗的第一步——建议他们不要暴饮暴食，而他自己则每日尽享饕餮之乐？另外，他能像之前的一些医生那样，建议喝点老酒来养肝么？之所以人们称他为塔比伯（医生），是因为在他所有感兴趣的领域里，从天文学到植物学，从炼丹术到代数，他对医学的投入更多，不仅是作为一个单纯的读者。然而他并没有从中挣过一分钱，这也不是他赖以谋生的手段。他在格拉纳达肥沃的维加地区，离苏丹的土地不远的地方，拥有十二个村庄，村子周围种满了小麦、大麦、油橄榄，还有大片果园。每年他收获大量的小麦、梨、枸橼、橙子、香蕉、藏红花和甘蔗，能给他带来三千第纳尔的金子，这是一个医生三十年都挣不来的。另外，他在阿尔汗布拉宫的丘陵上还拥有一幢大别墅，被一大片葡萄园围在中间。

当阿斯塔菲鲁拉当众侮辱有钱人的时候，他多半是拿阿布 - 卡姆尔当靶子，这时在人们的心目中，阿布 - 卡姆尔不再是谦逊和蔼的老好人，而成了一个穿丝绸衣服、大腹便便的老头儿。即使那些分文不花从他那获得药品的人，也对他的表现颇有微辞，或是因为他的治疗手段有点像变魔术，或是因为他的话里总带着一些难懂的术语。只有极少数有学问又游手好闲的人和他有共同语言，他们在一起整日整夜地喝酒，谈论耐毒性、星盘和灵魂转生等深奥的话题。在这群人里，经常能够看到王室的几个王子，其中就有博阿迪尔本人，他也时不时参加他们的酒局，直到阿斯塔菲鲁拉在城里制造的气氛迫使他不得不在选择朋友时更加谨慎为止。

父亲回忆道："这是一群崇尚科学却又不谙世事的人，在不喝酒的时候，他们总是能够说出一些有见识的话来，但是他们对宗教的亵渎和那些知识的晦涩难懂还是激怒了芸芸众生。要知道当我们富有的时候，不论是金钱上还是见识上，我们更应该懂得迁就其他人的贫穷和无知。"

随后，他略带神秘地跟我说：

"你的外公，书商苏雷曼，上天怜悯他，也去过几次这些人的聚会。当然他并不是为了喝酒，而是为了听他们的谈话。随后，医生就成了他最忠实的客户。他经常从开罗、巴格达、伊斯法罕，甚至罗马、威尼斯和巴塞罗那给医生带来一些十分罕见的书籍。阿布-卡姆尔总是抱怨说，现在的伊斯兰国家创造出的书籍远远少于从前，而当下出版的书大多是古书的摘记或是再版。你的外公对此完全赞同，他不止一次略带伤感地提起：伊斯兰教创立后的前几个世纪，在东方出现了数不胜数的哲学、数学、医学和天文学著作。而诗歌不论是内容还是形式，都更加丰富和新颖。"

当年的安达卢西亚，各种思想也是百花齐放，那时的著作被精心抄写，在远东的中国知识分子中间广为流传。之后就是思想和著作的荒漠。为了抵抗法兰克帝国，不被他们的思想和习惯同化，人们把自己禁锢在传统这个堡垒里。格拉纳达从此只能产生一批无才华、无胆识的模仿者。

阿布-卡姆尔对此怨气十足，而阿斯塔菲鲁拉则感觉良好。对教长来说，不计代价探寻新思想是一种恶习；最重要的是要遵从上天的教诲，就像前人们做的那样。"什么人敢自称比先知和他的门徒们更接近真相？那是因为他们已经偏离了正确的道路，听凭自己道德败坏、思想堕落，只会导致穆斯林在敌人面前变得不堪一击。”而对医生来说，历史带给人们的经验教训则完全是另外的样子。他总说：“伊斯兰教的黄金时期，哈里发们把黄金赐给学者和翻译家，整夜喝得半醉半醒，和诗人们讨论哲学、医学。在安达卢西亚，大臣阿布德拉赫曼曾笑着说：‘当你喊：快来做祷告！还不如喊：快来喝酒！’只有当沉默、恐惧和顺从蒙蔽了人们的思想时，穆斯林才变得如此脆弱。

我感觉父亲曾经近距离地关注过这些争论，但是他从来不下任何决定性的结论。即使十年以后，他的叙述仍然不带任何明显的主观判断。

“很少有人同意医生去宗教化的做法，但是他的一些想法还是给人们带来极大震动。大炮的事就是一个很好的例子。我跟你讲过这个故事么？”

那是伊斯兰教历 896 年快到年底的时候。当时所有通往维加的路都已经被卡斯蒂利亚人控制了，粮食供给几乎完全被切断。格拉纳达整天都笼罩在炮弹和石块的呼啸声，以及女人们的哭声中；在公园里，数百穷人衣衫褴褛，不知如何度过这个漫长而又严酷的寒冬，甚至为了几根树枝你争我夺；教长的拥护者们狂躁而又无所适从，整天在街上不怀好意地转来转去，不停寻找下一个倒霉蛋。

城市周围的战斗也越来越少，强度也更低了。格拉纳达的骑兵和步兵每次出战，都会被卡斯蒂利亚人的炮兵大量杀伤，因此也不敢远离城墙附近的防御工事而进行大规模进攻。他们只能趁着夜色，偷袭小队的敌军士兵，缴获一些武器装备或者抢来一些牲口。这样的行为虽然不失勇敢，但于事无补，因为这既不能冲破敌人的层层包围，也无法给城里抢来足够的给养，甚至都不足以让他们重塑自信。

突然间，出现了一个谣言。这个谣言不像乌云密布下的细雨般温和，而像夏日里的暴风骤雨般猛烈，它的出现让所有其他传言都不再受关注。这个谣言让这座城市看起来如此可笑，悲剧已经无法避免。

“人们听说阿布 - 卡姆尔最近得到了一门炮。这是一群勇敢的士兵从敌人那缴获的，医生花了十个金币，让士兵们把炮拉到他的花园里。”

父亲端起一杯大麦糖浆，慢慢地吞了几口，继续说下去，完全不在意我是不是听得懂：

“格拉纳达人从来没有使用过大炮，而阿斯塔菲鲁拉一再向他们强调，这个恶魔的发明只会制造更多噪音，不能造成什么伤害，人们也就很听话地认为这种复杂新颖的东西也就只有敌人会用。医生的所作所为让他们感到困惑。接连几天时间里，好奇的人们，不分老幼，远远地看着这个新鲜的玩意儿，低声谈论它精良的做工和吓人的造型。对阿布-卡姆尔来说，他找到了报复教长的机会：‘去把教长叫来，让他来看一看，别整天就知道祈祷！你们问问他，他会点这个大炮的火绳么，就像他烧书一样！’虔诚的信徒们匆忙走开了，嘴里还不停地诅咒着。其他人则不断追问这个大炮如何使用，以及如果用来攻打桑塔菲能有什么效果。当然，医生本人也完全不了解，而他的解释明显是夸张的。

“哈桑我的儿子，你完全可以想到，这门大炮根本就没法用。阿布-卡姆尔既没有炮弹、火药，也没有炮兵，围观人群的好奇也转为不屑。很幸运的是，警察局接到群众举报后，派人来把大炮拉到了阿尔汗布拉宫进献给苏丹。从此人们再也没有见过这门大炮。但是此后的很长时间里，人们还是经常听医生不断重复大炮的重要性，他认为只有靠大炮才能战胜敌人，如果不能缴获或者制造出足够的大炮，他们的王国将陷入绝境。而阿斯塔菲鲁拉则鼓吹另外的观点：只有靠信仰坚定的战士的牺牲和殉道，才能够消灭侵略者。

“苏丹博阿迪尔则努力调和两人的关系，因为他既不想要大炮，也不想殉道。当教长和医生仍在不断相互指责，所有格拉纳达人都在争吵中试图探究城市命运的时候，这座城市的主人却只是一味幻想能够避免战争。他不断地向费迪南德国王派出信使，而他们谈判的不过是投降的时间问题，围城者希望是几个星期以后，而被围者则希望是几个月后，或许期盼着上天能突然发威，降下洪水、地震或是鼠疫什么的，消灭那些强大的西班牙人，替他们解围。”

然而上天对我们的命运显然另有打算。

陷落之年

伊斯兰教历 897 年

（公元 1491 年 11 月 4 日 –1492 年 10 月 22 日）

在格拉纳达，这是寒冷的一年，寒冷并充满恐惧，连雪都被翻起的泥土和血染成了黑色。死亡成了人们习以为常的事，流亡的日子近在眼前，记忆中往日的欢乐现在看起来竟如此残酷！

母亲说起我们城市陷落的时候，完全变了一个人。她的语气，她的眼神，她的话和泪，我从没在任何其他时候见过。而当年我还没到三岁，现在我也无法判断当时的那些哭喊声到底是我亲耳听到的，还是之后别人向我讲述的时候刻进我的脑海的。

讲到当年的灾难，每个人的视角都是不一样的。母亲首先提到的是缺粮和焦虑。

“新年的头几天，大雪就覆盖了仅存的几条没有被围城军队控制的小路，完全切断了格拉纳达和国内其他地区的联系。城南的维加和阿尔普哈拉斯山区之前还能向城内供应些小麦、燕麦、小米、油和葡萄干，现在这些供给来源也不存在了。我们的邻居们，即使不是特别穷的，每天也生活在恐惧中，他们买下任何看到的东西，把它们堆在房间的坛子里，而充足的物资储备并没有让他们安心，反而使他们更加担忧饥荒、鼠害和强盗的到来。人们都打算等道路可以重新通行后，立刻投奔附近村庄的亲戚们。格拉纳达刚刚被围的几个月，附近村庄的人们纷纷涌入城内避难，当时进城的还有瓜迪克斯和吉布拉塔尔的难民们。他们或是在亲戚家凑合着住下来，或是住在清真寺的附属建筑以及改造过的安置点里。前一年的夏天，甚至连公园里和空地上都搭满了临时帐篷。街上到处是乞丐，从哪里来的都有，通常都是全家人一起乞讨，不论是父亲母亲，还是老人孩子，全都骨瘦如柴，战战兢兢。除了乞丐，还有成群不怀好意的年轻人。那些不愿接受施舍，也不愿打家劫舍的清高的君子们，则在家里等待死神缓慢降临，没有任何人会关注他们。”

当然，这不是我家人的命运。因为我父亲的工作，我们家从来没有缺过任何东西，即使在物资最匮乏的时候。父亲接祖父的班做了称重员，这是城市管理中的一项重要工作，职责主要是称量谷物，并确保市场上公平买卖。也是因为工作的原因，我们家的人都有瓦赞这个别名，也就是称重员，我的名字中也有。在马格里布地区，没有人知道我叫莱昂或者美第奇家族的约翰 - 莱昂，也从来没有人称我为非洲人。在那里，我的名字是哈桑，穆罕默德 - 瓦赞的儿子，官方的档案里还会加上“扎亚提”，那是我部族的名字；“加尔那提”，格拉纳达人；当我离开菲斯后，他们又会称我为“法西”，菲斯人，那是离开格拉纳达后第一个收留我的故乡，然而并非唯一的一个。

因为是称重员，父亲可以从交给他称量的食品中抽出任何他想要的数量，只要不太过分就好。如果他对商人们的猫腻视而不见，他还可以直接拿到一些金币。我相信他并没有打算靠这些手段发财，但这确实让他和亲戚们远离了饥荒的威胁。

母亲告诉我：“你当时是一个胖小子，我都不敢带你上街，生怕你会遭到别人的毒眼。”当然也是为了避免露富。

为了不失去那些最不幸的邻居们，父亲经常与他们分享得来的食物，尤其是肉和新鲜蔬菜。当然，他做得低调，也很有分寸，因为任何慷慨都会被视为挑衅，哪怕显出一点儿恩赐的态度都会被人当作是羞辱。当城里的人们最终走投无路、绝望之至的时候，他们选择上街示威，以发泄他们的狂怒和不安。还有一群人直接面见苏丹请愿，要求他不论采取任何方式，尽快结束这场该死的战争，父亲作为阿尔拜辛的代表也参与了这次行动。

因此，当父亲向我讲述格拉纳达沦陷的时候，他是从阿尔汗布拉宫铺着地毯的大厅里讲起的。

"我们有三十来人，来自城里的各个地方，从纳杰德到泪泉，从波提亚到杏树林。那些叫得凶的人，也一样怕得发抖。不瞒你说，我当时也是惶恐至极，如果不是害怕丢脸，我肯定会一屁股坐在地上。你可以想象我们当时的举动是多么疯狂：整整两天时间，数千民众在大街上制造了极度的混乱，他们用最狠毒的言语痛骂苏丹，侮辱他的谋士，嘲笑他的女人，命令他或决一死战，或开城和谈，不要让这种生无可恋、死无尊严的日子继续下去。作为疯狂的民众选出的谈判代表，我们这群人来到王宫，要当面向苏丹讲出那些辱骂他的话，相信宫外的情形他的耳目早已报告过了。我们公然向他发起了挑战，就在他的王宫里，在他的侍从、大臣和卫队军官面前。我作为市政府的公职人员，理应执行法律，维持公共秩序，而就在敌人兵临城下的此时此刻，我却和这些暴乱分子站在一起。想到这些，我总觉得我一定会被抓到地牢里，被牛筋鞭子抽得浑身是血，甚至被钉死在城墙上。

"我的恐惧很快被证明是可笑的，恐惧过后我感到了耻辱，当然很幸运，我的同伴们都无暇关注其他人的反应。哈桑我的儿子，你很快就会明白，为什么我要告诉你我如此脆弱的表现，这些话我从来没有对任何亲戚说起过。我希望你了解那不幸的一年里，在格拉纳达究竟真实发生了什么；可能这会帮你避免被掌握生杀大权的人任意摆布。对我来说，当我打开王子们和女人们真正内心的时候，我看不到生命中任何美好的东西。

“我们进入使节厅的时候，博阿迪尔已经在他的宝座上坐好，身边站着两个全副武装的卫士，还有一些谋士。他那时三十岁，但脸上的皱纹深得吓人，胡须灰白，眼神憔悴。他的面前摆着一个巨大的精雕细刻的火盆，挡住了他的胸和腿。那是伊斯兰教历一月底的时候，也就是公元纪年的十二月份，是极为寒冷的一段时间，不禁让人想起桑塔莱姆诗人伊本－萨拉造访格拉纳达时，曾说过的那几句傲慢无礼的话：

这个国家的人，不去祈祷，
继续做上天禁止的事吧，
这会为你在地狱赢得一席之地，
那里的火焰让人舒服，
外面北风凛冽。

“苏丹从嘴角勉强挤出一点笑容，算是欢迎我们，这在我看来已经很仁慈了。他做个手势让我们坐下，我只是半坐在地上。但在讨论开始之前，我很吃惊地看到，一大群达官显贵、军官学者、社会名流也走进大殿来，包括阿斯塔菲鲁拉教长、阿尔－穆里赫大臣、阿布－卡姆尔医生在内大约百十号人，其中有些人情愿老死不相往来。

“博阿迪尔首先开口说话了，他的声音如此低沉，人们纷纷俯下身，大气也不敢出：‘以慈悲宽容的真主之名，在我们的城市面临生死存亡的时候，我把你们这些有想法的人都召进阿尔汗布拉宫。请你们畅所欲言，为了所有人的共同利益，我会完全遵照你们的建议执行。阿尔－穆里赫大臣会首先发言，我最后再说。’说完这些，他把后背靠在墙边的靠垫上，不再说话。

“阿尔－穆里赫是苏丹的主要幕僚之一，人们都在等着他首先念出押韵的赞美词。但是他没有。并非如往常一样以‘致荣耀的奈斯尔王朝荣耀的继承者’开头，那天他完全换了一种语气：‘陛下，如果我出言不逊，毫无保留地说出自己的想法，能否恕我无罪？’博阿迪尔微微点了下头表示赞同，他才继续说：‘我认为我们的现行政策对上天和他的崇敬者们都没有任何好处。我们可以在这聊上十天十夜，但这并不能给格拉纳达的孩子们空空的碗里带来一粒粮食。认清我们眼前的现实吧，尽管它很可怕也很残酷，不要再被谎言蒙蔽了，尽管它看上去很美。我们的城市太大了，即使在和平时期都难以筹集到足够的食物。每天都有人死去，将来上天一定会因为这些无辜的人失去生命来找我们算账。如果有一支强大的穆斯林军队正在赶来，就要解格拉纳达之围了，我们可以要求我们的臣民去牺牲，去争取一线生机。可现实情况是，我们都知道，不会有人来救我们了。陛下，你曾经给开罗和奥斯曼的苏丹写信求救，他们可曾回应？’博阿迪尔扬了扬眉毛以示否认。‘最近，你又给菲斯和特莱姆森的穆斯林兄弟们写信，请他们尽快带兵前来，他们是怎么回应的？博阿迪尔，你的血统高贵，不好意思说出来，那我替你说。菲斯和特莱姆森的统治者们派使臣带着重礼，不是来支援我们，而是去拜见费迪南德，向他承诺绝对不会对他动武！现在格拉纳达是一座孤城了，我们已经失去了其他所有的城市，我们的穆斯林盟友们对我们的求救声充耳不闻。我们还能有什么出路？’

“整个大殿静得令人窒息，只是偶尔有人咕哝两声表示赞同。阿尔 - 穆里赫张了张嘴，似乎还要继续说下去，但他什么都没说，退了一步坐下去，眼睛直直地盯着地板。三个不知道哪里来的人先后站起来说，应该赶快和敌人谈判开城投降，统治者们已经浪费太多时间了，再这样下去就是完全不顾下层百姓的死活。

“随后轮到阿斯塔菲鲁拉发言，他从一开始就坐得不耐烦了。他站起身来，双手不由自主地整了整头巾，望着画满精美图案的天花板。‘人们都知道，阿尔 - 穆里赫大臣是一个睿智的、有能力的人，当想要向听众灌输思想的时候，他可以很轻易做到。他想要向我们传递一个信息，当我们都已经准备好的时候，他却不说了，因为他不想亲手给我们递上这杯苦酒，尽管是他想让我们喝的。那么这个杯子里究竟是什么？如果他不想说出来，那就让我替他说吧：他希望我们向费迪南德献城投降。他告诉我们，所有的抵抗都是没有意义的，不论是从安达卢西亚还是其他地方，都不会有人来支援我们；穆斯林的王子们派出使者，与我们的敌人沆瀣一气，上天会惩罚他们！但是阿尔 - 穆里赫没有把所有实情都告诉我们！他没有说，几个星期以来，他一直都在和基督徒们谈判。他也没有说，其实他们已经达成协议，就等着为他们打开格拉纳达的城门了。'

"阿斯塔菲鲁拉提高了嗓门，以便压过人们越来越大的议论声。'阿尔 - 穆里赫没有告诉我们，他甚至已经同意把投降的日期提前，应该就是几天以后了，而他只是想利用这段时间让我们格拉纳达人为失败做好心理准备。为了让我们接受这个事实，城里的食物仓库几天前就已经关闭了；为了让我们更加绝望，他派人组织了街上的示威游行；今天他让我们来到阿尔汗布拉宫，并不是让我们来批评政府的所作所为，而是想要我们支持他们投降的决定。'教长几乎是喊着说出这些话的，因为气愤和嘲讽，他的胡须一直在颤抖。'信众兄弟们，不要感到愤怒，阿尔 - 穆里赫向我们掩盖了这些事实，并不是为了欺骗我们；只是因为留给他的时间不多了。但是以上天之名，我们不要再打断他了，让他把这些天做的事仔仔细细都说出来，然后我们再表态。'他突然打住，一只手颤抖着整了整衣服，坐了下来。整个大殿这时是死一般的安静，所有人的目光齐刷刷地望向阿尔 - 穆里赫。

"阿尔 - 穆里赫大臣环顾四周，等待着有人起身说话，当然没人接过话头。他猛地蹦起来，精神百倍：'教长是一个虔诚的人，有心的人，我们大家都知道。尽管他不在格拉纳达出生，他对这座城市的深爱让人敬佩；尽管他的家族原来并非穆斯林，他对伊斯兰教的忠诚值得赞扬。同时，他也是一个博学的人，对宗教和社会学都造诣颇深，有强烈的求知欲。听到他讲我作为苏丹的使臣和费迪南德国王的密使之间发生的事，我很赞赏，同时也感到吃惊和震撼，因为这些事情并不是我告诉他的。另外，我也想告诉大家，他所说的和事实真相相差不大。我唯一想指责他的是，他讲述这些事情的口吻完全和我们的敌人一样，因为对敌人来说，他们更关注和平到来的时间，因为围城对他们来说代价很大；对我们来说，我们的最终目的并不是让不可避免的最终结果来得晚几天或几个星期，到头来招致卡斯蒂利亚人加倍的报复。现在，我们已经不可能胜利了，这是天意，所以我们应该争取一个最好的结果。在我看来，那就是保全我们和妻儿的生命；保住我们的财产、田地、房屋和牲口；人们都有权继续在格拉纳达生活，听从上天和先知的教诲，在清真寺里祈祷，按我们现有的法律缴纳天课[1]和什一税而不负担其他税费；三年内，人们也有权选择出海移民到马格里布地区，带着他们的财产，或者在市场上公平买卖他们的财产，不论是和穆斯林还是和基督徒。这就是我想和费迪南德国王谈的条件，我要让他向上天发誓，有生之年绝对服从，他的继任者也要服从。我做错了么？'

"阿尔-穆里赫并没有等人们给他回答，他继续说：'格拉纳达的各位达官显贵，我无法向你们承诺胜利，但是我想极力避免最苦涩的结果，屠杀、奸淫、侮辱、奴役、掠夺和破坏。为此，我需要你们大家的同意和支持。如果你们不同意，我可以按你们的要求中断和谈，或者找各种借口拖延下去，如果这样做我想可能只会得到那些蠢货和伪君子的褒奖。这真的符合穆斯林的利益么？现在是冬天，敌军力量分散，无法在大雪天组织有效的进攻，而是暂时在桑塔菲和其他防御工事里养精蓄锐，只要切断我们的补给线就可以。三个月以后，春天来临，费迪南德兵强马壮，我们则饿得面无血色，那时候他们将对我们发起最后一击。现在我们必须谈判！只有现在，费迪南德才可能接

[1] 伊斯兰教教法规定，凡有合法收入的穆斯林家庭，须抽取家庭年度纯收入的 2.5% 用于赈济穷人或需要救助的人。又称"济贫税"。

受我们的条件，因为我们现在还能给他一些东西。’

“一直沉默不语的阿布 - 卡姆尔突然从他的位置上跳了起来，撞开了身边的人：‘我们能给他一些东西，那你说，我们能给他什么？为什么你不把话说完？你要献给费迪南德的，不是一个金烛台，不是一条华丽的裙子，也不是一个十五岁的奴隶。你要给费迪南德的，是诗人盛赞的这个城市：

格拉纳达，那么无与伦比，
不论在伊拉克、叙利亚还是埃及，
你是美丽的新娘，
其他的国家只是你的嫁妆。

“你要献给费迪南德的，我的大臣啊，是这座阿尔汗布拉宫，荣耀中的荣耀，精华中的精华。兄弟们，看看你们的周围吧！看看我们的父辈、祖父辈的人们精雕细刻的杰作吧！永远记住这个让人仰慕的地方吧，以后你们可能再也没有机会踏足这里半步了，除非作为奴隶。

“医生哭了，很多人把脸藏在衣服里。他喘着粗气，声音嘶哑地继续说：‘我们的知识曾给这片土地带来光明，但是现在我们的太阳被遮住了，一切都暗淡了。格拉纳达，这是你的光芒最后一次闪耀，它终将熄灭，但我不想吹灭它，我不愿子孙后代唾弃我的所作所为。’他颓然倒地，沉默让空气变得更加凝重。阿斯塔菲鲁拉已经忘记了对阿布 - 卡姆尔的敌意，他继续说：‘医生说的有道理。大臣想献给异教徒国王的，就是我们这座城市，从今以后我们的清真寺会变成教堂，学校里不再教授古兰经，家中也不再有任何禁忌。他要交给费迪南德的，还有我们所有人的生杀大权，因为我们不是不知道，基督徒的承诺并不值钱。四年前，他们不是同样答应保全马拉加人的生命安全么？而进城之后，他们抓了多少女人和孩子？阿尔 - 穆里赫，你能向我们保证，这样的悲剧不会在格拉纳达重演么？’

“大臣愤怒地回应：‘我什么都无法向你保证，但我保证我会留在城里，和你们一起承担上天降临给我们的命运，竭尽所能让他们执行协议。我们的命运不掌握在费迪南德手中，而是掌握在真主的手中，将来的某一天，只有他能给我们带来今天无法达到的胜利。现在的情形就是这样，你们也都知道，再讨论下去也毫无益处。我们必须要做出决定了。同意和卡斯蒂利亚人和谈的，就大声说出我们奈斯尔王朝的铭言吧！’

“当时使节厅的各个角落里，都在重复这句话：‘只有真主能带来胜利。’语气坚决但充满无奈，曾经这句话是战斗的号角，此时则成了屈从的理由。有些人则可能在抱怨造物主，为什么要让怀疑论者和异教徒存在！

“当大多数人都表示同意后，博阿迪尔决定结束这次谈话。他伸出双手止住了大殿内的声音，高高在上地说：‘信徒们都已经表态，也都做出了决定。我们将走和平之路，真主会给我们指引最好的路。真主在听，他也会回应。’

“没等苏丹把话说完，阿斯塔菲鲁拉已经起身走向出口，愤怒使他跛得更厉害了。他高声说着这些可怕的话：‘真主在圣书中说，你们是我曾给人类的最好的国家。这是在说我们吗？’”

*

阿尔汗布拉宫会议的当天晚上，整个格拉纳达已经知晓发生了什么。人们陷入了痛苦的等待中，平时的那些谣言都已经不再重要，人们现在只关心一个问题：卡斯蒂利亚人何时会进入格拉纳达。

母亲告诉我：“伊斯兰教历二月的最后一个星期，也就是麦西哈尔撒[1]生辰纪念日的第二天，萨拉-巴里奥雷又来看望我，她从柳条提包的最里面拿出一本用淡紫色丝巾包着的书。我强颜欢笑对她说：‘你

[1] 伊斯兰教对耶稣的称谓。

和我都不识字啊。’而她看起来完全没有了平日的活泼和愉悦，她冷冷地说：‘我给你拿这本书来是让你表哥看一看，这是我们族内的一位智者写的，拉比[1]伊沙克-本-亚胡达。他说上天要降下血与火的洪水，惩罚那些放弃了本性的生活而自甘堕落的人。’她的话说得断断续续的，双手也一直在发抖。

“我的儿子，你当时坐在我的膝盖上，我紧紧地抱着你，搂着你的脖子。我有些恼怒，但并没什么恶意地对萨拉说：‘你这个带来不幸的占卜者。难道你看不到，我们已经每天都备受煎熬了么？为什么你还要预言一个更加悲惨的命运？’但是她仍然没有转移话题：‘拉比伊沙克是费迪南德国王的熟识，他知道很多秘密。现在他假借先知的语气，是因为他无法用其他方式泄露这些秘密。或许他是想警告我们格拉纳达即将沦陷，但这已经不是一个秘密了。但他所说的不止这些。他很确定，在这个犹太人的国度里，犹太人将不再有赖以生存的空气和水。’

“她平时总是那么兴高采烈的，而现在因为极度的恐惧已经几乎说不出话。我问她：‘难道你的书让你如此不知所措？’她说：‘还有其他事。今天早上我听说，我住在托雷多附近瓜尔迪亚的一个侄子尤塞夫被烧死了，和其他十个人一起。他们的罪名是使用巫术，杀害了一名基督徒儿童，并像人们对待尔撒一样，把他钉在十字架上。审讯者没有任何证据；他们既没有那名所谓被谋杀的儿童的姓名，也没有伪造一具尸体，甚至在当地都没有儿童失踪的报告。但是，在他们的严刑拷打下，尤塞夫和他的朋友们什么都招认了。’我问她：‘你认为你们在格拉纳达也会面临同样的悲剧么？’萨拉看了我一眼，能感觉到她的眼中充满了仇恨。我不知道哪里冒犯了她，但是设身处地为她想

[1] 犹太人中的一个特别阶层，是老师也是智者的象征，指接受过正规犹太教育，系统学习过《塔那赫》《塔木德》等犹太教经典，担任犹太人社团或犹太教教会精神领袖或在犹太经学院中传授犹太教教义者，主要为有学问的学者。

想，我还是决定向她道歉。而她没有给我时间：‘当这座城市沦陷的时候，你认为你们的土地、房屋、财富会比我们的更能躲过一劫么？你认为只有闪族人会被施以火刑，其他人都不会么？在格拉纳达，我们都像是在一条船上，一起在命运的海洋里沉浮，将来也会一起流走。明天，可能我们就在逃亡的路上……

“萨拉可能感觉到说得太远了，而这一切又太可怕，她停了下来，用她宽大袖子里的胳膊抱住我，趴在我的肩上抽泣。我不怪她，因为这些可怕的画面我也能想象得到，或是醒着的时候，或是在梦里。共同的命运使我们成为姐妹，我们都是这座濒临灭亡的城市里的孤儿。

“我们就这样抱着哭泣，直到我听到你父亲回来的脚步声。我在卧室里喊他上来，在他进来之前，我用裙子的下摆擦了擦脸上的泪水，萨拉也赶快戴上了面纱。穆罕默德的眼睛也是血红的，但我假装没有看到，不想让他难堪。我对他说：‘萨拉拿来了一本书，想让你给我们讲讲里面写了什么。’很长时间以来，你父亲对萨拉已经没有偏见了，现在萨拉几乎天天来我们家，他们会在一起谈论时事；他还喜欢拿她的奇装异服开玩笑，她对此也笑得很开心。而那天，他和她都没有心情笑出来。他接过书，一言不发，盘腿坐在卧室的门槛上翻了起来。他看了大概一个小时，我们都静静地望着他；随后他合上了书，思绪似乎还飞得很远。他望了我一眼，又似乎没有看到我：‘你的父亲书商苏雷曼曾经告诉我，任何大事即将发生的前夜，总会有类似这种书籍出现，预测世界末日或者解释星宿移位，或是指责人们不遵从上天的旨意。人们偷偷地传阅这些书，他们会因此感到放心一些，因为每个人的痛苦和不幸都会像大海中的一滴水一样被人遗忘。萨拉，这本书说你们要赶紧离开，不要等着厄运来敲门。只要可能，赶紧带上孩子们离开这个国家。’萨拉摘下面纱，表情痛苦地说：‘我们又能去哪？’这更像是一声悲伤的呼喊，而不是一个问题，但父亲翻着书回答道：‘这位作者推荐意大利，或者奥斯曼国家，但你也可以出海去马格里布地区，那里更近。我们也会去那里。’他放下书，没有看我们就径自离开了。

“这是你父亲第一次谈到逃亡，我也很想问问他什么时候下的决心，又做了哪些准备，但是我不敢。他也只是第二天才跟我又说了一次，低声告诉我不要在瓦尔达面前提起这个话题。”

随后的几天里，大炮和投石机的进攻都停止了；格拉纳达一直在下雪，白雪覆盖下的城市显得那么平静安详，好像一切都不会被破坏。战斗已经完全停止了，街上只是偶尔听到几声小孩子的哭叫。人们多希望就这样被时光遗忘啊！但是一切都在进行中：伊斯兰教历 897 年 2 月的最后一天，公元 1492 年的第一天，天还没亮就有人来重重地敲我们家的门。母亲从床上跳起来，赶紧叫醒睡在瓦尔达房间里的父亲。父亲把门打开，发现门前站着苏丹的士兵，他们要求他骑上马跟着一起走；外面已经有几十个人了，其中还有些年轻人，借着白雪反射的光可以看到他们还没长胡须的面孔。穆罕默德回到屋里穿上厚衣服，然后在两名士兵的陪伴下，到房子后面的谷仓里牵出他的马。母亲怀里抱着我，站在门口向军官询问要把父亲带到哪里去。军官告诉她，阿尔 - 穆里赫大臣交给他一个名单，要求将名单上的人赶紧带去见他；军官还告诉母亲不用担心。父亲临走前也向母亲保证不会出事。

到达阿尔汗布拉宫前面的广场时，天已经蒙蒙亮了。借着晨曦的微光，穆罕默德看到广场上已经聚集了五百多被抓来的人，全都骑着马，穿着厚厚的羊毛大衣，周围还有上千骑兵和步兵。不过那些士兵只是聚在周围，防止人们乱跑而已，没有任何粗鲁的举动，甚至说话都很客气。随后在一名戴着头巾的骑兵的引领下，队伍开始安静地行进，士兵们走在队伍两侧。人们穿过七阶门，沿着城墙走纳杰德门出了城，很快走到尚未解冻的赫尼尔河边。直到河边的一片樱桃林，队伍才第一次停下来休息。

天色已经大亮了，但是空中仍然挂着一弯新月。领头的骑士摘下头巾，从被抓来的人中选出十二名德高望重者叫到身边。这个人就是阿尔 - 穆里赫，没有任何人感到吃惊。他告诉大家不用担心，并为没有提前跟大家说明情况向大家道歉。

“我们必须安静地出城，避免一切不必要的麻烦。费迪南德要求我们从格拉纳达贵族家庭中选出五百人作为人质，这样就不必担心他们的军队进城时遭到我们的伏击。我们也希望城市的交接过程中不要出现暴力事件，这样做也符合我们的利益。请你们转告其他人，你们都会被优待，并且不会在那边停留太长时间。”

很快这些话就传遍了所有人，除了几句抱怨，并没有引起其他什么反应。能够从众多居民中脱颖而出被选中，大多数人都感到很自豪，并且可以在城市沦陷的时候不在城中，这让他们心中更踏实一些，远远超过暂时被囚禁带来的不快。当然也有人希望最困难的时刻能够陪在妻儿身边，比如我的父亲，但他们也明白其实这并不起什么作用，因为上天的旨意是不可违抗的。

队伍大约只休息了半个小时就继续向西前进，始终没有远离赫尼尔河。很快一队卡斯蒂利亚士兵就出现在远处，他们来到我们面前后，领头的军官和阿尔 - 穆里赫到一旁说了几句。随后，在阿尔 - 穆里赫的命令下，格拉纳达骑兵调转马头，迅速地朝着格拉纳达方向退去。费迪南德的骑兵接管了这些人质。天上的新月已经看不见了。队伍继续前进，人们更安静，也更沮丧，桑塔菲的城墙已经近在眼前。

从前人们只能好奇而又害怕地远远观察这座城市，而当真正进入这个临时营地的时候，穆罕默德陷入了沉思：“他们用我们的旧石头建起的这座新城看起来很奇怪。”整个城市都在积极备战，费迪南德的士兵们大张旗鼓地准备发动最后一击，就像是格拉纳达斗兽场里的一群猎狗，准备终结那头奄奄一息的公牛。

1492 年元月 1 日的晚上，阿尔 - 穆里赫大臣离开其他人质，返回格拉纳达，同行的还有几位基督徒军官，他们的任务是为大军进城做好准备。他们沿着人质出城的路线，在夜里悄悄地进了城，没有引起城内居民过多的注意。第二天一早，他们便拿着博阿迪尔给的钥匙，进入了科玛莱斯塔。不久之后，几百名卡斯蒂利亚士兵沿着那条隐秘的路线入城并接管了城防。一位主教在瞭望塔上升起了十字旗，士兵们高呼三声“卡斯蒂利亚”“卡斯蒂利亚”“卡斯蒂利亚”，这是他们占领一地后的庆祝方式。听到欢呼声，格拉纳达人明白大局已定，但他们不甘心这样重要的历史事件如此草草了事，于是他们跪在地上祈祷、唱诗，泪水模糊了双眼。

消息渐渐传开了，格拉纳达人走出家门来到街上，不论男人还是女人，穆斯林还是犹太人，穷人或是有钱人，大家都目光呆滞地走着，不发出一点声音。母亲带着我穿过一条条街道，来到萨比卡。她在那呆呆地站了好几个小时，望着阿尔汗布拉宫周围发生的一切。我清楚地记得，当天看到了卡斯蒂利亚士兵们唱着、欢呼着、在城墙上趾高气昂地走来走去。临近中午的时候，醉醺醺的士兵已经进入了城里，萨尔玛只好回家等待她的丈夫。

三天以后，我们的一位邻居，七十岁的公证师回到了家中。他之前和父亲一起被抓去做人质，后来假装身体不适，而卡斯蒂利亚人担心他死在自己手中不好交代，只好把他送回来。从他口中，人们得知了人质当时行进的路线，母亲决定第二天清晨就去城南的纳杰德门观察情况，那里离赫尼尔河不远。经过慎重思考后，她决定让瓦尔达一同前往，即使遇到刁难，瓦尔达还可以和教友们周旋一下。

第二天一大早，天还没亮，母亲抱着我，瓦尔达抱着姐姐玛利亚姆，我们几个人就踩着上冻的雪地，小心翼翼地出发了。我们穿过了老卡斯巴区、卡迪桥、莫罗尔区、犹太区、波提亚门，路上一个人都没有遇到。只有金属器皿时不时发出的叮咚声才让我们感觉到这不是一个被遗弃的、鬼魂游荡的废墟，而是一个城市，住着血肉之躯的人们，仍然需要生火做饭。

“尽管现在天还没亮，但这就是纳杰德门连一个哨兵都没有的原因吗？”母亲大声地问道。

她把我放在地上，用手推了推城门，没费什么力气城门就开了，原来城门是虚掩着的。我们出了城，然而也并不知道该往哪里去。

刚离开城墙没几步远，我们的眼前就出现了诡异的一幕，惊得我们都睁大了双眼：两队骑兵好像朝着我们的方向过来了，一队在右边，沿着赫尼尔河逆流而上，尽管是上坡，他们的行进速度却非常快；而另一队从左边来，也就是阿尔汗布拉宫的方向，步伐显得很沉重。不久之后，左边的队伍中走出一个骑士，向着另外一队人马缓步走去。我们赶紧穿过纳杰德门回到城里，但是没有关上城门，这样我们就能继续观察外面的动静，而且不会被发现。当阿尔汗布拉宫的骑士走近的时候，母亲禁不住叫出声来：

“是博阿迪尔！”意识到刚刚的惊叫声太大，母亲赶紧用手捂住我的嘴，避免我发出声音。其实我和姐姐都很安静，两个人的注意力都被眼前所发生的一幕吸引。

我只能看到苏丹的头巾，他的头巾缠在额头上，一直遮到眉毛处。在我看来，他的马显得那么暗淡无光，而对面的两匹王室的仪仗马披着丝绸和金饰，非常豪华。博阿迪尔本想下马表示尊敬，费迪南德很友好地制止了他。苏丹于是骑马靠近胜利者，想亲吻他的手，但是费迪南德国王收回了手。博阿迪尔已经向他弯下腰，于是只能和他抱了抱肩膀，这也证明他还是被当作王子对待的。当然不再是格拉纳达的王子了：这座城市的新主人在阿尔普哈拉斯山里给了他一处封地，在那里他可以和家人安度余生。

纳杰德门前的这一幕前后不过几秒钟的时间，随后费迪南德和伊莎贝拉继续向着阿尔汗布拉宫前进，而博阿迪尔转身朝着阿尔汗布拉宫方向愣了一会儿，才继续上路。他走得很慢，身后的队伍很快就追上了他，这支庞大的队伍有上百匹骡马，驮着男人、女人和孩子们，后面还有大量的箱车以及盖着绒布的行李。第二天，人们说博阿迪尔把先人们的遗骨都挖出来带走了，因为不想他们落在敌人手中。

人们也猜测，他离开的时候可能没有带走全部财富，而是将很可观的一部分藏在了克莱尔山的山洞里。多少人发誓要找到这些财富啊！你信不信，我这一生遇到了好多人，他们唯一的梦想就是找到这笔藏宝？我还认识一些被称为寻宝者的人们，他们不干别的，整天就是寻宝，尤其是博阿迪尔留下的宝藏。在菲斯，他们的人数太多了，于是经常聚在一起开会研究如何继续寻宝，我住在菲斯的那段时间，他们甚至还选出了一位商事裁判官，专门负责解决寻宝过程中，由于打探洞伤到房屋的地基而和屋主产生的争端。这些寻宝者都相信，过去王子们遗弃的宝藏都是被施了魔法的，防止别人找到，因此寻宝前都要找巫师施法来指明方向。在巫师宣布看到地下的金山银山之前，我们是不能和他说话的，而想要到达财宝埋藏之处，则需要记住正确的咒语，或是喷上气味合适的香水。这样那些藏宝图就会出现在人们面前！

我不知道奈斯尔王朝统治者多年积累的财宝是不是被埋藏在安达卢西亚地下，但我不认为它们会真的在那里，因为博阿迪尔离开的时候，根本没想过要再回来，而基督徒也允许他带走一切他想要的东西。他要离开历史舞台了，富有却很悲惨，在他穿过最后一个山口，还能望一眼格拉纳达的时候，他久久不肯离去，视线已经模糊，感情已经麻木，基督徒称这个地方为“摩尔人最后的叹息之地”，因为最后一位苏丹在这里洒下了悔恨和耻辱的泪水。而他的母亲法蒂玛一定会对他说：“你不懂得像一个男人一样保卫你的国家，只会像个女人一样为它哭泣！”

后来父亲对我说：“在这个女人眼中，这不仅仅是卡斯蒂利亚人的胜利；可能更重要的是，这是她情敌的复仇。法蒂玛，苏丹的女儿，苏丹的妻子，苏丹的母亲，自幼便受到政治和阴谋的熏陶，和她比起来，博阿迪尔似乎没有野心，也不愿冒险，只想过衣食无忧的享乐生活。是她把儿子推上了苏丹的王座，从而推翻了她自己的丈夫，而罪名则是冷落了她，宠幸基督徒俘虏索拉雅；是她帮助博阿迪尔从科玛莱斯塔逃出来，并精心策划了随后的政变。也是她排挤了情敌索拉雅，并让后者的孩子们远离政治中心。

“但是，德尼亚的一位诗人曾经这样说过，命运比变色龙变得更快。当法蒂玛逃离沦陷的城市的时候，索拉雅迅速换回曾经的名字，伊萨贝拉 - 索利斯，给两个儿子萨阿德和纳斯尔施洗，并给他们改名叫堂 - 费尔南多和堂 - 胡安，成为了格拉纳达的王子。他们并不是唯一放弃父辈信仰换来显赫地位的王室子弟。亚合亚 - 安 - 纳扎尔，曾经昙花一现的主战派英雄，在此之前已经被授予了格拉纳达 - 贝内加斯公爵的称号。城市沦陷后，亚合亚随即被任命为警察局长，足见他已经获得了征服者完全的信任。其他大人物们也纷纷效仿，其中有苏丹的一位秘书，名叫艾哈麦德，很长时间以来人们都怀疑他是费迪南德安插在苏丹身边的奸细。

“失败后的头几天，往往最能看出人性的丑恶。说到这，我对阿尔 - 穆里赫大臣的印象似乎比对亚合亚的更深刻。谈判的时候，除了如他所说，为格拉纳达的妇孺说了不少好话，他当然也没忘记自己的好处：为了奖励他推动格拉纳达投降发挥的重要作用，费迪南德赐给他两万卡斯蒂利亚黄金，还有大片的土地。苏丹的其他大臣也毫不费力地摇身一变，成为了基督徒政权的官员，似乎在战争刚结束时，一切都好商量了。

事实上，格拉纳达人的生活很快就恢复了正常，看起来费迪南德并不希望大批穆斯林选择逃亡。在费迪南德国王和伊莎贝拉王后进城后的第二天，之前扣押的人质也各自回到了家中，父亲告诉我，他们一直都受到优待，就像是王子请去的客人。在桑塔菲，他和同伴们并没有被关在监狱；他们可以去市场，也可以结伴去街上闲逛，当然有士兵陪同，一方面是为了监视他们，另一方面也为了避免他们受到那些喝醉士兵的伤害。一次闲逛时，人们给父亲指了指酒馆门口的一个热那亚水手，那是整个桑塔菲谈论的笑柄。人们叫他“克里斯托弗 - 哥伦布”，他声称地球是圆的，凭借一些小型快速帆船就可以向西到达印度，当然他也毫不掩饰想从阿尔汗布拉宫获得一些赞助。他已经来了几个星期了，一直坚持要面见国王和王后，当然并没有受到接见，只见到了几名高级官员。等待接见的日子里，他不停向国王递交书信和请愿书，这在战争岁月里不由让人感到厌烦。穆罕默德再也没有见过这个热那亚人，但我在以后的日子里经常听人提起他。

父亲回家几天以后，亚合亚公爵召见了他，希望他能够重操旧业，继续担任称重员。亚合亚表示，很快就会有大量物资进入市场，要防止市场上发生欺诈行为。父亲见到这个叛徒先是很激动，但随后还是同意与他合作，就像同任何其他的警察局长合作一样，不过之后和其他人谈起亚合亚曾经带给穆斯林的希望时，他还是会忍不住咒骂几句。亚合亚的存在也让城里的旧贵族们安心不少，那些认识他的人隔三差五便会去拜访，当然比他作为博阿迪尔的竞争者时显得更为殷勤。

父亲回忆道："为了安定人心，费迪南德经常亲临格拉纳达，以确保他的手下严格遵守当时的停战协定。刚开始的几天，他还是非常担心自身的安全，在众多护卫的簇拥下，他也只是看一看市场的情况，再检查一下城墙。几个月里，他始终避免在格拉纳达过夜，总是在日落前就回到桑塔菲。但是，他的猜疑和谨慎并不代表他会对我们采取任何不公正或是歧视性的措施，他也始终没有违反停战协议。不论真情还是假意，费迪南德对格拉纳达人的关怀已使基督徒们心生妒意，他们对穆斯林说：'在我们统治者心中，你们已经比我们更重要了。'甚至有人不怀好意地说，摩尔人一定是对国王施了巫术，让他阻止基督徒掠夺穆斯林的财产。

"我们即将遭受的痛苦会减轻我们心中的负罪感，同时也提醒我们，即使还是自由之身，我们也只能屈辱地活着。然而，格拉纳达陷落后的头几个月里，我们的处境还不是那么糟，因为在我们受到迫害之前，征服者的矛头首先指向了犹太人。萨拉是对的，她预测到了悲惨的命运。"

*

那年六月，也就是格拉纳达陷落三个月之后的一天，王室的宣召官敲锣打鼓来到城市中心的广场上，宣布费迪南德国王和伊莎贝拉王后的旨意："断绝基督徒与犹太人的一切关系，彻底将犹太人从王国中赶走"。犹太人要么受洗，要么流亡。如果选择流亡，他们有四个月的时间变卖家产，但是不能带走金银。

在这个诏书宣布后的第二天，萨拉来到我家，哭了一晚上脸都肿了，但是哭干的眼睛里，透露出一分淡定，这种淡定往往是在意料中的灾难终于来临之后的表现。她甚至还有心情调侃这道诏书，模仿男人沙哑的嗓音转述她听到的话：

"检察官和其他一些人告诉我们，犹太人和基督徒做生意带来了极坏的影响。犹太人试图拉拢新受洗的基督徒和他们的孩子，给他们犹太教书籍，在复活节给他们不发酵的面包，教他们做禁忌的食物，鼓动他们遵从摩西的律法。我们神圣的天主教信仰因此受到侮辱和轻视。"

母亲两次请她压低声音，因为那天早上我们正坐在院子里，萨尔玛不想这些蔑视宗教的话传入不怀好意的邻居耳中。很幸运的是，瓦尔达那时和父亲、姐姐一起去市场了，我实在无法想象，她如果听到萨拉用讽刺的口气说出"神圣的天主教信仰"，会是怎样的反应。

当萨拉模仿完毕之后，母亲只问了她唯一一个重要的问题：

"你决定怎么做了么？是受洗还是逃亡？"

萨拉的嘴角挤出一个微笑，然后故作轻松地说："我还有时间！"几个星期后，母亲再问到这个问题，得到的答案并没有什么区别。

而夏天开始后，留给犹太人做决定的时间已经过去了四分之三，萨拉-巴里奥雷自己来告诉我们她的决定了：

"我听说犹太教西班牙教区的教长，亚伯拉罕，已经带着他的儿子和亲戚们一起受洗了。听到这个消息，我都惊呆了，然后我想：'萨拉，你不过是雅各布-佩尔多尼尔的遗孀，在格拉纳达靠卖香水为生，难道你比拉比亚伯拉罕还要伟大不成？'所以我决定带着我的五个孩子受洗，摩西一定能理解我的真心。"

那天，萨拉因为内心的忧虑显得更加滔滔不绝，母亲则是很温柔地看着她：

“我很高兴你不走了。我也会留在城里，因为我的表哥再也没有提过逃亡的事。”

然而，过了不到一周的时间，萨拉就改变主意了。一天晚上，她带着三个孩子来到我家，最小的孩子比我大不了多少，她的情绪显得非常激动。

“我是来跟你们道别的。我最后还是决定要离开。明天早上有一个去葡萄牙的商队，我会跟他们一起走。昨天，我把十四岁和十三岁的两个女儿都嫁出去了，相信她们的丈夫会照顾好她们。房子卖给了国王的一个士兵，换了四头骡子。”

随后，她略带歉意地说：“萨尔玛，如果留下来，我每天都会在恐惧中度过，直到死亡。每天我都会想离开，但到时候就不能了。”

母亲很吃惊地问：“即使你皈依了天主教也不行？”

作为回答，萨拉讲了最近几天流传在犹太区的一个寓言，这也是她最终选择离开的原因。

“人们说我们社区的一位智者在他家的窗户上放了三只鸽子。第一只已经死了，毛也被拔了，身上挂着一个牌子，写着‘这个受洗的最后才走’；第二只鸽子被拔了毛，但是还活着，牌子上写着‘这个受洗的走得早一点’；第三只鸽子毛都在，活得很好，牌子上写着‘这是第一个走的’。”

萨拉和家人就这样走了，没有回头；显然我们很快也要在逃亡的路上跟他们重逢了。

仲夏节之年

伊斯兰教历 898 年

（公元 1492 年 10 月 23 日 –1493 年 10 月 11 日）

从这一年以后，我再也不敢在父亲面前提起仲夏节这个词，这会引起他最痛苦的回忆。我们家也再也没有庆祝过这个节日。

那是斋月开始后的第九天，或者更准确地说，是圣约翰日，也就是 6 月 24 日。之所以这样说，是因为仲夏节不是根据伊斯兰历法，而是根据基督教历法来的。这一天是夏至日，标志着太阳运行的轨迹，所以跟我们以月亮运行为基础的历法是不相干的。在格拉纳达或菲斯，人们都是两套历法同时使用。如果我们进行农业活动，要知道什么时间嫁接苹果树，割甘蔗或是召集人手准备收获，这时候就是日历比较好用；比如临近仲夏节，就是人们采摘晚开的玫瑰的时候，女人们喜欢把玫瑰别在胸前做装饰。而如果我们想要旅行，就不能按照日历来规划，而要按照月历：是满月还是新月，上弦月还是下弦月，这也是人们定位商队的重要方式。

如果我说基督教历法只是用来进行农业生产，那肯定是不符合事实的，因为它还创造了诸多节日，即便不是基督徒的我们也从来不会错过。我们会庆祝圣纪节[1]，在广场举办诗歌大赛，向穷人发放食物。我们也会过圣诞节，那天我们会用面粉、蚕豆、鹰嘴豆和蔬菜准备特别的食物。伊斯兰历新年通常是在阿尔汗布拉宫举行官方团拜活动，而基督教历新年则是孩子们期待的节日：他们会戴上面具，敲开富人家的门，然后边唱歌边跳圆圈舞，通常人们会给他们一些水果干，当然不是为了感谢他们精彩的表演，而是为了让他们不要再吵闹。人们也会举行盛大的庆祝活动，来迎接波斯历新年：新年前夜，无数对新人会举行婚礼，因为据说这时候结婚的夫妻，将来更能多子多孙；新年当天，街上到处都是卖烧土或陶制玩具的，通常这些玩具都被做成马或者长颈鹿的形状，当然这是违反教规的。我们自然不会忘记穆斯林的重要节日：宰牲节，很多格拉纳达人都会大把花钱去买一头献祭的羊或者新衣服；开斋节，即使最穷的人家也要做一顿十几道菜的大餐；阿舒拉日本来是纪念死去的亲人的日子，但我们却在当天互赠精美的礼物。除了这些节日，还有复活节，那是秋天的开始，当然还有著名的仲夏节。

仲夏节那天，我们会点燃大堆的篝火；人们甚至开玩笑地说，这是一年里夜晚最短的一天，根本都不需要睡觉。当天晚上想安静地休息也是不可能的，因为大帮的年轻人会在城里游荡一整夜，并且大声唱歌一直到天亮；更可恶的是，他们会在街上洒很多水，随后的三天里路面都会非常湿滑。

这一年，除了这些淘气鬼，街上还多了几百名喝得醉醺醺的卡斯蒂利亚士兵。自从格拉纳达沦陷后，城里的酒馆就重新开张了，仲夏节一大早，卡斯蒂利亚士兵就前来光顾了。喝完酒以后，士兵们便到城里各处游荡。所以父亲一点都不想加入当天的任何庆祝活动。完全是因为我和姐姐的哭求加上瓦尔达和母亲的说情，父亲才决定带我们

[1] 伊斯兰教重要节日之一。相传，伊斯兰教创始人穆罕默德诞生在伊斯兰教历 3 月 9 日或 12 日，逝世于 3 月 12 日，所以，伊斯兰教历的每年 3 月 12 日，是穆罕默德诞辰和逝世的纪念日。

去外面逛逛，但是“不能离开阿尔拜辛”。当时还在斋月，只有在日落后，父亲才喝了一碗他应得的扁豆汤——斋月里白昼时间这么长，这是多么痛苦啊！——随后他带着我们朝着德拉波门的方向走去，那里有很多小贩，有卖甜甜圈的，卖无花果干的，还有卖甜杏冰糕的，做冰糕的雪都是靠骡子从克莱尔山上驮来的。

我们全家的命运在老孕妇街发生了巨大的改变。当时父亲走在前面，一手牵着我，一手牵着玛利亚姆，不时和遇到的邻居打招呼；母亲走在后面几步远的地方，瓦尔达在她旁边。突然，瓦尔达大喊一声“胡安！”后就站在那不动了。在我们右边，有一个留着小胡子的士兵停下脚步，嘴里吐着酒气，费力地辨认着跟他说话的这个戴头巾的女人。父亲立刻感到了危险，急忙跳到他小妾的面前，用力抓起她的胳膊，低声说：

“我们回家，瓦尔达！看在麦西哈 - 尔撒的份上，回家！”

他几乎是在哀求，因为那个叫胡安的身边还有其他四个卡斯蒂利亚士兵，都喝得醉醺醺的，还带着明晃晃的大戟；其他的路人都远远地站在旁边看着，不想被卷入眼前的事件里。瓦尔达喊道：

“他是我弟弟啊！”

随后她对惊呆的年轻人说：

“胡安，我是艾丝美拉达，你的姐姐！”

说话的时候，她把右手从穆罕默德的手中挣脱出来，缓缓地摘下头巾。士兵靠近她，抓住她的肩膀仔细看了看，然后用力地把她抱进怀里。父亲脸色变得惨白，浑身发抖。他知道他即将失去瓦尔达，更严重的是，他在整个街区的人面前被人羞辱，他作为男人的尊严受到了严重损害。

我当时年龄太小，看不懂眼前发生的悲剧到底是怎么回事。但是我清楚地记得，那个士兵对我做了些什么。他告诉瓦尔达，应该和他一起回到他们的村子，一个叫作阿尔坎塔利亚的地方。而她则显得有些犹豫。见到失散五年的弟弟，她的喜悦肯定是发自内心的，然而她并不一定想放弃现在的生活，带着和摩尔人生的一个女儿回到她父母的身边。很明显，她不可能再嫁人了。她在称重员穆罕默德家不能算是不幸福，她衣食无忧，而默罕默德也从来没有连续两天不在她那里过夜。另外，当我们习惯了在格拉纳达这样的城市里生活，即使现在一切都显得萧条，我们也绝对不想老死在穆尔西亚旁边的一个不知名的小村子里。可以想象，这就是她当时的想法，而她的弟弟则不耐烦地摇着她问：

“这些孩子都是你的么？”

她已经站不稳，靠在墙上轻声说了声“不是”，随后又说“是”。听到这个字，胡安跳到我面前，用胳膊把我架了起来。

我怎么可能忘掉母亲当时的尖叫声？她跑到那个士兵跟前，用指甲挠他，用拳头打他，而我也使出全身解数拼命挣扎。士兵立刻就明白了，他猛地把我扔下，恶狠狠地对他姐姐说：

“那么只有这个女孩子是你的了？”

她什么话都没说，这对胡安来说已经足够明白了。

“你是带着她一起，还是把她留给他们一家？”

他的语气十分强硬，瓦尔达感到有些害怕，她恳求地说：

“胡安，冷静一点，我不想造成什么丑闻。我回去收拾一下东西，然后就回阿尔坎塔利亚。”

但是士兵并不同意她的计划。

“你是我的姐姐，你现在立刻收拾东西跟我走！”

父亲明显是受了瓦尔达所说的话的刺激，他走上前来说道：

“她是我的妻子！”

他先用阿拉伯语，随后用蹩脚的卡斯蒂利亚语说出这句话。胡安一拳就把他打飞了，他躺在泥泞的地上。母亲像一个怨妇一样大哭起来，瓦尔达则大喊道：

“不要伤害他！他一直都对我很好。他是我的丈夫。”

士兵一直抓着他的姐姐，听到这句话愣了一下，语气突然温和下来：

“对我来说，你就是他的俘虏，自从我们攻下这座城市后，你就已经自由了，不再属于他了。如果你说他是你的丈夫，那么你可以继续留在他身边，但前提是他必须立刻受洗，并且请神父主持你们的婚礼。”

瓦尔达转向父亲，哀求地说：

“答应他吧，穆罕默德，要么他会拆散我们的！”随后是一阵沉默，突然人群中有人喊道：

“安拉是伟大的！”

倒在地上的父亲缓缓地站起来，昂着头走到瓦尔达面前，故作坚定地说：“我让你带走你的衣服和女儿！”随后他朝着家的方向走去，周围的人群发出低低的赞许声。

对此，母亲面无表情地评价道：“他想在邻居面前保住自己的面子，但他深深地感到耻辱和无能为力。”

随后她尽量不带讽刺的语气说道：

“对你父亲而言，直到这时格拉纳达才是真正落入了敌人的手中。”

*

之后的几天，穆罕默德一直颓废地待在家里，伤心欲绝，甚至连开斋节的传统晚宴也没去参加；没有人责怪他，因为他的不幸遭遇在仲夏节的当晚就已经传开了，邻居们络绎不绝地来探望他，像探望病人一样，带来开斋节他没有尝到的美味菜肴。萨尔玛那几天很低调也很安静，他如果不问，她就不说话，也不让我去烦他。但她总待在离他不远的地方，以便他有什么要求时，不需要说第二遍。

尽管母亲有些担心，但始终保持着她的气质，因为她坚信表哥很快就能从痛苦中走出来。真正让她伤感的是看到穆罕默德竟然如此爱他的小妾，而这份爱如此高调地展示在阿尔拜辛所有八卦的长舌妇面前。小时候，我曾经问过她，不管怎么样，应该对她情敌的离开感到满意吧，而她则很确定地说：

“一个明智的女人会努力成为她丈夫所有女人中最好的那个，因为要想成为唯一的那个简直是在做梦。”

随后，她假装很高兴地补充道：

“不论人们怎么说，成为家里唯一的那个女人远远不如成为家中唯一的孩子那么好。没有竞争，女人便不会努力，没有烦恼，只会对男人言听计从。确实，家里有嫉妒，有勾心斗角，也有争吵，但至少这都局限在家里，因为当男人出门寻欢的时候，家里所有女人都失去了丈夫。”

也是因为这个原因，当斋月的最后一天，穆罕默德突然胸有成竹地离开家的时候，萨尔玛开始慌乱起来。两天以后她才知道，他是去找哈迈德了。这位格拉纳达的“解救者”，二十多年来一直致力于赎回在基督徒领土内成为奴隶的穆斯林兄弟，他的工作艰苦、危险，但是有利可图。

在安达卢西亚地区，一直都有这样一些人，他们寻找被敌人抓去的奴隶和囚犯，并努力把他们赎回。不只是在我们这边有这样的人，在基督徒那边也有，他们会任命国内声望较高的人主管这件事，并为他配备数量可观的其他解救者。通常是俘虏的家人前来报告有人失踪：可能是落入敌手的士兵，被攻陷的城市里的市民，或者是村子里被掠夺走的农妇。然后解救者或是他指派的人便会开始调查，他们深入敌国境内，有时还会到很远的国家，伪装成商人或者利用自己的关系找到失踪的人，并和对方谈好赎金。很多家庭付不起高额赎金，人们便会组织募捐，信徒们对这种能解救被奴役的兄弟姐妹们的募捐最为慷慨。甚至有人花费巨资，赎回从来没有见过的奴隶，不求其他回报，只希望得到上天的怜悯。而有些解救者其实是吸血鬼，他们只想利用那些家庭的无助，榨干他们本就不多的积蓄。

哈迈德肯定不是吸血鬼，他的谦逊是有目共睹的。

父亲对我讲起这段经历显得犹豫不决，即使事情过了很多年也是如此：“他很冷淡地接待了我，就好像每天接待大量客户那样不胜其烦。他让我坐在柔软的沙发上，先是简单询问了我的身体状况，随后便问我来找他的原因。当我说完之后，他突然大笑起来，笑得咳嗽不止。我非常生气，站起来准备离开，哈迈德拉住我的袖子，对我说：

‘我和你的父亲差不多同样年纪，你不应该怪我。不要认为我的笑是对你的冒犯，这其实是对你那不可思议的魄力的一点敬意。你要赎回的不是一个穆斯林，而是卡斯蒂利亚的基督徒，你竟然敢在格拉纳达陷落后，还和她一起生活了十八个月，而征服者的第一个决定就是释放我们城里所有的基督徒俘虏。’我只说了一个‘是’，作为对他的回答。他看着我，仔细打量我的衣着，认为我是个可敬的人，然后慢慢地走近我，显得比之前热情一些：‘我的孩子，我能理解你爱着这个女人，如果你说你一直对她很好，并且深爱着你和她生的女儿，我也相信你是真心的。但你也知道，不是所有的奴隶都能得到这样的优待，不论是在我们这儿，还是在卡斯蒂利亚人那儿。他们中的大部分人整天都在运水或者做拖鞋，夜里就像牲口一样被圈养，睡在阴冷潮湿的地窖里。我们还有成千上万的兄弟姐妹们正在遭受这样的折磨，却没有人想要赎回他们。想想他们吧，我的孩子，帮助我赎回一些人，总好于你这样白日做梦，因为你要明白，在安达卢西亚，穆斯林再也不可能向基督徒要求什么了。如果你执意想要赎回这个女人，那你就去教堂受洗吧。’他说出这句恶毒的诅咒后，用手掌捂了下脸，随后接着说：‘向安拉祈祷吧，让他教会你耐心和顺从。’”

父亲接着说：“当我感到失望而又愤怒，准备起身离开的时候，哈迈德很自信地向我提出了最后一条建议：‘在这个城市里，很多女人因为战争成了寡妇，很多女孩成了一无所有的孤儿，很多女人无依无靠。毫无疑问，你的亲戚里也有这样的人。古兰经教导我们，如果一个男人有能力的话，为什么不去保护她们呢？现在是一个悲剧的年代，面对我们遭到的不幸，一个穆斯林男人应该娶两个、三个或者四个妻子，不仅为了自己的享乐，更是为了整个穆斯林世界的繁荣和延续。明天就是节日了，想想那些整日以泪洗面的女人吧。’我离开了这个年老的拯救者，不知道向我敞开大门的，究竟是天堂还是地狱。”

直到今天，我也不能对此做出判断。哈迈德最终依靠他的能力和他的虔诚为我们家帮了个大忙，对我们的生活造成了长久的影响。

旅行之年

伊斯兰历 899 年

（公元 1493 年 10 月 12 日 –1494 年 10 月 1 日）

“陷入敌手的祖国，就像是一位亲人的遗体；怀着敬意把它埋葬了吧，相信它将得到永生。”

阿斯塔菲鲁拉一边不停地捻动手中的琥珀念珠，一边说出上面的话。在他身边有四张满脸胡须、一脸严肃的面孔，其中就有我的父亲。四个人脸上都写满了忧虑，教长毫不留情地敲打他们。

“离开吧，逃亡吧，让上天指引你们的脚步，如果你们决定继续在屈服和耻辱中生活，如果你们决定继续在这个嘲笑伊斯兰信仰的国家生活，如果你们任由他人每日玷污古兰经和先知，你们将使伊斯兰教蒙羞，真主会在审判日找你们算账。根据古兰经所写的，那天死神会问你们：‘真主给你们的土地难道不够广阔么？你们不能离开这个国家去寻找其他的避难所么？’从此以后，你们只能住在地狱里。”

这是留给格拉纳达人选择屈服或者逃亡的三年期限的最后一年。根据停战协议，我们在公元 1495 年初之前都可以自己决定，但是因为出海前往马格里布地区的路线在十月后将会非常危险，所以最好在春天，最晚夏天就上路。对于那些想留下来的人，也就是想继续生活在基督徒土地上的穆斯林们来说，人们用已经存在的称谓给他们起了名字：“被奴役的人”，阿拉伯语为“mudajjan”，卡斯蒂利亚人将之改为“莫德哈尔人”。尽管这一称谓极尽羞辱，很多格拉纳达人仍在犹豫是否离开。

那天的秘密聚会在我们阿尔拜辛家中的院子里进行。相信那一年像这样的聚会得有成百上千次，人们聚在一起讨论穆斯林的命运，或者只是帮助参会的某位成员做出决定。只要时间允许，阿斯塔菲鲁拉每次聚会都会出席，他通常会压低声音讲出一些大道理，因为他们正处在敌人控制的国家里。至于他还没有逃亡的原因，他解释说只是为了将那些犹豫者从走向灭亡的路上拉回来。

这次聚会上也有一些犹豫者，父亲就是其中之一，他一直没有放弃找回瓦尔达和女儿的希望，并发誓一定要从卡斯蒂利亚士兵的眼皮底下把她们带走。他一次次地去拜访拯救者哈迈德，终于哈迈德答应他向他的小妾带个口信。他还去找过一个名叫巴托罗梅的热那亚商人，那人在格拉纳达待了很多年，靠着买俘虏的生意发了家。父亲花重金请他帮忙赎回瓦尔达。在收到成效之前，父亲不想就这样离开。他的不幸遭遇使他变成了另外一个人，让他对人们的非议和萨尔玛的眼泪都熟视无睹，而完全沉浸在他自己的不幸中。

剃须匠哈姆扎也有他犹豫的理由。他有一些土地，那是他二十多年依靠做割礼的微薄收入一小块一小块买来的，在把最后一寸土地卖个好价钱之前，他不会离开。为此，他一直在等待机会，因为太多人急着逃亡，不计成本地卖掉土地，买家的条件则越来越苛刻。

他暗暗发誓：“我要让那些该死的基督徒付出更高的价钱。”

作为哈姆扎的偶像，阿斯塔菲鲁拉希望他不要因此堕落，因为他的刀片曾经净化过阿尔拜辛半数的男孩。

另一位邻居是萨阿德，是位上年纪的园丁，最近因为眼睛失明，他感到无力走上逃亡之路。

他总说：“我们不会把一棵老树移出它生长的土壤。”

他是一个虔诚、谦逊的人，事事都对上天心存敬畏，那天他来参加聚会，就是想向教长请教，对于他这种情况，那些熟读经书的学者们会怎样要求。

母亲回忆道：“哈姆扎和萨阿德在午祷后不久来到我们家，穆罕默德请他们进来，我则带着你上楼回到我的屋子里。他们脸色苍白，嘴角挂着强装的笑容，和你父亲的表情一个样。你父亲安排他们坐在树荫下的沙发上，低声地跟他们嘀咕着什么。一小时以后教长进了家门，穆罕默德于是叫我准备些新鲜果汁。”

阿斯塔菲鲁拉是和哈迈德一起来的，他知道哈迈德和这个房子的主人之间的关系。这位上年纪的解救者对父亲的狂热已经心存好感，这一年多以来，与其说是想劝父亲理智些，面对现实，不如说是想感受父亲身上那种勇气、年轻和汹涌的爱。那天，哈迈德看起来庄重了很多，他又成了宗教界的重要人物，他的双眼充满严厉，他的言语中满满都是常年与厄运打交道积累的经验。

“我的一生接触过无数的俘虏，他们唯一的愿望就是重获自由。因此我不能理解，一个自由人为什么会心甘情愿过俘虏的生活。”

老萨阿德首先回应：“如果我们都走了，那伊斯兰教在这片土地上就真的绝迹了，上天保佑，当有一天土耳其人到来，向基督徒宣战的时候，我们就不能助他们一臂之力了。”

阿斯塔菲鲁拉的话让老园丁静了下来：

“生活在异教徒攻陷的国家，这是我们宗教严令禁止的，就像禁止吃自死动物，禁止吃猪肉、猪血，禁止杀人一样。”

他把手重重地放在萨阿德的肩膀上，接着说：

“所有继续生活在格拉纳达的穆斯林，都会增加异教徒国家的人口，因此也使真主和先知的敌人变得更强大。”

一滴眼泪顺着老园丁的面颊流下来，流到他的胡须里：

“我太老了，又病，又穷，没有能力去跋山涉水，经受旅途的劳顿了。先知不是也说过么：做你们力所能及的事，不要制造无谓的困难？”

哈迈德十分同情老园丁的命运，他冒着得罪教长的风险，抑扬顿挫地念出古兰经妇女篇的一段经文：

“——除了那些无能为力的人，无论男人、女人和孩子，他们既无力迁移，又不认识路，真主或许能赦免他们，真主是至赦的，真主是至恕的。”

萨阿德赶紧接着说：

“他说的对啊，安拉是万能的。”

阿斯塔菲鲁拉当然不会否认：

“真主是仁爱的，他的耐心是无限的。他对有能力的人和没有能力的人，要求不会一样。如果你想遵从他的教诲逃亡，而你没有这个能力，他会读懂你的内心，明白你的初衷。他不会把你打入地狱，但是可能你生活的这片土地就是你的地狱。你的地狱就是你每天遭受的耻辱，以及你家族的女人们每天遭受的耻辱。”

教长突然把手掌贴在火热的地上，转过身盯着父亲和剃须匠：

“那么你呢，穆罕默德？你呢，哈姆扎？你们也没钱，也残疾么？你们不是贵族么，不是城里很有地位的人么？你们不遵守伊斯兰教的信条，又有什么借口？如果你们追随亚合亚这个叛徒，你们将不会得到任何宽恕，任何原谅，因为真主给了你们更多，他也会对你们要求更多。”

两个人十分尴尬，急忙发誓说不会在这个异教徒的国家久留，他们只是想把眼前的事处理好，然后安心地离开。

阿斯塔菲鲁拉大喊：“那些出卖天堂，换取凡间享受的人就活该不幸！”解救者哈迈德不想让穆罕默德太过难堪，他用长辈的口吻劝道：

“自从这座城市陷入异教徒手中，我们每天都生活在耻辱中。这是一座监狱，而通往自由的大门正在缓缓关闭。为什么不利用这最后的机会赶紧离开呢？”

然而，不论是教长的诅咒，还是解救者的教诲都不能让父亲下定决心。聚会的第二天，他又去找哈迈德，询问他小妾的消息。萨尔玛默默地忍受着，期待着早日离开。

她回忆道："我们已经感受到夏天的炽热了，但是在格拉纳达的公园里已经没有多少人散步，连花也失去了往日的鲜艳。城里最好的房子都空了，市场上的商贩也消失了，街上变得安静，连最穷的街区都听不到喧嚣声。在公共场所，卡斯蒂利亚士兵们只能看到乞丐，因为那些还没有离开的穆斯林，羞于出现在他人眼前。"

随后她用责怪的口吻说道："如果我们想违背真主的意愿，那么最好偷偷地，因为如果让别人看到，那你的罪恶会翻倍。"

她不止一次提醒父亲，但他无动于衷。

"那些能看到我的人，都是没有走的人。他们有什么资格指责我所做的？"

另外，他也保证过，他唯一的愿望就是远离这座伤害了他作为男人的自尊的城市；但是他不想逃得像只丧家犬。他要高昂着头，藐视一切地离开。

很快到了伊斯兰历十一月，哈姆扎一家上路了：他的接生婆母亲不断催促他，在他面前不停地哭，指责他想把全家带进地狱。他连地也没来得及卖，打算几个月后一个人回来，寻找合适的买主。阿斯塔菲鲁拉也离开了，他没有带任何金子或者华丽的衣服，只带着一本古兰经和一些干粮就上路了。

"随后就到了伊斯兰历腊月，天空经常阴沉沉的，夜里也变凉快了。你父亲还是那么固执，每天游走于解救者和热那亚人之间，晚上回家或失望或兴奋，或忧虑或平静，但是从来没有说过一句关于离开的话。在距离新年还有两星期的时候，他突然做出了让人措手不及的决定：他要立即出发，三天内赶到阿尔梅里亚。为什么是阿尔梅里亚？更近的地方不是也有港口么，比如博阿迪尔登船的阿德拉，或者拉比塔，或者萨洛布莱纳，亦或是阿尔穆内卡？不行，必须是阿尔梅里亚，并且必须在三天内到达。出发的前夜，哈迈德来祝我们一路平安，我才明白穆罕默德为什么那么兴奋。我问哈迈德他是不是也要走，他笑着说：‘不，最后一个穆斯林俘虏被释放前我是不会走的。’”

萨尔玛坚持道：

“这样你可能还要在这个异教徒国家待很久！”

解救者露出了谜一般的笑容，但却不能掩饰他的忧虑：

“有时候，违背真主的意愿是为了更好地遵从他。”他的声音很低，似乎是在自言自语——或是说给他的造物主听。

第二天早祷前我们就出发了，父亲骑着马，母亲抱着我骑着一头骡子，行李堆在另外五头牲口背上。在城南的纳杰德门，我们和其他几十个人汇合，这样路上可以相对安全一些。城外土匪人数众多，尤其是山区，因为所有人都知道，这些源源不断前往海边的人群携带了大量财富。

*

即使我当时只是个孩子，阿尔梅里亚港的极度混乱依然让我记忆犹新。像我们一样，很多人都是最后一刻才决定离开，并且急于登上那一艘艘小船。到处都是维持秩序的卡斯蒂利亚士兵，有些粗暴地制止那些拥挤的人，有些则贪婪地盯着逃亡者的行李。尽管逃亡者被允许带走所有行李，不受任何限制，但是如果检查的军官过于苛刻，那么给他一个金币也是必须的。海滩上到处是讨价还价的声音，人们不停地咒骂那些想靠穆斯林的不幸发财的船主们；然而似乎不起什么作用，因为船票的价格不断攀升。金钱的诱惑会蒙蔽人们的良知，这种疯狂的时刻，慷慨是没有立足之地的。男人们无奈地掏出钱，招呼家人们赶紧上船。上了船后，他们又努力地避免女人和女儿们受到过分拥挤，但是这种努力往往是徒劳的，因为平时只能乘坐不到一百人的小船，此刻已经挤上了三百人。

我们到达阿尔梅里亚港之后，父亲并没有加入这些人群。他骑在马上，目光缓缓地在港口内搜寻，随后朝着一间小木屋走去，那里一个衣冠楚楚的男人热情地迎接了他。我们在后面远远地跟着，父亲做手势让我们过去。几分钟以后，我们就舒舒服服地坐在一艘小船上，上船后他们就把跳板撤了下来，船上暂时只有我们一家。那个男人就是哈迈德的弟弟，卡斯蒂利亚人来了后，他依然是阿尔梅里亚海关的负责人。这条船也是他的，明天才会载满客人出发。母亲给了我和父亲一人一小块姜，嚼着可以避免晕船，她自己也嚼了一大块。随后，天渐渐黑了下来，我们吃了些肉丸就睡了。

第二天清早，我们在喊声和拥挤中醒了过来。几十个大喊大叫的男人，戴着白色或黑色头巾的女人，哭闹或呆滞的孩子登上了我们的船。我们紧紧抓住行李，以免被挤下去，也担心因为人多船会翻。小船离开海岸的时候，母亲紧紧地抱着我。周围的老人和女人们祈祷着，哭泣着，他们的声音几乎被海浪声淹没。

只有父亲一个人是平静的，萨尔玛甚至从他的嘴角看到了一丝诡异的微笑。因为在这次大溃逃中，他在自己的那一小块战场上取得了胜利。

Ⅱ | 菲斯之书

我当时也就像你这么大，我的儿子，从那以后我再也没有回到过格拉纳达。真主不希望我的故事都在一本书里写完，而是像海浪一样，有起有伏。每次旅行，他都会向我关上一扇门，并打开一扇窗；每到达一个新的港湾，我的名字里都会加上上一片故土的印记。

从阿尔梅里亚到梅利利亚，我们用了一天一夜的时间，我整个人都快散架了。大海是平静的，海风也是温和的，但是在我家人的心中却风起云涌。

解救者哈迈德确实做得非常好，真主保佑他。当安达卢西亚的海岸在我们身后变成浅浅的一条线时，一个女人向我们的角落跑来，愉快地跨过一堆堆行李和拥挤的人群。她欢快的脚步明显与她的穿着打扮不相称，因为她戴着厚厚的深色头巾，如果不是玛利亚姆在她怀里，我们也很难认出她来。

我和姐姐都高兴地叫了出来。穆罕默德和瓦尔达都激动得说不出话，周围成百双眼睛也好奇地盯着他们。萨尔玛则把我紧紧抱在胸口，我能感受到她呼吸困难，还发出几声叹息，我知道她很痛苦。头巾的掩盖下，她一定在流泪，这不是无缘由的，因为父亲对瓦尔达毫无保留的爱将会把我们所有人都逼上绝路。

称重员穆罕默德是如此平静，突然之间却激动得如此不能自已。年幼时我曾一度感受不到他的存在，成年后我才能慢慢理解他，而那时他已经不在。直到我长出白发，开始反思这一生，我才相信，所有男人，包括我的父亲，都有权利为了追求幸福而走一些弯路。那时我才开始赞赏他所犯下的错，我希望你也能对我有同样的态度，我的儿子。我甚至希望你偶尔也像这样误入歧途。我希望你像他一样去爱，打破一切束缚地去爱，并且长久地保留探索生命中未知的勇气和能力。

小旅馆之年

伊斯兰历 900 年

（公元 1494 年 10 月 2 日 –1495 年 9 月 20 日）

在来到菲斯之前，我从来没有去过任何一座城市，从没见过如此忙碌拥挤的街道，从未感受过如海风般强烈、却混杂着各种声音和味道的气息。当然我出生在格拉纳达，安达卢西亚王国庄严的首都，但是我出生得太晚，正好赶上了它的没落。那时的城市已经人去楼空，没有灵魂，没有光辉，受尽凌辱。当我离开阿尔拜辛的时候，那里对我和家人来说，只是敌人一个又大又破的军营而已。

菲斯则完全不同，我有整个幼年时光去感受它。那年我第一次见到它时，只留下了一些朦胧的印象。当时我骑在骡子上，半睡半醒，被父亲紧紧抓住，因为道路都是顺着山势起伏不平的，有时坡度非常陡，骡子走起来十分犹豫而且不平稳。每次剧烈的摇晃都会让我醒来，随后又继续打瞌睡。突然父亲的说话声在耳边响起。

“哈桑，醒醒，如果你想看到你的城市的话！”

我强打起精神，发现我们的队伍已经来到了沙色的城墙下，城墙很高很雄伟，数不清的城堞看起来很有威慑力。得到一枚金币的好处后，关卡的守卫给我们打开了一扇门，我们进入了城内。

“看啊。”穆罕默德激动地说。

环绕菲斯的是一望无际的丘陵，上面布满了数不清的砖房子和石头房子，通常还装饰有彩色陶瓦，就像在格拉纳达一样。

“看那边，河道穿过的那片平原就是城市的中心。左岸是安达卢西亚人的地盘，几个世纪之前，来自科尔多瓦的移民建立的；右岸则属于凯鲁万人，位于那片区域中间的就是卡拉维因清真寺和大学，就是那座绿顶的宏伟建筑。如果真主愿意的话，你将在那里接受知名学者们的教育。”

对于父亲如此博学多识的讲解，我并没有用心在听，我的目光都被那些漂亮的屋顶吸引去了：这个秋日的午后，云层遮盖下的阳光不那么耀眼，成千市民坐在屋顶平台上聊天，喝酒，大喊大叫，他们的声音听起来如此嘈杂。在他们周围挂着的穷人和富人的衣服，在微风中缓缓摆动，像极了船上的风帆。

多么令人陶醉的喧闹声啊，在风暴中航行的船，难免会遇到危险，一座城市不也是这样么？小时候，我经常对着这样的风景一坐一整天，信马由缰地胡思乱想。进入菲斯的那天，我只不过是一个开心的旅客。从梅利利亚一路走来，我已经筋疲力尽，恨不得立刻赶到哈里的家。我对我的舅舅没有任何印象，在我一岁大的时候，他就已经举家搬到柏柏尔地区了。我也不记得我的外婆，她是和舅舅，也就是她的长子一起搬来的。但我很确信，他们的热情迎接让我们完全忘掉了旅途的劳顿。

热情，当然对萨尔玛和我。当萨尔玛全身心投入她母亲的怀抱时，哈里抱起了我，静静地端详了好久，然后才充满深情地吻了吻我的额头。

母亲告诉我：“他爱你，就像所有舅舅爱外甥一样；另外，由于他的孩子都是女儿，他总把你当成自己的儿子看待。”

他应该在其他场合表达对我的爱。但是那天，他的关怀并没有让我感到开心。

哈里把我放到地上，随后转向穆罕默德。

“我等你已经很久了。”他的语调明显有些责怪的意思，因为所有人都知道，称重员正是因为他那令人尴尬的感情经历才推迟搬家直到现在的。

两个男人也深深地拥抱了对方。随后舅舅第一次转向远远站在一旁的瓦尔达，但他的目光没有在瓦尔达身上停留片刻，而是迅速地望向了远方。他不想看她，她在这个家是不受欢迎的。而玛丽亚姆，尽管她是一个胖嘟嘟又爱笑的可爱女孩，她也没有权利得到哪怕一点温存。

母亲后来向我解释道：“我早料到了那天迎接我们的场景，这也是我在船上看到瓦尔达时并没有感到开心的原因。我对穆罕默德的胡作非为一向是默默支持的。在邻居眼里，他的行为对我造成了足够的侮辱，所有格拉纳达人都嘲笑他的荒唐。尽管如此，我还是不断地对自己说：‘萨尔玛，你是他的妻子，你应该顺从他；有一天，当他厌倦这一切纷争的时候，他会回到你身边！’我愿意顺从地低下头，等他回心转意。但我的哥哥，如此高傲的一个人，不可能像我这么做。如果只有我们三个人来，那么他一定会对穆罕默德不计前嫌的。但是在家中迎接一个女基督徒，一个所有人都认为蛊惑了他妹夫的女人，这会让他成为菲斯六千多格拉纳达移民的笑柄，而原本他们都是那么熟悉和尊重他。”

我受人瞩目，已经在期待香甜的点心了，而对我其他家人来说，当时的气氛十分压抑。

穆罕默德对我说：“这就像我们去参加一个典礼，突然一个丑恶的怪物出现，把婚礼变成葬礼的感觉。我一直都把你舅舅当成兄弟，当时我就想冲他喊，瓦尔达冒着生命危险逃出她的村庄来和我相会，她已经彻底和基督徒的国家断绝了关系，成为了我们当中的一员，我们不应该再把她当成是俘虏，我们甚至没有权利再叫她女基督徒。但是我什么都没有说，在那种坟墓般的寂静中，我只有转身离开。”

尽管萨尔玛已经快累晕了，她还是毫不犹豫地跟上了穆罕默德。她在所有人中显得最不自然，比瓦尔达更甚。而瓦尔达明显受到侮辱，唯一让她感到慰藉的是，如果穆罕默德今后抛弃她，那只会让他更加丢脸。当她站在角落里颤抖的时候，她同时感到了命运对自己强烈的不公。这种感觉很伤人，就像往伤口上搽药的感觉，痛彻心扉，但往往让女人更加清醒，更有勇气去和生活斗争。而萨尔玛从来就不曾有这样的体验。

“我被悲惨的命运击垮了，对我来说那天就是审判日。我已经失去了我出生的城市和从小长大的房子，现在我正在失去你的父亲。”

*

我们重新爬到骡子背上，却不知道该往哪儿去。穆罕默德一边用拳头敲着马鞍，一边低声抱怨道：

“以埋着我父亲和祖先的土地的名义起誓，如果我知道在菲斯会受到如此的欢迎，我无论如何也不会离开格拉纳达！”

他的话像锤子一样重重地敲在我们惊恐的心里：

“我们抛弃自己的房屋和土地，翻山越岭，漂洋过海，就为了被人拒之门外，被土匪抢劫，被各种流行病困扰！”

确实如此，自打踏上非洲土地，我们就不断地遭遇不幸和失望。从我们的小船在梅利利亚靠岸开始。我们曾以为到了穆斯林的避风港，那里人们会把手掌放在我们身上，拂去我们的疲劳和泪水。但是在码头上迎接我们的只有连珠炮似的问题：“卡斯蒂利亚人真的来了么？你们见没见过他们的战舰？”那些向我们问这些问题的人，并不是为了加强港口的防御，而是为了在敌人到来的时候，能一刻不耽误地赶紧逃命。反而是我们这些难民来安慰他们，我们恨不得立刻搬来高山或者沙漠，挡在我们和这个向入侵者门户大开的海岸之间。

一个男人出现在我们面前。他是个赶骡马的脚夫，据他说要即刻赶往菲斯。如果我们同意，他愿意只收取几十迪拉姆的微薄报酬来为我们带路。因为急于在天黑前离开梅利利亚，也可能被低廉的佣金诱惑，穆罕默德都没讨价还价就接受了。他要求脚夫先沿着海岸线走到贝蒂斯，再转向南方直奔菲斯；而脚夫有更好的建议，他向我们保证，有一条近路能让我们节省整整两天时间。而他每个月都会走那条路，对路上的一切就像对他的骡子一样再熟悉不过了。他说得实在太好了，上岸半个小时左右，我们就按照他的路线上路了，父亲带着我坐在一头牲口上，母亲和大部分行李在另一头牲口上，瓦尔达和玛利亚姆骑着第三头。脚夫和他的儿子走在我们旁边，他儿子是一个十二岁的招人烦的小无赖，光着脚，手脏脏的，还总是斜着眼看人。

还没走五公里，我们面前便突然出现了两个蒙着蓝色头巾的骑士，手上都拿着弯弯的短刀。似乎是为了发信号，脚夫和他儿子钱都没要就冲着海岸的方向飞奔而去。随后那些土匪就向我们靠近。当看到面对的只是一个想保护他的两个女人和两个孩子的男人时，土匪们顿时信心倍增，不慌不忙、轻车熟路地摸起骡子背上的行李来。他们的第一件战利品是一个珠光宝气的首饰盒，萨尔玛很随意地把她所有的珠宝首饰都放在里面了。随后他们又翻出了一些漂亮的真丝裙子，还有一块有着精美刺绣的床单，那是萨尔玛嫁妆的一部分。

一个土匪走向瓦尔达，并且命令她：

“往上跳！”

看到她只是呆呆地站在原地，土匪走到穆罕默德近前，把短刀架在他的脖子上。她被吓坏了，浑身颤抖，手脚乱晃，就像一个断了线的木偶，脚却从没离开地面。我没看懂眼前这悲剧性的一幕，还不自觉地笑出声来，父亲冲着我使劲皱了皱眉头。土匪大声喊：

“再跳高一点！”

瓦尔达竭尽全力地往上跳，随后身上发出了轻微的硬币碰撞的叮当声。

“把这些东西都给我拿出来！”

她把手伸到裙子里，拿出一个小钱包，轻蔑地扔到了地上。土匪把它捡起来，也没生气，随后转向母亲：

“现在到你了。”

就在这时，远处的村子里响起了穆安津的召唤声。父亲抬头看了看太阳，当时太阳正高高地挂在空中，然后迅速地从骡子侧面拿出一张祈祷毯，把它平铺在沙地上，双膝跪在上面，脸朝着麦加的方向，开始大声地做他的午祷。这一切发生在一瞬间，一切都那么自然，搞得土匪们都不知道接下来该做什么了。在他们面面相觑的时候，路上突然出现了大量灰尘，就在离我们一公里多的地方，像变魔术一样。坏蛋们赶紧跳上马，向着相反的方向逃命去了。我们得救了，母亲也不用再执行土匪的指令。

“如果我照他们说的做了，那么他们听到的肯定不是一点叮当声，而是巨大的咣咣声，因为你父亲让我带着几百第纳尔，它们被装在十个鼓鼓囊囊的钱包里，就缠在我的腰间，本来以为没有一个人敢搜那里的。”

当那些上天派来的人赶到我们近前的时候，我们才看到那是一小队士兵。父亲急忙向他们细细讲述我们刚刚陷入的圈套。领头的军官微笑着解释道，他和他的士兵就是在这条路上巡逻的，自从整船整船的安达卢西亚人在这里登陆后，这条路就不断受到土匪骚扰。随后他用安慰的口吻说，通常行人都会被杀死，脚夫则会回来牵走他的牲口，并拿走他那一份赃物。根据军官的经验，很多前往非斯或者特莱姆森的格拉纳达人都会有类似的遭遇，而前往突尼斯城、得土安[1]、萨累[2]或是阿尔及尔的米提贾平原的，通常不会受到骚扰。

“回港口去等着吧，”他向我们建议道，“当人们凑成一个商队时再和他们一起出发。商队往往都有保镖护送，那样你们会更加安全。”

母亲问他还有没有可能找回她的首饰箱，他像那些智者一样，引用古兰经里的诗句回答道：

“可能你不喜欢一样东西，但它对你是有用的；可能你喜欢一样东西，但它会给你带来不幸；真主了解一切，而你什么都不知道。”

---

[1] 摩洛哥西北部城市，得土安省首府，距地中海岸 10 公里。

[2] 摩洛哥西北部城市，西北临大西洋。

随后他评论道：

“这些土匪被迫留给你们的骡子比珠宝更有用处；它们可以驮着你们和行李，并且不会引来强盗。”

我们听从了这个男人的建议，十天后，我们到达了目的地，筋疲力尽但毫发无损。然而亲戚们拒绝收留我们。

*

现在我们需要找一个能遮风避雨的住所，这并不是一件容易的事，因为自从安达卢西亚人大量涌入菲斯后，城里所有闲置的房屋都被填满了。三年前，据说博阿迪尔带着七百随从登岸，现在他们已经形成了自己的社区，一切生活用度都仿照当年的阿尔汗布拉宫，至少还保留了那种气派。通常，人们来到这里后，首先要在亲戚家安顿一段时间，如果没有瓦尔达，我们也可以这么做。然而事已至此，我们不可能在哈里家过哪怕一晚，因为父亲认为在那里受到了嘲弄。

我们只能选择小旅馆先住下来。在菲斯至少有两百多家小旅馆，大部分都很干净，院子里有泉水，并配有公用厕所，还有流水将厕所的污物冲到河里去，而河又分成无数条水渠用于灌溉农田。有些旅馆甚至有超过 120 间卧室，那些卧室十分宽敞，并且都朝向过道。房间通常都是空着出租的，连一张床都没有，店主只提供一张席子和一床被子，食物也需要租客自己买。很多人对此都还能将就，因为这些小旅馆不只是旅人们的临时休息地，还是菲斯城那些鳏寡之人的住处，他们往往既没有家，也没有钱，不足以买一座房子，再雇几个佣人。甚至有些时候，他们两人住在同一间屋子里，分摊房租以及日常的一些杂务，在穷困潦倒中互相做个伴。我们也得在这样的小旅馆里暂居几日，慢慢寻找一个体面的住所。

然而，让父亲担心的并不是这些不幸的邻居们，而是其他一些败类们。父亲年轻时曾来过菲斯，他还清楚地记得几家旅馆如此声名狼藉，以至于任何一个正直的市民都不愿踏进半步，甚至都不屑于和店主说句话，因为这些店里住着一些不男不女的人。我在《非洲游记》中对这些人有过描述，现在这本书的书稿还留在罗马。这是一群男人，但是经常把自己打扮成女人的样子，还涂脂抹粉，不留胡须，总是尖着嗓子说话，白天主要的工作就是纺羊毛。菲斯人只有在葬礼上才能看到他们，人们习惯把他们安排在那些哭丧妇的旁边，用来增强悲痛的气氛。另外需要知道的是，这些男人通常都有男伴，他们在一起生活就像夫妇一样。愿真主带领我们远离这些邪门歪道啊！

当然，更为危险的是旅馆里住着的那些无法无天的坏蛋们。杀人犯、强盗、走私犯、权杆儿……各式各样的坏蛋们，他们住在旅馆里十分安全，就像是住在这个国家的法外之地。他们在那里为所欲为地私运红酒，吸食大麻，卖淫嫖娼，做下各种坏事。很长时间我都不能理解，为什么菲斯的警察对处罚奸商和偷块儿面包的小偷反应迅速，而从来没有搜查过这些旅馆，从来不对这些人神共愤的坏蛋们采取任何措施呢。多年以后，我才明白了其中的原委：每次苏丹的军队出战的时候，这些旅馆都会无偿地提供军队所需的厨子等人手。他们由此对军队做出了贡献，而统治者则默许他们干任何勾当。在任何战争中，有序和无序总是形影不离的，确实是这个道理。

为了不住进这样一家名声不好的旅馆，我们只能在卡拉维因清真寺附近找找。那里是过路的富商们通常暂住的地方。尽管房价高出其他地方很多，还经常是一房难求；通常整个商队会把那些旅馆都挤满。我们到菲斯的当晚，能够在一家格拉纳达移民开的旅馆中找到房间，可以说是非常走运。旅馆老板派他的一个奴隶去市场上帮我们买了些薯条炸鱼、拔丝肉块、油橄榄和几串葡萄。他还在我们门口放了一个凉水壶，让我们晚上用。

我们在这里住了差不多六个星期，而不是短短的几天，直到旅馆老板帮我们找到一处房子。那间房子位于花市旁边的一条死胡同的尽头，房子不大，只有我们在格拉纳达房子的一半大小，房门很矮还有点破烂，想进到房子里还必须先走过一滩烂泥。旅馆老板向我们推荐这座房子，还解释说房子原来的主人因为生意做大了，要搬去君士坦丁堡。然而事实根本不是这样，邻居们很快就告诉我们：房子的原主人因为经常卧床不起，无法照料生意，自从到达菲斯三年来没过上一天好日子，已经回格拉纳达去了。他有两个孩子死于黑死病，大儿子染上了一种脏病，我们称作“梅毒”。我们到菲斯的时候，整座城市都被这种病所困扰；它传播得如此迅速，似乎没有一个人能逃得过。刚开始，人们把染病的人隔离开来，就像对待麻风病人一样，但是病人数量增长太快了，人们只好把病人各自领回家。城里到处都是病人，没有任何一种药物能有明显疗效。

流言往往和疾病一样可怕。城里的原住民认为安达卢西亚人到来之前，从来没有见过这种病。安达卢西亚人则声称是犹太人和他们的女人传播的。犹太人则归咎于卡斯蒂利亚人，葡萄牙人，有时甚至是热那亚或威尼斯的水手们。而在意大利，这种病被叫作法国病。

*

记的是那年春天，父亲向我谈起了格拉纳达。从那以后，他经常这样，让我坐在他身边，一坐就是几个小时，然而从来不看我，从来不管我是不是在听，是不是听得懂，是不是认识他所说的那些人或者地方。他盘腿坐着，脸上发光，语调怪异，看不出疲倦或者愤怒。在这几分钟或是几小时里，他讲述着自己的故事，仿佛已经不在菲斯，不在这个散发着恶臭发霉的城市里。他畅游在自己的记忆中，醒来时只觉得遗憾。

萨尔玛默默地看着他，有时同情，有时不安，有时还有些害怕。从父亲的状态中，她看不出这是因为思乡，还是因为对移民后的生活充满忧虑。对她来说，父亲自从瓦尔达离开后就再也不是他自己了，即使瓦尔达最终回到他身边也于事无补。他的眼神空洞，语调异常，被基督徒的国家深深吸引，这些不合逻辑，如魔鬼附体般的症状让人认为他是中了魔法。她想解救他，哪怕是向菲斯的占卜者们挨家挨户讨教。

占卜者之年

伊斯兰历 901 年

（公元 1495 年 9 月 21 日 –1496 年 9 月 8 日）

当非斯城内那些正直的女人们必须穿过花市时，她们总会加快脚步，拉紧头巾，还像一头被围猎的野兽一样不停地左顾右盼；因为，尽管看一看诸如香桃木或是水仙之类的花花草草无可厚非，但人们还是不会忘记，当非斯人不顾禁令饮酒作乐时，他们总喜欢置身于花丛中，不论是栽种的还是剪下的。对一些虔诚的教徒来说，买一束花和买一瓶红酒的罪过相差不多，卖花的人不比酒馆老板作孽更少，而从事这两种职业的，通常都是有钱而又放纵的安达卢西亚人。

萨尔玛穿过广场上的花市时，也不由自主地改变了步伐，并非因为虔诚，更多的只是入乡随俗而已。几次之后我就看懂了她的行为，并把这当成一种新的游戏，跟在她身边快步走时，我会挑衅似地飞跑起来。

那年的一天，当我们正穿过广场的时候，母亲如往常般加快了脚步。我大笑起来，然后开始飞跑。但是她并不像往常一样试图抓住我，而是自己也飞跑起来，越跑越快。当发现我追不上的时候，她回过身把我抱起来，然后尽最大努力朝前跑，边跑边喊，因为喊声太靠近我耳边，我没能听清她喊的是什么。跑到广场另一侧她才停下来，这时我才明白她为什么如此着急，也终于知道她喊的这个名字：萨拉！

萨拉 - 巴里奥雷。我常听人提起这个犹太女人，但是她的面貌我已经记不清了。

"一定是真主让你来到这个地方的。"萨尔玛跑到她面前，边喘着气边说。

萨拉开心地撇了撇嘴：

"我们的拉比也一直这么说。但是我，我一直不太确定。"

我对她身上的一切都充满好奇，她五颜六色的衣服，爽朗的笑声，她的金牙，巨大的耳环，还有她身上呛人的香水味，当她把我抱在胸前的时候，我都快窒息了。我目不转睛地盯着她看，而她则滔滔不绝、手舞足蹈地开始讲述离开阿尔拜辛后的生活。

"每天我都在感谢造物主指引我走上逃亡之路，因为所有选择受洗留下的人，现在都受到了最为残酷的迫害。我有七个表兄弟被抓进监狱，一个侄女和她的丈夫被烧死，罪名是秘密地信仰犹太教。"

她把我放在地上，然后压低声音继续说道：

"所有受洗的犹太人都被怀疑仍然信奉犹太教；没有一个西班牙人能逃过宗教裁判所的关注，因为他们都无法证明自己的血统完全纯正，也就是要证明，无论向上追溯多少代，他的直系亲属中都没有犹太人或者摩尔人。尤其是他们的国王费迪南德也有犹太血统，宗教裁判所的法官托克马达也一样。让地狱之火在他们身上永远燃烧吧！"

萨拉一点都不后悔和她的家人逃往葡萄牙，虽然她很快就意识到，只有有钱的犹太人才能在那定居下来，并且要献给国王和他的谋士们大量金子。对于穷人来说，又到了选择受洗还是离开的时候，完全像在卡斯蒂利亚一样。

"所以我很快就渡海前往得土安，在那里待了几个月；随后我就和大女儿和女婿来到了菲斯，女婿在这边有一个叔叔是个珠宝商，我们来投奔他。二女儿和她丈夫则跟随大多数犹太人去了土耳其，那个庇护我们的国家。愿上天保佑这个国家长久，并战胜我们的敌人！”

母亲对此表示同意：“这是我们所有人都希望看到的。如果真主将来大发慈悲，把我们的国家还给我们，那土耳其人将会是他的左膀右臂。”

对萨尔玛来说，向卡斯蒂利亚人复仇是她最珍贵的愿望。但是此刻她心中想的并不是格拉纳达的命运，而是她自己的家庭。见到萨拉让她如此高兴，是因为她想起在我出生之前，萨拉是如何成功地帮助她挽回了差点失去的穆罕默德。而这一次，只靠萨拉的万能药水儿肯定是不够的；萨尔玛准备去拜访城里的占卜师们，而她母亲病得很重，不能陪她去，因此请萨拉陪着去是个不错的选择。

“你表哥最近怎么样？”萨拉问道。

“正如真主所允许的那样！”

这个含糊不清的回答骗不了犹太女人。她用手拉住母亲的手臂，两个人同时看了我一眼，然后走开了几步，低声地说起来。我只断断续续听到其中几个词，萨尔玛说了好几次“女基督徒”和“魔法”，可能还有“毒品”；萨拉则很专心地听着。

两个女人约好，三天之后还在同样的地方见面，然后去拜访占卜师。我那天也跟着母亲一起，因为是她决定让我陪着她。或许是她不想我留在瓦尔达身边，或许是她觉得这样可以在父亲和邻居们眼中显得更合适，因为带着一个孩子出门，应该不会去什么不该去的地方。对于我这个七岁的孩子来说，这是一段充满未知的奇妙之旅。此后伤心的时候，我还会回想起来。

我们拜访的第一位占卜师名叫乌姆－巴萨尔。据说菲斯的苏丹每个月都会来找她，有一次她对一位威胁到苏丹的埃米尔施了魔法，让他的眼睛失明了。尽管名声显赫，她也只住在跟我们家差不多的一栋普通房子里，就在香料市场的旁边，一条狭窄的拱形走廊的尽头。我们掀开门帘就进了她的屋子。一个黑人女佣让我们坐在一间小屋子里等着，随后带我们穿过昏暗的过道，来到一间稍大的客厅里。乌姆-巴萨尔此时坐在一张巨大的绿色沙发上，头上戴着一条同样是绿色、镶着金线的大围巾，背后的墙上是一张描绘月亮二十八种形态的挂毯，面前的矮桌上放着一个油光的罐子。

母亲坐在占卜师的对面，向她讲述来到此地的原因。萨拉和我则站在母亲身后。乌姆-巴萨尔朝罐子里倒了一些水，然后滴了一滴油，并在油上吹了三下。接着她念叨了几句听不懂的咒语，眼睛盯着罐子里的水，然后用低沉的声音说：

"那些怪物就在那里，其中一些是通过陆路来的，另一些是通过海路。"

突然，她转向我，并招呼我过去：

"来，靠近一点！"

我对她不太信任，所以没有动。

"过来，不要怕！"

母亲也用眼神告诉我没事。我战战兢兢地走了过去。

"弯下腰看看吧！"

我承认，眼前发生的一幕确实让人震惊。油花折射在罐子光滑内壁上的影子让人感觉像是什么东西在不停地运动。盯着这些影子看上几秒钟，再加上一些想象，我们便能看到任何东西。

"你能看到那些怪物在动么？"

"是的。"我很确定地答道。

我想，不管她问什么问题，我都会说是的，但是母亲很专心地在听。想到她此行的目的，想到她付的钱，她不想失望而归。得到乌姆-巴萨尔的允许后，我回到原来站的位置，而占卜师本人则在那儿停了一会儿。

"现在需要等那些怪物们安静下来，他们运动得太剧烈了。"她用一种自信的语气说道。

屋里的人陷入了长时间的沉默，随后占卜师继续和她的怪物们说起话来，她低声地问他们一些问题，随后她趴在罐子上面，用手或者用眼感受他们的反应。

“你的表哥在三个征兆后会回到你身边。”然而她并没有确定到底是三天、三个星期、三个月还是三年。

母亲掏出一枚金币后起身离开，一脸茫然又若有所思。回家的路上，她告诉我不要向任何人提起今天发生的一切，否则当心梦里会有怪物来找我。

一星期以后，我们又和萨拉约在家旁边的广场上见面。这一次我们要去离苏丹王宫不远的一幢气派的大房子里。人们把我们带进了宽敞的客厅里，高高的天花板上画着蓝色和金色的图案。那里有好几个女人，胖胖的，不戴头巾，看到我的出现似乎并不太高兴。她们商量了如何处置我，随后其中一个女人笨拙地站起身来，牵着我的手把我带到远处的另外一个房间，还答应给我带一些玩具过来。我一个玩具也没看到，但是我也没时间抱怨，因为母亲和萨拉几分钟后就来接我回家了。

当时我就知道，恐怕得很多年以后我才能明白当天到底发生了什么。我只记得我们离开的时候，母亲和萨拉一直在低声地嘟囔着，但是在愤怒之余，她们不停地开着玩笑并且大笑起来。我也隐约听到她们提到了公主阿米拉的客厅。

这是一个古怪的人。她是苏丹一个表兄的遗孀，潜心于各种秘术中，还成立了一个奇怪的社团。这个社团只有女人参加，有些人加入是因为有超强的预知力，另一些则完全是因为美貌。我找不到一个合适的词来形容这些人。每当有女人来拜访她们的时候，她们总会扮成不同的样子，让来者相信她们与神灵之间有着密切的关系。甚至她们还会改变语调，使人相信是神灵附体，借她们之口来传递信息，我在《非洲概况》中有过一些描述。如果来访者长得比较漂亮，这些神灵就会命令她们脱光衣服，和神灵，其实就是和公主及其同伙们接吻。如果这个女人同意，不论是出于愚昧无知还是志趣相投，她就被正式邀请加入社团，人们还会为她专门举办盛大的舞会，所有女人们都会跟着黑人乐团的节奏翩翩起舞。

十六岁还是十七岁时，我才听到了这个通神公主的故事。那时我才猜到，是什么让母亲和萨拉仓皇而逃。

*

尽管遭遇了这样的奇葩，母亲还是不愿意放弃求神的努力。但是，从那以后，她选择占卜师更加谨慎了。几个星期之后，我们三个人又去拜访一个声望极高的男人，他是一个书商兼天文学家，在卡拉维因大清真寺旁边开一家书店。他在楼上一间墙上只有书、地上只铺一张毯子的屋子里接待了我们，并且从我们一进门就向我们强调，他既不是魔法师，也不是炼金术士，他只是试图读懂真主降下的各种征象。为了支持他所说的话，他还引用了古兰经里的句子：

> 地上有各种征象，信仰坚定的人能够看到。
> 在你们身上也有征象，你们难道看不到？
> 天注定有些东西对你们有好处，同样也有东西对你们有威胁。

我们对他的信仰和信誉深信不疑，他让我们走到屋子的角落里，卷起了毯子，然后用粉笔在地上画了几个同心圆。在最里面的圆中他画了一个十字，十字与圆的四个交点被他标记为四个基点，圆内侧写上了四元素。随后他把第二个圆分成四个象限，每个象限又分成七份，二十八块中每一块对应写上了二十八个阿拉伯字母中的一个。其他的圆中，他分别写上了七个行星、十二个月以及其他许多符号。这个过程漫长而且复杂，如果不亲眼看上三遍，我根本不可能记得任何细节。我只是很遗憾自己没学会这一套，因为在所有秘术中，这种方法得出的结果是唯一不容置疑的，即使那些博学多闻的学者也无可否认。

画完这些之后，天文学家开始问母亲她想了解什么。他记下问题中的每一个字以及所代表的意义，找出在现实中对应的项。随后经过大约一小时十分复杂的计算，他用一句诗给我们做了回答：

> 有人会死去，随后是海浪，
> 女人和她的果实会在那时回来。

母亲听得一头雾水，感到他的话让她喘不上气来。他试图让她平静一些：

“如果我们想预知未来，我们总要做好准备面对死亡。对任何一种命运来说，死亡不都是最终的归宿么？”

萨尔玛终于回过神来，颤抖着、甚至是哀求般地反驳道：

“死亡最终到来毋庸置疑，但是在这个预言中，它却一开始就出现了。”

他手掌向上举起，眼睛也随着望着上方。然后他再也没说一句话。母亲付钱给他的时候，他用手势坚决地拒绝了。

*

真正害了萨尔玛的是第四次拜访。这一次她拜访的是菲斯人称为驱魔者的一个人，因其驱魔能力而广受好评。我的外婆，愿真主怜悯她！极力称赞这个人，称他解决了上千难题，而且都比我们家的难多了。正因如此，他倍受欢迎，为了见到他，我们在他的等候室内等了两个多小时，这段时间估计够他接待六个其他客人的。

等萨尔玛向他解释了遇到的难题后，他的脸上露出了高傲的微笑。他向萨尔玛保证，一个星期之内所有问题都会解决。

“在你表哥的脑袋里，有一个小小的恶魔，把他赶走就好了。如果他在这儿，我即刻就能把他治好。不过我也可以教你驱魔的方法。我会教你一句咒语，等他睡着的时候，你就在他的耳边念这个咒语，今天一次，明天一次，后天一次；我再给你一小瓶香水。念咒语的时候，你就往他的身上滴一滴。”

当天晚上，父亲睡在萨尔玛的屋里，她没费什么力气就念完了咒语，也滴了香水。但是第二天晚上发生了什么，你们肯定都能猜到。穆罕默德在瓦尔达的屋里过夜，母亲颤抖着悄悄地溜进他们的房间。当她正准备滴香水的时候，父亲的小妾突然发出一声惊叫，父亲也随即醒来。出于自卫，他下意识地抓住行凶者的脚腕。萨尔玛尖叫着倒在地上。

看到她手中拿着的小瓶子，父亲认为她是个巫婆，是个疯子，是个下毒的女人。没等到天亮，他就向她连喊三声“塔拉克，塔拉克，塔拉克”，这意味着她已经正式被休了，这段婚姻到此结束。

哭丧妇之年

伊斯兰历 902 年

（公元 1496 年 9 月 9 日 -1497 年 8 月 29 日）

那一年，博阿迪尔亲自来到我家吊唁。我指的是哈里家，自从萨尔玛被父亲休了后，我们一直住在舅舅家。退位的苏丹进入客厅，后面跟着一名内侍，一个秘书，还有六名侍卫，都还是阿尔汗布拉宫的打扮。他在舅舅耳边低声说了几句应景的话，舅舅久久地握着他的手，随后才想起把他让到家里唯一的高背沙发上。他的随从们则在旁边站定。

外婆是夜里去世的，第二天早上菲斯的格拉纳达移民陆续来到家里。博阿迪尔是午祷前不久到的，来之前并没有让人通报。在场的格拉纳达人没有一个对他有好印象，但是因为他的头衔，尽管已经是虚的，人们还是尽量对他恭敬。另外，这也不是跟他撒气和算账的场合。当然，除了阿斯塔菲鲁拉。他比苏丹晚到一会儿，根本就懒得看苏丹一眼，而是直接坐到空着的沙发上，然后开始用他的尖嗓子念经文。

有些人跟着祈祷，有些人撅着嘴若有所思，甚至心不在焉，还有些人一直在喋喋不休地聊着。一屋子的男人里，只有哈里一个人流了泪。直到现在我还时常想起他，就好像他仍然在我眼前忙碌。我也看到了当时的自己坐在地上，没有喜悦，然而也没有太多悲痛。我无忧无虑又没有眼泪的双眼不停地打量着在场的人们。博阿迪尔已经变得肥胖了，而教长因为这些年的流亡生活，变得更加骨瘦如柴、棱角分明，他的长袍因此显得过于肥大。每次他的祈祷停下来，周围就会响起哭丧妇们难听的哭喊声，那些女人蓬头垢面，脸上抓出一道道血印。院子的另一边还有那些男扮女装的人，他们把胡子剃得光光的，脸上涂脂抹粉，此刻正卖力地敲着长鼓。为了让他们安静下来，阿斯塔菲鲁拉又开始唱圣诗，这一次声音更大，音调更高，也更有激情。随后，一位街边诗人站起身，用充满热情的语调朗诵哀诗，不知道那首诗给多少逝者用过。院子外响起了饭锅叮叮咣咣的声音，那是邻居的女人端来了饭菜，因为我们不在死者的家里做饭。

死亡是一个节日，是一场表演。

父亲大约中午才到，进门后还支支吾吾地解释说，刚刚才听到这个悲痛的消息。所有人都好奇地斜着眼看他，所有人都认为应该对他冷淡些，甚至无视他。我觉得自己受到了伤害。我希望他不要来，甚至希望他不是我父亲。对于自己的这些想法，我感到羞耻，所以我走到他跟前，把头靠在他的肩膀上一动不动。但是，当他温柔地抚摸着我的颈背时，不知道为什么，我想起了书商 - 天文学家和他的预言。

现在，有人死去了。不得不承认，我当时一直担心这个死者会不会是我的母亲或者父亲。萨尔玛后来告诉我，她一直担心死的会是我。即使在内心深处她都不敢说的那些话，老阿斯塔菲鲁拉却敢说出来，他引用了一个寓言。

他站起身来歌颂死者，首先他对舅舅说：

“从前一位哈里发失去了母亲。他深爱他的母亲，就像你一样。他开始不住地哀嚎。一位智者走到他面前说：‘信徒们的王子，你应该感谢上天，让你在母亲的遗体前哭泣，这对她是一种荣耀；而不是让她在你的遗体前哭泣，这对她是一种耻辱。’死亡按照自然规律的顺序到来，我们应该因此感谢真主。如果不是这样，那也是真主智慧的安排。”

他接着念了一段祈祷词，所有人都跟着他一起念起来。随后没有一点防备，他突然开始了布道：

“在葬礼上，我经常听到信徒们诅咒死亡。然而，死亡是真主的礼物，我们不能诅咒真主的馈赠。‘礼物’这个词在你们听来是不是有些刺耳？但这是个真理。如果死亡不是无法避免的，那么人们会终其一生去逃避它。人不会去冒险，不会去尝试，不会去经营，不会去发明，不会去建设。人不过变成了永恒的行尸走肉而已。我的兄弟们，是的，感谢真主给了我们死亡这个礼物，让生命变得有意义；给了我们黑夜，让白昼有意义；给了我们沉默，让话语有意义；给了我们疾病，让健康有意义；给了我们战争，让和平有意义。感谢真主给了我们疲劳和痛苦，让休息和快乐有了意义。感谢真主，他的睿智是无穷的。”

所有人都齐声朗诵：感谢安拉！感谢安拉！我看到至少有一个人是没有出声的，他的嘴唇张开，双手颤抖。他就是哈里。

“我当时很害怕，”他后来向我解释，“我一直对自己说：‘但愿他说的不要太过分！’然而很不幸，我太了解阿斯塔菲鲁拉了，让他保持克制简直是痴心妄想。”

事实上，阿斯塔菲鲁拉演讲的主题很快就跑偏了。

“如果真主赐给我死亡的礼物，如果他召唤我回到他身边，而不是让我见证我城市的末日，他对我是残酷的吗？如果他不让我亲眼看到格拉纳达沦陷，信徒们受尽凌辱，他对我是残酷的吗？”

教长突然提高了嗓门，惊得所有人都几乎跳起来。

“是不是只有我一个人认为，死亡比受辱是更好的结果？是不是只有我会喊：真主啊，如果我没能完成对信众的使命，请用你万能的手清除我吧，像扫除一只害虫一样把我从地面上抹去吧。真主啊，今天就审判我吧，因为我已经承受不起我的良知。你给了我们最美的一个城市，你把城市和穆斯林的荣誉交到我的手中，你难道不想找我算账吗？”

哈里已经满头大汗，博阿迪尔旁边的人也都一样。博阿迪尔脸色变得像姜黄花一样苍白，人们会说连他的王室血液也不愿与他为伍，拒绝分享他的耻辱。他听从谋士的建议前来吊唁，其实是为了和从前的臣民加强联系，好让他们日后能够重新向他进贡，维持他小朝廷的开销。然而他的如意算盘落空了。又一次落空了，他的眼睛绝望地望着门口，但他肥胖的身体却在往下缩。

为什么阿斯塔菲鲁拉突然决定停止他的控诉，重新开始祈祷，是因为怜悯、疲劳还是只是凑巧？舅舅认为，这是上天的意思。当教长念出“我见证真主之外并无他神，穆罕默德是他的使者”时，哈里赶紧跳起来，做个手势准备起灵。女人们一面护送着遗体到门口，一面挥舞着白手绢，表达她们的哀伤和对死者的永别。博阿迪尔则趁机从一个暗门悄悄溜走了。从此，菲斯的格拉纳达人可以安静地死去了：退位苏丹那走形的身影再也不会来打扰他们的最后一程。

*

吊唁又持续了六天。除了让自己筋疲力尽，还有什么好方法来缓解至亲之人逝去带来的伤痛呢？清晨第一拨吊唁的人来到家里，直到半夜最后一拨人才离开。从第三夜开始，亲人们的眼泪就已经流干了，有时忘乎所以地微笑，甚至笑出声来，遭到前来吊唁的人们的批评。只有那些哭丧妇始终保持着良好的状态，她们相信，哭得越起劲，得到的报酬就会越多。死者去世十四天之后，这样的吊唁仪式还会进行三天。

办丧事的这几个星期对父亲和舅舅来说，也是和解的好机会。但对父母复婚来说，还远远不是时候，母亲也极力避免与这个休了她的人碰面。不过，在我这个八岁孩子的眼中，已经看到了希望。

父亲和舅舅探讨的其他问题中，就包括如何计划我的未来。两个人都相信，是时候让我去上学了。其他孩子上学可能会晚一些，但是他们认为我的智力发育比较早，再把我整天留在家中，和女人们在一起，是不会有任何好处的。如果不上学，我的智力可能会因此衰退，等我成年后，一定会深受其害。他们先后来找我谈了话，随后一天早上，父亲和舅舅两人郑重地陪着我去了附近的清真寺。

清真寺的主持是一位穿着长袍、留着栗色胡须的年轻教长，他首先要求我背诵古兰经的第一章——开端章。我流畅地背了出来，没有任何犹豫，也没有一处错误。他看起来很满意：

“他的口齿很伶俐，记忆力也不错；相信他只要四年或五年就能够背诵整本古兰经。”

我很得意，因为我知道，很多学生需要六年甚至七年才能做到。而背诵古兰经是进入大学的先决条件，只有把古兰经牢记在心，才能进入大学学习各种科学知识。

“我也会教他一些拼写、语法和书法方面的基础知识。”教长接着说。

当被问到想要怎样的回报时，他向后退了一步：

“我的回报，我只希望来自真主。”

不过他接下来还是表示，每次过节时，学生的家长都会在力所能及的范围内向学校捐赠一些东西，在学业最后一年举行的诵经大会上，家长会准备一份大礼。

我暗暗下定决心，一定要尽早熟记古兰经的一百一十四个章节。每星期有五天上课，我一直都很刻苦。在我的班上有超过八十个男孩子，从七岁到十四岁不等。每个学生都会穿着喜欢的衣服来上课，但是没有人会穿奢华的衣服来，比如丝绸的或是刺绣的衣服，除非有重大活动。通常来说，王室和达官显贵的孩子们是不会来清真寺上学的，有教长专门到家中给他们授课。除了这些孩子之外，清真寺学校的孩子几乎包括了社会的各个阶层，有法官的孩子、公证师的孩子、军官的孩子、公务人员的孩子、商店店主或是手工业者的孩子，甚至还有些奴隶的孩子也被主人送来上学。

教室很大，是阶梯教室。大孩子坐在后面，小孩子坐在前面，每个学生手中都有一块小木板，在上面做听写练习。教长手中拿着一根芦苇杆，当听到有人说脏话，或是有人犯了大错时，他会毫不犹豫地用它惩罚犯错的学生。不过没有一个学生因此记恨他，他本人也是不记仇的，第二天就忘了。

记得我第一天来到学校的时候，被安排坐在了第三排。这个距离对于聆听教长的教诲足够近，同时对于躲开他的问题和怒火又足够远。我旁边坐着这个地区最淘气的男孩：哈伦，绰号白鼬。他和我年纪相仿，棕色的脸庞，穿着打补丁、但总洗得干干净净的旧衣服。自从打了一架之后，我们就成了好朋友，生生死死都连在一起。没有人见到他而不向他打听我的消息，也没有人看到他不在我身边而不感到吃惊的。正是在他的陪伴下，我探索了菲斯的各个角落，度过了我的童年。在这个城市我感觉自己是个外人，而他却如此了解这个城市，仿佛这里的一切都是为了他的双眼，为了他的双腿，为了他的心而生。而他愿意与我一起分享这一切。

自打他出生时起，他就是属于这里最慷慨的行会组织的。

白鼬哈伦之年

伊斯兰历 903 年

（公元 1497 年 8 月 30 日 –1498 年 8 月 18 日）

这一年，梅利利亚落入了卡斯蒂利亚人的手中。卡斯蒂利亚人派了一支舰队来攻城，却发现那里几乎空无一人，已经被遗弃，城里的居民早带着值钱的家当逃到附近的山里去了。基督徒们不费吹灰之力就占领了整座城市，并且加强了城防，修筑了防御工事。天知道他们将来会不会离开！

在菲斯，格拉纳达移民们也十分恐慌。他们认为，敌人是尾随他们而来的，直到伊斯兰国家的腹地，甚至天涯海角。

我的家人也越来越担心，但我并没有受什么影响，而是全身心地投入到我的学业和我初生的友情中。

*

哈伦第一次来我家的时候还有些害羞。我把他介绍给舅舅，还提到了他的家庭属于哪个行会组织。哈里牵起他瘦小但已经粗糙的双手，然后说出了让我很开心的话：

“如果美丽的山鲁佐德认识他们的话，她一定会用一个晚上讲述他们的故事，还会加入神灵、飞毯和神灯，第二天黎明之前，她会用她神奇的魔法，把他们的首领变成哈里发，把他们的破房子变成宫殿，把他们的旧衣服变成华丽的长袍。”

他们就是菲斯的脚夫，大约三百多人，贫穷而单纯，没有文化，却将他们的行会打造成了全城最受尊重、最团结、组织最好的行会。

每年他们都会选出一名行会首领，也就是裁判官。他的职责是精心策划行会活动。每周初，他会根据来往商队情况、摊位情况以及工人们的情况来指定本周谁工作，谁休息。每位脚夫并不会将当天挣的钱带回家，而是全部放在行会的公共钱箱里。周末的时候，钱箱里的钱大部分会平均分配给本周工作的人，剩余部分作为行会的公积金，将被用于行会的公益事业。这些公益事业既多样又十分慷慨：当其中一员去世时，他们会照顾他的家庭，帮助他的遗孀再嫁，抚养年幼的孩子直到他们找到工作。一人之子即是所有人之子。公积金中的一部分还会在行会成员结婚时送给他们：所有人都会凑份子，帮助新婚之人尽快安身立命。

脚夫们的裁判官还会以行会名义与苏丹和他的大臣们谈判。他为所有脚夫争取了一系列权益，比如不用缴纳捐税和盐税，可以在城里的烤箱免费烤面包等。另外，如果一名脚夫因为杀人而犯下死罪，他并不会像其他罪犯一样被当众执行死刑，以免令整个行会蒙羞。作为交换条件，裁判官要对新入行的脚夫进行严格审查，避免任何可疑之人混入行会中。脚夫们的名声非常好，商人们都认为，应该依靠他们来推销产品。那些从乡下来的油贩子因为装油的大瓶小罐规格不一，需要指定的脚夫来确认容器的容量以及油品的质量，脚夫的判断对买家来说就是质量的保障。当一位批发商进口了一种新式布料时，他也会找脚夫来帮忙吆喝，夸赞他商品的过人之处。对于提供的每项服务，脚夫们都会根据裁判官制定的价目表，收取一笔特定的费用。

没有任何人，哪怕是王子，敢于和他们当中的任何一个人对抗，因为人们都知道，对抗一个人，就是对抗整个脚夫行会。行会的格言是先知的一句话："帮助你的兄弟，不论他是压迫者，还是受压迫的人。"当人们质疑道："受压迫的人，我们帮助他是符合他愿望的。而压迫者，我们要如何帮助他呢？"他们就会像先知当年那样解释说："你在他面前强势，阻止他去害人，这就是在帮助他。"因此，在菲斯的市场上，极少见到一名脚夫与人发生争执甚至打架斗殴，因为在他的兄弟当中，总有人会让他保持冷静和克制。

就是这样一群人。谦逊，却又骄傲。贫穷，却又慷慨。远离王宫和堡垒，却深谙管理之道。是的，这就是我最好的朋友身后的那些人。

每天，天空刚刚露出熹微的晨光时，白鼬哈伦就会来到我家，陪我一起走过从哈里家到学校的那一百来步。在路上，有时我们会闲聊，有时一起背背晚上刚学会的经文。更多的时候我们什么话都不说，我们是一对沉默的好朋友。

一天早上，我睁开眼的时候，发现他就坐在我睡觉的衣柜床的床脚下。我一下子跳了起来，担心上学迟到，甚至已经感觉到教长手中的教鞭带着呼啸声打到我腿肚子上的疼痛。哈伦则冲我笑了笑让我放心。

"今天是周五，学校关门了，但是街道是开放的，公园也是开放的。赶紧吃点面包和香蕉，我在街角等你。"

从那天开始，只有真主知道我们的双脚踏遍了多少地方。通常我们都是从奇观广场开始溜达。我不知道这是不是这个广场的真正名字，但是哈伦这么叫它。我们在那里什么也不买，什么也不吃。在那里，我们只用眼睛看，用鼻子闻，用耳朵听。

首先是一些装病的人。有些人假装头疼，用两只手捂着头，使劲地摇，还张着嘴吐着舌头，然后又非常专业地在地上打起滚来，但是从来不会碰伤自己，也从来不会打翻旁边装零钱的碗。另一些人则假装得了肾结石，在人前装出一副疼痛难忍的样子不停地哼哼，当然如果只有我和哈伦在，是看不到这样的表演的。还有些向人们展示身上的伤口和脓疱的。我只看了一眼就赶紧转过头去，因为据说如果盯着看，就会跟他们一样全身长脓疮。

广场上还有好多卖艺的，唱着荒唐的爱情故事，顺便向一些幼稚的人兜售写着咒语的小卡片，并吹嘘他的咒语包治百病。还有一些走江湖的郎中卖些神药，不过他们总是小心地避免在同一个城市出现两次。还有一些耍猴的，他们以吓唬孕妇为乐。养蛇的把蛇盘在自己的脖子上。哈伦通常靠得很近，一点也不害怕。但是我感到既害怕又恶心。

赶上节日的时候，广场上还有一些说书的。我记得有一个盲人拄着盲杖，绘声绘色地讲述安达卢西亚战斗英雄赫鲁尔，或是最英勇的阿拉伯人安塔尔-伊本-查达德的故事。有一次，当他讲到安塔尔与美丽的阿布拉之间的爱情时，他停下来问听众里有没有儿童或者妇女。人群中的女人和孩子都变得垂头丧气，不情愿地离开了。出于好奇，我并没有动。周围的人们纷纷投来斥责的目光。我有点受不了，正准备离开的时候，哈伦向我投来一个坚定的眼神，告诉我没有什么问题。他一只手放在我的肩上，另一只手则叉在自己腰间，一步也没有动。说书的继续讲他的故事。我们一直听到最后一吻。人们散去后，我们又继续去其他地方散步。

奇观广场是几条路交叉的地方。其中一条路通往大清真寺广场，路上有许多书商，还有很多作家；另一条路上有很多卖皮鞋和拖鞋的小贩；第三条路上是卖马笼头、马鞍和马镫的马具商；第四条路则是我们的必经之路。那条路上有很多牛奶店，店里经常装饰有马约里卡精美的陶瓶，比他们卖的货要贵重多了。我们不是要去这些牛奶店，而是去找门口的人。这些人通常在晚上把牛奶店没有卖出的牛奶低价买来，夜里让牛奶凝固，第二天再用水打散以后拿来卖。这样就成了一种既解渴又充饥的饮料，不仅便宜，还不会让信徒有任何的负罪感。

*

我和哈伦对菲斯的探索之旅不过刚刚开始。我们将一层层地揭开它的面纱，就像在婚房里揭开新娘的头巾一样。从那一年开始，我的回忆变得丰富多彩，每次回想起来的时候，我都再一次看到自己在九岁那年是多么地纯真。接下来要讲的这一段经历是最为痛苦的，也是我认为最有必要讲的，因为如果我对此沉默不言，我就不配成为一个忠实的见证者。

那天散步开始时和往日并无差别。哈伦想到处看看，我也很好奇。我们知道，在城西有一个不大的区叫作梅尔，清真寺学校的教长提起这个区总是显得很担心。那个地方远不远？是不是很危险？与其猜来猜去的，不如亲自去转一转。

快到中午的时候，我们来到了这个区域，并且立刻就明白了教长担心的是什么。街上站着很多女人，或者靠在墙上，或者站在酒馆半开的门口。哈伦则开心地模仿着那些胖女人挑逗的姿态和步伐。

那么要不要去看看酒馆里都有什么？我们知道肯定是进不去的，但是总可以偷偷摸摸地瞧一下吧。

我们悄悄地靠近了第一个酒馆。酒馆门是半开着的。我们两个把头伸了进去。里面很暗，我们只能看到有一群客人聚在那里，中间是一个橙黄色头发的女人。还没来得及仔细看，我们就被人发现了，所以拔腿就朝旁边街道的酒馆跑过去。这里光线也不好，但我们的眼睛转得更快。我们看到了四个不戴头巾的女人，大约十五个客人。在第三个酒馆，我们甚至还有时间仔细看了看几个人的面孔，反光的杯子和玻璃瓶。游戏还在继续。我们的脑袋又钻进了第四个酒馆。这家酒馆里好像比其他几个明亮了许多。在门口，我们都认出了一张脸。这个胡须，这个侧脸，这个步伐？我缩回头，在街上疯跑起来。这次不是酒馆老板或是他的打手在追我。我想远远甩在身后的那张脸，就是我的父亲，他就坐在那家酒馆里，旁边还坐着一个不戴头巾的女人。我看到他了，哈伦肯定也认出他了。他有没有看到我们？我想应该没有。

从那以后，我不止一次去过比梅尔更肮脏的地区和酒馆。但是那一天，我感到土地在我脚下崩塌了。或许这就是人们说的审判日。我感到羞耻，感到痛苦。我不停地跑，泪流满面，眼睛几乎都睁不开，脖子像被人掐住，喘不上气。

哈伦就在后面跟着我，不说话，也不碰我，甚至都不离得太近。他等着我自己筋疲力尽，坐到一家关门的商铺门口，才坐在我旁边，依旧一言不发。过了很久，我才平静了下来，站起了身。哈伦也站了起来，然后默默地带着我朝家的方向走去。夕阳西下时，我们看到了哈里家的房子，这时哈伦才第一次开口对我说话：

“所有男人都会去酒馆；所有男人都喜欢喝酒。如果不是这样，那么真主有什么必要禁止饮酒呢？”

第二天，我再见到白鼬哈伦时，已经没有一丁点的不高兴。我只是担心如何面对我的父亲。不过很幸运，他要去乡下看一块要出租的土地。几周之后他回来了，但那时我们全家已经沉浸在更大的不幸带来的痛苦中。

宗教法官之年

伊斯兰历 904 年

（公元 1498 年 8 月 19 日 –1499 年 8 月 7 日）

这一年，解救者哈迈德没能禁得住虐待，死在了阿尔汗布拉宫的地牢里；那时他已经八十多岁了。没有人比他更懂得如何解救一个俘虏，但是当需要解救他自己时，他却显得那么无计可施。他是一个虔诚、忠实的人，只是错误地判断了那时的形势，但是直到他最后一天，他的目标仍如一个孩子般单纯。他死的时候一无所有，愿真主赐给他伊甸园的财富啊！

与此同时，还有几千人被处死。几个月以来，骇人听闻的消息不断从我们的故国传来，没有人预想到，安达卢西亚仅剩的那些穆斯林会面临如此绝顶的灾难。

这一切都始于一帮宗教裁判官来到格拉纳达之日。那是一群狂热的宗教主义分子，他们一来就宣布，所有皈依了伊斯兰教的基督徒，都必须回归他们原本的宗教。有一部分人顺从了，但更多的人表示反对，并拿出当年写着宗教自由的停战协定试图说服那些宗教裁判官。这当然是徒劳的。对宗教裁判官来说，这个条款一文不值。所有皈依伊斯兰教，并拒绝重新信奉基督教的人，都将被视为叛徒，这是死罪。为了吓唬那些企图负隅顽抗的人，他们甚至生起了火堆，就像当年对犹太人那样。有些市民当众发誓放弃伊斯兰教信仰。其他为数不多的人则认为最好逃命，虽然有点晚，总比死在这个陷阱里要好。而他们除了身上穿的衣服，什么别的财物都没能带走。

随后，宗教裁判官又宣布，所有直系亲属中有基督徒的人，都必须受洗。首先受到冲击的就包括哈迈德。他的祖父曾是基督徒，被俘虏后转而信奉了伊斯兰教。一天晚上，一名宗教裁判官在几个卡斯蒂利亚士兵的陪同下，来到了哈迈德位于阿尔拜辛区的家中。听到消息的邻居们纷纷走上街头，试图阻止他们带走哈迈德，但是没有成功。第二天，城里其他区域也逮捕了好多人，其中还包括两名妇女。每一次逮捕过程中，人们都会聚集起来试图反抗，士兵们剑拔弩张才能开辟出一条路来。但在阿尔拜辛，各类冲突和事故开始多了起来。离我们家老屋不远的地方，新建的一座教堂被烧毁。作为报复，人们洗劫了两座清真寺。每个人的信仰都有肤浅的时候。

有一天，人们听到了哈迈德死在牢里的消息。他在死前遭到了宗教裁判官们残酷的虐待。直到最后一刻，他也没有屈服，而是一直要求他们服从基督徒统治者当时签署的命令。

当他死亡的消息传开后，反抗的呼声越来越高涨。哈迈德是唯一留在城里的阿尔拜辛贵族，并不是为了更接近敌人，而是为了继续他为之奋斗一生的事业：解救穆斯林俘虏。鉴于他崇高的事业和他的高龄，也鉴于对基督徒压抑已久的仇恨，穆斯林们即刻发起反抗。人们在街上建起路障，并杀死士兵、公务人员和宗教人士。暴乱就这样开始了。

但是很明显，市民是无法和军队势均力敌的。凭着手里为数不多的弩、剑、弓，甚至是短木棍，人们竭力阻止卡斯蒂利亚军队进入阿尔拜辛，并试图组成小规模的军队进行圣战。但是，经过两天的战斗，他们便被消灭了。随后屠杀开始。当局宣布，所有穆斯林都会以暴乱罪被处死，不过他们还狡猾地说，皈依天主教就可以免于死罪。格拉纳达人整条街整条街地受洗了。阿尔普哈拉斯山里的几个村子，还有村民在进行零星抵抗；他们坚持了几个星期；据说他们还成功地杀死了带兵清剿他们的科尔多瓦领主。但是，那里的抵抗也没有持续多久。村民们和当局进行了谈判：几百个家庭被允许迁往菲斯定居；有些人逃进了深山里，发誓永远不会被人找到；剩余的人则全部受洗。从此之后，在安达卢西亚的土地上，不会再有人赞扬“真主至大”，八个多世纪以来，召唤信徒们前去祈祷的穆安津的声音，再也不会响起。人们再也不能对着亲人的遗体，背诵古兰经的开端章。至少在公开场合是不可以的，但是这些迫于压力受洗的穆斯林是不会背弃他们的宗教的。

在菲斯，人们收到了越来越多令人伤心的消息。有人在信中写道：兄弟们，如果说格拉纳达沦陷时，我们没有离开，那只是因为我们没有这个能力，我们是安达卢西亚最贫穷、最孱弱的人。今天，我们被迫受洗，这是为了保住女人和孩子们的命啊。但是我们也十分害怕，审判日的那天，真主会追究我们的过错，并让我们去地狱受苦。因此，我们恳求你们，我们的移民兄弟们啊，给我们一些建议，帮帮我们吧。替我们问一问宗教专家，我们应该怎么做，我们整天都生活在悲伤中啊。

菲斯的格拉纳达移民对此深表同情，这一年他们开了无数次会进行讨论，其中一些会议就在哈里家举行。参会的有贵族，有平民，更多的是熟读宗教典籍的学者们。很多人专程从很远的地方赶来，分享他们研究和思考成果。

我还记得有一天，一位穆夫提[1]专程从瓦赫兰赶来。他大概四十来岁，也穿着跟阿斯塔菲鲁拉差不多肥大的长袍，只是他看起来要和善一些。舅舅显得比往日更加恭敬，专程去街口迎接他。在整个会议

[1] 伊斯兰教教法说明官。

期间，人们只向他提些问题，但从来不与他争辩，也不质疑他的回答。要解答我们面临的问题，需要熟知教法和传统，更需要极大的勇气：数十万穆斯林背弃先知的信仰是难以接受的；而要求他们全体死于火刑则是残暴无情的。

我记得瓦赫兰人的开场白是那么的热情而又平静："兄弟们，我们在这里，在伊斯兰国家，真主受到敬仰，我们可以很自豪地承认我们的信仰，就像珍爱王冠一样。但如果他们保持信仰，就像我们手中拿着一块火热的木炭一样危险和痛苦，我们不能责怪他们。"

他接着说：

"如果你们想给他们传信，请注意你们的言语和措辞，一定要谨慎和克制。想一想，你们的信可能成为点燃他们身下火堆的火种。不要因为他们受洗而责怪他们；只需要请求他们无论如何对伊斯兰教保持忠诚，并且教给他们的儿子。但是不要在孩子青春期之前，在孩子还不能保守秘密的年纪前做这样的事，因为可能孩子无心的一句话，就会给他的父母带来杀身之祸，这样信仰才会真正消失。"

如果这些不幸的人被逼着喝酒呢？或者被要求吃猪肉，用以证明他们不再是穆斯林了呢？

"如果他们是被迫的，让他们照做，只要在心里抵制这样的做法。"穆夫提说道。

如果他们被要求诋毁真主和先知呢？

"如果他们是被迫的，让他们照做，只要在心里说相反的话。"他重复道。

这些没能移民出来，仍生活在残酷和耻辱中的人，穆夫提称他们为陌生人。这个称谓来源于先知的一句话："伊斯兰教始于陌生人，终于陌生人。天堂向陌生人开放。"

*

为了呼吁各地穆斯林来共同解救这些不幸的人，菲斯的格拉纳达移民们决定向几个主要的伊斯兰国家派出密使求救，其中包括奥斯曼土耳其、波斯萨菲王朝、埃及苏丹以及其他一些不值一提的国家。哈里因为曾在阿尔汗布拉宫担任过职务，这次被安排来起草官方格式的信函；他还将带着这些密信中最重要的一封，前往君士坦丁堡。出发前几天，舅舅去拜见了菲斯的苏丹和博阿迪尔，从他们那里拿到了推荐信和国书。

每次想起这次旅行，我都感到十分心塞，尽管到今天我已经走过了各种奇特的地方，踏遍了各种不毛之地，我仍然无法释怀。我一直都梦想着能去君士坦丁堡，当得知哈里就要出使那里时，我再也坐不住了。我的脑子中已经开始憧憬，思考着自己十岁时，是不是就可以加入这场旅行。我开门见山地向舅舅提出了这个请求，并没有抱太多幻想。然而当他张开双臂向我表示欢迎的时候，我也没有太过吃惊。

“我去哪还能找到更好的旅伴呢？”

尽管他的语调有些调侃，但我能看出他是发自内心的高兴。接下来就是如何说服我的父亲。

那年，穆罕默德经常不在城里，而是到乡下寻找能租下的土地，远离喧嚣，远离闲言碎语，远离人们谴责的目光，平静地生活。整整两周的时间，我每天都去等他，不停地询问瓦尔达和玛利亚姆他的消息。然而她们也什么都不知道。她们也在等待，像我一样。

他终于回来了，我迫不及待地扑向他，嘴巴飞快地向他提出我的想法，因为说得太快，他没听清楚，我又重复了好几遍。天哪！他立刻就拒绝了我，毫无商量的余地。或许我该等哈里向他提起这次旅行，可能效果会好点。他应该知道如何向父亲介绍这次远行能带来的好处。或许穆罕默德因为不想得罪舅舅而答应下来，毕竟他们不是刚刚和解么？而对我，他可以丝毫不留情地说不。他告诉我旅行很危险，很多人都是有去无回，并且如果我出去旅行，我的学业就会耽搁下来。而我猜他拒绝的真正原因，是不想我和舅舅走得太近，不想我和母亲的娘家走得太近，他怕彻底地失去我。我不敢和他争辩，只能央求他再跟哈里谈谈，而他甚至拒绝和哈里见面。

一个星期的时间，我每天早上起床时，双眼都是哭红的，枕头也被泪打湿了。为了安慰我，舅舅答应下次旅行一定带上我；他说到做到。

出发的那天到了。哈里需要先跟着商队到瓦赫兰，然后再从那里上船。从清晨开始，格拉纳达人就不断地来祝他一路顺风，不辱使命，还纷纷捐出一些金币供他路上开销用。当我躲在角落里伤心的时候，一位目光狡黠的老者坐到了我身边。竟然是哈姆扎，给我做割礼的剃须匠。他向我问起父亲的情况，并因为解救者哈迈德的死而抽泣了很久，他依然记得他们最后一次在我们阿尔拜辛的家中见面的情景。随后他问起了我的学习情况，问我正在学哪个章节，甚至还背诵起来。有他陪在身边让我感觉很舒服，不知不觉我已经和他聊了一个小时。他告诉我，逃难的时候几乎丢掉了全部家当，但是感谢真主，他现在仍然可以养家糊口。他重操旧业继续做剃须匠，但是已经不再做割礼，因为他担心下刀时不够果断。他在社区的浴室租了一块地方，开了他的剃须摊子。

突然，他眼睛一亮，想到一个主意。

“你不上学的时候，想不想来给我帮忙？”

我想都没想就同意了。

“我每星期付给你一个迪拉姆。”

我赶紧告诉他，我还有一个朋友，希望他能跟我一起去。哈姆扎表示一点问题都没有。他也可以得到同样的报酬，在浴室里要干的活儿太多了。

几分钟以后，当哈里来向我告别的时候，他惊讶地发现，我的眼睛里已经没有眼泪，甚至还带着笑。我告诉他我要去工作了，每星期能拿到一个迪拉姆。他祝我工作顺利，我也祝他马到成功。

浴池之年

伊斯兰历 905 年

（公元 1499 年 8 月 8 日 –1500 年 7 月 27 日）

“我从来没想过，这些人居然要用马粪才能洗澡！”

想了一会儿我才明白哈伦说这句话到底是什么意思。然后我们都大笑起来。我的朋友没有说错，因为菲斯的公共浴池都是靠马粪来烧热水的。

那天，我们才明白这一切。浴池老板派我们两个带着两头骡子和一些迪拉姆，到附近区域的马厩里去买堆积的马粪。随后，我们把收集到的马粪运往城外指定的地方。有个男人在那里等我们，他还负责把我们辛苦收集来的马粪摊开晒干，这个过程在夏天需要一个月，冬天则要三个月。回程的时候，我们会带回一堆晒好的硬得像木头的干马粪，拿回浴室就可以烧。浴室的锅炉就靠烧这样的马粪。也因为如此，每次我们卸完货之后，我和哈伦身上都是马粪的颜色和气味。

因此，我们都迫不及待地脱掉衣服，赶紧跑到热水屋子里。这样的工作让我们很开心。每次在浴室遇到朋友的时候，我们都会问他们，今天的水跟往日是不是有什么不同。

对城里所有人来说，公共浴池都是会客聊天的一个最理想的场所。他们在门边的隔间里先脱掉衣服，然后光着身子见面，一点也不感到不好意思。年少的学生们通常会谈论他们的老师，还互相打屁股开玩笑。青年人则谈论女人，相互爆料谁又喜欢上哪个女人了，还各自吹嘘自己的爱情经历。成年人在女人这个问题上则比较收敛，他们通常交流一些养生的经验，这是一个永无止境的话题，也是江湖郎中的一棵摇钱树。剩余的时间，他们则会谈论钱、宗教和政治，音调的高低也随着他们主张观点的不同而有所变化。

通常，男人们会在公共浴室见面，然后一起进餐。有些人是带着饭菜来的，另一些则要求浴室的服务生去附近的市场上买些东西来。不过，他们并不会马上用餐。首先他们会到温水房间，那里有服务生帮他们搓澡，并用精油和香料给他们擦身子。他们会躺在一张毛毡毯子上休息一会儿，然后才进到热水房间里出出汗。随后，他们会回到温水房间再洗洗澡，休息休息。这之后他们才会到冷水房间，围坐在泉水旁边，吃饭，聊天，大笑，甚至是唱歌。

大部分人直到吃完饭都是一丝不挂的，除了一些比较重要的人物。他们往往不愿暴露在他人面前，而是在腰间裹着一条大浴巾，直到进入为他们准备的打扫得非常干净的隔间时，才会把浴巾脱下来，他们在那里或是会见朋友，或是找人按摩，剃须匠也会到那里询问他们是否需要服务。

女人也来公共浴室。有些浴室只对女人开放，但是大部分是对男女都开放的。同样的浴室，但是对男女开放的时间不同。我工作的那家浴池早上三点到下午两点对男人开放。其他时间里，服务生就会换成黑人女人，并且她们会在门上系上一根绳子，表示男人此时不能入内，如果有男人想跟他的妻子说句话，就要叫浴室的女服务员来，让她帮忙传个话。

每一次结束工作的时候，每一次看到门上系着绳子，女人们纷纷到来的时候，我和哈伦就在想，只有女人的浴池里究竟是什么样子。

一开始，我们还努力说服自己，女人和男人在浴室里没有什么分别，也是做做按摩，擦擦精油，聊聊天，大吃大喝，贵族们也会用一块浴巾把自己遮起来。但是，经过一段时间观察，我们发现下午进浴室的不仅有很多拎着手提包的商贩，还有各类让人不安的人，比如算命的、卖药的，可能还有巫婆。她们真的会做万能药水儿么？真的会诅咒男人们么？真的会用带魔力的针去扎小蜡人么？我们对此感到困惑，因此进去一探究竟成了我们脑海中抹不掉的念头。

这也是一个挑战。

“明天，不管发生什么事，我都要进去看一看。你愿意跟我一起么？”有一天哈伦对我说。

我看着他的眼睛，他没有开玩笑。

“你愿意陪我去么？”

我需要很大的勇气才说了一声“不”。

“那更好。我一个人去。但是明天下午的时候你要过来，就在这里。”哈伦说。

第二天下雨了，天色很暗。我守在哈伦指给我的地方，从那里可以很清楚地看到浴室的大门，却不被人注意。我没看到平日打扮的哈伦。我在想他是不是在那，是不是已经进去了；我等着看他被人赶出来；但我又害怕看到后面有二十几个女人追着他，那样我也得赶紧逃跑了。我唯一确定的就是，白鼬从来不会放弃他疯狂的计划。我不时朝太阳望去，当然只能看到云层后面的一圈光晕。我等得有些不耐烦了。

浴池的大门口没有一丁点不正常的动静。一些女人进去，另一些人出来，有些人用白色或黑色的头巾蒙得严严实实的，另一些则只遮住头发和下半边脸。有些带着小女孩，有时候甚至还有很小的男孩子。过了一会儿，一个胖女人朝着我这儿走过来。她在我面前停了一会儿，从头到脚打量我，随后嘴里念叨着听不懂的话走开了。我偷偷摸摸的举动在她看来很可疑。很长时间以后，另一个全身裹得严严实实，但是很瘦的女人来到我面前。我有些害怕了。她停下来，然后转向我。我吓得都快蹲在地上了。

“你躲在这儿啊，怎么还在发抖？”

这是哈伦的声音！他只留给我发出惊叹的时间。

“别出声，也别乱动！数到一百，然后到家里来找我！”

他在家门口等我。

我迫不及待地说：“跟我说说啊。”

他慢吞吞地，半天才没精打采地说：

“我到了，我进去了，假装在找人，在所有房间里转了一圈，然后就出来了。”

——你脱衣服了么？

——没有。

——你看到什么了么？

——看到了很多东西。

——告诉我啊，不然让真主敲碎你！

他什么都不说。他的嘴角看不出一丝微笑，也没有一点苦笑。但是他的眼睛表现出了满意和调皮。我等得很焦躁，恨不得用拳头揍他。

“你想让我求你，让我把脑袋贴在你的鞋上么？”

他对我的挖苦无动于衷。

“就算你求我，就算你拜倒在我脚下，我也不会跟你说一个字。我去冒险了，而你拒绝跟我一起冒险。如果你想知道在女人那里会发生什么事，下次就和我一起进去。”

我惊呆了。

“你打算再去一次？”

在他看来这是必然的，他都不屑于回答。

第二天，我又到了头天的地方，这回我看到他进了浴室。他在化妆方面又改进了不少，已经不满足于用一条大黑裙子把自己罩起来了。这次他在头上系了一块白色的头巾，遮住了头发，以及前额和脸的一部分，还有他的下巴。脸上还蒙了一块透明的薄丝巾。他的妆化得太好了，我差点又没认出来。

我再看到他的时候，他显得有些心神不宁。我问他有什么发现，他还是什么都不说，丝毫不理会我的坚持和叫喊。他很顽固地沉默着；很快我就忘了这段小插曲。然而，几年之后，反倒是哈伦亲口向我提起这件事，而他的话深深地刻在我的脑海里。

*

那年快到年底的时候，舅舅终于结束远航回来了。自他露面开始，菲斯的安达卢西亚人就成群结队不断前来拜访，听他讲此行的经历。他不厌其烦一遍遍地讲了在海上旅行时对海难和海盗的担心，他看到的君士坦丁堡，奥斯曼土耳其的王宫，近卫军士兵，以及他在东方各国的见闻，叙利亚、伊拉克、波斯、亚美尼亚和鞑靼利亚。

然而，很快他就言归正传，说到人们最关心的问题。

“不论在哪，人们都坚信，卡斯蒂利亚人很快就会被打败，真主允许的话，安达卢西亚还会回到穆斯林手中，到时大家都可以回家了。”

他也承认，并不知道什么时间、什么情况下这样的事能最终发生，但他亲眼看到了不可战胜的奥斯曼土耳其，被他们庞大的军队震撼了。土耳其人对格拉纳达的命运深表关心，并愿意将格拉纳达从异教徒的手中解救回来。

听到这些消息的人都无比兴奋，我也一样。晚上，人们都走了以后，我缠着舅舅问道：

“你觉得我们什么时候能回去？”

他好像没有听明白的样子：

“回哪去？”

我觉得他是因为长途旅行还没休息好才反应迟钝的。

“回格拉纳达啊，这不是你说的么？”

他久久地看着我，像是在思考要不要对我说。许久，他才用缓慢而坚定的口吻说道：

“哈桑我的孩子，你已经十二岁了，我想应该把你当成男人来对话了（他又犹豫了一会儿），仔细听我说。我在东方看到的，是波斯萨菲王朝正在积极准备对土耳其人动武，而土耳其人则因为与威尼斯的冲突焦头烂额。至于埃及，他们刚刚收到了卡斯蒂利亚人送来的大量小麦，这象征着两国修好和结盟。这就是现实。可能几年后局势会变化，但是目前来看，我到访的这些穆斯林国家，没有一个对格拉纳达人的命运感兴趣，不论是对我们这些流亡者，还是留在格拉纳达的那些可怜的陌生人。”

我眼中流露出的惊讶远远多于失望。

哈里接着说：“你可能会问我，为什么要向人们说完全不一样的话。哈桑你看，所有这些人家里的墙上，还挂着他们在格拉纳达房子的钥匙。每一天他们都能看到这些钥匙，他们看着钥匙叹气、祈祷。每天他们都会回想起当年的快乐，往日的时光，充满骄傲和自豪的日子，这些在流亡生活中是不可能找到的。他们活下去的唯一动力，就是相信在伟大苏丹的努力或是天意下，他们能够很快回到格拉纳达的家中，看到房子石头的颜色、花园的味道、泉里的水都没有变化，没有被破坏，就像他们梦见的那样。他们就这样活着，直到死去，他们的子孙仍会怀着这样的梦想。或许需要一个人敢于对他们说，睁开双眼，接受失败的现实吧，想要重新站起来，首先要脚踏实地。或许有一天需要有人讲出这样的现实。而我，我没有这样的勇气。”

狂狮之年

伊斯兰历 906 年

（公元 1500 年 7 月 28 日 –1501 年 7 月 16 日）

不知不觉，我姐姐玛利亚姆已经长大成人。对我来说，两次长时间的分离使她变得像陌生人。我们不再生活在同一个屋顶下，我们也不再玩同样的游戏。每次见到她时，我们不再有共同语言，我们的眼中也不再有默契。这一年，是她骑在骡子上对我说话，才让我的眼睛重新看到她，让我凝望着她，让我重新想起我喜爱的，也会被我打到流眼泪的那个小女孩。

那是初夏时节，我们前往梅克内斯的路上，经过一片橄榄林的时候，父亲决定去内地转一转，让我、瓦尔达和玛利亚姆一起陪着他。他一直想租一块地来种，但还没找到。他打算凭借跟随安达卢西亚一些熟识的农学家学到的经验，改良在非洲土地上稀有并且长势不太好的作物，尤其是用来养蚕的桑树。

他详详细细地向我讲起了菲斯一位富商经营的大公司。听他讲话的时候，我感觉他已经度过了格拉纳达沦陷所导致的那个沮丧和颓废阶段，那种因为先后失去两个女人而带来的痛苦已经荡然无存。现在，他重新开始规划人生，双拳紧握，两眼放光。

这次旅行，我和他一样骑马，两个女人则分别骑着骡子，因此，我们前进的速度是和她们保持一致的。有一会儿，瓦尔达来到穆罕默德身边，我则走在后面和玛丽亚姆一起。她有意无意地减慢了速度。父母两人都走远了。

"哈桑！"

自从离开菲斯后，我还没有和她说过话，已经有四个小时了。我看了她一眼，更像是在问她："骑着骡子有什么不舒服么？"但是她已经摘下了沙黄色的面巾，微白的脸上露出了一丝苦笑。

"你舅舅很爱你，就好像你是他的儿子，是不是？"

在我看来，她的问题是那么无厘头和不合时宜。我敷衍地承认了，不想跟她这个瓦尔达的女儿讨论任何关于我和母亲家族关系的事。但是这并不是她想说的。

"如果我有了孩子，你会像他爱你一样爱我的孩子么？"

"当然。"我说道。

然而，我的"当然！"说得太快，太粗暴。我感到很尴尬。

我担心她会有什么反应。她只是顿了一会儿。我斜着眼看了看她；她的沉默和她的问题一样让我苦恼。她不再看我，但是她并没有重新戴上面巾，尽管路上沙尘很厉害。我转向她，凝望着她，这是很长时间以来的第一次。她还是和逃难那天在船上时一样，脸上一直胖嘟嘟的，我还记得看到她母亲抱着她朝我们走过来的情景。她的皮肤还是粉嫩的，嘴唇依然那么有光泽。只是她眼皮上的眼影让她看起来更像个女人，她的侧影也是一样。另外，在我看着她的时候，我想她挺起了胸脯。她的心在跳动，或者是我的心？我低下了眼睛。一年的时间，她就变得成熟了，变得美丽而撩人。

"如果我有了孩子，你会喜欢他们么？"

我应该感到恼火才对，但我笑了，因为我想起，这就是她说话的方式，从她一岁大的时候开始，她就会三遍、四遍甚至十遍，用同样的口气不间断地宣布，这件玩具是她的。

“我当然会喜欢他们。”

“那你会和他们的母亲说话么，就像你舅舅对萨尔玛那样？”

“是的，毋庸置疑。”

“你会经常来她家看她么？会不会问她是否过得好？听她讲她的烦恼和感伤？”

“是的，玛利亚姆，是的！”

她突然拉住了缰绳；她的骡子立住了。我也停下来。她直直地看着我：

“那你为什么从来不和我说话？为什么从来不问我，晚上是不是会哭？对所有男人，我的任务就是保持敬畏。今天是对我的父亲，明天是对我的丈夫，对所有不是我亲戚的男人，我都要把自己的情绪隐藏起来。”

她松开了缰绳，骡子继续小步地向前走。我也催马赶到她身边。我仍然没有和她再说什么，但是很奇怪，我有点担心她，我的眼中突然对她多了一份疼爱。并且我总感到，有一种危险正在等待着她。

*

从菲斯到梅克内斯的路走到一半的时候，我们在一个叫作耻辱的村子过夜。当地清真寺的伊玛目热情地接待了我们，作为回报，我们给他照顾的孤儿们捐了些钱。他不是太有文化，但是十分友善，并且他毫不忌讳地解释了为什么村子会起这个名字。

他承认，这个村子的人向来以吝啬著称，而他们也因为名声在外而倍感苦恼。商队都避免在这个村子过夜。有一天，菲斯的国王在附近地区捕猎狮子。村民们得知后，决定邀请国王和大臣们来村里做客，还专门为他们杀了几头羊。国王很满意，在村子里吃了晚饭，然后就睡下了，为了体现自己是多么慷慨，村民们决定在国王下榻的房子门口放上一个大羊皮囊，并约好灌满羊奶，供国王和随从们第二天早餐用。也就是说村民们应该在各自家挤好羊奶，然后把桶里的奶倒进羊皮囊里。看到这个羊皮囊如此巨大，每个村民都寻思着，往自家的奶桶里多加一些水，没人能看得出来。结果第二天，国王和随从们喝的是几乎透明的羊奶，只能尝到吝啬的味道。

然而，我日后之所以会回忆起这个村子的故事，并不是因为这些村民无可救药的坏毛病，而是因为我在那里感受到的不可名状的恐惧。

伊玛目对我们照顾得很周到，晚上把我们安排在清真寺旁边的一间木窝棚里睡觉，我们的牲口就围在旁边的空地上。瓦尔达和玛利亚姆睡在窝棚里；父亲和我则更喜欢睡在房顶上，在盛夏的夜里，这样感觉更凉快些。快午夜的时候，我们赫然发现，两头巨大的狮子，可能是被两匹马和两头骡子的气味吸引来的，径直走到我们的门前，试着抓倒围住牲口的带刺的栅栏。两匹马发疯似地嘶叫起来，还不停地用蹄子踢窝棚的墙。每踹一脚，窝棚都像要塌的样子，就这样过了两个小时或者更长的时间。其中一头狮子可能是被刺扎得不耐烦了，转而用爪子使劲地抓窝棚的门。父亲和我在房顶上看着下面发生的这一幕，就算知道这两头猛兽可能打开门，然后把屋里的两个女人咬死撕碎，我们也无能为力，除了在屋顶看着，什么也做不了，除非我们想牺牲自己来把狮子喂饱。窝棚里玛利亚姆的惊叫声和瓦尔达用卡斯蒂利亚语祈求圣母的祈祷声不断传进我们耳中。

穆罕默德则声音颤抖着发了毒誓：如果我们能活着出去，他将会中断这次旅行，转道去塔西亚朝圣，在瓦利 - 布 - 伊萨的墓前献祭。布 - 伊萨因为他对抗狮子的辉煌战绩而被尊为圣人。

我不知道究竟是瓦利这位狮子克星显灵，还是圣母玛利亚保佑，总之这两头狮子最终没有得逞，黎明时分天边露出一丝微光的时候，它们离开了我们的窝棚，不过它们令人恐惧的咆哮声仍然从不远的山里传来。直到早上村子里开始热闹起来的时候，我们才敢从藏身处走出来。但是，我们没办法即刻上路，而是要等商队从这里经过。穆罕默德决定立刻就去还愿，他希望在梅克内斯能够遇到朝圣的队伍，和他们一起去塔西亚。

一周之后，我们终于到达了塔西亚，当看到前往瓦利墓前拜谒的如潮的人群时，我才真正体会到在非洲，狮子带给人们的是怎样的恐惧。在此后的旅程中，我还会多次见证。多少次，当我到一个村子的时候，我看到村民们人心惶惶地聚在一起，因为整户人家都死在这些野兽的口中！多少次，当我来赶路的时候，向导带着我们被迫绕道，就因为狮子刚刚吞掉了一整个商队！甚至有一次，一头狮子袭击了一队两百人、全副武装的军队，杀死五六个人之后，才从容不迫地离开。

毫无疑问，狮子是所有动物中最勇敢的，说到它们时我并没有任何不快，因为在意大利的整整八年里，狮子成为了我的名字。然而我想指出的是，寒冷地区的狮子远远不如炎热地区的凶猛。在菲斯，如果人们想让一个爱吹牛的人闭嘴，他们会说："你就像阿格拉的狮子一样勇敢，连小牛犊都敢咬它们的尾巴。"确实，在阿格拉这个地方，只要一个小孩边大声喊着边追着狮子跑，就能把狮子吓得屁滚尿流。在另外一个叫红石头的山村里，狮子们都到村里吃村民们专门为它们准备的骨头，所有人都能接近狮子，一点也不害怕。我还听说，如果一个女人在荒无人烟的地方遇到狮子，她只需要脱掉一部分衣服，向狮子展示身体的某一个部位，狮子就会大吼一声，然后就低着头走了。人们爱怎么想就怎么想，不是么！

*

结束这次计划外的朝圣，回到菲斯后，我又想起了之前对玛利亚姆深深的担心。难道她预感到狮子会来攻击我们的窝棚？至少当时我是这样认为的。毕竟在一个十二岁的孩子眼中，猛兽总是比人更可怕的。

诵经大会之年

伊斯兰历 907 年

（公元 1501 年 7 月 17 日 –1502 年 7 月 6 日）

玛利亚姆的未婚夫年龄有她四倍大，体形有她两个大，拥有来路不正的巨额财富，脸上挂着看透人生不过是场无休止的骗局的微笑。在菲斯，人们叫他扎鲁阿尔人，很多人看他的眼光都充满了嫉妒，因为这个曾经的羊倌建了城里最壮观的宫殿，当然仅次于苏丹的王宫，这是一个想保住自己脑袋的人最起码的觉悟。

没有人知道扎鲁阿尔人的财富是如何积攒起来的。据说在他这一生的前四十年，他曾经带着羊群走遍了里夫和贝尼 - 扎鲁阿尔地区的山山水水，那里距海岸大概不到五十公里。很久之后，我有机会到访这一地区，在那里我发现了一个惊人的现象：一个山谷的最底部，地面上裂开了一条缝，据说是一个大洞；洞里不断地冒出热气；在大洞的周围，渐渐地形成了一圈深褐色的水塘，水塘里的液体粘糊糊的，气味很强烈。很多外地人专程来观看这一奇景，他们朝水塘里扔树枝和木块，结果木头一碰到水塘里的液体，就会立刻被烧成灰烬。有些人甚至认为这就是地狱之口。

据说离这个吓人的地方不远，有一些秘密的洞穴，里面埋藏着罗马人撤离非洲时，没来得及带走的财富。牧羊人是不是在放牧的时候，碰巧发现了其中的一处藏宝之地？在菲斯，早在扎鲁阿尔人和我的生活还没有交集的时候，我就听很多人这样说起过。不管怎样，在得到这笔财富之后，他并没有像其他人那样迅速地挥霍掉，而是在头脑中慢慢地形成了一个计谋。在卖掉一小部分宝物后，有一天他精心打扮，出现在了菲斯苏丹的公开召见会上。

“你每年能从贝尼 - 扎鲁阿尔征收多少第纳尔的黄金？”他问他的君主。

“三千。”苏丹回答道。

“如果你把这个地区租给我，我每年给你六千黄金，并且预先支付。”

如此，我们的扎鲁阿尔人得到了想要的东西，并且还有一队士兵帮助他收税，帮助他搜刮老百姓仅有的那一点财产，或是通过威胁，或是通过虐待。年底的时候，他回到了统治者身边：

“我之前算错了。我收上来的并不是六千第纳尔，而是一万两千第纳尔。”

菲斯苏丹对此深感震惊，于是他把整个里夫地区都租赁给了扎鲁阿尔人，并为他配备了一百弓弩手，三百骑兵和四百步兵的庞大队伍来帮助他勒索百姓。

连续五年的时间，这个地区收上来的税都比往年更加可观，但是里夫的人民已经一贫如洗了；很多人离开了这里，到王国的其他省份定居；一些沿海的城市甚至想投入卡斯蒂利亚人的怀抱。扎鲁阿尔人也感到事态严重，于是离开里夫，带着掠夺的钱财来到了菲斯。由于已经得到了君主的充分信任，他为自己建造了一座宫殿，并开始从事各种生意。他是贪婪的人，残忍的人，但是十分有能力，头脑中总是能冒出一些精明的想法。

父亲是在一位有钱的安达卢西亚移民的引荐下认识扎鲁阿尔人，

并向他介绍养蚕计划的。扎鲁阿尔人对这一计划十分感兴趣，问了各种关于蚕、茧、抽丝、纺丝等一系列问题，并让他的顾问们记下每一个细节。他还表示，能够跟穆罕默德这样能干的人合作是十分愉快的事。

“这是智慧和财富的联合。”他笑着说。

父亲回答道，所有菲斯人都了解扎鲁阿尔人的聪明才智，而扎鲁阿尔人反驳说：

“你读了那么多书，难道不知道古时候苏丹的母亲在孩子出生时是怎么说的么？‘我不希望你聪明绝顶，因为拥有智慧就要为强者服务；我只希望你足够幸运，让那些聪明的人都来为你服务。’这可能也是我出生时，我母亲希望看到的。”扎鲁阿尔人一边这样总结，一边笑得露出了满口大牙。

这次的会面让父亲倍受鼓舞，尽管他的谈话对象最后要求考虑一段时间，并且希望苏丹本人也了解这一计划，支持这一计划。另外，还需要征询一些织工和探险家的建议。然而，为了表示他对这一计划的极大兴趣，他预支给了穆罕默德四百金币，并希望两家的关系能够更进一步。

几个月之后，我记得是在那年伊斯兰历八月的时候，扎鲁阿尔人差人来找我父亲。见面后，扎鲁阿尔人告诉父亲，他的计划已经被接受了，马上就要开始准备工作，需要找一些田地来种桑树，雇一些技术工人，并着手建造第一批养蚕场。国王本人对这一计划也倍感兴奋，他希望将来的产品能够占领欧洲和穆斯林国家的市场，让批发商们不用再远道跑去中国进口这种珍贵的货物。

父亲高兴得直跺脚。这样他的梦想很有可能会实现，甚至事情的进展还超出他的预期一大截。他已经在憧憬有钱后的生活了，到时候可以拥有一座装饰着挂毯和马约里卡陶器的宫殿，坐在铺着丝绸的大沙发上；他会成为菲斯最大的贵族，格拉纳达人的骄傲，苏丹的熟识，兴建学校和清真寺的大慈善家……

“为了确定我们的合作关系，有什么能比血缘关系更紧密呢？你有没有女儿要出嫁的？”扎鲁阿尔人接着说道。

穆罕默德当即就向他的出资人许诺，会把玛利亚姆嫁给他。

几天之后，我偶然知道了这次谈话的内容，而这将极大改变我的生活。萨拉 - 巴里奥雷去拜访了扎鲁阿尔人的妻妾，向她们推销香水和一些便宜的小饰品，就像她在格拉纳达做生意时那样。那些女人一直在谈论她们主人眼下的婚事，打趣他经久不衰的活力，并探讨这一婚事会对当前的局面造成怎样的影响。扎鲁阿尔人已经有四个妻子了，这也是伊斯兰教法允许的最大数量；因此他必须要休掉一个妻子才行，不过他已经习惯这样做了，他的妻子们也是。被休的女人将在附近得到一座房子，有的甚至还住在他的宫殿范围内。人们议论说，有几个女人在和扎鲁阿尔人分开后还怀了孕，而扎鲁阿尔人也没有表现出任何的惊讶和气愤。

萨拉当天下午就迫不及待地来到我家，向母亲说起了这些传言。我当时刚从学校回来，嘴里正嚼着几颗椰枣，从远处断断续续听到她们的谈话声。突然我听到了一个名字，于是我走到她们近前：

“她们甚至还有时间给玛利亚姆起了个外号：蚕。”

我让巴里奥雷把那句话逐字重复了一遍，随后忧虑地问她：

“你觉得我姐姐在这个男人家会幸福么？”

“幸福？那些女人们不过是极力避免成为最不幸的那个而已。”

这个回答对我来说太过笼统，太过含糊了。

“跟我说说这个扎鲁阿尔人！”

这是一个男人的命令。她的表情由苦笑变成嘲笑，但还是回答道：

“他可没有什么好名声。狡猾，做事毫无顾忌。非常有钱……”

“人们都说他把里夫洗劫一空了。”

“所有王子都会掠夺各地的财富，但是没有人会因此拒绝把女儿或者姐妹嫁给他。”

“那他对女人们怎么样？”

她从头到脚把我打量了一遍，眼光重重地停在我嘴上刚长出的绒毛上。

“关于女人你都知道些什么？”

“我知道该知道的。”

她突然笑出了声；我坚定的眼神让她停了下来。她转向母亲，似乎是在询问，是否应该和我继续这个话题。母亲示意她可以继续，她叹了口气，随后把手重重地放在我的肩膀上：

“扎鲁阿尔人的女人们都被圈养在各自的闺房里；年轻的或年老的，自由人或奴隶，白人或黑人，她们应该不少于一百个，每天都在不停地勾心斗角，只是为了能和主人过一夜，为了她们的儿子得到更多宠爱，为了房间里的一块地毯、一件珠宝、一瓶香水、一瓶药。想要得到丈夫的爱，那她是得不到的；想要冒险有点艳遇，一定会被勒死；想要衣食无忧地生活，不用劳动，不用做饭，不用为丈夫端茶倒水，那她可以得到幸福。你姐姐属于哪类人？”

我勃然大怒：

“把一个十三岁的女孩子当作筹码，换取生意的合作，你难道不觉得这很令人愤慨么？”

“在我这个年纪，只有幼稚还能偶尔让我反感。”

我愤怒地转向母亲：

“你难道也认为，这个人就有权掠夺穆斯林的财富，娶一百个妻子而不是四个，就这样无视和嘲弄真主的禁令？”

她用一句诗掩盖她内心的想法：

“男人生活富裕了，就会变得难以管束。”

没有和她们两个人中的任何一个打招呼，我就站起来离开了。我径直朝哈伦家走去。现在我需要周围有人和我一样愤慨。快点有人来告诉我吧，这片土地并不是为了扎鲁阿尔人和他的同类而生，不是为了让他们找女人寻欢作乐。我只提到这个名字，我的朋友便和我结成了生死同盟。他听到的关于玛利亚姆的这个未婚夫的事迹，和我所知道的差别不大。白鼬还郑重向我承诺，他会通过脚夫行会去打听更多的消息。

*

十三岁时，有一个朋友，因为一个承诺，便毅然向不公正宣战，二十年以后回过头看，这是多么幸福的一件事。而在当时，等待我们的是太多沮丧，太多痛苦！对我来说，之所以奋起反抗，有两个充足的理由。首先当然是前往梅克内斯的路上，玛利亚姆向我发出的那个微妙的求救信号，现在我才看出她那无尽的伤感。其次则是诵经大会，这激起了我这个年轻人熟读宗教典籍的自豪感，以及不容许信仰受到亵渎的决心。

想要了解诵经大会在一个信徒的生命中多么重要，就需要先在菲斯生活一段时间。菲斯是一座充满学术气氛的城市，似乎这座城市就是围绕学校建造起来的，就像其他有些城镇是围绕一眼泉水或是一位先贤的坟墓建起来的。经历几年刻苦耐心的学习之后，我们最终能够牢记古兰经的每个章节，每句经文，这时学校的老师就会宣布，我们已经可以胜任诵经大会的任务，我们也因此一下子从孩童变成男人，从无名小卒变成知名人士。此后，一些人就会开始工作，另一些人则会进入大学，学习科学和管理。

诵经大会这个宗教仪式给菲斯年轻人的感觉，就像是进入了强者的世界。这也正是我那天体会到的。就像埃米尔的儿子一样，我也穿着丝绸衣服，骑上一匹纯种马，带着一名举着大阳伞的奴隶，和我的同学们一起，穿过菲斯城的大街小巷，齐声背诵经文。路上有很多行人向我招手示意，我也挥手向他们回应。我不时地还能看见几个熟悉的面孔，哈里、母亲、两个表姐、几位邻居、剃须匠哈姆扎和浴室里的男孩子们，稍远一点在一个门廊下，还有瓦尔达和玛利亚姆。

父亲则在餐厅的门口等我，里面专门为我准备了宴会。他的胳膊底下夹着一套新衣服，根据习俗，我应该亲手为学校的老师穿上，以表达感激之情。他盯着我看的眼神，让我放下了一切防备。

我也看着他。刹那间，我的头脑中出现了他太多不同的画面：当他向我讲起格拉纳达时，他是感人的；当他抚摸我的脖颈时，他是温柔的；当他休了我母亲时，他是可怕的；当他决定牺牲姐姐的幸福时，他是可恨的；当他醉倒在酒馆时，他是可怜的。骑在马上，有太多话我想对他说啊！但是我知道，当我的双脚重新踩在地上，当我把马和丝衣还回，当我不再是诵经大会短暂的主角后，面对父亲，我的舌头会再次打结，不知道该如何说话。

计谋之年

伊斯兰历 908 年

（公元 1502 年 7 月 7 日 –1503 年 6 月 25 日）

“扎鲁阿尔人根本就不是什么穷放羊娃，他那都是装的。他也从来没有发现过什么宝藏。事实是，他曾经做了很多年土匪、强盗、杀手，他最初积累的财富是他二十多年抢劫换来的。但是还有比这更糟糕的。”

几个星期以来，哈伦一直在不断打探消息，但是，不管我如何恳求，他在调查结束之前，始终不肯向我透露更多的信息。

那天，他来到卡拉维因清真寺的门口等我。凌晨三点到五点，一位来菲斯访问的叙利亚学者给我们上课。哈伦放弃了他的学业，现在他已经穿上了脚夫沾满泥土的短衣短裤；过一会儿他就要开始当天的工作了。

白鼬继续说：“最严重的是，这个人的嫉妒心简直到了发狂的程度，他始终觉得女人们总是想尽办法骗他，尤其是那些最年轻最漂亮的。只要有人揭发，有人诬告，甚至是情敌别有用心的一句话，都可能让那个可怜的女人面临被勒死的命运。随后，扎鲁阿尔人的走狗们则会把她伪造成或溺水身亡，或高处坠亡，或因扁桃体炎死亡。至少三个女人因为莫须有的罪名被勒死了。”

我和哈伦在清真寺点着无数盏油灯的拱廊下走了很久。哈伦不再说话，等着看我的反应。我震惊得一点声音都发不出来。诚然，我知道姐姐的未婚夫是一个作恶多端的坏蛋，也正因如此我极力阻止这段婚姻。但我没想到的是，现在已经不是避免她今后的生活充满忧郁和无趣，而是要把她从一个杀人凶手，一头嗜血成性的野兽的魔爪下解救出来。白鼬和我一样担心，但是他的思维从来不会因为忧愁而停止转动：

“婚礼预定是哪天？”

“最晚也就两个月以后。合作的协议已经签署了，各项准备工作也已经在进行。父亲正在准备嫁妆，他已经预定了床单和床垫之类的东西，而玛利亚姆的礼服裙已经做好了。”

“你应该和你父亲去谈谈，就和他一个人，因为如果有其他人被牵扯进来，他只会变得更固执，这样悲剧就真的无法避免了。”

我听从了他的建议，每个细节都照做。我让母亲通过萨拉去核实哈伦的消息是否准确。一星期以后，萨拉证实了所有的信息，同时她还要我以古兰经的名义发誓，一个字也不要提到她在这件事上发挥的作用。有了这两个不同来源的证据，我在面对父亲时就不会有任何疑虑了。

尽管已经做了充分的准备，我还用了一整夜的时间思考，究竟如何向父亲提起这个话题，如何抗住他随后的暴脾气，最后，如果有幸真主能够赞同我的观点，那就是如何下结论的问题。我脑子里各种观点进行了激烈的斗争，也想好了各种应对的说辞，从最伶俐的到最生硬的，然而到了第二天早上，所有这些想法都不复存在，我只能脑袋空空地去见父亲，毫无准备。

“我想跟你说件事，可能会让你不太高兴。”

正如每个早晨一样，他正坐在院子一角的皮沙发上，喝着小麦糊。

“你又做了什么蠢事？”

“这次不是我的事。”

我攥了攥拳头，给自己鼓鼓劲：

“自从得知姐姐要嫁给扎鲁阿尔人之后，经常有人来跟我说一些让我很不安的事。”

他把碗放到嘴边，大声地吸着。

“什么人？在这个城里，从来都不缺嫉妒别人的人！”

我假装没有听到他的话。

“人们说他有好几个妻子都被勒死了。”

“如果再有人跟你说这样的话，你就告诉他，这些女人是罪有应得，而我们家族的女儿永远是无可指摘的。”

“你能肯定，玛利亚姆和他会幸福么……”

“管好你自己的事。”

他用袖子擦了擦嘴，然后站起身准备离开。我没打算就这样放弃，继续哀求他。

“你别走！听我跟你说说！”

“我把你的姐姐许给这个男人，是不可能食言的。另外，我们已经签好协议，婚礼几个星期后就会举行。与其在这里听人胡扯，不如去干点有用的事！去看看那些床垫工人的活计有没有进展。”

“所有跟这个婚礼有关的事，我都拒绝……”

一个耳光。这一巴掌太重了，我的头晕了好几秒钟。我听到身后传来瓦尔达和玛利亚姆压抑着的尖叫声，她们正躲在一扇门后面，无疑已经听到了我们的全部谈话。父亲的手用力地抓住我的下巴，疯狂地摇晃着：

“再也不要跟我说：我拒绝！再也不要用这种语气跟我说话！”

我不知道此刻我被什么控制了。我觉得是有其他人在借我的口说话：

“如果不是看到你坐在酒馆里，我是不会用这种口气跟你说话的！”

我立刻就后悔说出了这样的话。直到我生命的最后一刻，我都在为这些话后悔。我更希望他再打我一巴掌，或是揍我几拳，而不是倒在他的沙发上，表情呆滞，双手捂着脸。向他道歉，又有什么用？我离开了他家，是我把自己赶出来的，然后一直朝前走，走了好几个小时，不和任何人打招呼，不去见任何人，脑袋空空，却像要炸裂一样的疼。当天夜里，我没有回父亲家，也没有回舅舅家，而是到了哈伦家，倒在一张毯子上就再没有起来。

直到第二天。第二天是周五。一睁开眼，我就看到我的朋友正在盯着我。我感觉他这个姿势已经保持了几个小时了：

“再有一会儿，你就要错过午祷了。”

他并没有多夸张，因为太阳已经升得很高了。

“昨天晚上你来的时候，样子就好像别人刚杀了你父亲，我们那儿大家都这么说。”

我的微笑看起来更像一个丑陋的鬼脸。我告诉了他所发生的事。

“跟他说这样的话是你的不对。但是他也有错，并且比你的错更严重，因为他正在把他的女儿交给一个刽子手。你会任由这样的惨剧发生，算是弥补你的过错么？”

而这正是我在做的。被哈伦点破之后，我觉得自己此刻的所作所为很可耻。

“我可以去找哈里，他总会有办法说服我父亲。”

“睁开眼睛好好看看吧，现在不是要说服你父亲的问题了。”

“而玛利亚姆根本不可能拒绝嫁给他！如果她敢说哪怕一个不字，父亲会打断她的骨头！”

“还有她的未婚夫啊！”

我没听明白。我想我应该是没睡醒。

“扎鲁阿尔人？”

“就是他，不要用这种眼神看着我。起来，跟我走！”

在路上，他向我解释了他的计谋。我们并不是要找那个有钱的强盗，而是要去找一位老人，他和我姐姐结婚这件事没有一丁点关系。然而现在只有他能够阻止这场婚礼。

阿斯塔菲鲁拉。

他亲自来给我们开门。我从没见过他不穿长袍的样子。这一次，他几乎赤裸着身子，而且愈发消瘦了。他白天没有出门，因为他肋骨疼已经两周了。他曾说过，他已经七十九岁了，早就活够了，“然而最终决定权在真主那里”。

两个神情沮丧的毛头小子前来拜访令他十分惊讶。

“我希望你们不是来告诉我什么坏消息的。”

哈伦接过了话茬。我也希望由他来说，因为这从头到尾都是他的主意，应该让他进行到底。

“是一个坏消息，但是不是有人去世。一桩违背真主法令的婚姻，算不算是一个坏消息？”

“谁要结婚？”

“哈桑的姐姐，玛利亚姆……”

“那个女基督徒的女儿？”

“她的母亲是谁并不重要。因为称重员是穆斯林，他的女儿理所应当也是穆斯林。”

教长充满喜爱地看着白鼬。

“你是谁？我不认识你啊。”

“我叫哈伦，脚夫阿巴斯的儿子。”

“继续说。你的话让我很感兴趣。”

哈伦受到教长的鼓励，向他解释了我们此行的原因。对于扎鲁阿尔人妻子们的命运，哈伦并没有多说，因为他知道这些并不会触动阿斯塔菲鲁拉的神经。他更多地谈到这个人多么放荡，和前妻们一直保持着关系，随后着重讲了他的过往，讲了他是如何屠杀过路的人群，“尤其是那些最早的安达卢西亚移民”，讲了他如何掠夺里夫的百姓。

“你所说的这些，足够把这个人打入地狱，让他一辈子承受地狱之火的惩罚。但是你们有什么证据？有没有证人？”

此时哈伦则表现得谦卑无助：

“我和我的朋友都太年轻了，刚刚经过了诵经大会，我们的话也是没有什么分量的。对于生活，我们没有太多经验，可能我们认为不对的这些事情，别人都已经习惯了。现在，我已经把我所知道的都告诉你了，现在轮到你，我可敬的教长，决定应该怎么做。”

当我们走到外面的时候，我疑惑地看着白鼬。他看起来对自己所做的事很有信心。

“我跟他说的都是真话。我们已经尽力了。接下来能做的就只有等待了。”

但是他得意的表情表现出的完全是另外的意思。

我对他说：“看得出来你很高兴，但是我完全想不到原因。”

“阿斯塔菲鲁拉可能不认识我，但是我认识他已经很多年了。我对他招人烦的个性很有信心。”

第二天，教长看起来完全康复了。人们看到他穿着长袍穿梭在各个货摊之间，最后进了公共浴室。随后的周五，在他平日习惯去的清真寺，也就是安达卢西亚移民最常去的清真寺里，他在众人面前发表了演说。无疑，他是世界上最坦率的人，他用最坦率的语气，讲述了“一个我不愿意指出姓名的受人尊敬的男人的模范生活”，提到了抢劫、剥削、放荡，这些暗示都太过明显，在场的所有人都嘀咕着扎鲁阿尔人的名字，尽管他自始至终一次也没有提到过。

“在这个世风日下的时代，这就是信众们喜爱和尊重的人！这就是你们敞开大门欢迎的人！这就是你们挤破头想把女儿嫁给他的人，就像伊斯兰教诞生前，人们向神灵献祭一样！”

那天剩下的时间里，全城人都无一例外地讨论着这件事。有人把教长的话逐字逐句告诉了扎鲁阿尔人。他立刻差人叫来了父亲，当面羞辱了格拉纳达和所有安达卢西亚人，并发疯似的告诉他，再也没有合作，没有婚礼，没有养蚕场，要立刻归还预先支付的黄金，并且很快就要让称重员和他的家人对所做的事情追悔莫及。穆罕默德完全惊呆了，他试图解释他的无辜，但却被扎鲁阿尔人的保镖们毫不留情地赶了出去。

通常，当一桩婚事在最后一刻被取消，并且双方搞得很不愉快，尤其是未婚夫感觉受到了侮辱，他通常会散布谣言，要么说女方不是处女，要么说她举止轻浮，道德败坏，好让她再也嫁不出去。如果这个强盗用这种方式报复的话，我一点也不会感到吃惊，因为毕竟他伤了面子。

然而，就算在我最恐怖的梦里，我都想象不出扎鲁阿尔人正在酝酿怎样的复仇计划。

打结的草之年

伊斯兰历 909 年

（公元 1503 年 6 月 26 日 –1504 年 6 月 13 日）

这一年在湿滑的环境、平静和刻苦的学习中开始。新年那一天在仲夏来临，前几天夜里的仲夏节庆祝活动中，人们在街上洒了很多水，现在我们只能涉水前行。看到每一个缺失的台阶，看到每一个泥坑，我都会想起父亲，他是如此厌恶这个节日，以及与其有关的一切风俗习惯。

自从那天的争吵之后，我再也没有见过他，但愿真主有一天能够原谅我啊！不过我经常向瓦尔达和玛利亚姆打听他的消息。她们的答复很少有让人欣慰的。为了准备姐姐的嫁妆，父亲花了太多钱，现在不仅负债累累，并且还要承受梦想破灭和亲人指责的痛苦，他只有在酒馆里试图忘掉这一切。

不过，自从新年伊始，他看起来正在从与扎鲁阿尔人关系破裂的影响中慢慢地恢复过来。他最终在距离菲斯十公里左右的一座山顶租下了一座老旧的大房子，尽管已经有些破烂，但是能够清晰地看到菲斯城的景象，并且周围有大片的土地，他认为可以用来种出王国里最好的葡萄和无花果；我想他还打算自己酿葡萄酒，尽管这座山实际上是大清真寺的属地。这一计划显然没有养蚕纺丝计划那么宏大，但至少不用让父亲把自己出卖给扎鲁阿尔人这样的强盗了。

扎鲁阿尔人最近几个月并没有什么动作。难道他忘记了他的遭遇，对这件事一笔勾销了，并非如人们所说哪怕受一丁点的侮辱都要刻在石头上，睚眦必报么？有时我会思考这是怎么回事，不过由于繁重的学业，这种不安只是一闪而过。

我每天的作息是这样的，因为是在夏天，从午夜十二点到一点，我会在卡拉维因清真寺上课，其余剩下的时间则全是在非斯最著名的大学，布 - 伊纳尼亚大学里度过；课间的时候我会睡一会儿，一次是在清晨，一次是在下午；无所事事会让我全身不自在，连休息都显得多余，我差不多十五岁了，精力旺盛，对世界充满好奇，对阅读充满激情。

每天，老师们都会让我们学习古兰经的评论或者是先知的书籍，并且会就此展开讨论。除了这些宗教典籍，我们还会学习医学、地理、数学或者诗文，有时候甚至是哲学或者天文学，尽管统治者严禁学生学习这些知识。我们的老师都是在各个领域很有造诣的人，这是我们的一大幸事。为了和普通人区别开来，有些老师会把长袍绕在又高又尖的圆帽上，就像我后来在罗马看到的医生们的穿着一样。我们这些学生则只戴一顶小软帽。

除了他们渊博的知识和奇怪的服装外，我们老师中的绝大部分都是非常可爱的人，在向我们解释问题时非常有耐心，并且十分注意发现每一个人的天分。有时他们还会把我们请到家里，向我们展示他们的藏书；这位有五百本，另外一位有一千本，还有一位甚至有三千多本。他们总是鼓励我们好好练习书法，以后好誊写这些珍贵的书籍，他们认为这就是知识传播的途径和方式。

两节课之间如果有时间的话，我会去脚夫行会的办公点看看。如果哈伦在的话，我们会一起喝一杯凝乳，或是在奇观广场闲逛一会，那里总有东西能满足我们的好奇心。如果白鼬出去干活了，我则会穿过花市去看玛利亚姆。

我们约好，每次父亲去乡下不在家的时候，她都会在外墙的墙缝里放上一小截打结的草。有一天，大概是伊斯兰历二月末的时候，我来到父亲家门口；打结的草正放在那里。我去敲了门。瓦尔达在院子里喊道：

“我丈夫不在家。现在只有我和我的女儿。我不能给你开门。”

“是我，哈桑！”

她一脸困惑地解释说，几分钟以前有一群男人来过了；他们不停地敲门，让我放他们进来。她很害怕，玛利亚姆也是，她们两个人看起来脸色苍白，十分脆弱。

“这里到底发生了什么？你们两个好像刚刚哭过。”

她们的眼泪又掉了下来；但瓦尔达很快止住了哭声：

“几天来，这简直就是地狱。我们再也不敢出门上街。邻居们不停地来问我是不是真的……”

她的声音梗住了，玛利亚姆有些心不在焉地接着说：

“他们问我是不是得了那种病。”

在菲斯，如果人们说“那种病”，那就是特指麻风病，而当人们说“那个地区”，而没有特别说明是什么地区时，那就是指麻风病人隔离区。

我还没反应过来她们说的到底是什么意思，咚咚的敲门声又再次响了起来。

“奉苏丹之命，警察！你们现在不是独自在家了！刚刚有个男人进去了。他可以和我们说话。”

我打开了门。他们大约十几个人，一名军官，四个戴着白头巾的女人，其他的都是士兵。

“这里是玛利亚姆，格拉纳达人穆罕默德 - 瓦赞的女儿住的地方么？”

军官拿出了一张纸。

“这是麻风病人教长的命令。我们要把玛利亚姆带到那个地区去。”

在我脑子里只有一个念头在盘旋：“这要只是一个普通的噩梦多好啊！”我听到瓦尔达说：

“那些都是污蔑！她身上连一点痕迹都没有！她就像诗里写的那样纯洁！”

“我们需要检查一下。这四位女士就是来现场给她做检查的。”

她们跟着玛利亚姆进了一间卧室。瓦尔达也试图跟进去，但是人们阻止了她。而我也在外面等着，虽然一头雾水，但还是努力向军官解释着。他很平静地回答我的话，摆出一副赞同我说法的样子，但每次我的话一说完，他就会告诉我，他只是一个公务人员，要执行命令，如有疑问要去找麻风病人教长。

大约过了十来分钟，几个女人从卧室里走了出来；其中两个人架着玛利亚姆的胳膊，把她拖了出来。她的眼睛是睁开的，但是身体软绵绵的；嘴里发不出一点声音；她似乎对发生的事完全无法做出反应。其中一个女人在军官的耳边嘀咕了几句；随后军官向其中一名士兵做了个手势，让他扔给玛利亚姆一块土色的厚布。

“你的姐姐生病了。我们要把她带走。”

我试图阻止他们，但是他们粗暴地把我推开了。随后这支可恶的队伍开始行动了。死胡同的尽头已经聚集了很多看热闹的人。我叫喊着，威胁着，比手划脚。但是瓦尔达跟在我后面，用哀求的语气说。

“回去吧，以真主之名！不要把邻居们都招来。那样你姐姐可能就再也嫁不出去了。”

我回到家里，重重地关上门，然后用拳头使劲地砸墙，丝毫感觉不到疼痛。瓦尔达走近我。她一直在哭，但是思维很清晰。

“等他们走远以后，你去告诉你舅舅。他在王宫里有些关系。或许他能够帮她回来。”

她使劲地拉着我的袖子，把我往后拽。

“冷静点，你的手都已经破皮了。”

我的胳膊重重地撞在瓦尔达的肩上，随后我紧紧地抱住了她，然而并没有松开拳头，好像还在砸着墙一样。她倒在了我的身上。她的眼泪在我的臂弯里流淌；她的头发遮住了我的双眼，我只能闻到她灼热、湿润和带着香味的气息。我并没有在想她，她也没有想我，我们的身体并不属于我们自己。但是突然间我的身体苏醒了过来，因为愤怒而变得炽热。从前我从未感觉到自己是个男人，也从来没有把她当成女人。她已经三十二岁了，是做外婆的年纪了，而她的脸上没有一点皱纹，头发依然如煤玉般乌黑发亮。我不敢动，害怕暴露自己的想法，也不敢说话，害怕她会离开，甚至都不敢睁开眼，害怕承认眼前的现实，我正紧抱着最不应该碰的女人，父亲的女人。

她的头脑中正在想着什么？她是否也如我一样已经滑向了享乐的深渊？我想她应该不会。她只是身心变得麻木和迟钝了吗？还是她只想抓住一个能分担她忧伤的人？我永远也不会知道，因为我们再也没有谈到这件事，不会有任何言语或是行动勾起对这一时刻的回忆，因为此刻，我们只是被命运无情的手捆在一起的男人和女人。

还是她先挣脱了。她一面装作不经意地离开，一面温柔地说出这些疏远的话：

“去吧，哈桑我的孩子，真主会帮助我们。你是玛利亚姆能拥有的最好的弟弟！”

我边跑边数着自己的脚步，好让自己的脑子里不去想其他东西。就这样一直跑到哈里家。

*

舅舅听我讲当天的遭遇时，表情并没有什么明显的变化，但我能感觉到，他已经被深深触动了，甚至超出了我的预计，尽管我姐姐和他没有一点关系。当我讲完之后，他对我说：

“麻风病人教长在这个国家占据着举足轻重的地位。只有他有权在菲斯带走被感染的人，只有他有权管理隔离区的病人。没有一个法官胆敢违背他的决定，苏丹本人也几乎从来不插手这一恐怖的领域。另外，这个人非常有钱，因为很多信众去世时都会把财产留给隔离区，或是因为他们全家都感染了麻风病，或是因为见到这些不幸的病人之后心生同情。教长本人掌管着所有财政大权。他会将其中一部分用于病人的食宿和护理，但剩下的一大部分则被他用于各种增加个人财富的勾当。很可能在某些事情上他与扎鲁阿尔人结成了同盟，这次他则利用自己的权力为扎鲁阿尔人服务，帮助他报复我们。”

我清楚地听到舅舅说“我们”！我的惊讶没有逃过他的眼睛。

“你知道很长时间以来，我对你父亲痴迷于这个女基督徒是什么看法。有一天他昏了头，因为她差点抛弃了他，因为他认为这关系到他的名誉，所以他想用他自己的方式报复这些卡斯蒂利亚人。从那以后，他就没做出过任何一个正确的判断。但是最近发生的这些事与穆罕默德和瓦尔达无关，甚至与这个可怜的玛利亚姆也无关；扎鲁阿尔人羞辱的是在菲斯的所有格拉纳达人这个群体。我们要奋起反抗，哪怕是为了这个女基督徒的女儿。如果一个族群放弃最弱小的成员的话，那么它离分崩离析也就不远了。”

他如何评论并不重要，重要的是他的态度让我看到了希望。

“你觉得我们能救出我姐姐么？”

“祈求真主赐予你希望和耐心吧！我们的对手是强大的，狠毒的。你已经知道了，扎鲁阿尔人是苏丹的朋友。”

“但是如果玛利亚姆在隔离区生活时间长了的话，她很有可能真的变成麻风病人。”

“你们应该先去看看她，告诉她不要和其他人混在一起，并且给她带一些乌龟肉去吃，那样可以预防染病。尤其需要注意的是，让她把头巾用醋浸湿，一直戴在脸上不要摘掉。”

我把舅舅的这些话都转告了瓦尔达。她备齐了所有需要的东西，等父亲几天后回到城里时，他们一起去了隔离区的边缘。一个值班的人叫来玛利亚姆和他们见面。她看起来已经崩溃了，惊慌失措，脸色苍白，双眼血红。一条水沟将她和父母隔开，但是彼此可以说话，他们向她承诺会尽快把她救出去，并且告诉她需要注意的事项。想转交的东西则需要交给看守，当然得给他塞上几个迪拉姆。

他们回来的时候，我正在门口等着。父亲假装没看见我，我单膝跪地，拉过他的手吻了一下。漫长的几秒钟之后，他把手抽了回去，拂过我的脸，随后轻轻地拍着我的脖子。我站起身来，投进他的怀抱里。

随后他对瓦尔达说："给我们准备些吃的吧。我们需要谈谈。"

瓦尔达急忙去做饭了。

事实上因为要谈话，我们吃不下什么东西。在这个时候，最重要的是要在一起，第一次像两个男人那样，坐在同一张毯子上，把手放进同一份库斯库斯[1]里。玛利亚姆的婚事让我们两人的关系产生了裂痕，而她遭受的痛苦则加快了我们的和解，同时也拉近了穆罕默德和我母亲家族的关系。

当天晚上，哈里来到了父亲家，自从我们十年前来到菲斯后，他还从来没有踏进过这个家门一步。瓦尔达把他当贵客一样对待，给他拿来了大麦糖浆，并且在他面前放上了一大篮葡萄、杏、梨和李子。作为回报，她得到了哈里热情的微笑和安慰的话语。随后她回到后屋，留下我们谈话。

*

当年剩下的时间，大都是在不停地奔走和不断地秘密聚会中度过。有时候，也有一些家族之外的人来找我们，带来他们的建议，并分担我们的失望。其中大多数都是格拉纳达人，此外当然也有我的两个朋友。一个是哈伦，毋庸置疑，他总是把我的困难当作自己的困难，甚

[1] 库斯库斯：北非一种用麦粉团加佐料做的菜。——编辑注

至想完全替我承担。另一个朋友叫艾哈麦德。学校里人们给他起外号叫“瘸子”。每次想起他时，我都会停下手中的鹅毛笔，陷入一段沉思和困惑。直到突尼斯城，直到开罗，直到麦加，甚至直到那不勒斯，我都能听人谈起瘸子，我也一直在思考，这个老朋友是不是在历史中留下了自己的痕迹，还是像勇敢的游泳者横穿尼罗河那样，既不会改变河道，也不会带来洪水，只是在人们的记忆中一闪而过。我写的是编年史，这要求我尽可能淡化自己的感受，最大限度地忠实于事实。我认识艾哈麦德，是从那一年他第一次进入我的教室开始，迎接他的是学生们的嘲笑和讽刺。菲斯的年轻人对于陌生人态度总是十分苛刻，尤其是当这些陌生人看起来像是从乡下来的，或是当他们身体有残疾时。

瘸子的目光扫过整个教室，似乎是在记下每一个微笑，每一个嘲笑，随后他径直来到我身边坐下，或是因为这个座位对他来说比较容易进来，或是因为他觉得我看他的眼神和别人不一样。他郑重地跟我握了握手，但是他的话听起来并不像是简单的打招呼：

“就像我一样，你在这个该死的教室里也是个另类。”

他用的并不是询问的口气，而他的声音也不小。我尴尬地看了看周围。他则对我说：

“不用害怕这些菲斯人，他们虽然充满了学问，却没了勇气。”

他几乎是喊出来的。我感觉自己内心正在避免陷入这个不属于我的冤仇。我想脱离这种尴尬，于是用开玩笑的口吻说：

“你怎么能这么说啊，你不是也到菲斯的学校里来学知识么？”

他的笑容看起来是那么高傲。

“我并不是来学知识，因为知识会束缚人的手脚，甚至比锁链更沉重。你什么时候见过学者指挥军队或是建立王国的？”

在他说话的时候，老师走了进来，步伐很缓慢，身影显得很神圣。为了表示尊敬，所有学生都站起身来。

“你想象一下，一个人头上戴着这么一个摇摇晃晃的东西，怎么能去打仗？”

我已经后悔艾哈麦德坐到我身边了。我惊慌失措地看着他。

“声音小一点，我求你了，老师会听见你的话的。”

他就像父亲那样轻轻地拍了拍我的后背。

“不要这样害怕！当你还是孩子的时候，你不也会大声地说出一些大人们极力掩盖的事实吗？是的，那时候你是对的。你应该找回那个无知年代的自己，因为那也是勇敢的年代。”

就像为了证实他刚刚说过的话，他站起身来，一瘸一拐地走到讲台上，向老师打了个招呼，但是没有鞠躬，而这一下子就让整个教室安静了下来。

“我叫艾哈麦德，谢里夫萨阿迪的儿子，先知家族的后代，让我们为他祈祷吧！之所以我现在走路一瘸一拐，那是因为去年我在和侵略苏斯[1]的葡萄牙人打仗时受了伤。”

我不认为他比我和先知家族的关系更近；另外，不久之后我从他的一个亲戚那里得知，他的残疾其实是天生的。所以这是两个谎言，但是当时确实唬住了在场的所有人，包括老师在内。

艾哈麦德回到座位上，始终高昂着头。从来到学校的第一天起，他就成为了学生中最受尊敬和爱戴的那一个。不论他走到哪里，身边总有一群听话的跟班，笑其所笑，怒其所怒，他不喜欢的人会成为所有人的仇人。

这些跟班还十分顽固。有一天，我们的一位老师，一个菲斯历史悠久的家族的成员，对瘸子所宣称的家族提出质疑。他的意见不能忽视，因为他是我们大学里最著名的老师，甚至获得特权可以在大清真寺进行日常布道。艾哈麦德并没有即刻作出回应，如果有学生用质疑的眼光看着他，他只会报以神秘的微笑。接下来的周五，全班都去听这位老师布道。老师还没说几句话，瘸子突然不停地咳嗽起来。随后，

---

[1] 塞内加尔境内城市。

越来越多的人开始咳嗽，声音此起彼伏，仅仅过了一分钟左右，上千名学生都在同时清嗓子，似乎这种咳嗽有很强的传染性，结果一直到布道结束，信众们各自回家，几乎一句话也没有听到。自此之后，这位老师再也没有提起过艾哈麦德以及他那高贵但可疑的出身。

至于我，我从来不是瘌子跟屁虫中的一员，这也可能是他尊重我的原因。我们总是单独见面，有时在我家，有时在他家，也就是学校里专门为家不在菲斯的学生准备的宿舍；他的家人住在马拉喀什王国的边界处。

我必须承认，即使是我们一对一见面时，他的有些态度也会让我不快，让我不安，甚至有时还让我害怕。但是他同样也会表现出慷慨和忠实。在这一年，他给我的印象确实如此，每次他总能敏锐地捕捉到我的失望和气馁，并且总能用最恰当的语气鼓励我重整旗鼓。

他和哈伦的存在对我非常重要，即使他们两个人并不能直接救出玛利亚姆。只有舅舅的各处奔走看起来能起些作用。他拜会了法律专家，军队的埃米尔，王国的高官，有些人拍着胸脯说没问题，有些人表现出些许为难，甚至还有人承诺下次过节之前就能解决。我们一次次地失望，又把希望寄托在下一个人身上，然而都是徒劳的。

直到哈里历经艰辛，经过无数人的介绍引荐，终于接近了统治者的长子，王子“葡萄牙人”穆罕默德。他之所以有这个绰号，是因为在他七岁的时候，在阿尔奇拉城被抓作俘虏，随后在葡萄牙被关押了很多年。现在他已经四十岁了，和舅舅一个年纪。他们两个人聊了很长时间，聊诗歌，聊安达卢西亚的不幸。大约过了两个小时，哈里才提起玛丽亚姆的事，王子显得非常愤怒，并答应一定要把这件事告诉他的父亲。

但是他没有时间这么做了，因为苏丹突然驾崩了，这真是一个奇怪的巧合，就发生在舅舅进入王宫的第二天。

要说我的家人因为老苏丹去世而哭泣不已，这绝对是一个谎言，不仅因为他是扎鲁阿尔人的朋友，而且因为舅舅刚刚和他大儿子建立了联系，这对我们来说绝对是个好兆头。

商队之年

伊斯兰历 910 年

（公元 1504 年 6 月 14 日 –1505 年 6 月 3 日）

这一年，我进行了人生中的第一次长途旅行，朝着广阔的撒哈拉沙漠的方向，穿过了阿特拉斯、赛格梅斯和努米底亚，最后到达通布图——黑非洲这座充满魅力的城市。

哈里受菲斯新任苏丹的派遣，前去拜见苏丹国的统治者阿斯齐亚·穆罕默德·图雷，向其通报菲斯新任苏丹正式继位，并承诺两个国家将建立最友好的合作关系。五年前，舅舅在去东方远行前就曾答应我，下次旅行一定会带上我，所以这次他邀请我和他一同前去；我向父亲提出了这个请求，这一次，父亲看到我虽然柔软但很厚实的胡须，没有打算再提出反对意见。

商队在初秋天气刚刚转凉的时候出发了，庞大的队伍有两百多头牲口，驮着人、食物和礼品。一路上有骆驼兵全程保护我们的安全，还有一些骑兵把我们护送到撒哈拉沙漠边缘后就返回了。当然，还需要驼队和经验丰富的向导，以及数量足够多的仆人，以便在我们即将拜访的主人眼中，这个使团足够庞大。除了官方人员，这支队伍里还有一些带着商品的商人，当然他们事先征得了舅舅的同意。他们不仅可以在路上受到军队的保护，并且在通布图也会沾我们的光，受到特殊的礼遇。

出发前的准备工作显得太过细致入微，太过漫长了，不合我的口味。最后那几天，我睡觉睡不着，看书看不下，连呼吸都感觉不够顺畅。我需要即刻启程，跨上骆驼高高的驼峰，迷失在广阔的撒哈拉沙漠里，看到在那里所有人、所有牲口、水、沙子和黄金都是同样的颜色，同样的价值，以及同样毫无用处。

很快我就会明白，人们同样可以迷失在商队里。同行的旅伴将会发现，大家几周甚至几个月的时间里，都将朝着同样的方向前行，遭遇同样的困境，一起生活，一起吃饭，一起祈祷，一起娱乐，一起痛苦，甚至有时还要一起死。他们对彼此来说，不再是陌生人；任何邪恶都无处躲藏，任何诡计都不能持久。远远看去，商队只是一队人马而已；走近了才会发现，这其实是一个村庄，有闲言，有笑语，有各自的绰号，有勾心斗角，有争吵，有和解，有音乐和诗的夜晚，这个村庄远离所有国家，包括我们所来自的和我们所穿越过的。对于想忘掉菲斯无尽的烦恼，忘掉和扎鲁阿尔人激烈的斗争，忘掉麻风病人教长那深藏不露的残暴的我来说，这样的逃避正是我想要的。

*

出发的当天，我们就穿过了塞夫鲁。这是位于阿特拉斯山脚下的一座城市，距离菲斯不到十公里。城里的人都很有钱，但是穿的衣服很破，上面还浸满油渍。而他们这样做是因为王室的一个王子在这里建了一座宅邸，对于所有看起来有点钱的人，都征收重税。经过城市主街的时候，舅舅骑着马靠近我，在我耳边低声说道：

“如果有人跟你说吝啬源于需求，告诉他他搞错了。真正使人吝啬的是这些苛捐杂税！”

距离塞夫鲁不远的地方，商队经过一个山口，走上了前往努米底亚的路。两天之后，我们到达了一片森林中，附近有一座古城的废墟，这座城市名叫艾因 - 阿斯纳姆，意思是“偶像之源”。那里曾有一座神庙，当地有这样的风俗，在一年中特定时期的晚上，男人和女人们会聚在神庙里。经过祭祀的仪式后，人们会把灯熄灭，男人就会和恰巧在身边的女人共度良宵。第二天早上，他们便被告知，在场的所有女人一年内都不允许接近自己的丈夫。这段时间里生出的所有孩子都归神庙的祭司抚养。如今神庙已经被毁了，整座城市也被毁了，毁于穆斯林的征服。只有城市的名字流传了下来，成为那段无知年代的唯一见证。

两天之后，我们路过了一个遍布着古代遗迹的山村。人们称其为“百井村”，因为附近有很多井，非常深，下面还连有洞穴。每个洞穴都有很多层，内部分布着大大小小的隔间，大小不一，但是都经过细致的处理。这也是寻宝者迫不及待从菲斯赶来的原因，他们系上绳索，拿着灯笼下去探索。很多人再也没有出来。

离开菲斯一周后，我们经过了一个叫作乌姆 - 朱奈巴的地方，那里现在还流传着一个奇怪的风俗：商队一直沿着那里的一条河前行，而当要过河时，必须跳着舞或者蹦着过去，否则就会得四日疟。商队里所有人都宁信其有不信其无，包括我、守卫、富商，有些人是玩乐的心态，有些人是出于迷信，有些人则纯粹是为了避免蚊虫叮咬。除了我的舅舅，他认为这样顽皮的举动不符合他使臣的高贵身份。之后他会痛苦地为此后悔。

我们已经在高山上了，即使在秋天，那里也会刮来北方寒冷且不可预测的风。我从没想到，在这种海拔如此高，气候如此恶劣的地方，那里的人却衣着得体，并且很有教养。尤其在最冷的一座山上，生活着一个名为梅斯塔萨的部落，他们主要以抄写书籍为生，字体非常漂亮，他们抄写了大量书籍卖到马格里布和其他一些地区。一位居住在菲斯的热那亚商人，托马索 - 德 - 马里诺老爷，也在我们的商队里，我经常和他聊天。这次他在一个村庄里就买了一百多本书，那些书抄写工整，并用皮革精致地装订起来。他对我说，黑非洲地区的学者和高层人物会大量购买这些书，这次可以大赚一笔。

因为我们要在这个地方过一夜，卖书的人邀请热那亚人共进晚餐，我则陪着他一起赴宴。房子建得非常漂亮，装饰着大理石和马约里卡陶器，墙上挂着细羊毛挂毯，地上铺着上色的精美羊毛地毯。应邀赴宴的宾客看起来都很富有，尽管思虑再三，谨慎措辞，我还是觉得不吐不快，于是忍不住问了主人一个问题：究竟什么让这个大山中寒冷国度里的人们既有钱又有学问？

主人忍不住大笑起来：

“总之，你是想知道，为什么这座山里的村民们既不是山野村夫，也不是乞丐叫花子？”

我虽然没有这么说，但这确实是让我惊讶的地方。

“你要知道，年轻人，真主能给一个人最好的礼物，就是让他生在商队必经之路上的高山里。道路会带来知识和财富，高山则会提供保护和自由。你们是城里人，你们手上有黄金和书籍，但是你们也有王子，面对他们你们不得不低头……”

他在继续说下去之前先征求我的意见：

“我和你说话时，能不能像舅舅对他的外甥，像教长对他的门生，毫无保留地传授给你一生所学？能不能答应我你不会因此感到不快？”

我的大笑则是对他最好的鼓励，他接着说：

“当我们生活在城里，我们只能同意放下高贵，放下自尊，花费重金，换取一位苏丹的保护，即使他已经没有能力保护我们。当我们远离城市，生活在平原和丘陵上时，我们逃过了苏丹，逃过了他的士兵和收税官，但是我们还会被游牧民族、阿拉伯人甚至柏柏尔人部落掠夺，任凭他们肆虐，而我们却不敢建起一座围墙，因为担心看到它很快就被毁掉。当我们生活在远离道路，难以进入的地方，诚然我们能避免被掠夺被奴役；但同时我们也和其他国家没有任何交流，最终只能生活得像野兽一样，无知，贫穷又胆小。”

他递给我一杯红酒，我很礼貌地拒绝了。他自己拿了一杯，喝了一口才继续往下说：

“只有我们的条件是得天独厚的：经过我们村子的有菲斯人、努米底亚人、黑非洲国家的人，有商人、高官、学生和学者；他们每个人都会带给我们一枚金币或一件衣服，一本用来阅读或抄写的书，或者只是一个故事，一则趣闻，一小段话；随着商队不断经过，我们就这样积累起来，不论是知识还是财富，同时还有这些高山作为屏障，我们得以和飞鹰、乌鸦、狮子等尊贵的生命为伴。”

我把他的这些话告诉了舅舅。他深深叹了口气，一句话没有说，随后抬起头望着天空。我不知道他是和造物主对话，还是在观察猛禽飞翔。

接下来，我们进入了齐兹山区，这些山之所以叫这个名字，是因为同名的河流发源于此。这片地区住着一个很可怕的柏柏尔人部落——萨那加。这些人十分强壮：他们贴身穿着一条宽大的羊毛长裙，大腿上则绑上一些破布当作裤子；不论冬天还是夏天，他们头上从来不戴头巾。说起这些人，我就不得不提到在他们那里看到的不可思议的事情，这事似乎还带有一些魔性：一大群蛇聚在他们的房子周围，就像猫狗一样温顺。当有人吃东西的时候，蛇就会围着他，吃一些面包渣或者人们扔给它们的其他食物。

旅行的第三周，我们终于从齐兹山上下来，穿过一大片结着又软又甜的果子的棕榈林，朝着赛格梅斯所在的平原开进。或者我应该说，是这座往日备受旅客喜爱的城市曾经所在的地方。据说，这座城市是亚历山大大帝亲手建造的，走完城市的主街需要半天的时间，城里的每座房子都配有花园和果园，那里曾有过众多享有盛名的清真寺和伊斯兰学校。

而这座城市曾经高大的城墙，现在只剩下长满野草和苔藓的墙基。城里曾经熙熙攘攘的居民，现在也只剩下几个围着赛格梅斯废墟，筑有防御工事的敌对的村子了。这些人现在最主要的想法就是让邻近的敌对的村子里的人过得更惨。他们彼此之间剑拔弩张，毫不相让，甚至断掉对方的水渠，砍倒对方的棕榈树，甚至煽动游牧部落去洗劫对方的土地和房屋，因此我认为他们有这样悲惨的命运完全是罪有应得。

我们原本打算在赛格梅斯地区停留三天，让人马得到一定的休整，补充食物和饮水，修理损坏的设备；然而事实上，我们在那里足足待了好几个月，因为从到达的第二天，舅舅就生病了。白天他不停地发抖，而晚上则不停地出汗，身上烫得厉害，尽管当时在高山上天气很冷。商队里一位犹太商人对医学很有研究，他诊断后下结论说，舅舅得了四日疟，这似乎是对他当时没有遵守乌姆-朱奈巴那个跳着过河的风俗的惩罚。然而只有真主才能决定回报谁惩罚谁啊！

*

我一直守在舅舅的床头，仔细观察他微小的动作和表情变化，有时候我一看就是几个小时，而他则始终处在不安定的睡眠中。我觉得他一下子变老了，衰弱了，无力了，而两天之前他还能够精神饱满地主持会议，和人们聊基督徒、狮子和蛇。由于他诗人的天分和出色的口才，也由于他渊博的知识，他给葡萄牙人穆罕默德留下了深刻的印象。自从葡萄牙人穆罕默德登基之后，每周都要召舅舅进见。可能很快舅舅就会被任命为顾问、秘书或者某个省的长官了。

我记得有一天他从王宫回来后，我曾问他是否再提起过玛利亚姆的事。他则用一种很尴尬的语气回答说：

“我正一点点地得到统治者的信任。很快我就能毫不费力地让他同意释放你的姐姐了。但是现在，我行事必须万分小心，如果不论什么要求都向他提出，我就会犯下大错。”

随后，他带着一个歉意的微笑补充道：

“当你投身政治的时候，你也要学会这么做！”

哈里刚刚被任命为使臣，我又向他提起了这个话题。那时他才向统治者提出请求，苏丹答应他，等他从通布图出使归来后，小女孩就可以回到家里了。舅舅对苏丹千恩万谢，随后告诉了我这个消息。因此我决定去隔离区，告诉玛利亚姆国王的这个承诺以及我将要远行的消息。

我已经有一年时间没有见过她了，一方面是因为对她过分的钟爱，同时也因为我的怯懦。她从来没有说过一句指责我的话。她一直对我笑着，就像是刚刚离开我一样，询问着我的学业。她看起来如此平静，平静到让我不安，懊悔而又迷茫。可能我更希望看到她哭，这样我还可以安慰她，尽管只是在水沟这边远远地安慰。我很得意地告诉了她苏丹的承诺，而她的回应则刚好不让我难堪而已。我又告诉她我要远行了，她则表现得非常兴奋，我不知道她是突然高兴起来了，还是以此来表示对我的嘲笑。这条水沟对一个勇敢的人来说，两大步就可以跨过去，而在我看来则像是比山谷更深，比海洋更宽。玛利亚姆是那么远，那么无法接近，她的声音传到我耳边，就像是在一个噩梦里。突然，一个上年纪的女麻风病人在我没有注意到的情况下走到姐姐身边，把一只没有手指的手放在姐姐肩上。我大叫起来，弯腰捡起一些石头，准备朝她扔过去把她赶走。玛利亚姆阻止了我，用身体挡住了那个女麻风病人：

“放下你的石头，哈桑，否则你会伤到我的朋友！”

我按她的话做了，但是感觉快要昏倒了。我朝她挥手告别，随后转身准备离开，心灰意冷。姐姐又喊了我的名字。我看着她。她走到水沟边上，从我到这以来，她的眼泪第一次流了出来：

“你会把我从这儿救出去的，是不是？”

她的声音充满了哀求，但让我放心了。我做出了一个让我自己都惊讶的动作，把手放在身前，就像放在古兰经上那样，然后缓慢地，高声地宣誓：

“我发誓，在把你从这个该死的隔离区救出来之前，不会结婚。”

她满脸笑开了花。我赶紧转过身，快步离开了她，因为在整个旅途中，我最希望记住的就是她的这张笑脸。当天我就去看望了父亲和瓦尔达，告诉他们姐姐的最新情况。在敲门之前，我在门前愣住了。在外墙的一个墙缝里，玛利亚姆被抓走当天放进去的打结的草还在那里，已经风干变黄。我把它拿在手里，悄悄地放到了嘴唇上。

随后我又把它放回了原位。

*

我再次想起这段草的时候，哈里睁开了眼睛。我问他有没有感觉好一点；他点了点头，然后很快又睡了过去。他就这样徘徊在生死之间，直到热季到来时还是不能动，而在热季穿越撒哈拉沙漠是根本不可能的。因此，在继续行程之前，我们只能在赛格梅斯待上几个月了。

通布图之年

伊斯兰历 911 年

（公元 1505 年 6 月 4 日 –1506 年 5 月 23 日）

这一年，当我们在凉季开始时重新上路的时候，舅舅看起来已经完全康复了。我们朝着位于努米底亚沙漠腹地的塔拜勒巴拉行进，那里距离阿特拉斯不到五百公里，距离赛格梅斯南部三百多公里。在那个国家，水是十分稀少的，肉类也不多，除了鸵鸟和羚羊肉，而要想躲避酷热的阳光，只能找棕榈树下面的那一点阴凉了。

这一段旅程，我们原本计划要走九天，从第一晚开始，哈里就和我谈起了格拉纳达，这和父亲几年前所做的有些相似。或许他此次生病和父亲遭受的打击造成了同样的结果，唤起了他们年轻时的记忆，还没那么可怕的记忆。希望真主能够保佑我的著作不要被烧毁，不要被遗忘啊！每一夜，我都等他继续讲他的故事，只有跑到附近的豺狗偶尔发出的尖叫会打扰到我们。

然而，第三天的时候，两名士兵找到了我们的队伍。他们带来了附近一位领主的信函，他的领地在我们前进路线的西方。当他得知菲斯国王派出的使臣经过这片地区时，非常想和使臣会面。哈里询问了一下向导，向导告诉他，如果绕路过去的话，我们至少要耽误两周的时间。因此，他向两名士兵表达了歉意，告诉他们作为国王的使臣，重任在肩，实在无暇去拜访路线之外的领主们，尤其是在因为生病已经耽搁了很久的情况下。不过，为了表示他对这位领主的尊重和仰慕之情——后来他对我说其实从来没有听说过这个人——他将会派出他的外甥前去拜访。

就这样，我也被授予了出使的任务，而我当时还没满十七岁。舅舅还派了两名骑兵保护我，并托我转交给这位可爱的领主一些礼物：一对带着摩尔人风格装饰的马镫，一对漂亮的马刺，两条镶着金线的丝质绶带，其中一条紫罗兰色，一条天蓝色，一本新装订讲述非洲几位圣人生平事迹的书，还有一首赞诗。这段路要走四天，我也有时间亲自为这位领主写首诗了。

到了那座好像叫瓦尔扎扎特的城市时，有人告诉我，领主去附近的山里猎狮子了，走之前曾留下人带我去跟他会合。见到他之后，我向他行了吻手礼，并转达了舅舅对他的问候。他给我指定了一个房间，让我在那里先休息，等着他回来。天黑之前他回到城里，并在他的宫殿里召见了我。我做了自我介绍，并再次吻了他的手，把礼物一件一件地呈给他看，他对这些礼物十分满意。随后我献上了舅舅为他做的赞诗，他让一位秘书念给大家听，由于他几乎不懂阿拉伯语，所以还找人一字一句地翻译过来。

随后到了用餐时间，我对此早已迫不及待了，因为从早上开始，我的肚子就一直是空空的，只吃了几颗椰枣。人们端来了烤的和炖的羊肉，上面盖着一层很细的面条，有一点像意大利宽面，但是更硬一些。随后还有库斯库斯，另一道肉和面条混合的菜，还有其他几道菜我已经想不起来了。酒足饭饱后，我站起身来，开始向他读我自己写的诗。领主让人翻译了几句，不过剩下的时间里，他就只是看着我，用一种柔软的、保护的眼神。我读完之后，他就回去睡觉了，因为打猎消耗了他太多的体力，不过第二天一大早，他就邀请我共同进餐，并让秘书拿来一百金币，请我带给我的舅舅，还送上两名奴隶以供驱使。领主还坚持要我告诉舅舅，这些礼物只是为了感谢他的诗，并不是对他礼物的回赠。他还托我给陪同我前来的两名骑兵每人十枚金币。

对于我，他则准备了一个惊喜。首先他给了我五十金币，当我离开的时候，秘书则示意我跟着他。我们穿过一段走廊，随后到了一扇矮门前，进门之后是一个小院子。院子中间是一匹马，很漂亮但是还小，上面坐着一个没有戴面巾的漂亮的棕色女奴隶。

“这个年轻的女奴隶是领主对你的诗的回赠。她今年十四岁，能说流利的阿拉伯语。我们叫她希巴。”

他牵过缰绳，交到我的手里。我接过缰绳，抬起头，疑惑地看着她。我的礼物笑了。

能够拜会这样一位既和蔼又大方的领主，我非常高兴，任务完成后，我径直朝塔拜勒巴拉的方向返回，商队还在那里等着我。我告诉舅舅，我已经非常圆满地完成了他交代的任务，并且详细地汇报了这几天发生的一切。我给他展示了带回来的礼物，并转达了领主交代的话，最后才讲到我的惊喜。在听到这段故事时，他的脸阴沉了下来。

“他们确实跟你说，这个女奴隶会说阿拉伯语？”

“当然，并且我在回来的路上已经检验过了。”

“对此我并不怀疑。但是，当你再长大些，再多些见识，你就会从这个秘书的话中听出其他意思。送给你这个奴隶既可以表示对你的尊重，同时也可以表示对你的羞辱，向你表示和你说同样语言的人地位如此卑微。”

“那我当时是不是应该拒绝他？”

舅舅开心地笑了起来：

“我想，如果让你把这个女孩子留在那个院子里，你恐怕会晕倒吧。”

“所以我可以留下她了？”

我的语气就像一个孩子被抢走了玩具一样。哈里耸了耸肩，然后向骆驼客们做个手势，告诉他们准备出发。我刚想走的时候，他又叫住了我：

“你碰过这个女孩了么？”

我低下头，回答道：“没有。在路上我们都睡在野外，卫士们就在我们身边。”

他的苦笑里带着一丝狡猾。

“那么从现在开始更不要碰她了，因为在我们到达下一个城市前，斋月就要来了。虽然作为一个旅行的人，你不用受斋戒的限制，但是你应该用其他方式表达对造物主的顺从。你要把你的奴隶从头到脚包好，禁止她用香水，禁止她化妆，禁止她剪头发，甚至禁止她洗澡。”

我没有反驳，因为很快我就会明白，对宗教的虔诚并不是舅舅提出这些要求的唯一原因。我们在商队中经常会看到各种冲突，甚至因为一个漂亮的女仆，还可能引起更严重的事件。舅舅则是极力避免任何不和谐、挑衅性的想法出现。

我们的下一站是图阿特和古拉拉绿洲，那是商队进入撒哈拉沙漠的起点。那里也是商人和其他旅人等待结伴而行的驿站。

曾经有很多犹太商人在这片绿洲中生活，但是后来他们却遭到了残酷的迫害。格拉纳达陷落的那年，西班牙的犹太人遭到了驱逐，而特莱姆森的一名传教者来到菲斯，鼓动穆斯林消灭城里的犹太人。苏丹知情后，立刻下令驱逐了这名煽动者，但是这个人躲到了图阿特和古拉拉绿洲里，并成功地唆使当地民众对抗犹太人。结果几乎所有犹太人都被屠杀了，而他们的财产也遭到洗劫。

这个国家有很多耕地，但是土地非常干旱，因为只能靠井水灌溉，同时土地也非常贫瘠，为了使土地变肥沃，当地居民使用了一种非常规的手段。当有访客来到时，他们会邀请他来到家里住下，不要求支付任何费用，只要留下牲口的粪便作为肥料，同时如果客人去其他地方大小便的话，会让主人非常生气。因此，每当路过这样一片耕地时，人们总要堵上鼻子。

这片绿洲是进入撒哈拉沙漠前，我们能够正常补给的最后一站。

从此之后，取水点的距离会越来越远，通常两个星期才能遇到一个有人居住的地方。我想，还要提到其中一个叫作泰格哈扎的地方，那里除了盐井之外，什么都没有。当地人提取出食盐之后，等着商队来买走，随后再卖到缺盐的通布图。每头骆驼能驮四袋盐。泰格哈扎人的食物全靠离此二十天路程远的通布图补给，或是其他同样远的城市。甚至有时候，商队因为路上耽搁来晚了，就会看到这里的窝棚里饿死很多人。

从这里开始，沙漠才变得更像地狱。一路上我们只能看到渴死的人和骆驼留下的白色枯骨，唯一能看到大量存在的生物就是蛇。

在沙漠最干旱的地区，有两座坟墓，坟上还放着一块石头，刻着埋在这里的两个人的故事。其中一个是富商，因为实在渴得受不了，于是花费一万金币从商队一个人手中买了一杯水。但是，仅仅走了几步，买家和卖家就双双倒地，渴死了。只有真主才有权决定生命和财产啊！

*

就算我的口才可以再好一点，就算我手中的鹅毛笔可以再听话一点，我也依然无法描述，在经历了几个星期折磨人的旅行后，我们终于看到通布图城墙的感受。我们的双眼已经被风沙撕裂，嘴唇因为喝了咸的温水而肿胀，身上又脏又烧，因各种疼痛而走形。诚然，走出沙漠之后，所有的城市都会显得那么美丽，所有的绿洲都像是伊甸园。然而没有任何其他地方，让我像在通布图那样感到生活如此美好。

我们在日落时到达，城主急忙派出了一队士兵前来迎接。天色已晚，已经不可能在宫殿里接见了，于是我们被带到了准备好的住处，按照级别分配了房间。舅舅住在清真寺附近的一座房子里；我则分到了朝向一个热闹的广场的大房间，不过广场上的人正在慢慢散去。晚上，在好好洗了个澡，吃了点清淡的晚餐后，我让人叫来了希巴，当然是在舅舅的允许下。当时应该已经晚上十点了。街上突然传来了一阵嘈杂声：一群年轻人聚在那里，在广场上演奏音乐，唱歌跳舞。我很快就会习惯这些人了，因为我住在这儿的那段时间里，他们每天都会来。不过当天夜里，我对他们的表演却十分好奇，于是站到窗边，就再没挪动地方。或许也因为第一次和属于我的女人独处一室，我感到有些羞涩。

她已经洗去了一路的风尘，现在看起来又和我刚刚得到她时一样清新了，不戴面巾地微笑着。她来到窗前，和我一起看着外面的舞者，肩膀不经意地靠在我的肩上。夜里很凉爽，甚至有点冷，但是我觉得我的脸在烧。

“你希望我像他们一样跳舞么？”

没等我回答，她就全身舞动起来，刚开始动作很慢，随后越来越快，但是始终不失优雅；她的手、她的长发、她的披巾都在房里飞舞，衣袖伴着黑人的音乐随风摆动，双脚则在地上划出阿拉伯风格的舞步。我离开窗户，好让月光能照进屋里来。

可能到了半夜一点，甚至更晚一些，街上才恢复了安静。我的舞者平躺在地上，筋疲力尽地喘着气。我拉上了窗帘，在黑暗中寻找着勇气。

希巴。如果说非洲大地只给了我这一件礼物，她也永远值得我怀念。

早上，我的爱人还睡着，嘴角带着保留了一整夜的微笑，身上还有淡淡的龙涎香。我吻了吻她那光滑又安详的额头，向她激动地默默许下誓言。窗外又传来了各种声音，有小贩们闲谈的声音，稻草摩擦发出的嘎吱声，金属碰撞声，牲口的叫声，还有一丝轻风微微吹动窗帘，带进早晨清新的味道。我爱这一切，我祝福这一切，真主、沙漠、道路、通布图、瓦尔扎扎特的领主，甚至隐隐折磨我身体的伤痛，以及这炽热、笨拙而又充满未知的第一次旅行。

她睁开了双眼，很快又闭上了，似乎是担心打扰了我的沉思。我低声说：

“我们永远不会分开！”

尽管有些怀疑，她还是笑了。我的嘴唇吻上了她的唇，我的手又在她的身上游走，想重新唤起昨夜的记忆。但是已经有人来敲门了。我应了一声，没有去开门。是舅舅派来的一个仆人，通知我马上就要去宫殿觐见了。我也要穿上华丽的礼服，参加递交国书的仪式。

*

在通布图宫内的仪式显得既细致又豪华。当一位使臣拜会城主时，他要跪在城主面前，脸贴在地上，用手抓起一点土，洒在头和肩膀上。城主的臣民也要做同样的动作，只不过是在第一次发言的时候；随后的会见活动中，仪式就简化了很多。宫殿并不是很大，但是外表显得非常和谐；它建于大约两个世纪前，是由一位叫作格拉纳达人伊沙克的安达卢西亚建筑师设计建造的。

尽管通布图城主是加奥、马里以及其他几个国家的国王阿斯齐亚-穆罕默德-图雷的封臣，他还是地位显赫，在所有黑非洲国家极受尊敬。他有三千骑兵，数不尽的步兵，装备着弓和毒箭。当他从一座城市前往另一座城市时，他会骑骆驼，他的大臣也是，卫兵们则骑马跟随。如果他遇到敌人，需要打仗时，王子就会和士兵们骑上马，卫兵则拴住骆驼。当王子凯旋时，对他宣战的所有人都被抓起来并被卖掉，不论大人还是孩子；这也是我们在城里哪怕很普通的人家都能看到很多男、女奴隶的原因。有些主人会让女奴隶在货摊上售卖各种商品。我们很容易就能认出她们，因为在通布图的女人中，只有她们是不戴面巾的。小商品贸易的一大部分都掌握在她们手中，尤其是食品和与其相关的行业，售卖食品利润是很可观的，因为在城里人们吃的都很好：谷物和家畜供应充足；奶制品和黄油的消耗量巨大。唯一稀缺的就是食盐，在这里人们吃盐并不是撒在菜里，而是在手里拿一小块盐，吃饭的时候不时地舔上一下。

城里的人大多都比较有钱，尤其是商人，他们在通布图数量十分庞大。王子对他们礼遇有加，哪怕他们并不是本国的商人——他甚至把两个女儿嫁给了两个外国商人，当然是因为他们的财富。在通布图可以看到各种进口商品，尤其是欧洲来的衣料，在这里卖得要比菲斯贵多了。交易时人们不用铸造钱币，而是用纯金块；对于小额交易，则会使用贝币，也就是从波斯或者印度来的贝壳。

我整天都在各个货摊间闲逛，参观清真寺，强迫自己和所有能说几句阿拉伯语的人交谈，晚上则会在房间里把白天的见闻记下来，在希巴充满爱意的目光注视下。我们的商队计划在通布图停留一个星期，随后前往加奥，阿斯齐亚的行宫，我们此次旅行的终点。然而，因为旅途的劳顿，舅舅又一次病倒了。在出发前夜，他的四日疟再次发作。我又一次不分昼夜地守在他的床头，我感觉不止一次地对他的康复失去了希望。城主派来了医生，一个很老的黑人，银白的络腮胡子，据说读过东方和安达卢西亚的医书。他开出了严格的食谱，并准备了汤药，说实话，我无法判断这些汤药是有效还是仅仅无害而已，因为在三个星期里，舅舅的病情既没有持续好转，也没有严重恶化。

当伊斯兰历十月接近尾声的时候，哈里还是决定，拖着极度虚弱的身体，一刻也不再耽搁地立即返回菲斯；天气已经比较热，在第二年之前穿过撒哈拉沙漠是不可能的了。我试图劝阻他，而他向我解释道，此次预计五六个月完成的任务已经耗时两年，不能再多了，人们捐助的和他自己的所有钱已经花光，并且如果真主决定召唤他，他希望死在家人身边，而不想死在异国他乡。

他的理由是不是合理的？这么多年了，我还是无法做出判断。不能否认，回程对整个商队来说都是一种折磨，因为舅舅从第七天开始就不能再骑骆驼了。当时我们仍然有机会折回通布图，但是舅舅拒绝了。我们只能把他放在临时做成的简易担架上，由士兵和仆人们轮流抬着走。然而他还没能撑到泰格哈扎就去世了，我们只能把他葬在路边滚烫的沙子里，愿真主在他广阔的花园里为舅舅留下遮荫的一个角落啊！

遗嘱之年

伊斯兰历912年

（公元1506年5月24日-1507年5月12日）

离开菲斯时，我是混在舅舅的行李中的，没有别的任务，只是跟随他，听他说话，学他做事；而这一年返回时，我的手中却掌握着一个没完成任务的使团，一个失控的商队和一个努米底亚沙漠里出生的最漂亮的女人。

但是在我手中最沉重的却是一封信。离开通布图的时候，我亲眼看到哈里写的。借着短暂的休息时间，他从腰带里拿出墨水瓶和芦苇笔，慢慢地在纸上写着，他的手因为发烧而变得颤抖和没有把握。所有同伴都远远地看着他，不去打扰他，都认为他在记述此行的心得准备呈给苏丹。在他去世后，整理他留下的文件时，我才看到了这封被金线缠着的信，开头是这样写的：

“以安拉之名，仁慈的、宽容的真主，审判日的主人，他向将死之人传递身体上和精神上的信号，以使人准备好一睹他那发光的面容。

这封信是写给你的，哈桑，我的外甥，我的孩子，我没能给你留下我的名声，也没有哪怕微薄的财富，只有我的忧虑、我的错误和我无法实现的报负。”

他的第一份遗产是商队。“商队的资源已经枯竭，可是路还很长，领队死了，现在人们都指望你，等待你做出最恰当的安排，最明智的决定，等你把他们带回出发地。你要不顾一切地保证这次旅行能有一个体面的结局。”

而我需要在到达第一处绿洲的时候，换掉三头生病的骆驼，补充食物和饮水，付酬劳给在赛格梅斯和我们分手的两名向导，分给士兵们一些迪拉姆，好让他们舒服地宿营，在到达下一处绿洲前能保持平静，并给为我们提供住处的贵族们一些礼物，而所有留给我的财产只有十八第纳尔，这还是舅舅在去程的路上，向一位同行了一段的安达卢西亚商人借的。我也应该找一位商人借钱了，但是因为我们离开通布图十分匆忙，同行的没有一位商人，因此我也成了商队里最缺钱，最穷的那一个。我只能卖掉哈里收到的一些礼物来换些钱，尤其是瓦尔扎扎特领主赠送的两名奴隶，我把他们卖了四十第纳尔。为了能留下希巴而不招来指责和挖苦，我只能放出风去说她怀了我的孩子，当然我也不确定她是不是真的怀孕了；不过我还是卖掉了她的马，因为在穿越沙漠时，马就像一个无用又占地方的首饰盒。

关于第二份遗产，舅舅拐弯抹角地用了一个古代的寓言故事。“有一天，一个人问一个贝督因女人，几个孩子里最喜欢哪一个。她答道：生病的那个，直至他康复；最小的那个，直至他长大；出行的那个，直至他回家。”很长一段时间以来，哈里一直操心他最小的女儿法蒂玛，她生于我们到达菲斯的前一年，而她的母亲，哈里唯一的妻子在生她时去世了。因此她先由我的外婆抚养，外婆去世后，又由我母亲养大，因为舅舅不想再婚，担心继母会对他的女儿们不好。舅舅去世时，法蒂玛十二岁，而在我看来她始终是那么瘦弱，那么暴躁，脸上没有一点精神。哈里从来没有明确表示过希望我娶她，但是我知道她注定是我的妻子，因为这也是一个传统，一个男人娶自己的一个表妹，有时是最漂亮的那个，而更多时候是其他地方不好安置的那个。

我在心里做了决定，这是在完成舅舅最珍贵的愿望，在他去世时能看到所有女儿都嫁出去。对于前四个女儿，他有自己的处理方式：大女儿首先住在家里最大的卧室里，妹妹们不做别的事情，只是服侍她，就像仆人那样。只有她有权享有新衣服、珠宝，直到她结婚。随后将是二女儿占有最大的卧室，以及其他所有特权；以此类推，除了法蒂玛，因为她的年龄太小，并且是留给我的。

> “我的第三份遗产将赋予你一项权利，因为这牵涉到你的母亲，她已经在我家住了十年，一直拒绝再婚。现在她已经不年轻了，而她唯一的幸福就是让你父亲重新娶她。我知道你父亲也有此意，但是他的缺点就是，做错误的决定太快，而做正确的决定又太慢。有些事我之前没有和你说过：我们出发的前夜，我放下所有自尊，把这个问题摆到你父亲面前，没有给他回旋的余地。他告诉我，自从我们和解之后，他也经常考虑这件事。他甚至还去咨询了一位伊玛目，而伊玛目告诉他，不能娶被他休掉，而且之后没有再婚的女人。因此我建议让萨尔玛在家族内部找一个人结婚，当然并不是真正的婚姻，结婚之后就会马上休掉她。我还跟他讲了一个安达卢西亚王子的故事，他也想娶回休掉的妻子，并且他无法接受妻子嫁给其他人，即使是假装的也不行。因此他询问了身边的一位法官，结果找出了一种更加诗意，而不那么卫道士的解决方法。女人需要在一个夜里到海滩，脱光衣服躺在沙滩上，让海浪冲刷她的身体，就像被男人的气息覆盖一样。王子因此可以在不触犯教条的情况下把她娶回来。我们的讨论也因此变成了开怀大笑。”

我笑不出来，呆在了那里，握着信的手不断地抽搐。我凝固的双眼里再次浮现出儿时遥远的情景，当时我陪着母亲和萨拉，在书商-

天文学家的店里，耳边响起这句话：

> “有人会死去，随后是海浪，
> 女人和她的果实会在那时回来。”

当我回到菲斯时，父亲和母亲已经再婚了，对于我并没有感到吃惊，他们都十分震惊并且失望。我也一直忍住，始终没有问起他们究竟是通过什么方式解决了教义禁止的问题。

*

哈里的信继续写道：“我留给你的还有我的使团，尽管它并不属于我，而是统治者赋予我的。得益于这次出使的机会，我可以接近他，但是以埋葬我父亲的土地之名，我接近他并不是为了获取财富和特权，而是为了帮助家人。不正是因为要替你的姐姐求情，我才找到这个王子么？也正是因为她，你要去奉承和讨好统治者。当你觐见时，献给他带回来的那些礼物，随后谨慎地向他描述你在通布图的所见所闻；尤其要告诉他，黑非洲地区国家很多，并且战争不断，但是他们从来不让战争持续太久。当你获得他的关注和信任后，跟他说一说玛利亚姆的事，如果她在我写下这些话时还没有重获自由的话。”

她当然还没有，这是哈伦在王宫门口迎接我和商队时告诉我的。在那里，我要把牲口还给骆驼租赁商，把礼物交给卫队的军官，然后等着改日被召见。办完所有手续之后，我和哈伦一起步行回家，一路上向他讲了舅舅如何生病去世，讲了对赛格梅斯和通布图的印象，当然没有忘了讲希巴的事，当时她就在我身后几步远的地方帮我照看着行李。白鼬则告诉我菲斯近期发生的几件事：阿斯塔菲鲁拉去世了，剃须匠哈姆扎也去世了，愿真主怜悯他们！瘸子艾哈麦德回到了他位于马拉喀什南部的家乡，和他的兄弟拉起一支农民军队伍，和葡萄牙人作战。

在哈里家，女人们已经穿上了黑色的衣服，他去世的消息已经早于商队传到了城里。萨尔玛在那里，我回来让她很兴奋，她迫不及待地告诉了我她再婚的消息。不过她一直住在舅舅家，为了不把我的表妹一个人扔在那，当然也可能为了不和瓦尔达住在同一个屋檐下。穆罕默德则在三个家之间奔走，他的两个妻子家，还有乡下那栋周围种满各种作物的房子。

我同样也看到了法蒂玛，丧事并没有让她看起来少一些暴躁，多一些精神，她也始终用一双泪眼看着我。出于本能，我转过身想确认一下希巴是否在我身后。真是一种奇妙的感觉，我此刻正在重复父亲当年的故事，像他一样夹在两个女人之间，一个笑靥如花的奴隶，和一个哭哭啼啼的表妹。

第二天，我奉诏前往王宫觐见，只能先撇下家里举行的丧礼。然而我并没有被单独接见。统治者的身边站着卫队的军官、王宫主事、掌玺大臣、典礼官以及其他一些朝臣，他们的穿着甚至比国王还华丽，在我满心激动地叙述着费力准备的语句时，他们则低声交谈着。苏丹不时地跟身边的人耳语几句，还向我做了手势，让我不用停下来。看到我的话引起如此的反响，我尽量简要汇报了一下，随后很快结束了讲话。国王听身边人说了几句话之后对我说，他非常吃惊于我的口才，因为我年纪还那么小。他让我转达对家人的慰问，并且聊了几句我的舅舅，称他为“我们忠诚的仆人”，最后表示希望有机会再次召见我。此次召见到此就结束了。我不顾典礼官皱起的眉头，站在那里没有动：

“能否给我一分钟的时间，我有一个请求。”

随后我说起了姐姐的事，尽量简单明了，其中说了两三次不公正这个词，并提醒他曾经给哈里的承诺。国王的眼睛始终看着其他地方；我想他根本没有在听我说话；他用一句话反驳了我：

“那个女麻风病人？”

王宫主事在他耳边说了几句，随后走到我面前，轻轻拍了拍我的肩膀：

“我会处理这件事。你不会失望的。不要再用这件事来烦扰陛下了！”

我吻了国王的手，然后退了出去。哈伦在栅栏外面等着我。

“你知不知道刚刚你犯下了违背真主的罪过？”

从第一眼，他就看出我又受了打击，因此用他自己的方式来安慰我。我一言不发继续往前走。他则坚持说道：

“最近我听一位杰出的教长说道，我们这个时代大多的统治者，甚至是全部，都是靠违背真主教义的税收来聚敛财富的，他们是强盗，是亵渎宗教的人。因此所有和他一起吃饭，接受他的礼物或者和他们的家庭建立关系的，都是他们抢劫和亵渎宗教的同谋。”

我的回答更像是在发火：

“伊斯兰国家的所有战争都是由这类的话开始的，而最终被毁掉的还是我们的国家。另外你放心，苏丹并没有让我和他一起吃饭，没有给我任何礼物，也没有要把他的女儿嫁给我。因此我既不是强盗也没有亵渎宗教，我不会因此下地狱。但是我的姐姐一直都和那些麻风病人在一起！”

哈伦的脸变得阴郁下来。

“你最近打算去看看她么？”

“我等着王宫主事的回信。我想等那之后再去看她，或许那时候就有新消息可以告诉她了。”

接下来的几个星期里，我又去布 - 伊纳尼亚大学上了几节课。老师让我跟同学们讲一讲我的旅行，并着重描述一下我在黑非洲国家参观过的清真寺和圣人墓。因为我做了详细的记录，我能跟他们讲上两个多小时，老师非常高兴。他还邀请我去他家作客，鼓励我把一路的见闻写下来，就像在我之前伊本 - 巴图塔和其他著名的旅行家所做的那样。我答应他以后一定会写，如果真主允许的话。

老师同时还问我愿不愿意开始工作，因为他的兄弟是城里一家养老院的主管，他一直在找一个年轻的学生做秘书，酬劳是每月三个第纳尔。我很愉快地接受了，因为我对医院和养老院都非常好奇；我们说好，秋天开始就去上班。

*

两个月以后，我才又一次去了王宫，因为我不想让王宫主事觉得我在催他。他这次表现得特别和蔼可亲，告诉我说他已经等了我几个星期了，还给我拿来饮料，并且唉声叹气地谈起了我去世的舅舅，最后用近乎得意的口气向我宣布，经过他的努力，姐姐已经获准重新接受四名宣过誓的女人检查身体。

“年轻人，你应该能理解，尽管我们的苏丹很强大，但他也不能把一个可能患有如此可怕疾病的人带进城里。如果你的姐姐被证明没有病，身上没有任何痕迹，苏丹将写一封信当天就能让她离开隔离区。”

这个解决方法在我看来还算合理，因此我决定把这个好消息用最确定的语气告诉玛利亚姆，好让她重拾信心。哈伦问我能不能一起去，我毫不犹豫地答应了，尽管有些意外。

玛利亚姆说看到我经过如此长途旅行还能保持健康，她十分高兴，但是这一次她看起来比我们上次见面更加遥远，脸色苍白看起来像是一具死尸。我仔细地端详着她。

“你呢，你感觉怎么样？”

“比我的大部分邻居都好多了。”

“我也希望你能赶快出来。”

“我在这里还有太多事要做。”

两年前她的挖苦就曾激怒了我，现在看来更加严重了。

“你还记得我发过的誓言么？”

“如果你要坚守誓言，如果你不结婚，我就既没有儿子又没有侄子了。”

哈伦本来躲在我身后，一会儿看看水沟，一会儿看看守卫。对于我姐姐，他只是略带羞涩地悄悄招了招手，随后便尽量不打扰我们谈话。突然，他大声清了清嗓子，然后直直地盯着玛利亚姆：

“如果你还要这样，如果你被失望打败，那么就算你侥幸离开这里，你的获释也没有任何意义了。你的弟弟是来告诉你一个好消息的，那是他在王宫里各处奔走求人的成果。”

听到这些话，她的情绪瞬间平静了下来，认真地听我说下去，再也没有跟我开玩笑，或是带着嘲弄的苦笑了。

“他们什么时间来给我做检查？”

“可能很快就来。随时做好准备。”

“我的身体一直都是干净的。她们不会找到任何一点痕迹。”

“我一点都不怀疑。这一切很快就会过去！”

*

离开这个该死的地方时，我带着乞求的眼光看着哈伦：

“你相信她能走出来么？”

哈伦没有回答，而是继续往前走，低头看着地面，若有所思，就这么过了几分钟的时间。突然间他停下来，用双手遮住脸，随后把手拿开，但是双眼一直都闭着。

“哈桑，我做出决定了。我希望玛丽亚姆成为我的妻子，成为我孩子们的母亲。”

养老院之年

伊斯兰历 913 年

（公元 1507 年 5 月 13 日 –1508 年 5 月 1 日）

在菲斯养老院里，有六位护士，一位灯具维修工，十二位保安，两位厨师，五位清洁工，一位看门人，一位园丁，一位主管，一位助理和三位秘书，每个人的待遇都不错，当然还有为数不少的病人。但是，真主可以作证，这里真的没有一名医生。当有一个痛苦的病人来到时，人们把他安置在病房里，有人照顾，但是并没有进行任何一点治疗，只是让他自己康复或者死亡。

这里所有的病人都是外地人，因为菲斯人更喜欢在家里接受治疗。养老院里唯一的当地人就是那些精神病，他们被专门安置在特定房间里。为了不让他们搞破坏，他们脚上始终缠着铁链子。他们房间的隔板上都镶着很粗的铁条，只有经验丰富的保安才敢靠近。给他们送饭的人都会带上一根粗木棍，如果看到有人轻举妄动，立刻就会给他一棍子，把他打老实了，或是干脆打晕了。

当我开始在养老院工作时，人们就告诫我一定要当心这些病人。永远不要跟他们说话，甚至不要让他们觉得你注意到了他们。然而在我看来，有些人还是很可怜的，其中就有一个老头儿，瘦瘦的，头上已经半秃了，整天都在祈祷和唱赞美诗，孩子们来看望他时，他也会温柔地抱抱他们。

有一天，因为不小心打翻了一杯果汁，弄湿了登记簿，我只好重新抄写一遍，一直到很晚才离开办公室。当我出门的时候，我斜着眼看了看这个人。他正靠在房间的小窗户那儿哭。看到我时，他本能地低下了头。我朝他的方向走了一步。他开始用平静的口吻向我说道，他本来是一个敬畏真主的商人，因为一个嫉妒的竞争对手检举揭发，才被抓到这里，而由于对手很有势力，和王宫里的关系很近，他的家庭没有办法把他救出去。

他的故事打动了我。我再向前走了几步，对他说着安慰的话，并承诺第二天一定会把他的情况告诉主管。当我走得足够近的时候，他突然朝我跳过来，一只手抓住我的衣服，另一只手抓起灰尘扬到我的脸上，并发疯似地狂笑起来。保安们飞快地跑来把我救了下来，并严厉斥责了我的不小心。

很幸运，附近的浴池在这个时间段正好对男人开放。我用了一个小时的时间把脸和身体洗干净，随后去了哈伦家。我仍然很愤怒。

"因为一个疯子，我终于明白了！"

我突然冒出这么一句话，让人很摸不着头脑。

"我明白了为什么我们四处求人但效果甚微，为什么王宫主管那天见我时充满虚情假意，满脸堆笑，为什么他一次次地许下根本不会遵守的诺言。"

我的朋友看起来无动于衷。我只好叹了口气继续说：

"在这个城里，无数人都为他们的亲人求情，假装他是无辜的，而他往往是危害最大的那个；假装他灵魂纯洁，他却像一个疯子一样骗取我的信任；假装他的麻风病已经痊愈，而实际上已经病入膏肓。如何才能辨别真伪？"

我等着白鼬反驳我，就像他平时做的那样。但是他没有。他一直保持沉默，若有所思，紧皱眉头，他的回答更像是在反问：

“你说得对。我们现在该怎么做？”

他的反应还真奇怪。玛利亚姆对他来说只是朋友的姐姐的时候，他做决定从来不会犹豫，比如他请阿斯塔菲鲁拉介入，制造了一个丑闻。现在，他对自己好像不那么自信了，因为在我们两个当中，他似乎与被囚禁的姐姐关系更亲近。事实上，在告诉我打算娶我姐姐之后，哈伦就没有浪费时间。他去父亲家等待，等父亲从乡下回来后，就立刻穿上周五才会穿的漂亮衣服前去拜访，正式请求我父亲把玛利亚姆嫁给他。如果是其他时候，称重员穆罕默德可能会认为，一个除了所属的行会有个好名声之外，没有任何财产的脚夫对玛利亚姆来说是个太过卑贱的配偶。而现在玛利亚姆已经十九岁了，在这个年纪，在菲斯的所有人当中，恐怕只有一些奴隶和妓女还没有结婚了。哈伦是意料之外的救兵，如果不是出于自尊，父亲甚至可能会吻一吻这个未来女婿的手。几天之后，在两名公证师的见证下，两个家庭正式签订了婚约；女方的父亲要付给未来女婿一百第纳尔。第二天，瓦尔达就把这个消息告诉了玛利亚姆。自从被抓以来，玛利亚姆第一次充满希望地露出笑容。

但是，哈伦却一整天都顾不上高兴，也不再像平常那样顽皮。他的脸上总是刻满了担忧。当天晚上，我终于知道他的头脑里反复出现的到底是什么。他坚持要听听我的意见。

“我们不能把玛利亚姆无休止地留在麻风病人那里！鉴于我们四处求人并没有什么效果，你建议我们现在怎么做？”

我也不知道该怎么做，所以我的回答听起来更像是在发怒：

“每次我想起她，想起这个因为最卑鄙最不公的勾当而被关押了四年的受害者，我就想掐住扎鲁阿尔人的脖子，还有他的同伙麻风病人教长，把他们全都勒死。”

我一边说话，一边做着动作。哈伦则对此毫无感觉，冷冷地说：“你的石头太大了！”我没听明白他的意思。他又重复了一遍，语气中带着一些不耐烦：

“我说你的石头太大了，实在太大了。我在街上和其他脚夫一起工作时，经常看到有些人大声叫喊，互相辱骂，往往很快就有一群人聚集过来看热闹。有时候他们中间会有人捡起一块石头，如果石头是李子或是梨子大小，那你就要抓住这个人的手，因为他可能会把对手打得头破血流。如果相反，他捡起一块西瓜大小的石头，我们就可以平静地走开了，因为他没打算把石头扔出去；他只不过想手里面有点分量而已。威胁掐死扎鲁阿尔人和麻风病人教长，这就像和清真寺尖塔一样大的石头，如果我在街上看到你，我只会耸耸肩走开。”

像是没有注意到我羞红的脸，哈伦字斟句酌地继续说道：

“得想办法让玛利亚姆逃出来，并且不会被抓回去，她的家庭也不会因此受到牵连。显然，她不可能再住在非斯了，至少几年之内不行，因为我想娶她，所以我们要一起逃走。”

我认识他这么多年了，十分了解在他脑子里酝酿的计划，不到最后一刻是一点都不会向我透露的。而这次，我不能理解究竟是什么促使他下如此大的决心。鉴于我们的友情，我觉得有必要和他谈一谈。

“你怎么能抛下你的城市，你的家庭，你的行会，去过一个被放逐的人的生活，就像一个坏蛋那样，从一个山里逃到另一个山里来躲避人们的追捕，这一切都只是为了一个你这辈子就说过一次话的女孩？”

白鼬把右手手掌放在我的头顶，就像小时候要告诉我一个秘密时做的那样。“这件事我以前不能告诉你，即使今天我也要你先答应我，不会为这件事生气。”

我答应了他，心想最坏可能就是给我的家庭带来些不好的影响而已。我们坐在他家院子的地上，白鼬把后背靠在院子里的石头喷泉上，当天那里没有喷水。

“你还记不记得，有一天我乔装改扮后混进了女浴池？”

这件事已经过去了七八年，但我还清楚地记得当时的眼神和心跳的感觉。我笑了笑，表示还记得。

“所以你还记得，那时不论你如何坚持，我都很固执地什么都不告诉你。我进去了，头上戴着面巾，里面头发上还系了绳，脚上穿着木拖鞋，身上裹着浴巾。当时我十一岁，身上还没有毛发，不会暴露我的性别。所以我继续往里走，直到突然看到瓦尔达和玛利亚姆。当我们眼神交汇的时候，我立刻就明白她们认出了我。她们经常看到我们在一起，不可能认错的。我几乎吓瘫了，等着听她们尖叫，等着被暴揍一顿。但是你姐姐没有喊叫。她拿过浴巾，迅速地把自己包起来，嘴角露出一丝默契的微笑，然后找了个借口把她母亲带到另外的房间。我赶紧跑出去，始终不敢相信我竟然毫发无损。那天，我还在遗憾玛利亚姆不是我的姐妹；而三年之后，我才感到作为他弟弟的朋友是多么幸运的事，因为我可以像男人想女人那样去想她。随后不幸就降临到这个眼神如此平静安详的女孩身上。”

他说话时始终沉浸在幸福里，直到最后一句话时他的脸色阴郁下来。不过很快他又高兴起来。

“即使全世界都背叛她，浴室的记忆也让我不能放弃她。今天，她是我的妻子了，我要像她救我那样把她救出来，我们要一起让迎接我们的土地变得郁郁葱葱。”

*

一周之后，哈伦再次找到我，来跟我告别。他的所有行李就是两个羊毛背囊，一个大一些的装着玛利亚姆的金币嫁妆，另一个小的装着他微薄的财产。

“小一点的是给隔离区守卫的，让他在玛利亚姆逃跑时假装看不到；大的是给我们两个的，在真主的保护下，这些至少够我们用一年多了。”

他们准备去里夫，并在贝尼-瓦利得山里过一段时间，那里的居民民风彪悍，但又是王国里最慷慨的。因为土地肥沃，当地人都很有钱，但是拒绝缴纳哪怕一个迪拉姆的税金。如果有人在菲斯因为不公正的待遇被驱逐，在里夫他总能找到一个避难所，并得到当地人的款待，甚至连一部分开销都会有当地人帮忙解决。如果还有人来找他的麻烦，山里人也会给他们些颜色看看。

我紧紧地抱住了哈伦，但他很快就挣脱开，因为他已经迫不及待地想去揭开命运的面纱。

新娘之年

伊斯兰历 914 年

（公元 1508 年 5 月 2 日 –1509 年 4 月 20 日）

这一年，我第一次结婚，这是我去世的舅舅和我的母亲都盼望看到的。母亲总想让我从希巴身边解脱出来，因为尽管相爱三年，希巴没有给我生下一儿一女，她仍然是我的最爱。根据习俗，当法蒂玛，我的表妹，我的妻子，踏进婚房的时候，我要把脚踩在她的脚上。与此同时，门外还会站着一个邻居家的女人，等着接过沾着血迹的白布，拿去在所有宾客面前愉快地得意地挥舞，以显示新娘是处女，新郎很强壮，那时庆祝活动才会开始。

整个仪式在我看来简直没完没了。从早上开始，服装师、发型师和脱毛师，以及无可取代的萨拉就围着法蒂玛忙活起来，把她脸颊画成红色，手脚画成黑色，在眉毛之间画上一个漂亮的三角形图案，下嘴唇下面也画了一个，仿佛橄榄树的叶子一样。化好妆之后，她被安置在一个台子上，所有人都可以来欣赏她，这时候帮她梳妆打扮的女人们就可以吃饭去了。

将近傍晚的时候，亲朋好友聚到了哈里家的门口。新娘最后出来时，看起来显得局促不安，而不是风姿绰约，穿着裙子每走一步都踉踉跄跄的。然后她坐进一个像轿子一样盖着丝绸和锦缎的八角箱子中，哈伦的四个脚夫朋友把她抬到了头上。这时队伍出发了，前面有吹笛、吹号和打鼓的，还有养老院的同事们以及大学时的同学们挥舞着火把。我也跟他们一起走在轿子前面；轿子后面则是她的四个姐夫。

我们首先在市场那里热热闹闹地转了一圈。店铺都已经关门，街上也没什么人。随后又在大清真寺门前停了下来，在那里有些朋友往我们身上洒了些玫瑰水。这时，在这次仪式中代替舅舅角色的大姐夫对我说，现在我应该先离开了。我拥抱了他，然后赶紧往父亲家跑去，那里婚房已经为我准备好了。我就在那儿等着新娘。

一个小时之后，送亲的队伍到了。法蒂玛被交给了我母亲，母亲会牵着她踏过婚房的门槛。离开房间之前，母亲对我使了个眼色，提醒我无论如何要立刻确立男人的权威。所以我重重地踩在妻子的脚上，当然她的脚是有木底鞋保护的，随后房门就关上了。门外响起了叫喊声和笑声，有些听起来非常近，还有锅的叮当声，那是在我们享受新婚燕尔时，人们已经开始准备婚礼的第一顿晚宴了。

穿戴着鲜红的衣服和闪亮的金饰，法蒂玛站在我面前，尽管化了妆还是显得面无血色，呆若木鸡，呼吸困难，费力地挤出一丝笑容，眼神看起来十分可怜。我本能地把她拉过来，不是为了拥抱她，只是为了让她感到安全一点。她把头埋在我的胸前哭了起来。我抱紧她，想让她安静下来，害怕外面的人会听到她的哭声。她瘫在我身上，哭声渐渐地止住了，但是身体一直在颤抖，随后慢慢地倒了下来。很快，她就像一捆木柴被我狼狈地抱在胳膊上。

朋友们之前告诉过我，新婚之夜时，很多女孩会极力表现得比平日更无知，更吃惊，更害怕，但是从来没有人告诉过我新娘会晕倒。另外，我在养老院常听人说，寡妇或者长时间被冷落的女人由于男人过于疯狂，有时候会昏厥；但是十五岁的女孩子身上从未发生过这种事，尤其是在他们丈夫的怀里。我使劲晃着法蒂玛，想把她叫醒；可是她的头向后仰过去，双眼紧闭，嘴唇微张。这次轮到我浑身发抖了，但是我得承认，并不是出于担心，而是不想打开门大声地喊："救命啊！新娘昏过去啦！"这样我在有生之年都会成为别人的笑柄。

没有别的办法了，我只能把表妹拖到床上，让她平躺着，帮她脱掉鞋，解开绑在她下巴上的头巾。她看起来只是睡着了，先前断断续续的呼吸此刻也平稳了下来。我坐在她旁边，脑子里开始琢磨着弥补的办法。我可以用针把手指刺破，用血把白布弄脏，然后忘掉这个新婚之夜，明天再说。但是，我真的可以把白布搞成它应该有的样子么，真的可以骗过见证了无数女孩第一次的女人的眼睛吗？我看着法蒂玛，眼神里充满了无奈，祈求，甚至是悲哀。她光滑的头发摊在枕头上。我把手插进她的头发里抚摸，叹了口气，抽出手轻轻地拍了拍她的脸颊，随后越拍越快，越拍越重。她的嘴角露出了一丝微笑，但是并没有醒过来。我发狂似的摇着她的肩膀，摇到床都在颤了。她好像一点意识都没有；但是嘴角的微笑一直都在。

我已经精疲力尽了，只好躺在地上，伸个懒腰，手指轻抚着烛台。一瞬间，我甚至想干脆吹灭蜡烛睡觉好了。但是突然间，不知是有人等得不耐烦，意外撞到了门，还是我的想象，我觉得听到门那里有一点动静，似乎是在提醒我要赶紧做该做的事。屋外的声音听起来更加急迫，更加坚决。我不知道在这个噩梦般的新房里已经过了多久。我再一次把手放在法蒂玛身上，摸索着她心跳的位置，闭上了双眼。一丝龙涎香的味道仿佛把我带回了通布图的那个晚上。伴着黑人的音乐，希巴站在我面前，沐浴在月光里，跳完一支舞后，她张开双臂，皮肤是那样的温润和光滑。同样是龙涎香的味道。我的嘴里叫着她的名字，手臂做出同样的拥抱，身体找到了同样的饥渴，同样的位置，同样的庇护。

在毫不知情中，法蒂玛变成了女人。我打开门，邻居女人接过这块珍贵的白布，发出了欢快的叫声，所有宾客都热闹起来，音乐奏响，脚下的地面也被跳舞的人震得咚咚响。人们让我赶快加入他们的庆祝活动。他们说：你还有很长时间好好欣赏你的妻子，因为根据传统，七天之内你是不能出门的。

*

我醒来的时候，新娘已经站在院子里了。她靠在喷泉上，无精打采地看着蹲在不远处，正在费力擦着大铜盘的母亲。当晚就是婚礼的第二场晚宴了，这场晚宴的宾客全是女人，唱歌跳舞的也都是女仆人。萨尔玛一脸焦虑地低声说着什么。我靠近的时候，她突然停下来，更加努力地擦着盘子。法蒂玛转过身看到了我。她笑得一脸的幸福，好像我们刚刚度过了最美好的一个夜晚。她光着脚，还穿着昨天夜里那条已经压得有点皱的裙子，脸上画着同样的妆，只是没有昨天那么艳丽。我毫不掩饰自己对她不抱任何幻想的情绪，走进客厅里坐到父亲身边。父亲自豪地紧紧拥抱了我，随后大声让人拿来一篮水果。母亲给我们拿来了，放下水果时，她带着责备的语气在我耳边轻声说道：

“对这个可怜的女孩有点耐心！”

晚上，我只在女人们的庆祝晚宴上露了个面，借机看了看希巴，她只能再服侍我一个星期了。我离开的时候，法蒂玛也一直跟着我回到了房间，肯定是母亲指使她这么做的。她抓过我的手，在上面吻了几下。“昨天夜里我让你不高兴了。”我没有回答，躺在床上，闭上了眼睛。她伏在我身上，用几乎听不到的声音，结结巴巴、犹犹豫豫地说道：

“你不想看看我的妹妹么？”

我跳了起来，满脸疑惑。希巴曾经带着嘲笑的口吻跟我说起过，这个国家的一些女人用这种方式来形容她们的私处。但是我从没想到这句话会从法蒂玛的嘴里说出来，因为昨天晚上，只看了一眼婚房，她就竟然晕过去了。我转过身看着她。她用两只手捂住了脸。

“这句话是谁教给你的？”

她很害羞，甚至很害怕，她哭了起来。我给了她一个真诚的笑容，并把她紧紧抱住。我原谅了她。

婚礼这周以一场晚宴结束。晚宴上，我收到了几位姐夫送的四头整羊，还有几个装满糖果的罐子。第二天，我离开家，径直去市场完成漫长繁琐的婚礼的最后一步：买几条鱼，交给母亲，她会扔到新娘脚下，祝福新娘身体健康，多子多孙。

*

这一年快到年底的时候，法蒂玛怀孕了，我也因此急需找一份比养老院待遇更好的工作。作为书商的女儿，母亲鼓励我去经商，而我对此并不感兴趣，因为我喜欢旅行。母亲对此并不反对，她还用一句预言来表达她的建议，让我很高兴：

> “很多人是在探寻财富的过程中认识了这个世界。而你，我的儿子，你将在认识世界的过程中，发现你的宝藏。”

财富之年

伊斯兰历 915 年

（公元 1509 年 4 月 21 日 –1510 年 4 月 9 日）

夏末的时候，法蒂玛为我生了一个女儿；我给她起名叫作萨尔瓦特，也就是财富的意思，因为这一年也是我财富积累的起点。如果说这次的财富是短暂的，我也不会抱怨，因为只要不违背真主的意愿，财富还会失而复得；而我所付出的只是我的无知，我的傲慢和对冒险的热情。

在正式开始商业活动之前，我首先去拜访了托马索 - 德 - 马里诺老爷，也就是在去通布图的路上同行的热那亚商人，所有居住在菲斯的外国商人中，他因为他的智慧和正直而最受尊敬。我想去听听他的建议，如果可能的话在他身边工作一段时间，陪他去旅行几次。尽管他卧病在床，但还是很热情地接待了我，和我一起回忆了我的舅舅，以及商队里那些可笑的往事。

我到访的原因让他陷入了沉思。他的眼睛一直在观察我，似乎是在评判我的能力，从我绿色的毡帽到认真修剪的胡子，随后到我精致的长袖刺绣外套。他银白色的眉宇就像是天平在权衡利弊。随后，他看似抛开一切犹豫，给了我一个意想不到的提议：

“我尊贵的朋友，一定是真主把你派来的，因为我刚刚收到来自意大利和西班牙的两个大订单，一个订购一千件黑斗篷，另一个订购八百件，秋初就要交货。你知道，在欧洲最受欢迎的就是特夫扎的斗篷，如果我的身体好，我一定会亲自去采购的。”

他随后告诉我行情：我会得到两千第纳尔，其中一千八是用来采购商品的，大批量购买的话，每件斗篷一个第纳尔，另外的两百则是支付给我的酬劳。如果我能用更低的价格买到货物，那么我的利润就更高了；可是如果我买贵了，那就得自己掏钱。

当时我并不知道这究竟是不是一笔好买卖，但我还是很高兴地答应了。他给了我金币，并借给我一匹马，两个仆人和九头骡子，并嘱咐我既要快去快回，又要小心谨慎。

为了不让牲口空跑一趟，我收集了所有能支配的钱，包括我的积蓄，母亲的积蓄，还有哈里留给法蒂玛的一部分遗产，总共四百第纳尔，买了最普通的四百把马刀，也就是菲斯人经常卖到特夫扎的那种。从店铺回来后，我很自豪地告诉了父亲我准备的货物，他却又急又气地差点把衣服撕碎了：

“在那么一个小城里，你至少要一年才能卖掉这么多马刀！并且，如果人们知道你急着回来，还会把价钱压到最低！”

他的话有道理，但是要回头已经太晚了，因为我已经买齐了货物，并且全部支付了现金。我已经做好心理准备面对这亏本的第一单生意了，并且安慰自己，不付出点代价怎么能学到东西。

出发的前一天晚上，母亲慌慌张张地来告诉我刚在浴池听到的传言：特夫扎发生了一些很严重的事情，据说菲斯要派出军队去讨伐并且重建那里的秩序。不过，她的话不但没有让我打退堂鼓，反而增加了我的好奇，第二天一大早，太阳还没升起来，我就已经上路了，甚至都没有去求证一下传言的真实性。十天之后，我没有遇到任何困难就到达了目的地，到达了这个面临着巨大威胁的城市。

还没到城门，我就被一帮贱民围了起来，其中有一些愤怒地质问我，还有一些不停地问问题。我极力保持平静：不，我还没有看到菲斯的军队朝这个方向过来；是的，我听到这些传言了，但我没太注意。正当我费力但是无用地想挤出一条路的时候，一个穿得像王子一样的高个子走了过来；人群默默地散开，给他让出一条路。他微微向我点头致意，并自我介绍说是城里选举出的首领。他向我解释道，现在的特夫扎已经实行共和制，由贵族议会治理，不受任何苏丹或任何游牧部落的保护，也不缴纳任何赋税，依靠生产在世界范围内广受好评的羊毛斗篷来确保城市的繁荣。但是，自从两个敌对部族发生流血冲突以来，双方的战斗从没停止，死亡人数越来越多，为了停止杀戮，议会决定流放参战部落的人员。为了报复，被流放的人求助于菲斯的统治者，交换条件则是献出整座城市。市民们很担心军队即刻就会到达。我感谢他向我做的说明，并告诉了他我的姓名、我此行的目的，以及听说到的那一点关于特夫扎的流言，强调我不会在这里久留，只要卖完我的马刀，买到需要的斗篷就会离开。

他请求我原谅同胞的急躁和失礼，命令人群给我让出路来，用柏柏尔语告诉他们我既不是间谍也不是菲斯的信使，只是一个为热那亚人服务的安达卢西亚商人。于是我进了城，朝旅馆的方向走去。路上我看到两个穿着华丽的人，一边高声议论着，一边朝我看。我走到近前时，他们两个不约而同上来搭话：两个人分别请我住到他家，并且声称会帮我照顾仆人和牲口。我不想得罪其中的任何一个，所以只能拒绝了两个人的好意，感谢他们的热情，随后住进了旅馆里。这里的旅馆条件比菲斯差多了，但是我一点也没觉得有什么不好，因为几夜以来，我的头顶都是满天繁星。

我刚刚安顿下来，城里最有钱的富商们就纷纷上门了。其中一个向我提议用八百斗篷换我的四百马刀。我正想接受，另外一个商人就跳到我耳边，压低声音出价一千斗篷。毫无商业经验，我需要一些时间才能明白他们为什么这么迫切：敌军已经迫近，城里的居民都忙于变卖手里的所有货物，以躲过城破之后肯定会发生的洗劫。另外，我的武器来得正是时候，因为全城正在武装起来，准备应付敌人的袭击。所以现在轮到我来提条件了：我要一千八百件斗篷来换我的马刀，一件都不能少；最终，经过一番讨论，一个犹太商人同意了我的报价。这样，就在我到达的当天，我就已经凑齐了马里诺老爷需要的所有货物，并且他给我的钱一分都没有花。

因为没有东西可卖了，我准备第二天就启程返回。但是，财富就像午夜的情人一样，一点都不会让我失望。特夫扎的富商们源源不断地找到我，有一些让我买他们的靛青染料或是麝香，另一些则向我推销奴隶、毛皮或者科尔多瓦皮革，每种货物的价格都已经压到了原价的十分之一。我得找来四十头骡子才能把所有货物都搬走。我的头脑中快速闪过一些数字；凭借这第一笔买卖，我就已经是富人了。

我做生意的第三天，外面有人喊，菲斯的军队已经到城下了。整支军队包括两千轻骑兵、五百弓弩手和两百骑射手。一看到军队到来，城里那些胆小的人就决定要谈判了。由于我是城里唯一的菲斯人，他们都请求我从中斡旋。在我看来，这一角色十分有趣。自从第一次见面后，军队的统领就和我成了朋友。他是个有教养的高雅人，然而却肩负着最可怕的任务：拿下城市，抓住那些贵族，把他们交给敌对的部族。而我要做的则是努力阻止他。

“那些被流放的人都是些叛徒。今天，他们可以把城献给苏丹，明天就可能交给苏丹的敌人。和他们相比，与这些英勇的人，这些知道奉献、牺牲和忠诚的意义的人打交道更好。”

我从他的眼睛里能看得出，他是同意我的说法的，但是他接到的命令也是十分清楚的：占领城市，惩罚所有敢于拿起武器反抗统治者的人，把城市交给流放部落的首领，并驻扎一部分军队协助他。不过，有一个条件恐怕是他们无法拒绝的：

“苏丹希望他的保护能带来多少回报？”

“流放部落的首领承诺每年两万第纳尔。”

我在脑子里迅速地算了算。“城市的贵族议会有三十个贵族，再加上十二个犹太富商。如果每个人支付两千第纳尔，这样就是八万四千……”

军官打断了我：

“整个王国的年收入才不过三十万第纳尔。你怎么认为这么小的一个城市就能凑齐这个数目？”

“在这个国家，有很多人的财富是不为人知的，他们把财富藏起来，并不指望靠这些赚取更多，而是担心被统治者抢走。你觉得为什么犹太人会被认为十分吝啬呢？因为只要略显富足，略微炫耀就可能给自己的财富甚至自身安全带来危险。也正是这个原因，我们的一些城市变得死气沉沉，国家也因此变穷了。”

作为国王的代表，他不可能让我在他面前说这么多的大道理。于是我直奔主题：

“如果你保证特夫扎贵族们的人身安全，并且不破坏他们城市的传统，我会说服他们按这个数目支付。”

得到军官的承诺后，我返回城里，向贵族们通报了谈判的结果。看到他们还犹犹豫豫的，我告诉他们，菲斯方面刚刚来信，盖着苏丹的大印，要求立即处死城里的这些重要人物。他们哭了起来，唉声叹气，但是正如我在《非洲概况》里写到的那样，两天之后，八万四千第纳尔就放到了军官的脚下。我从来没有见过这么多金子，以后我还会从苏丹那里听他亲口说出，不论是他还是他父亲，国库里的金子从没达到过这个数量。

*

离开特夫扎时，我收到了城里贵族很多贵重的礼物，他们感谢我保住了他们的性命和城市；军官也给了我一笔钱，并且承诺将向苏丹讲述我在这起事件解决过程中发挥的重要作用；他还给我留下了十二名士兵，将护送我的商队一路返回菲斯。

在回家之前，我首先去拜访了马里诺老爷。我交付了他需要的货物，并把他的仆人、马和骡子都还回去；我还送给他几件价值两百第纳尔的礼物，详细讲述了我奇妙的经历，没有漏掉任何一个细节，并向他展示了我带回的所有货物；他估计这些至少能值一万五千第纳尔。

“我得要三十年才能挣到这么多钱。”他不带任何一点嫉妒或羡慕地说。

我觉得整个世界都是我的了，我不需要任何东西，也不需要任何人，财富就很听话地来到我眼前，被我掌握在手中。我已经不会走路，简直要飞起来了。和热那亚人告别时，他久久地握住我的手，身体还微微向前倾；我则站得笔直，眼睛朝上。老人把我的手紧紧握在他的手里，比通常情况下久多了，随后，他还是没有松开手，而是用眼睛盯着我说：

“财富已经在向你微笑了，我年轻的朋友，我为你感到高兴，就像你是我的孩子一样。但是要当心，财富和权力会影响人正确的判断力。当你看到一片麦地，是不是会看到有些麦穗是立着的，而另一些是垂着的？因为立着的那些里面什么都没有！永远保留那份把你送到我这里来的谦逊，这样，真主才愿意为你打开财富之路。”

*

这一年，卡斯蒂利亚人针对马格里布地区的攻势达到了史无前例的猛烈程度。

海边的两座重要城市先后陷落，瓦赫兰是在一月，贝贾亚在九月。柏柏尔人的的黎波里则在第二年失守。

从此之后，这三座城市再也没有回到穆斯林的手中。

两座宫殿之年

伊斯兰历 916 年

（公元 1510 年 4 月 10 日 –1511 年 3 月 30 日）

我让一朵玫瑰，开在你的双颊，
我让一丝微笑，挂在你的唇边，
不要再推开我，因为天理如此：
所有人都有权收获，
他自己种下的成果。

从此我也有了自己的宫廷诗人，他喜欢我的酒和女仆，贪恋我的钱财。他善于即兴作诗，颂扬我的客人们，尤其是我的家人，在每次节日，每次商队归来，甚至是日常饭局上，当我的身边聚集着朋友、家人、心腹、富商、过路的学者，以及准备建造我宫殿的泥瓦工时。

自打从特夫扎回来后，我的财富就不断增长，我的人马遍布整个非洲，自贝蒂斯至赛格梅斯，自特莱姆森至马拉喀什。商队运送着椰枣、靛青染料、散沫花、食用油或是衣料；只有重要的商队，我才会亲自出马。其余时间里，我只需要坐在办公室指挥，另外就是手里拿根棍子，去我新住所的工地查看一番。新房的位置在一座丘陵上，距离舅舅家的房子不远。自从我的女儿出生后，我就成了舅舅房子的主人，但是我越来越觉得那座房子太小，太普通，太不符合我的身价。我已经迫不及待想住进自己的宫殿里，我那梦寐以求，无与伦比的宫殿。为此，我召集了最好的工匠，力求每个细节都能做到完美：精雕细刻的木质天花板，贴满马赛克的穹顶，黑色大理石的喷泉，丝毫不用考虑成本。有时候，当一个价格让我犹豫时，我的诗人就会跳出来高声朗诵："二十岁时的智慧，就是不用事事考虑太多。"我知道，他在琢磨诗句时，是冲着我的钱去的。

工程开工的那天是我一生中最重要的一天。邻近黄昏时，在一帮拥护者的簇拥下，我在地基的四个角落放上了贵重的吉祥物以及孩子的头发，那是从我女儿头上小心翼翼剪下来的。我是突然之间对魔法和迷信变得敏感的，对此我非常吃惊。这可能是有钱或者有权的人的通病：当他的财富和他的能力不成正比，而更多是因为运气时，他往往会把运气当成是命运的主宰，并当作偶像供奉起来。

整夜，哈里的房子里都回荡着安达卢西亚乐队的音乐，地板也在女奴隶们的舞步下颤抖，其中两个奴隶还是专门为这次活动买来的。我不再让希巴跳舞，因为自从通布图那次经历之后，我不会再让她把如此醉人的魅力展现在其他人眼前。此刻，我们一起坐在柔软的沙发上，我让她坐在我旁边，并且用手臂抱着她。法蒂玛很早就回到房间了，这让我更自在。

看到几个月来，希巴第一次这样无忧无虑，心情愉快，我感到很高兴。我女儿的出生让她感到很丢脸，一天夜里，我进入她的房间时，正巧看到她用头巾擦眼泪；我把手放进她的头发里，悄悄地抚摸她的耳朵时，她用手轻柔但是坚决地推开了我，然后用我从未听过的伤心的语气低声说：

"在我的国家里，如果一个女人生不出孩子，她不会等丈夫休了她或是冷落她。她会自己离开，躲起来，然后被人遗忘。"

我努力用她常用的欢快语气说道：

“你怎么知道，明年九月你不会给我生一个漂亮儿子呢？”

但是她没有笑。

“早在我青春期发育之前，部落里的巫师就说我不可能怀孕。当时我还不信，但是我和你在一起已经五年了，现在你和别的女人有了孩子。”

我无法反驳，只好把她拉近我；她一脸痛苦地想要挣脱。

“你愿意让我重获自由之身么？”

“对我来说，你是我的情人，而不是一个奴隶。但是我不愿意你从此不再属于我。”

我的手像夹子一样用力抓住她的手腕，把她的两只手掌先后放到了我的唇边。

“你难道忘了通布图的那个晚上，忘了我们共度的所有夜晚，忘了我们承诺过永远不分开？”

一阵凉风从开着的窗户那里吹进来，吹灭了铜烛台上的蜡烛。屋子里暗了下来，让人伤心，我看不到希巴的眼睛了。她的声音似乎很遥远，很缥缈，就像在重复沙漠里的古老悲歌一样：

“情人们经常双手紧握，一起憧憬美好的将来。但是在他们的一生中，没有任何时候能比现在他们紧握双手，怀着同样梦想的时候更幸福了。”

这天夜里，她最后还是向我张开了双臂。是因为疲惫，因为责任，还是因为回忆，我不知道。但是从此之后，她的双眼始终笼罩着一层悲哀。

所以，看到她再次露出笑容，跟着安达卢西亚乐队的节奏拍手时，我感到很幸福。吃饭时，我的诗人站起身来，开始赋诗歌颂我。他把我的宫殿比作阿尔汗布拉宫，把我的花园比作伊甸园。

“愿你在完工之日进入宫殿时，继承人就坐在你的肩膀上！”

我放在希巴身上的手臂突然感到她打了个寒战，她在我耳边轻声说：

“真主，我多想给你生下这个继承人啊！”

仿佛听到了她的话，诗人看着她，既带着同情又带着欲望，随后，他停顿了一会儿，然后低声唱出另外两句：

爱情是口渴的人来到井边，
爱情是花朵，而不是果实。

我本能地拿过钱袋，向他扔了过去。袋子里应该有至少五十第纳尔。但是希巴脸上的笑容是无价的。我有一整夜的时间来欣赏她。

*

这场宴会六个月之后，宫廷卫队的一名军官前来拜访我。苏丹当天要召见我，就在午休之后。我穿上盛装，前往王宫觐见，既感到疑惑，又有一丝不安。

苏丹对我展现出了极大的热情，他周围的人也纷纷效仿，出于真心也好，虚情假意也罢。他聊起从通布图回来后，我第一次觐见时的情景，还有我在特夫扎的调停，给他带来了比菲斯还要多的黄金。在称赞了我的舅舅，我的祖先以及格拉纳达之后，他开始向身边的人夸奖我的成功，我的口才，我的能力以及我在菲斯最好的学校里获得的渊博的学识。

“你是在学校认识瘸子艾哈麦德的吧？”

“正是如此，陛下。”

“听说你是他最好的朋友之一，他很尊重你的意见。”

刹那间我就明白今天的召见以及那些意料之外的赞扬是出于什么原因了。艾哈麦德的势力已经变得越来越大，菲斯和马拉喀什的很多年轻学生都离开了家去投奔他，拿起武器抵抗葡萄牙人缓慢但是已经威胁到整个大西洋沿岸的入侵。瘸子在国内率人四处征战，还不时用尖刻的措辞批判菲斯的统治者。这已经引起了菲斯苏丹的不安，他试图与这个危险的反政府武装首领谈判。当然需要我作为中间人。

我决定利用这个机会对我耿耿于怀的一些旧账做个了断。

“上大学的时候，艾哈麦德谢里夫经常来我家。当我的姐姐被抓进麻风病人隔离区时，他是我真正的兄弟。愿真主抹去我和姐姐的这段记忆！”

苏丹清了清嗓子来掩盖自己的尴尬。

“这个可怜的女孩后来怎么样了？”

“一个勇敢的男孩，一位脚夫，和她结了婚，两个人一起逃到了其他地方，不敢给我们任何消息，就像做了什么坏事似的。”

“你想让我给他们一个通行证？还是赦免他们？我的秘书会处理这件事。”

“您的仁慈无边无际！愿真主赐您万寿无疆！”

说出这样恭维的话也是不得已，但我没想就这样算了。我俯下身，来到苏丹的近前。

“我的朋友艾哈麦德谢里夫对我姐姐遭受的不公十分气愤，这是扎鲁阿尔人卑鄙的报复。”

“我已经听说这个人在其中扮演的角色了。”

我对苏丹如此了解这件事的细枝末节也感到十分吃惊；我不想问他为什么当时什么都没做，因为我想把他拉到自己这边。于是我压低声音继续说道：

“对于艾哈麦德，用他自己的话来说，扎鲁阿尔人已经成了堕落的典型，他让所有菲斯人道德败坏。我还听说，他在演讲时，曾多次提到这个人。”

“愿真主让他看清事实真相！”我小心翼翼地加上这句话，好让人觉得我并不完全赞同瘸子的说法。

苏丹似乎陷入了沉思和犹豫。随后，什么话都没说，他整了整长袍，坐回他的宝座上。

“我希望你去见一见艾哈麦德。”

我低下头听他吩咐。他继续说道：

“你要努力地让他平静下来，让他对我，对我的王国和菲斯城抱有好感，愿真主保佑菲斯能不被异教徒和野心家骚扰！我随时准备帮助这位年轻的谢里夫，或从经济上，或从武器上，帮助他与葡萄牙入侵者作战。但是如果某天我也要参战来保卫国家的话，我希望我的侧翼不要有麻烦，因为我们现在的势力已经大不如前。丹吉尔已经落入葡萄牙人手中，艾西拉和塞柏塔也是；拉腊、拉巴特、塞拉和萨雷已经受到威胁，安法已经被毁，城里人都逃走了。在北边，西班牙人已经把海岸边的城市一个接一个地占去了。”

他把我拉近一些，压低了声音。他的左右纷纷后退，但是仍然伸长耳朵听着。

“几个月之后，我会向丹吉尔和艾西拉重新派出军队，希望真主这次能让我打赢这一仗。我希望在这件事上，谢里夫能够和我结成联盟，而不是占据一些省份，与穆斯林的国王们作对。我希望他同时与葡萄牙人作战，因为我们两个都是圣战的战士。我能把这项任务交给你么？”

“我会尽我的全力，因为对我来说，没有什么比穆斯林的团结一致更为重要。接到你的命令后，我会即刻起身前往苏斯会见艾哈麦德，不惜一切代价让他成为盟友。”

苏丹轻轻拍了拍我的肩膀表示满意，随后命令卫队军官、王宫主管和掌玺大臣走上前来：

“今天晚上，你们就去扎鲁阿尔人家里传信。你们命令他离开这个城市，至少两年时间。让他去朝圣，随后回他的老家住一段。”

王宫里所有人都听到了。几小时之后，这个消息便口口相传，传遍了整个城市。没有人再敢和这个流放者打招呼，没有人再敢去拜访他，他家门前的路很快就长草了。我细细品味复仇的感觉，然而并不知道这将会给我的家庭带来更多的不幸。

在与苏丹告别时，他命令我第二天再来，因为他还想跟我探讨一下王国的财政问题。从那以后，我每天都进宫，有时参加他的会见，有时还亲自处理一些请求，这让我成了其他达官显贵嫉妒的对象。但是我一点都不担心，因为我打算春天就去苏斯，回来后则专心处理商队的事情，尤其是我的宫殿的工程进度。在我的脑海里，宫殿已经拔地而起，美妙绝伦，然而事实上工程没有一点进展，因为最近几个月天气寒冷，阴雨绵绵，我心心念念的宫殿现在只是一个大泥坑。

瘸子谢里夫之年

伊斯兰历 917 年

（公元 1511 年 3 月 31 日 –1512 年 3 月 18 日）

这一年，按照计划，菲斯的苏丹和瘸子谢里夫同时在各自战线上向葡萄牙人发起攻击。苏丹想夺回丹吉尔，瘸子谢里夫则试图拿下阿加迪尔。付出惨痛的伤亡代价后，两个人都被打了回来，然而这些经历在歌颂他们的诗句中是看不到影子的。

我专门挤出时间去观看他们的战斗，并强迫自己每天晚上都把当天的见闻记下来。然而，日后在罗马重新翻开这段经历时，我很惊讶自己竟然没有一句话是描写战斗经过的。我只记下了王子们和他们的幕僚在面对失败时的表现，这种表现让我吃惊，尽管经常出入宫廷，我已经不再像从前那样天真。这里我只列举笔记中的一小段，当时的情景足可略见一斑。

记于伊斯兰历 917 年 3 月的倒数第二天，公元 1511 年 6 月 26 日星期三。

丹吉尔城下牺牲的三百名烈士的遗体已经被运回军营了。为了躲过这让我心碎的场景，我来到苏丹的帐篷里，还遇到了掌玺大臣。看到我之后，苏丹做手势让我靠近些。“听一听，”他说，“我们的王宫主管是怎么看今天的战斗的！”王宫主管对我说道：“我跟国王说，今天发生的也并不一定都是坏事，因为我们已经向穆斯林展示了我们圣战的热情，葡萄牙人如果想报复的话，也得先考虑考虑后果。”我轻轻晃了晃头表示赞同他的观点，随后问他：“今天战死的士兵真的有数以百计么？”王宫主管听出我的话里带着些指责和嘲讽，没有说话，倒是苏丹自己接着说：“战死的士兵里，只有一小部分是骑兵。剩下的都是步兵，穷光蛋，庄稼汉，百无一用的人，在我的王国里至少有十万，而我没有那么多精力武装他们！”他的语气时而毫不在意，时而不乏欢喜。我找了个借口告退，离开了他的帐篷。帐篷外，借着火把的微光，我看到几个士兵围着刚运回来的一具尸体。看到我出来后，一个红胡子老兵走到我近前：“告诉苏丹，不要为战死的士兵哭泣，他们所付出的将在审判日得到回报。”他的眼泪流了出来，声音突然变得哽咽：“我的大儿子刚刚战死，而我也时刻准备跟他一起上天堂，只要国王一声令下！”他抓住我的袖子，因为绝望而颤抖的手传递出的信息和他嘴里说的完全不同。一名卫兵警告他不要骚扰苏丹的顾问，老人唉声叹气地离开了。我回到了自己的帐篷里。

几天之后，我前往苏斯，再次拜会艾哈麦德。年初的时候，我曾经拜访过他，转达了苏丹求和的书信；这一次，菲斯的国王则让我告诉瘸子，葡萄牙人的伤亡比我们更大，而感谢真主的怜悯，苏丹本人毫发无损。我找到瘸子时，他刚刚在阿加迪尔城下安营扎寨，他的士兵们情绪高涨。士兵中很多都是学生，来自马格里布各地，他们把牺牲生命看作像是去见一个神秘的未婚妻一样。

三天之后，战斗依然胶着，士兵们因为见了血而更加狂热，他们叫嚷着要报仇，要献身。但是出乎所有人意料，艾哈麦德突然宣布撤兵。一个年轻的瓦赫兰士兵高声批判撤兵的决定，被当场砍了头。看到瘸子如此轻易就被击垮了，放弃了战果，我十分震惊，而他只是耸了耸肩：

“如果你想参与政治，跟王子们谈判，你首先得学会透过现象看本质。”

他的冷笑让我想起在学校时的谈话。此刻行军帐篷里只有我们两个人，我直截了当地向他提出了心中的疑问。他向我解释说：

“这个地区的居民想把阿加迪尔从葡萄牙人手里夺回来，是因为葡萄牙人占领阿加迪尔，并渗透到附近的平原地区，让当地人无法进行耕种。菲斯的苏丹太过遥远，而马拉喀什的那位除了每周狩猎，根本不出王宫，于是人们就找到了我。他们拿出足够的钱，我可以用这些钱装备五百骑兵和数以千计的步兵。因此我要对阿加迪尔发起攻击，但我从没想过要把它打下来，如果打下来，我会至少损失一半士兵，更为严重的是，我还要把所有军队都留下来驻守，以抵抗葡萄牙人不断的反扑，这或许要持续几年的时间。而今我还有更重要的事情要做。我要发动整个马格里布地区，重新统一这里，或是通过计谋，或是通过马刀，让大家一起反对侵略者。”

我使劲握了握拳头，告诉自己不要试图反驳他，但是二十来岁的我显然还没有这种定力。

“所以，”我仔细斟酌了用词，表示自己只是想弄清楚他的意思，“你是要和葡萄牙人作战，但是并不是直接向他们派兵：这些听从你的召唤参加圣战的士兵，你要让他们征服菲斯、梅克内斯和马拉喀什！”

没有理会我的挖苦，艾哈麦德抓住我的肩膀：

“真主啊，哈桑，你根本不明白眼下发生了什么！整个马格里布地区都处在动荡中。一些王国会消失，一些省份会被洗劫，一些城市会被夷为平地。看着我，盯着我，碰碰我的胳膊、胡子、长袍，因为明天你将不能盯着我看，也不能用手指碰我的脸。在这个地方，永远是我砍别人的头，听到我的名字，农民和城里人都会颤抖。很快，这个国家所有人都要向我低头，有一天，你可以向你的儿子们说，瘸子谢里夫是你的朋友，他曾经去过你家，还为你姐姐的命运牵肠挂肚。而我，这些回忆我永远都不会记得。”

我们两个人都在发抖，他是因为不耐烦的狂躁，而我则是因为害怕。我感到了威胁，因为在他发迹前认识他，我对他来说更像是私产，既喜爱，又鄙视，甚至还有些厌恶，就像我挣到钱时，我的那件打了补丁的白大衣一样。

此刻我也决定，是时候离开这个人了，因为我们再也不可能平等地谈话，再想见他一面，我就必须放下自尊，乖乖地等在候见厅了。

*

这一年年底发生了一件事，我很久之后才知道其中的细节，但这件事确实深刻地影响了我的家人。我努力地还原事情的经过，不遗漏任何一个细节，而至于这是一种犯罪还是一种公正的惩罚，则留给真主去评判吧。

扎鲁阿尔人奉命去麦加朝圣，随后回到了他的家乡——里夫地区的贝尼 - 扎鲁阿尔山里，他将在那里度过两年的流放时光。回到这个曾经被自己劫掠过的地方，扎鲁阿尔人并非毫不担心，所以他和当地主要的部落首领取得了联系，给了他们一些好处，并且找来四十多个保镖随行。同行的还有菲斯苏丹的一个表弟，他是一个酗酒成性的王子，当时已经十分落魄。扎鲁阿尔人请他同住几天，目的就是想让山里人觉得他仍然和宫廷保持着良好关系。

要想到达贝尼 - 扎鲁阿尔，首先要穿过贝尼 - 瓦利得地区。在那里连接两个牧民村庄的石子路上，有一个穿着一身黑色和土色衣服的老太太的身影，她懒洋洋地伸出一只手，无精打采地乞求过路人的施舍。当扎鲁阿尔人骑着一匹套着马具的高头大马，身后跟着一个撑大伞的奴隶逐渐靠近时，老乞丐朝着他们走过去，嘴里还念叨着一些听不太清的乞讨词。一个保镖大喊着让她走开，但是他的主人让他闭嘴。扎鲁阿尔人需要在这个曾被他劫掠过的地方重新赢得好名声。他从钱袋里掏出几枚金币，招摇地拿在手上，等着老乞丐张开双手准备接住。老乞丐看了他一眼，突然一把抓住扎鲁阿尔人的手腕，并且用力地拉扯。他掉下马，只有一只脚还挂在马镫上，身体悬在空中，长袍拖在地上，脖子上被架了一把短刀。

“告诉你的人别动！”这个假装女乞丐的人用男人的嗓音喊道。

扎鲁阿尔人照办了。

“命令他们走开，一直走到下一个村子！”

几分钟之后，这条山路上只有一匹受惊的马，两个僵持不动的男人和一把弯刀。慢慢地，非常缓慢地，他们开始动起来。劫匪帮助扎鲁阿尔人站起来，随后挟持着他步行离开了大路，朝着山里走去，就像一头猛兽用嘴叼着猎物一样，两个人消失在山中。这时劫匪才向他的人质露出了真面目。

白鼬哈伦已经在贝尼 - 瓦利得山里住了三年，当地人把他当做自己人一样地保护起来。不知道只是因为想复仇，还是担心他的敌人会再来找他，找玛利亚姆和他的两个儿子的麻烦，他才会做出这种强盗的举动？不过他确实采用了报复手段。

哈伦一直把他的人质拖到家里。看到他们回来，我姐姐比扎鲁阿尔人更害怕。她的丈夫从来没有跟她说起过这个计划，甚至都没说过她曾经的未婚夫回到了里夫地区。她从来没有见过这个人，所以对眼前发生的一幕一头雾水。

“把孩子们留在这儿，跟我过来。”哈伦命令她。

押着他的俘虏，哈伦走进了卧室。玛利亚姆也跟他们走进去，随后放下了隔断用的羊毛挂毯。“看看这个女人，扎鲁阿尔人！”听到这个名字，姐姐不由自主地咒骂了一句。老家伙感到下颌被刀刃顶住了。他没有开口说话，不由自主地向后缩。“脱掉衣服，玛利亚姆！”

她盯着白鼬，满眼的惊恐和怀疑。他又喊了一遍：

“是我，哈伦，你的丈夫，命令你把衣服脱掉！听我的！”

可怜的女人先摘下面巾，露出了面颊和嘴唇，随后露出了头发，她的动作战战兢兢的。扎鲁阿尔人闭着眼睛，使劲地低着头。如果他看到眼前这个女人的裸体，他知道等待他的将是什么。“抬起头来，睁开眼睛！”哈伦一边发出命令，一边猛地挥了挥短刀。扎鲁阿尔人抬起头，但是眼睛始终紧闭着。

“看一看，”哈伦坚持道，此时玛利亚姆一只手脱着衣服，另一只手擦着眼泪。

她的裙子脱掉了。

“看看这个身体！你看到上面有麻风病的痕迹么？再靠近点仔细看看！”

哈伦用力地晃着扎鲁阿尔人的身体，把他推向玛利亚姆，拽回来，然后再用力地往前推，并松开了手。老家伙滚到了姐姐的脚下，吓得姐姐惊叫起来。

“够了，哈伦，我求你了！”

她又同情，又惊恐地看着瘫倒在自己脚下的这个坏蛋。扎鲁阿尔人眼睛半张，但是一动不动。哈伦走近他，半信半疑地摸了摸他的脉搏，翻了翻他的眼皮，随后站起身来，一点也不惊讶。

“这个男人像一只狗一样死在他曾经迫害过的最无辜的女孩脚下，完全是他罪有应得。”

入夜前，哈伦把扎鲁阿尔人埋在了一棵无花果树下，没有拿走他身上的一件衣服，一只鞋子，一件珠宝。

暴风雪之年

伊斯兰历 918 年

（公元 1512 年 3 月 19 日 –1513 年 3 月 8 日）

这一年，我的妻子法蒂玛死于难产。连续三天，我都在为她哭泣，超过了她生前我给她的所有的爱。孩子是个男孩，也没能活下来。

在为亡妻做去世四十天悼念活动之前，我被紧急召进王宫。苏丹刚刚结束了对葡萄牙人的夏季攻势，尽管战绩不佳节节败退，我仍然不理解为什么我一跨进王宫大门，见到我的人都是一副拒人千里之外的表情。

国王本人并没有表现出任何敌意，但能看出他对我也没有一点热情，并且语气中还充满了训斥：

“两年前，你为你的姐夫，脚夫哈伦，向我请求恩赦。我们把恩赦给他了。但是他既不悔改，也不感恩，非但没有回到菲斯，而是选择继续生活在里夫那个无法无天的地方，等待机会找扎鲁阿尔人报仇。”

“没有任何证据，陛下，能证明哈伦就是行凶者。那些山里有很多拦路……”

没等我说完，王宫主管就打断了我，他的语调甚至比国王还要高：

“扎鲁阿尔人的尸体刚刚找到。他被埋在你姐姐和姐夫曾经住过的房子附近。士兵们认出了这个受害者，发现他的珠宝首饰并没有被拿走。你认为这是一起简单的拦路抢劫么？”

我承认，四个月前在菲斯刚一听到扎鲁阿尔人失踪的消息，尽管当时还不知道任何细节，我的脑海中已经闪过一个想法，很可能是哈伦报了仇。我了解白鼬，他一定会把复仇进行到底，并且我也知道，他就住在里夫那一带地区。说他是无辜的，别人肯定不信。但是我也要全力为他辩解，因为我的任何一点犹疑都可能让他大祸临头。

“陛下，你是如此公正，一定不会在当事人还没有为自己辩护的情况下，就宣布他有罪。尤其是牵涉到脚夫行会里一个受人尊敬的成员。”

苏丹显得很不耐烦：

“现在不是你姐夫的事了，而是你，哈桑。是你要求流放扎鲁阿尔人，是你坚持要让他回到家乡，而他正是在回家的路上被袭击并且谋杀的。你要为此负责任。”

他说话的时候，我的眼前模糊了起来，似乎已经看到了牢房里的黑暗。我看到我的钱财被没收，我的家产被搬空，我的家人蒙羞，我的希巴被卖到奴隶市场。我的双腿发软，全身是汗，无助的冷汗。我强迫自己艰难地、哀求地发出声音。

“我受到了什么指控？”

王宫主管再次说话了，很显然他被我过于明显的恐惧惹恼了：

“因为同谋，格拉纳达人！因为让一个罪犯逍遥法外，导致受害者死亡，因为无视王国的赦免，滥用陛下的善心。”

我努力让自己重新控制局面：

“我如何知道，扎鲁阿尔人什么时间结束朝圣回来，并且从哪条路回来呢？至于哈伦，我已经四年没有见过他了，根本不可能把他被赦免的消息告诉他。”

事实上，我一直在向白鼬传递消息，但是他很固执，不愿对此做出回应。不过，我的申辩似乎对苏丹有所触动，他的声调稍微变得友好一些了：

“可能你没有任何过错，哈桑，但是从事情的表象看来，你还是有嫌疑。至少在这个世界上，在大多数人眼里，表象就是正义所在。与此同时，我也不能忘记之前曾派给你的任务，你都很忠实地完成了。”

他停了下来。他的头脑中正在做决定，我最好不要打扰他，因为我感觉到自己很可能会被宽恕。王宫主管向他弯下身来，显然想再对他施加些影响，但是国王很生硬地让他安静，随后宣布了命令：

“你不用承担谋杀的罪名，哈桑，但是你要和受害者接受同样的惩罚。正如扎鲁阿尔人一样，我宣布你将被流放。两年里，你不能再出现在这座王宫里，你也不能生活在菲斯，以及我管辖范围内的任何地方。从伊斯兰历 7 月 20 日开始，在王国版图内任何看到你的人都有权把你套上锁链，带到我面前。”

尽管苏丹最后几句话说得很重，我还是要努力不露出一丝轻松的痕迹。我不用坐牢，也不会破产，两年的长途旅行根本吓不倒我。另外，我还有一个月的时间把我的生意安排好。

*

我离开菲斯的过程让人印象深刻。我坚持高昂着头被流放，身着锦缎，不是在夜里，而是在大白天出城，穿过熙熙攘攘的大街小巷，带着一支庞大的商队：两百头骆驼驮着各种商品，两万第纳尔金币，由五十多个武装保镖护送，他们的武器、服装都是我配备的，这支保镖队伍足以让任何拦路的强盗望而却步。我停下来三次，一次在布-伊纳尼亚学校门前，一次在安达卢西亚人的清真寺院里，还有一次在城墙旁边的制陶匠大街，向看热闹的人撒了一些金币，得到了人们的赞美和欢呼。

策划这样一次炫耀的行为，我是担了风险的。很快就有人不怀好意地通报了王宫主管，随后又传到了国王的耳朵里，我很可能被抓起来，再被扣上藐视刑罚的罪名。然而这个险我必须要冒，不仅是因为自尊，还是为了我的父亲、母亲和女儿，为了所有的家人，为了他们在我离开的时间里，不用生活在耻辱中。

当然，我已经给他们留下了足够的财产，足以维持很多年的吃、穿以及各种开销。

当我们离开菲斯三公里远，走在前往塞夫鲁的路上时，无疑所有的危险都已经过去了。希巴高高地坐在放在牲口背上、盖着丝绸的轿子里，我催马走到她近前。

“在菲斯人的记忆中，还从来没有过如此高调的流放吧。”我得意地说道。

她显得有些不安。

“不要挑战命运的判决，也不要轻视面临的逆境。”

我耸了耸肩，毫不在意。

“我不是向你承诺过，一定会带你回到你的部落吗？一个月之后我们就能到了。除非你想陪我一起去通布图，随后去埃及。”

她只说了一句“真主允许的话”作为回答，语调充满忧伤，令人迷惑。

四天之后，我们穿过了科尔博山口，这里十月份的天气比我预想的要冷很多。夜里宿营时，保镖们选择了两座丘陵之间的一处洼地，希望能在此躲开阿特拉斯山里的寒风。他们设置了厚厚的一大圈帐篷，而我的营帐就设在中间，那简直就是一座帐篷宫殿，帐篷上还装饰着精心书写的古兰经经文。

我原本打算和希巴睡在这个帐篷里。我很平静地等着夜晚的到来，但是当天开始黑下来的时候，我的女人坚决拒绝睡在帐篷里，没有明显的理由，但是从她的眼神里，我看到了难以名状的恐惧。在离宿营地不到一公里的地方，她找到了一个山洞的入口，并决定就在那个山洞过夜，其他任何地方都不去。

难道我们就要在阿特拉斯的山洞里过夜？靠近鬣狗、狮子、花豹，有可能还有巨龙，据说它们在这片地区数量庞大，并且都带有剧毒，人的身体只要一碰到它们，就会像泥土一样碎成灰烬。想把这种恐惧灌输给希巴，根本不可能。在这个秋夜的寒风里，只有我华丽的帐篷能让她感到害怕。

我只好让步。在克服了内心的恐惧后，我钻进了山洞里，无视保镖们的恳求和他们无礼的眼神。看到希巴很好笑地抱着一大堆羊毛被褥、一盏灯笼、一羊皮袋骆驼奶和一大串椰枣忙来忙去，我感到颇为尴尬。

我们的住处非常拥挤，更像是石头上的一个凹坑，而并非是一个很深的洞穴，当然这也让我感到放心，因为我能够触到洞穴的底端，至少保证没有其他野兽把这里当成窝。希巴的行为越来越难以理解了，她用石头把山洞入口封起来，认真地清理了地面，羊皮袋和椰枣都用羊毛毯仔细包好防止上冻，而我则在旁边无所事事，还不停地跟她开玩笑，发牢骚，不过这既没让她开心，也没让她生气，更不会打扰她像个蚂蚁一样兴奋地忙来忙去。

我最后还是闭嘴了。不是因为累了，而是因为外面起风了。不一会儿，风已经变得非常大，震耳欲聋。伴着狂风，鹅毛般的大雪不断地从洞穴入口的狭小缝隙中灌进洞中来。现在希巴倒是一点都不担心了，她用专家的眼光审视着自己做的这个能让我们得以幸存的避难所。

神奇的希巴！没想到，在这样的时刻，我更加地爱她。但她历来就是我女眷中的一个瑰宝，一个光辉灿烂、变幻无常的瑰宝，在我的怀里，却又让我感到触不可及。在阿特拉斯山里的暴风雪中，她向我展现了她与众不同的一面。我唯一的家就在她的眼里，在她的唇间，在她的手中。

我总是羞于说出“我爱你”三个字，但是我的心里却从来没有因为爱而感到羞耻。希巴，我爱她，以万能的真主，掌管风雨雷电的真主之名。我称她为“我的宝藏”，尽管现在还不知道她是我仅剩的财产，我还称她为“我的生命”，这毫无疑问，因为正是她的调解，真主才放过我一马。

两天两夜，呼啸的狂风一直没有停止，大雪很快就堆在洞外，堵住了洞口，我们完全被困在里面。

第三天，几个牧羊人挖开了洞口，当然不是为了把我们救出去，而是想躲在洞里用餐而已。看到我们，他们似乎一点也不开心，很快我就知道了可怕的原因。因为没有预料到暴风雪，我的保镖和骆驼们完全被冰雪吞噬，全军覆没。靠近一些，我才看到我的货物已经被洗劫一空了，满地的尸体也成了秃鹫的美餐。宿营地一片狼藉。我隐约感觉到，此刻不能表现出一丁点对人马死亡和财产损失的伤感。从第一眼看到这些牧民，我就觉得他们对抢劫似乎是司空见惯的。或许就是他们结果了那些受伤的人。此刻，如果我和希巴出言不慎，等待我们的可能会是同样的命运。没有一句抱怨，我故作轻松地说：

“这就是真主的宣判！”

看到我的听众们表示赞同，我接着说：

“在继续上路之前，我们能不能享受你们的款待？”

对于这些游牧民族的奇怪性格，我多少有所耳闻。他们可以毫不犹豫地杀掉一个人，抢了他的钱袋或者牲口，而如果赞扬他们的慷慨和好客，他们也可以立刻变成亲切热情的主人。有一句古话说，他们的手里总有一把短刀，“或是为了割断你的脖子，或是为了你杀掉一头羊。”

*

“两第纳尔金币和五迪拉姆银币，”我数了又数，称了又称，“这就是我的巨额财富仅剩的部分了，我要用这些钱穿过撒哈拉沙漠，到达尼罗河边的国家，重新开始我的生活！”

听着我一遍遍的哀叹，希巴只是给了我一个难以捉摸的微笑，调皮、嘲讽而又亲切，而这只不过让我更加愤怒。

“两第纳尔金币和五迪拉姆银币！”我又喊了一遍，“并且没有一头牲口，没有一件衣服，除了身上这件已经破破烂烂的！”

“你还有我啊，难道我不是你的？我至少也能值五十个金币，或许还更多。”

随着眼前出现了一片种满靛青的土地，希巴张开双臂，像君王一般拥抱着眼前的景色：达拉河边的一片靛青地，以及她出生的村庄。

已经有一些淘气的孩子先后跑了过来，随后部落首领，一位黑皮肤、精瘦、留着银白络腮胡子的老者走过来，一眼就认出了我的女人，尽管已经十年未见。他把希巴紧紧地抱住。随后，他转向我，用阿拉伯语对我说，很荣幸能够在他简陋的住所招待我。

希巴介绍说这是她的叔叔；介绍我时，她说我是她的主人，这当然是事实，但是在这种情况下，这毫无意义。我现在不是已经一无所有，贫困潦倒，并且被她的族人包围了么？我正想说她对我从来就不是一个奴隶时，希巴对我皱皱眉，让我不要说话。我决定一言不发，只是既吃惊又惬意地参加他们这个奇怪的聚会。

我和希巴随着她的叔叔走进他的房子，来到一间低矮但是狭长的屋子，然后坐在了羊毛地毯上，屋子里已经坐了二十多个人，都是部落里德高望重的老者，从他们的表情看不出任何对这场重逢的喜悦之情。

希巴开始说话了。她把我介绍成菲斯的一个重要人物，既精通律法，又对文学有很深的造诣。她介绍了被瓦尔扎扎特领主送给我的过程，并绘声绘色、催人泪下地讲述了暴风雪是如何让我破产的。随后她说了这样几句话：

“他没有在路上把我随便卖给一个什么人，而是坚持要把我带回我的村子。我发誓不会让他感到后悔。”

希巴点了在座的一个贵族的名字，言语中有种说不出来的厚颜无耻：

“你，阿布达拉，为了把我买回来，你准备出多少钱？”

“你的价值远远超过我的承受范围，”他有些疑惑地回答道，“但是我还是可以出十个第纳尔。”

希巴的目光环顾一圈，寻找下一个目标：

“你呢，艾哈麦德？”

叫作艾哈麦德的这个人首先很鄙视地训斥了阿布达拉一番，随后宣布：

“三十第纳尔，为了部落的尊严。”

就这样希巴把屋子里的人都问了一遍，她巧妙地利用家族或是部族之间的嫉妒和纷争，每次都能抬高价码。我头脑中的数字在不断增加。我可怜的两个第纳尔变成了十二个，四十二个，九十二个……最后发言的是希巴的叔叔，作为部落的首领，他必须拿出比在座出价最高的人更多的钱，来体现自己的身份。

“两百第纳尔！”他骄傲地宣布。

我不敢相信自己的耳朵，但是晚上当我躺在首领给我安排的房间里时，希巴来到房间里看望我，并带来了白天筹集的所有钱，也就是一千八百多第纳尔。

“看在把你生的这么美丽的真主的份上，希巴，告诉我这到底是怎么回事吧！这个村子里的人怎么会这么有钱？另外，他们为什么要给我钱？”

“为了把我赎回来！”

“你知道，他们不用花一分钱，就可以让你重获自由。”

“他们也是为了自我救赎。”

看到我仍然是一头雾水，她最后还是决定告诉我原因：

“几代人以来，我们的部落都在撒哈拉以西地区过着游牧生活，直到我祖父的那一代，因为种植靛青利润可观，所以大家都开始种靛青，做生意。这个村子于是挣到了很多钱，而人们并不需要花销那么多，所以在每座破房子下面，都埋着比菲斯最豪华的房子里更多的钱。但是，因为定居了下来，我们的成员也丧失了战斗的能力和欲望。有一天，我差不多刚到适婚年龄的时候……”

她坐在我身边，头微微向后仰着，然后继续说：

“那天，我们有很多人，有年轻人也有老人，有男有女，一起去离村子一天路程的一位瓦利的墓朝拜。瓦尔扎扎特领主的骑兵冲到我们面前。他们只有四个人，而我们有五十来人，其中有二十多个男人，而且手里都有武器。但是他们并没有用武器和敌人战斗，而是逃之夭夭，一个都没剩。四个骑兵可以从容地选择抓哪个女孩子回去。你刚刚参加的那个仪式上，村子里的老人们只是在还债，在找回他们或是他们儿子的尊严。”

她把头靠在我的肩上：

“拿着这些钱，你不用感到任何一点耻辱和内疚。没有其他任何一个男人比我可爱的主人更应该得到这些。”

说着这些话，她的嘴唇吻在了我的嘴上。我的心跳加速，但是我的眼睛还是不安地瞄着薄薄的挂毯，因为挂毯另一边就是她叔叔的房间。

希巴却没有感到一丝尴尬，她解开了裙子的扣子；她如雕刻的黑木般的身体展现在我眼前，任我抚摸，她在我的耳边轻声说道：

“到目前为止，我都是作为奴隶服侍你。今天，把我当作自由人来爱吧。最后的一次。”

*

离开希巴后，我的心中只有一个迫切的念头，那就是回到通布图，找到关于希巴的记忆，甚至在我们初次接吻的房间里找到她留下的一些痕迹。那座房子一直在那。尽管那是城市领主的财产，是用来接待尊贵的客人的，但一个第纳尔就为我敞开了大门。到达的第一个晚上，我靠在同样的窗户旁边，大口吸着窗外的空气，期待着再次闻到龙涎香的味道，寻找着黑人乐队的身影，我相信他们很快就会来到街上。然后我回到屋子中间，又看到了我的希巴舞动的身影。一阵风从窗户吹进来，让希巴舞动的身影变得更加美丽。

窗外响起了一阵脚步声，还有一些人的叫喊声由远及近。是我记忆中的乐队来了么？但是为什么这么吵吵嚷嚷的？天哪！我的疑惑并没有持续太久，因为市场的广场上很快就像白天一样热闹了起来，一大群人发疯似的挤到了广场上，空气中都是他们的尖叫声。这种情形让我如何能不害怕呢？我来到窗前，叫住了一位跑得比别人慢的老人。他停下来，气喘吁吁地用当地语言告诉我发生了什么。看到我什么都没听懂，他又跑了起来，并做手势叫我跟他一起跑。我还在犹豫要不要跟着他，突然我看到了空中大火燃烧发出的光亮。确认金子都在身上后，我赶紧从窗户跳出来，跟着人群一起跑。

就这样，我至少跑了三个小时，不断地向慌乱的人们打听消息，更多是通过肢体动作，而不是通过语言，得知了关于这场灾难的一些最新情况。通布图一半以上的地方都被烧毁了，没有任何办法阻止大火的蔓延，因为借着大风，火势顺着数不清的，又靠得太近的茅草屋顶快速传播。现在，我要做的就是赶紧远离这个巨大的炖锅。

前一天晚上，我听说有一个各路商人组成的商队要在城外聚集，天亮时就会出发。我赶到集合地与他们会和。我们一共四十来人，整夜都站在一座小山上，呆呆地看着眼前的大火，听着火焰里发出的瘆人的叫喊声，仔细分辨后，我们发现那是被困在火里的人临终的哀嚎。

从此之后，每次想起通布图，我的眼前都会出现这个地狱般的情景。离开的时候，这个美丽城市的面容被死亡的黑云笼罩着，身体被烧得满是裂痕。我最美好的回忆也烧毁在大火里。

*

当我们之前的地理学家们谈起黑非洲国家时，他们只会提到加纳和利比亚沙漠里的绿洲。随后就来了蒙面的征服者、传教士和商人。而我只是一个普通的商人，但是我知道六十多个黑人王国的名字，其中十五个国家我在这一年都经过了，从尼日尔河一直到尼罗河。很多国家的名字从来没有出现在任何著作里，但如果我说是我发现的它们，这绝对是在撒谎，因为我经过的路线不过是从杰内，从马里，从瓦拉塔或是从通布图前往开罗的寻常线路。

十二天的时间，我们沿着尼日尔河到达了加奥城。这座城市没有城墙，但是没有敌人胆敢冒犯，因为这里的统治者是声名远扬的阿斯齐亚-穆罕默德，黑非洲国家最强大的男人。商队里的商人们也喜欢在那里歇脚。他们告诉我，加奥的市民非常有钱，即使欧洲或柏柏尔产的一块最普通的布料，也能卖到实际价值的十五到二十倍的价钱。另外，因为肉类、面包、大米和南瓜在当地产量丰富，几乎不用多少钱就能买来。

随后我们又穿过了一些国家，我只提一下其中的几个，有乌安加拉、赛格赛格、卡诺，还有博尔努。博尔努比前面几个国家更大更重要，但是我们却避免在那里停留。事实上，我们刚一进入首都，就遇到了另外一队商人，他们迫不及待地向我们讲起他们的遭遇，这些事我在《非洲概况》里也有所提及。这个国家的统治者有些很奇怪的习惯。他总是喜欢高调地炫耀自己的财富，他所有的马配备的马具都是纯金的，王宫里所有的餐具也是纯金的，就连他拴狗的链子也是纯金的，我已经亲眼验证过了！这些商人被如此的奢华吸引，但是很不幸的是，他们把炫耀和慷慨搞混了，以至于他们从菲斯，从苏斯，从热那亚和那不勒斯来到这里，带着精雕细刻镶着宝石的宝剑，精美的地毯，纯种的宝马以及其他各种珍贵的货物。

“国王看起来非常高兴，”其中一个不幸的商人对我讲道，“他立刻把所有东西都留下了，甚至都没有问价钱。我们都震惊了。从那之后，我们就一直等着他付钱。到现在，我们已经在博尔努待了一年多了，每天我们都要去王宫里哭诉讨债。他们先是不断地给我们承诺，如果我们继续坚持，他们就会威胁我们。”

我们接下来拜访的统治者，高加的国王则不是这样行事的。我来到他的王宫向他致敬时，正好碰到一个从达米埃塔来的埃及商人。他献给国王一匹好马、一把土耳其马刀、一件针织衬衣、一支火枪、几面镜子、几串珊瑚念珠，还有几把雕刻精美的短刀，所有东西加起来大概值五十第纳尔。国王很高兴地接受了这些礼物，作为回报，他给了埃及商人五个奴隶、五头骆驼、一百来根巨大的象牙，然后，好像觉得这些还不够，他又加上了相当于五百第纳尔的当地货币。

离开这位大方的王子后，我们又来到了努比亚王国，其中的大城市栋加拉就位于尼罗河沿岸。我想在那里租一条船，就可以顺着河流到达开罗，但是人们告诉我，这里并不能行船，要顺着河岸一直走到阿斯旺才行。

到达阿斯旺的当天，一个船员找到我，邀请我坐他的小船。在这艘平底小船上，已经堆了一大堆谷物和牲畜，但是他承诺肯定会给我腾出一个舒服的地方来。

上船之前，我趴在尼罗河边，把脸久久地埋在河水里。离开水面起身的时候，我很确信，在经历了让我破产的暴风雪之后，一个崭新的生活正在埃及向我招手，一个充满激情、危险和荣誉的新生活。

我已经迫不及待地要去感受它了。

Ⅲ | 开罗之书

当我来到开罗时，我的儿子，它还是几个世纪以来，一个王国瑰丽的首都，哈里发的驻地。而当我离开时，它只不过是一个省的省会。毫无疑问，它再也无法重现往日的辉煌了。

真主希望我见证这座城市的没落，也见证在它没落之前发生的一系列灾难。此时我还在尼罗河上航行着，幻想着充满冒险的生活和令人高兴的战利品，不幸就这样不期而至。而我当时还不懂得尊重这个不幸，也没能读懂它所带来的信息。

懒洋洋地躺在船上，头枕着一个木头枕头，听着水手们的闲聊和哗哗的流水声，我看着淡红色的太阳，等着它三个小时之后消失在非洲的地平线上。

“明天清晨，我们就能到达开罗老城啦。”一个黑人水手向我喊道。

我用一个同样灿烂的笑容作为对他的回答。现在，没有任何障碍挡在我和开罗之间了。我现在只要把自己交给无情流逝的时间和尼罗河就好了。

我刚要睡着时，听到了水手们的说话声，他们聊得十分热闹。我坐起身来，看到一艘小船逆流而上，来到了我们近前。很长时间之后，我才看出这艘船有什么奇怪之处。一些穿着华丽的漂亮女人和她们的孩子挤在一起，表情呆滞，被一百来头绵羊围在中间，羊群的气味连我都能闻得到。有些女人的前额还戴着珠宝饰带，头上戴着又高又直的帽子，就像一根管子一样。

有时候，从一个异乎寻常的情景，就能看出灾难的端倪。水手们站成一排走到我近前，脸色阴郁，手掌朝天高举。长时间的沉默。随后，最年长的水手嘴里，冒出这样一个词：

“鼠疫！”

庄严的眼之年

伊斯兰历 919 年

（公元 1513 年 3 月 9 日 –1514 年 2 月 25 日）

瘟疫在年初时爆发。爆发的前夜，狂风大作，大雨倾盆而下，所有开罗人都认为，这是上天发怒的征兆，是惩罚即刻到来的标志。儿童是最先受感染的，贵族们急忙把他们的家族疏散开来，一部分到西奈半岛南部的托尔，那里的空气比较健康，另一部分到沙漠的绿洲里，还有一些到更远的上埃及地区，如果他们在那里有房产的话。很快，我们就会遇到很多小船，装满了一群群可怜的逃难者。

在了解疾病传播范围之前继续往前走，是十分不明智的选择。于是我们靠在河东岸一处荒无人烟的地方，在那里停靠必要长的时间。我们吃携带的货物，每晚更换停靠地点以躲避可能发生的抢劫。每天我们会有五六次把船划到逆流而上的逃难者近前，打听瘟疫的最新消息。瘟疫几乎让这座首都变成了废墟。每天民政部门都能登记到五十、六十、一百名死者；而根据我们的经验，未曾登记的死亡人数可能要比这个多十倍。每艘船都能带来一个新的数字，一般都十分详细，并且都带有毋庸置疑的证据。比如，基督教复活节的周一，发生了三次地震；第二天，人们便统计到了两百七十四人死亡。接下来的周五，一场冰雹不期而至，在这个季节简直闻所未闻；当天人们就统计到三百六十五人死亡。根据医生的建议，埃及苏丹，一个来自切尔克斯，叫作坎索赫的马穆鲁克老人，决定为了躲过鼠疫而戴上两个红宝石戒指；他还同时宣布，禁止饮酒、吸食印度大麻和卖淫等行为。在城市的各个地区，人们挖了很多大坑，用于处理死者的遗体。

很显然，死者已经不只是儿童和普通市民了。士兵和军官也成百地死亡。苏丹立刻宣布，所有死亡士兵的装备都要回收。他下令暂时拘禁死亡士兵的遗孀，要求她们向兵工厂返还一柄镶银的佩剑、一件针织制服、一顶头盔、一个箭袋、两匹马，或是等值的钱，之后才能获释。另外，看到由于瘟疫，开罗市民数量严重下降，坎索赫决定从当年的收成中拿出一大部分小麦卖到达玛斯和阿勒颇，因为在那里他可以卖到三倍的价格。结果开罗的面包和面粉价格立刻大幅上涨。

宣布这些政令不久后的一天，苏丹离开他的城堡，穿过城市去视察以他名字命名的大学的重建工程。他亲自设计了这所学校的建筑，而建筑的穹顶已经第三次开裂了，市民纷纷冲他喝倒彩。一些叫喊声传到他的耳朵里：“真主惩罚那些让穆斯林挨饿的人啊！”回程的时候，苏丹躲开了居民密集的巴伯-祖瓦伊拉区，而选择人烟相对稀少的街道回到城堡。

这些消息是一个年轻的、很有教养的富商告诉我们的。他带着全家，乘着私家船只逃离了开罗，路上在我们的船边停了几个小时。他立刻就对我充满好感，询问了我的国家和最近的几次旅行，他的问题总比我的回答显得更有深度。当我把话题转向埃及时，他平静地对我说：

“所幸这些统治者们经常走得太远，否则他们永远都不会掉下来。”

随后他眼睛里闪着怒火补充道：

“王子们的疯狂是上天的智慧。”

我觉得自己应该听懂了：

“很快就会有暴乱了，不是么？”

“这个词不会出现在我们这里。确实，在瘟疫到来的时刻，市民们比以前更加勇敢，苏丹的势力在上天面前显得虚弱，因为他的士兵会被瘟疫成批杀死。但是在市民的家里，根本就没有武器，可能只有一把切奶酪的小刀。发生暴乱时，通常是一个来自切尔克斯的马穆鲁克人取代另一个。”

在离开之前，年轻的商人向我提出了一个意料之外的请求，我心存感激地接受了，尽管当时我还没有明白他为什么如此慷慨。

“我会回老家阿斯由特住上几个月的时间，不想我在开罗的房子荒废这么久。如果在我离开期间你能住在那里，我非常荣幸。”

由于他没看出我的反应到底是感谢还是拒绝，他抓住我的手腕：

“这不是我给你的恩惠，尊贵的旅行者，因为如果我的房子长时间没有主人，它会变成抢劫的对象，尤其是在现在这种艰难的时刻。如果你接受，那就是于我有恩，你解决了我最担心的问题。”

话说到这份上，我只能同意。他继续说下去，语气好像经过深思熟虑：

“我会给你写一份证明，这样你就可以享用我的财产，直到我回来。”

他从船里拿出纸、鹅毛笔和墨水，随后蹲在我旁边。他一边写，一边询问我的姓名、身份，并对此表示很满意。写好之后，他把文件递给我，同时递给我一串钥匙并介绍了用途。最后，他详细地描述了房子的位置，以及如何找到它。

“那是一座白房子，周围种着棕榈树和埃及无花果树。它在一座小高地上，位于老城的最北端，朝着尼罗河。我在那里留了一个园丁，他将为你服务。”

我已经迫不及待想赶紧到达目的地了。我问他鼠疫预计在什么时候能结束。

“之前的瘟疫都是在科普特历十二月月初的时候结束的。”

我没听明白是哪个月，于是请他重新说一遍。他露出了亲切的笑容。

“科普特历的十二月，也就是河水涨到最高的时候。”

我低声说：

“尼罗河和鼠疫都还遵照法老的历法，穆斯林对埃及的统治还是值得肯定啊。”

看到他低下头露出尴尬的笑容，我明白了他不是穆斯林。很快他就重新忙起来：

“天色已经不早了。我想我们该起帆了。”

随后他转向正围着一棵棕榈树不停奔跑的孩子喊道：

“赛索斯蒂斯，赶紧上船，我们要出发了！”

他最后一次紧紧握着我的手，并且用一种尴尬的语气说道：

“家里有一个十字架和一个圣像。如果你不喜欢，可以把它们放到箱子里直到我回来。”

我对他表示，与此相反，没有任何东西会被移动位置，并感谢他的这番特别的心意。

我和这个科普特人讲话的时候，船员们都躲在一旁，热火朝天、手舞足蹈地聊着。当我的好心人的船走远后，他们走到我跟前，郑重宣布第二天就到首都去。虽然他们是穆斯林，他们也都知道，鼠疫在科普特历十二月前是不会结束的。但是其他原因促使他们愿意冒险。

“刚才那个人说，食物的价格突然涨了很多。是时候去老港卖掉我们的货物，然后就可以回家了。”

我没想过要表示异议。我自己也已经迫不及待地想每夜都睡在那个我梦寐以求的地方了。

*

开罗终于到了！

在其他任何一个城市，我们都不可能如此快就忘记自己是一个异乡人。一到这里，旅行的人就陷进了各种流言，各种趣闻，各种健谈的人的漩涡之中。一百个不认识的人会靠近他，在他耳边窃窃私语，让他做某些见证，还推他的肩膀，好让他发出人们期待中的咒骂或者欢笑。从此他知道了一个秘密，了解了一个传奇故事的开头，为了知道后续的故事，则要等到下一个商队，下一个节日，下一个涨水的季节。但是，另外一个故事已经开始了。

那一年，当我精疲力竭，又惊慌失措地在距我的新家一公里半的地方上岸时，尽管整座城市被鼠疫闹得死气沉沉，人们还是毫无顾忌地嘲笑苏丹的“庄严的眼”。一个卖果汁的商人看到我一副毫不知情的样子，觉得有义务告诉我这里发生的事情，于是傲慢地赶开了那些口渴想买饮料喝的人。他给我讲的故事，和我后来在贵族或是商人那里听到的并无二致。

“所有的这一切都源于苏丹坎索赫和哈里发的一次激烈的会谈。”

这个哈里发是一个无可指责的老人，平静地生活在自己的房子里。苏丹以老哈里发视力下降，左眼几乎瞎了，签署的文件也潦草不堪为由，对他进行了责骂并要求他立刻退位。坎索赫其实是想吓唬哈里发，从他那里敲诈几万第纳尔的黄金，来换取他保住哈里发的位置。但是老人没有上他的当，他拿过一张光纸，工整地写下将让位于他的儿子。

如果事情到此结束，那也只不过是一个很快会被人们遗忘的又一桩不公而已。但是，几天后的一个早晨，苏丹的左眼也疼了起来。这件事发生在我到开罗两个月之前，当时正是鼠疫疫情最重的时候。苏丹已经完全顾不上疫情的发展了。他的眼皮抬不起来了。很快，左眼眼皮完全闭上了，要靠手指撑开，才能勉强看到一点东西。医生诊断为上眼睑下垂，需要用刀切开。

店主给我拿来了一大杯玫瑰花露，并请我坐在一个木长凳上，我照他说的做了。在我们身边已经没有任何其他人了。他继续说：

“鉴于苏丹坚决拒绝，医生领来了军队的一个高级将领，一个千夫长，和苏丹得了同样的病。医生当场对他做了手术。一星期之后，军官的眼睛就完全恢复了。”

然而这并没有用。苏丹还是选择了一个土耳其女游医，她承诺不用做外科手术，只涂上一些铁末做的软膏就能治好。经过三天的治疗，左眼的病症传到了右眼。老苏丹再也没办法出门了，没办法处理任何事务，甚至都没办法戴上他那顶长犀牛角做成的王冠，那是埃及马穆鲁克王朝最后几任统治者的标志。就连他自己的亲信也认为他很快就会失明，都在忙着找继任者了。

我到开罗的当天晚上，整座城市都充满了阴谋论的流言。很明显这些谣言都传到了苏丹的耳朵里，于是他下令黄昏之后，黎明之前实行宵禁。

“这也是为什么，”卖果汁的店主一边指着就要下山的太阳，一边对我说道，“如果你的房子还远的话，那最好赶紧跑，因为在七度之后，所有在街上出现的人都会被当众用鞭子痛打一顿。”

七度，也就是不到半个小时。我看了看周围。果然只有士兵了，他们在街上的各个角落，焦躁地左顾右盼。我不敢跑，也不敢问路，担心那样会显得可疑，于是我只好沿着河，加快脚步，并希望我的房子能很容易认出来。

两个士兵走过我眼前，他们的步伐和眼神都充满疑惑，就在这时我看到右手边有一条小路。没有时间犹豫，我立刻钻了进去，好像每天都是这样做的一样。

我到家了。园丁一脸呆滞地坐在门前的地上。我跟他打了个招呼，然后拿出钥匙晃了晃。他没有说话，直接闪身让我进了院子，对我这个陌生人进入他的主人家没有表现出一点吃惊。我的镇定也让他很放心。不过我还是觉得应该向他解释一下我出现的原因，于是我从口袋里掏出科普特人签署的文件。由于不识字，他连看都没看，但是他相信我，之后又回到他的位置一动不动了。

*

第二天我出门的时候，他还在原地，我不知道他是在那里过了一夜，还是一大早就开始干活了。我步行走在街上，这里看起来非常热闹。但是所有的路人都盯着我看。虽然我已经习惯了所有旅行者都会面临的这个烦恼，我还是感到人们这次的眼神有些太不寻常，我认为是因为我身上穿的马格里布风格的衣服。但事实不是这样。一个水果商离开他的货摊，走到我跟前给了我一个建议：

“人们看到像你这样的有钱人谦逊地徒步走在灰尘里，感到非常震惊。”

没等我回答，他就叫来一个赶驴的牵来一头打扮得很漂亮的驴，并且留下了一个年轻的小伙子做我的保镖。

我骑着驴在老城里转了一圈，特意在著名的阿穆尔清真寺和衣料市场多待了一会儿，脑袋里装满各种人在我耳边低声说的话之后，就朝新城的方向走去。从此之后，这样的散步成了我每天的必修课，散步的时间长短则根据我的心情和生意的忙碌程度。我还会拜访贵族、军官、王宫大臣等，同时也还要做些生意。第一个月，我通过一个马格里布商人租用的骆驼商队，运送了一些印度绉纱和香料到特莱姆森交给一个犹太商人。应我的要求，他给我送回了一小盒琥珀。

做生意的间隙，我则去收集一些秘密的消息。

就这样，到达开罗一个星期之后，我得知苏丹的情绪稍微有些好转。意识到疾病是真主的惩罚，苏丹召见了代表四个教派的埃及的四名大法官，并责怪他们没有对他严加约束，导致他犯下严重的错误。据说，他还突然痛哭起来，惊得四名法官目瞪口呆。苏丹实际上是一个很威武的人，又高又胖，留着很庄重的圆胡子。他深刻地忏悔了对老哈里发犯的错，决定立刻弥补他的过失。于是，他当场给退位的哈里发写了一封信，交给宫廷卫队的军官前去传达。信上是这么写的：“苏丹向你致意，并请求你的原谅。他承认对你犯下了错误，如果不招来你的谴责，他会非常感激。他没有抵抗住错误的冲动。”

当天，市长离开王宫，在火把手的引领下来到城里，宣布苏丹的命令：“根据苏丹陛下的指示，月税、周税以及其他一些间接税都被免除，包括开罗的磨坊税。”

苏丹决定一点一点地争取真主的宽恕。他还下令把所有失业者都聚集到首都的赛马场，向他们每个人，不论男女，发放两个半法达的救济金，也就是一共花费了四百第纳尔。他还向穷苦百姓发放了三千第纳尔，尤其是那些住在阿尔阿扎尔清真寺以及卡拉发墓地的人。

推出这一系列措施之后，坎索赫再次召集大法官们，请求他们在所有清真寺里宣布，要为他的庄严的眼早日康复进行热烈的祷告。只有三个大法官能够照办；因为第四个，也就是马立克派的法官，当天要埋葬他的两个因为鼠疫夭折的幼子。

苏丹之所以坚持要人们为他祈祷，是因为他已经决定通过手术治疗，并且手术就在周五的午祷之后。他直到下一个周五都一直待在房间里没有出门。之后，他来到了阿克拉菲亚的讲坛，让人押来了城里四个监狱、城堡主塔监狱以及王家阿尔卡纳监狱里的犯人，签署了一大堆释放令，其中主要是释放了他那些失宠的熟人。得到宽恕的最著名的一个人是剃须匠卡玛莱丁，他的名字很快就传遍了开罗全城，招来人们的挖苦和议论。

卡玛莱丁是一个漂亮的男孩，长期得到苏丹的青睐。每天下午，他都要为苏丹进行脚掌按摩，帮助他入睡。直到有一天，苏丹得了毛囊炎，需要进行放血治疗，剃须匠把这个消息绘声绘色地传得满城皆知，让他的主子非常恼火。

现在他得到了宽恕。不仅得到宽恕，苏丹还为虐待了他而向他道歉，并利用他的坏毛病，请他向全城宣布苏丹庄严的眼已经治愈。事实上，苏丹的眼睛还缠着绷带，不过他已经感到恢复了精神，可以召见大臣了。不过他即将面对的是一个异常严峻的局面。他先后接见了两名使者，一个是麦加谢里夫的特使，另一个则是印度的使臣，他们几天前就已经到达开罗了，并且是为同样的问题而来：葡萄牙人最近占领了卡马兰岛，牢牢控制了红海的入海口，并有大量军队在也门海岸登陆。谢里夫担心他们会袭击埃及的朝圣者队伍，因为他们必经的延布和吉达两个港口已经受到了严重的威胁。印度特使显得十分铺张，他带着两头穿着红丝绒的华丽的大象；他更关心的则是因为葡萄牙人入侵而受到影响的印度与马穆鲁克王朝间的商贸往来。

苏丹表示对此十分不安，他感到今年的星象对穆斯林十分不利，因为鼠疫爆发，圣城面临威胁，他自己也生了病。他即刻命令粮仓监察官库切卡当埃米尔陪同印度使者前往吉达，随后留在那里成立情报组织，打探葡萄牙人的动向；他还承诺将组建一支海军，如果真主赐予他健康，他将率大军亲征。

*

直到八月份，人们才看到坎索赫重新戴上了他沉重的王冠。这时人们知道，他已经完全康复了，城里也接到命令要悬挂彩旗。人们还组织了一次游行，走在队伍前面的是王室的四位医生，穿着红丝绒的貂皮大衣，那是苏丹为表感激送给他们的礼物。政府高官全都戴着黄色的丝质头巾，队伍不经过的街道，人们也在窗户上装饰了鲜艳的颜色以示庆祝。大法官们在自家的房门上挂上了布满琥珀的针织布，王宫里敲响了鼓声。宵禁已经解除了，太阳落山时，城内各处都响起了音乐声和歌声。然后，等天色完全黑下来之后，河边升起了一片片烟花，引来人们疯狂的欢呼声。

在这个全民欢腾的时刻，我突然抑制不住自己，想要穿上埃及人的服装。于是我脱下菲斯的衣服，把它们小心地收好，等着离开埃及的时候再穿。随后，我穿上一件绿色条纹的长裙，脚上踩着一双复古风格的拖鞋。我在头上戴了一块印度绉纱的长头巾。穿好之后，我叫人牵来一头驴，骑着驴走在路中央，跟着邻居们加入到了欢庆的队伍中。

我感觉，这就是我的城市，在这里我感到无比的自在。几个月的时间，我就已经成了一个真正的开罗贵族。我有自己的赶驴人，自己的蔬果店，自己的香料店，自己的金匠，自己的造纸厂，生意红红火火，和王宫关系密切，在尼罗河边还有一栋房子。

我坚信已经找到了泉水清澈的绿洲。

切尔克斯女人之年

伊斯兰历 920 年

（公元 1514 年 2 月 26 日 –1515 年 2 月 14 日）

这一年，如果不是一个女人向我分享了她的秘密，一个极度危险，可能让我失去包括生命在内的一切的秘密，我可能会一直留在开罗，在快乐和痛苦的生活中麻木下去。

我认识她的这一天以一种残酷的方式开始。在进入新城之前，赶驴的男孩没有走我们平常走的路。我认为他只是想避开一些拥堵，所以就任由他去了。但是他一直把我带到了一大群人中间，随后把缰绳递到我手里，嘟囔了一句抱歉，就飞快地溜掉了，我甚至没来得及问他原因。他从来都没有这样过，我觉得有必要跟他的主人谈一谈了。

不过很快我就明白他为什么这样兴奋。一队士兵从萨利巴路过来，前头还有打鼓的和举火把的。队伍的中间，一个男子艰难地往前走着，他上半身赤裸，双手绑在身前，一名骑兵牵着他。从人们宣读的判决能听出，这个男人是一个平民，罪名是在夜里偷了店铺里的几块头巾，被判处了腰斩。据我所知，这种酷刑一般是用来惩处杀人犯的。但是有人说曾目击这个人几天前犯下了一系列盗窃案，于是商人们要求对他施以极刑。

这个可怜的人没有喊叫，只是一边低沉地呻吟，一边轻轻地摇着头。突然间，两名士兵跳到他跟前，把他放倒在地。他还没躺下，一名士兵就抓住他的腋下，另一名士兵则同时按住他的双脚。刽子手双手拿着一把重剑走过来，一下子就把这个人拦腰砍成两半。我转过头，感到胃里一阵阵地猛烈抽搐，身体失去平衡，几乎要从驴子上掉下来。一个好心人用手扶了我一下，随后我听到一名老者的声音：

“你不应该坐在牲口上看着一个人被杀。”

因为感觉自己没法从驴子上跳下来，于是我紧贴在驴背上，拉过缰绳想要离开，招致周围的人群一片抗议声，因为我的举动影响了他们继续观看：人们把受刑者身体的上半部分站立着放到一堆生石灰上，脸冲着人群，痛苦的表情还要再持续几分钟。

为了赶紧忘掉这残忍的一幕，我决定让自己忙起来，比如询问一下商队的到达和出发日期，打听一些有趣的消息等等。但是，当我继续前进的时候，我感到头部沉重，一阵阵眩晕。我已经无法控制自己了，从一条路穿到另一条路，走过一个又一个店铺，闻得到藏红花和炸奶酪的味道，但小贩的吆喝声听起来却十分遥远。赶驴的人还在欣赏可怕的演出，而我的驴因为没有人赶，则随心所欲的闲逛起来。直到一个商人发现我身体不适，牵过缰绳，并且递给我一杯茉莉花味道的糖水，这才让我感到五脏六腑重新归了位。这时我才看到身处卡昂-艾尔-卡里里广场，帮助我的人是这个广场上最有钱的波斯商人之一，名叫阿克巴尔什么的，愿真主施恩于他！他让我坐下，并发誓在我完全恢复之前是不会让我离开他的店铺的。

我在那里待了至少一个小时，精神已经慢慢恢复正常，这时切尔克斯女人走了进来。我不知道究竟是什么首先打动了我。是因为她那用一块黑色丝绸头巾无法遮挡的美丽面容？是她在这个以丰满为美的城市里保持的纤瘦身材？也可能是因为阿克巴尔用暧昧、恭敬但又毫无热情的语调喊出的那一声："殿下！"

然而她的随从让人根本看不出她有钱：只有一个女仆，还是一个笨手笨脚，一脸憨笑的农妇，手里拿着一块用破布胡乱包着的东西。

我的目光无疑在她们身上停留太久了，因为切尔克斯女人把头转向一边。阿克巴尔看到后来到我身边，不由自主地十分客套地介绍说：

"这是王室的努尔公主殿下，土耳其国王的侄子埃米尔阿拉丁的遗孀。"

我强迫自己往别的方向看，但我的好奇心却越来越重。在开罗，这位阿拉丁的悲惨故事无人不知。在苏丹拜亚齐德去世后，阿拉丁参与到了继任者们手足相残的战争中。他甚至差点就取胜，因为他一度占领了布尔萨[1]，并威胁到了君士坦丁堡。但是最后获胜的是他的叔叔塞利姆。新上任的奥斯曼苏丹对他曾经的对手们毫不宽容，他绞死了自己的兄弟，并灭了他们的全家。不过阿拉丁成功逃脱，并躲到了开罗，在这里受到热情接待。他得到一座宫殿和几个仆人，据说他一直在筹划暴动，准备推翻他的叔叔，并且埃及马穆鲁克王朝、波斯萨菲王朝，甚至土耳其腹地的几个强大部落都会支持他。

这个联盟能否动摇塞利姆的统治？我们永远都无从得知了。来到开罗四个月之后，阿拉丁就死于鼠疫。他还没到二十五岁，并且刚刚娶了一位漂亮的切尔克斯女人，一位忠诚于他的军官的女儿。埃及苏丹表示十分忧伤，并亲自主持了为阿拉丁去世举行的祈祷仪式。葬礼的场面十分壮观，那是根据奥斯曼人的风俗举行的，在当时的开罗还未曾见过：阿拉丁的马走在最前面，尾巴被剪断，马鞍被倒置；阿拉丁的遗体上支着一个木架，上面放着他生前用过的，但已经被打碎的头巾和弓弩。

两个月之后，埃及苏丹就收回了阿拉丁的宫殿，这一决定几乎遭

---

[1] 位于土耳其西北部。

到所有人的指责。他给了奥斯曼人的遗孀一间小房子和一份微薄的年金，所以她只好拍卖掉死去的丈夫留下来的几件值钱的物件。

所有这些事，我在它们发生的时候就知道了，但是并没有引起我特别的注意。我的脑子里正在整理这些回忆的时候，努尔那令人心碎却又威严的声音传到了我耳朵里：

"王子在王宫里制定大计，却不知道与此同时，在一间破屋子里，正有人为他织着裹尸布。"

她说这些话用的是阿拉伯语，但有很重的切尔克斯口音，所有开罗人都能很容易就听出来，因为那是苏丹和马穆鲁克军官们的口音。我还没来得及回答，商人回来了，并开出了价码：

"七十五第纳尔。"

她的脸色变得苍白：

"这件东西在世界上是绝无仅有的！"

这是一件挂毯，做工十分精细，用一个雕刻的木框镶了起来。挂毯展示的是一群狼正在奔向白雪覆盖的山顶。阿克巴尔对我解释道：

"公主殿下说的完全没错，但是我的商店里已经有很多值钱的物件，我都只能降价出售。因为买主实在是太少了。"

出于礼貌，我微微点了点头。他以为得到我的认同，于是话题更深入了一些：

"今年是我从业三十年来遇到的最糟糕的一年。人们一点也不敢露富，担心被人们指控非法藏有财产，并遭到敲诈。上星期，一位女歌手被人揭发而遭到逮捕。苏丹亲自审讯，卫兵们还按住她的双脚。最后苏丹从她那骗来了一百五十金币。"

他继续说：

"我很了解为什么我们的苏丹，真主保佑他！要如此行事。港口收入的减少是他面临的严重问题。吉达港因为葡萄牙海盗的侵扰，已经一年多时间没有一艘船停靠过。达米埃塔的情况也好不到哪去。至于亚历山大港，意大利商人已经把它抛弃了，他们在那里找不到任何生意可做。那座城市曾有六十万居民，一万两千家杂货店通宵达旦地营业，还有四万犹太人依法缴纳吉兹亚税[1]！今天，亚历山大给国库带来的收入，还没有每年给它的支出多。由此产生的后果我们每天都能看到：军队已经七个月没吃过肉了，军营里人心沸腾，苏丹只能到处搜刮金子。”

一位顾客进门打断了他的话。看到这个顾客手里没有拿任何东西，阿克巴尔觉得他肯定是想买点什么的，于是向我们道歉要离开一会儿。公主正准备离开，我叫住了她：

“你想卖多少钱？”

“三百第纳尔，一点也不能少。”

我让她把挂毯拿给我看看。我已经决定要买了，但是我不能看也不看就买下来，这会让她觉得这笔买卖像是施舍。我也不想看得太过仔细，好像真的是在做一笔生意。于是我漫不经心地瞟了一眼，随后淡定地说：

“三百，我觉得价格不错。我买了。”

她心里十分清楚：

“一个女人不会接受一个男人的礼物，如果她无以为报的话。”

她的话虽强硬，但是语气并没那么强硬。我假装愤慨地回答：

“这不是礼物！我买它因为我喜欢它！”

“你为什么喜欢？”

“因为它能勾起我的回忆。”

“可是你刚刚才第一次见到它！”

“有时候只要看上一眼，就知道这件东西是无可取代的。”

她的脸红了。我们的目光交织在一起。我们的嘴唇微微张开。我们已经是朋友了。女仆更高兴了，她不停地在我们两人之间走来走去，认真收集着我们小声说出的话。下次约会已经定好了：周五中午，艾

[1] 部分伊斯兰国家向非穆斯林居民征收的人头税。

兹贝切赫广场，就在耍驴的人跟前。

*

自从到达埃及之后，我还从来没有缺席过周五庄严的祷告仪式。但是，这一天我缺席了，并且没有感到太多后悔；不管怎么说，是造物主让这个女人生得如此美丽，也是他把她带到我的面前。

随着清真寺里人群逐渐散去，艾兹贝切赫广场上热闹了起来，因为开罗人习惯在祷告结束后去广场上玩骰子，听说书的讲故事，有时则到周围的小巷里寻欢作乐，因为那里有很多小酒馆，可以给人们提供前往伊甸园的捷径。

我一直没有找到我的切尔克斯女人，但是耍驴的已经在那里，周围已经围了一大群看热闹的人。我也来到他们中间，眼睛不停地打量周围的人，并不时地看看太阳，此时太阳已经转过几刻了。

卖艺的和他的驴一起跳舞，不知道是谁在模仿谁的脚步。随后他开始跟驴说话。他向驴宣布，苏丹决定建造一个大工程，要征用开罗所有的驴来运送石灰和石头。刹那间，驴倒在了地上，四脚朝天，鼓着肚子，闭上了眼。耍驴的开始在围观的人群面前哭诉说他的驴死了，请求人们给点钱，好让他再买一头。收了几十个硬币后，他说：

“不要认为我的驴已经死了。它是个贪吃鬼，知道我没钱，所以给大家演个戏，让我挣点零钱好给它买吃的。”

他拿着一根粗木棍重重地给了驴一下。“起来，马上起来！”但是驴一动不动。耍驴的继续说：

“开罗的市民们，苏丹刚刚宣布了一个法令：明天，所有人都要上街来欢迎他凯旋。所有驴子都被征用去驮上流社会的贵妇们。”

听到这些，驴子立刻跳起来，看起来十分得意。它的主人和围观的人群纷纷大笑起来。

“所以你喜欢漂亮的女人！但是这里有好几个！你想驮哪一个？”

驴在围观的人群面前转了一圈，看起来在犹豫，随后它朝着离我几步远的一位高个子女观众走去。她戴着厚厚的面巾，遮住了她的面容。但是从她的举止，我立刻就把她认了出来。她被人们的笑声和目光吓到了，赶紧来到我身边，抓住我的胳膊。我立刻开玩笑似的对驴子说："不行，你不能驮我的女人！"随后拉着她高傲地离开了。

"我没想到你会戴上面巾。如果没有这头驴，我都认不出你来了。"

"我戴面巾就是为了不被人认出来。我们一起走在街上，周围都是好奇又八卦的人，这样就不会有人注意到，我不是你的妻子。"

随后她略带挑逗地说：

"不戴面巾是为了讨好所有男人；戴上面巾是因为我只想让一个男人开心。"

"从现在开始，我不喜欢你把脸暴露在外面了。"

"你难道不想看么？"

确实，我们还不能单独在一间房子里相会，不能在她家也不能在我家，我们只能肩并肩在城里闲逛。第一次约会的时候，努尔坚持要去禁忌花园看看。

"人们之所以叫它禁忌花园，是因为这个花园四周都被高高的围墙拦起来，苏丹禁止人们进入，以保护大自然给我们的馈赠：世界上唯一一株出产真正香脂的树。"

给了看门人一枚银币，我们顺利地进入了花园。努尔弯腰看着香脂树，她摘下面巾，很长时间一动不动，表情着迷又若有所思。她仿佛自言自语地说道：

"世上仅此一棵，而它如此纤细，如此脆弱，却又如此珍贵！"

在我的眼里，这棵树看起来并没有什么特别。树叶看起来像是葡萄树的叶子，只是更小一些。这棵树被种在泉水的正中央。

"据说如果我们用其他的水浇灌它，它立刻就会枯萎。"

这一次的参观好像让她很伤感，而我并不清楚是什么原因。但是第二天我们在一起时，她又恢复了欢快和殷勤。从此之后，一起散步几乎成了我们的日常活动，因为每周只有周一和周二她没有时间。一个月之后，当我向她提起我的疑问时，她的反应很强烈：

“你可能再也见不到我，或者一个月才见一次。现在，我每周有两天、三天甚至五天都和你在一起，你却因为我有几天不在你身边而埋怨我。”

“我从来没有数过每周能见到你几天。那些见不到你的日子对我来说才是无尽漫长的。”

一个周日的时候，我们在伊本-图伦清真寺附近的女浴池门口见面。努尔正要进去洗澡，她的脸上看起来有些疑虑。

“你愿意陪我出趟门，但是不要问问题么？”

“哪怕去中国都行，如果需要的话！”

“那好，明天早上带上两头骆驼和装满食物和水的羊皮袋，在吉萨清真寺门口等我。”

*

我决定说话算话，所以没有问关于我们目的地的任何问题，因此在路上的两个小时里，我们只说了几句话。但是，我认为对路上的景致做些评论应该不算违背我们的约定：

“金字塔离这里应该不远吧。”

“一点没错！”

她的回答让我兴趣大增：

“我们要去那里么？”

“一点没错！”

“那你每周都为了看这些圆形的建筑而到这里来么？”

她突然发出肆无忌惮的笑声，让我感觉非常不好。为了表达我的不满，我跳下来，把骆驼拴住。她急忙跑回来找我。

“原谅我刚才笑你。但那是因为你说金字塔是圆形的。”

“这不是我杜撰的。伟大的旅行者伊本-巴图塔，他曾逐字逐句地描述过金字塔‘是一种环形的建筑’”。

“那是因为他从来就没见过金字塔。或是因为他离得远，或是在晚上，真主原谅他！但是不要指责他。当一个旅行者讲述他的发现时，他往往要取悦他的听众。因此，他不敢说‘我不知道’或是‘我没有看到’，那样会让他很丢脸。对于谎言来说，听众的耳朵比讲述者的嘴责任更大。”

我们继续往前走。她继续问：

“关于金字塔，这个伊本 - 巴图塔还有哪些描述呢？”

“他说金字塔是由非常了解星体运动的大学问家建造的，这个大学问家甚至还预测了大洪水的发生；因此他建造了这些金字塔，建造的过程融入了所有的艺术和科学知识，他想借此使这些知识得以长久保存，不被人遗忘。”

为了避免被她再次嘲笑，我赶紧补充道：

“不管怎么说，伊本 - 巴图塔强调这些只是他的推断，没人知道这些神奇的建筑究竟是做什么用的。”

“对我来说，金字塔的建造，就是为了给人以美好和神圣的感觉，就是为了成为世界上的一大奇迹。可能它还有一些实际的用途，但是这只不过是当时执政的国王根据自身需要捏造的借口罢了。”

我们登上了一座小山的山顶，金字塔清晰地呈现在地平线上。她停下了骆驼，手指着东方，动作看起来十分庄严。

“哪怕我们的房子，我们的宫殿，以及我们自身都消失了，这些金字塔仍然会在那里。在造物主的眼里，这难道不是金字塔最大的作用么？”

我把手放在她的手上。

“至少在目前，我们还都活着，并且在一起，而且只有我们两个。”

眼睛在周围扫了一圈之后，她用调皮的口吻说：

“没错，确实只有我们两个！”

她把骆驼赶到我的骆驼旁，摘下了面巾，吻上了我的嘴唇。天哪，我多想就这样等着审判日的到来！

不是我离开了她的嘴唇；也不是她想跟我分开。这都是我们那两头骆驼的错，它们过早地分开了，差点让我们掉下来。“时间不早了。我们要找地方休息么？”

“在金字塔上？”

“不，比那更远一点。在距这里几公里的地方，有一个小村子，把我养大的女管家就住在那里。每周一晚上，她都会在那等我。”

在村子外不远，有一座简陋的农舍，几乎泡在烂泥里。在通往农舍的小路尽头，努尔恳求我不要跟着她，而在那里等着她回来。她消失在了房子里。我靠在一棵棕榈树上等她。天快黑时，她终于回来了，还带着一个憨憨胖胖的农村妇女。

“卡德拉，这是我的新丈夫。”

我跳了起来。我睁大的双眼正好看到努尔对我皱了皱眉。女管家则在向真主祈祷：

“十八岁就守寡了！我希望我的公主这次运气能好一些。”

“我也希望！”我不由自主地喊道。

努尔笑了起来，女管家还在念叨着祷告词，随后把我们带到一座泥房子门口，那座房子就在她的那间旁边，但是看起来更小。

“这不是一座宫殿，但是屋子里很干燥，并且不会有人来打扰你们。如果你们需要我，就在窗户那喊我。”

这里只有一间长方形的屋子，屋子里只有一支摇曳的蜡烛。周围有一点轻微的焚香味道。窗户没有窗扇，水牛哞哞的叫声从那传进来。我的切尔克斯女人插上门栓，靠在门上。

她的披肩长发首先落了下来，随后是她的裙子。在她裸露的脖子上，挂着一根红宝石项链，中间的宝石在她的双乳之间招摇地摆来摆去；她的腰间系着一条金丝织成的腰带。我从来没有见过一个女人脱掉衣服后还有如此华贵的饰品。她走过来在我耳边说：

“其他女人可能一开始就会卖掉自己的首饰。但我不一样，我留着它们。我会卖房子和家具；但是我不卖身，也不卖装饰身体的首饰。”

我把她紧紧抱住。

“从今天早上开始，我一直顺着你，感受你带给我的一次又一次惊喜。金字塔，你的吻，这个村子，我们结婚的消息，随后是这间屋子，这个夜晚，你的珠宝，你的身体，你的唇……”

我疯狂地拥吻她。这一夜是如此美妙和漫长。我们并排躺在一起，我们靠得如此之近，一转头就可以吻到她的嘴唇。她的双腿弯起来，做成金字塔的形状，她的膝盖就是金字塔的塔尖，两个塔尖紧紧地靠在一起。我抚摸着她的膝盖，它们分开来，似乎刚刚吵过架一样。

我的切尔克斯女人！现在，我的手还时常能够画出她身体的轮廓。我的嘴唇永远忘不掉她的味道。

*

我醒来时，努尔已经靠着门站在那里了，就像昨晚开始时那样。但是她的胳膊显得很沉重，她努力地装出笑容。

“这是我的儿子拜亚齐德，我要把他藏起来，就好像他是个私生子一样！”

她走上前来，我顺从地伸出双手，她像供奉祭品一样把孩子放到了我的手中。

不屈者之年

伊斯兰历 921 年

（公元 1515 年 2 月 15 日 –1516 年 2 月 4 日）

这个儿子跟我没有血缘关系，但是他的出现是对我肉体做下的事的回报或是惩罚。因此他是我的儿子，如果要以信仰之名将他献祭的话，那我需要有易卜拉欣的勇气。我们的宗教不就是在真主的朋友[1]挥舞的刀下发扬光大的么？这种神圣的犯罪，这种每年宰牲节都被我们歌颂的献祭，我自己不敢去做。然而这一年，使命感却让我不得不去想这样做，因为在我的眼前，一个伊斯兰帝国正在崛起，而这个孩子很可能成为它的威胁。

“有一天，拜亚齐德，阿拉丁的儿子，会动摇奥斯曼人的王位。作为他的世系中最后一位幸存的王子，他自己就可以团结起土耳其的各个部落。他自己就可以争取到马穆鲁克王朝和波斯萨菲王朝的支持，反抗奥斯曼人的统治。只要塞利姆苏丹的爪牙们不把他勒死。”

---

[1] 指易卜拉欣。宰牲节就是为了纪念易卜拉欣忠实执行真主命令，向安拉献祭自己的儿子易司马仪，而后又用羊羔代替的这一事件。

努尔正低头摇着她儿子的摇篮，她并不知道她的话对我来说是怎样一种折磨。她正筹划着要摧毁的这个帝国，是我在甚至学会祈祷之前就祈求上天保佑的，因为我们还指望靠它来夺回格拉纳达。

现在，这个帝国就在我们眼前变得更加强大。它已经占领了君士坦丁堡、塞尔维亚和土耳其；它正准备侵占叙利亚、伊拉克和整个阿拉伯半岛，可能还有埃及。明天，它将可能成为柏柏尔地区、安达卢西亚、甚至是西西里的主宰。所有穆斯林再一次统一起来，就像当年的倭马亚王朝那样，为同一个兴盛强大的哈里发国效力，征服那些异教徒的国家。这个帝国，我梦想中的梦想，希望中的希望，我将为它服务么？我将为它的强盛做出贡献么？不可能。我注定要么和它战斗，要么逃出它的势力范围。面对胜利者塞利姆，这个刚刚杀死了自己的父亲、自己的兄弟以及他们的家人的人，这个即将付出自己三个儿子代价的人，面对上天之怒的利刃，我已经决定要保护这个孩子，养大这个孩子，直到他有一天成人，成为埃米尔，成为帝国的掘墓人，根据他自己的规则去杀戮。这一切，我无从选择；是命运选择了我，我的性格也让我只能如此。

现在，我们只能离开埃及了，因为在这里拜亚齐德和他的母亲身处危险之中。努尔成功地瞒住了她怀孕的事实，并在卡德拉的帮助下生下了孩子，也是卡德拉从孩子出生的第一天开始就在照顾他。当有一天，年老的女管家去世了，我们就只能把孩子带回开罗，这样他的身份很快就会引起人们的猜疑。这对塞利姆在埃及为数众多的密探们来说简直就是天大的好事；或者苏丹坎索赫也可能会亲自把孩子交给奥斯曼人，因为他对奥斯曼人高度戒备，同时也忌惮他们的威力，不可能为了一个孩子而违逆他们。

我做出了决定：和努尔结婚，然后带着孩子去菲斯，在那里我可以把他介绍成我的儿子，随后等孩子长大，等人们不能从年龄看出他的出身时，再把他带回埃及。

婚礼十分简单，因为努尔是个寡妇。我只请了一些朋友和邻居来家里吃饭，其中包括一位安达卢西亚籍的公证师。正要签发婚书时，公证师发现了墙上挂着的圣像和十字架。他让我把这些取下来。

“我不能取下来，”我对他说，“我曾经答应过这座房子的主人，在他回来之前，我不会移动这些东西。”

公证师看起来有些尴尬，在场的宾客也是。直到努尔想出了一个办法：

“就算不能把它们摘下来，但是并没有人说不能把它们挡住啊。”

没等我们做出回应，她已经把一面金银丝嵌花屏风推到墙边。公证师对此很满意，他主持了仪式。

我们在这个家只待了两天，离开时我感到有些遗憾。机缘巧合把它给了我，让我在这里住了将近两年时间，而科普特人再也没有出现，也没有传来过任何消息。我只听说阿斯由特和附近地区也遭到了鼠疫的侵扰，大量居民死亡，因此我认为我的好心人可能也是受害者之一。希望是我错了，但是我找不到其他理由来解释他的消失，尤其是连一点消息都没有。离开之前，我把钥匙留给了我的金匠达伍德-阿雷潘。他是造币厂厂长亚库伯的弟弟，跟苏丹有些亲戚关系，因此他们能够更好地保证这座空房子不被其他马穆鲁克人占为己有。

我们在伊斯兰历二月时出发了，也就是在基督历复活节的前夜。第一站就是卡德拉位于吉萨附近的那间小破屋，我们在那里过了一夜，随后带着拜亚齐德前往开罗的河港布拉克。在给了一些小费之后，我们立刻顺利地登上了一艘小船，那是运送苏丹自己的糖厂出产的精糖前往亚历山大港的。布拉克的船很多，有一些非常舒适，但是我还是坚持乘坐带有苏丹标志的船前往亚历山大，因为有朋友提醒过我，这段时间在海关会遇到很多麻烦。不论是抵达还是离开亚历山大，有些人搜身搜到就剩内裤了，挑剔的税务官不只对货物征税，对携带的金钱也要收税。

成功避免这种不快之后，我可以更好地欣赏这座规模宏大的古城。这座城市是由亚历山大大帝亲手建造的，古兰经对这位君主不吝颂扬之词，而他的陵墓也成为了虔诚信徒的朝圣之地。城里的居民仍然能回忆起当年几百艘商船停靠在港口的盛况，从弗兰德斯、英格兰、比斯开、葡萄牙、普利亚、西西里、威尼斯、热那亚、拉古萨和希腊等各地到来的商人云集此地。而现在，人们在这个曾经繁华的锚地只能追忆了。

在城市中央，港口对面的地方，有一座小丘陵，据说这座丘陵在古时候是没有的，而是后来用废墟堆积起来的。人们经常在那里发现花瓶或是其他一些值钱的东西。在丘陵顶端，人们建起了一座小塔，里面有一名信号员昼夜不停地监视过往的船只。他每次向税务官发出信号告知有船经过，都能够得到一笔奖金。但是如果他睡着了或是擅离岗位，船只经过时没有发出信号，他就要交纳罚款，金额是他奖金的两倍。

城外也有很多重要的遗迹，遗迹中央有一根又粗又高的柱子，古书里说这是一位叫托勒密的古代学者建的。他曾经在柱子顶上放了一块大铁镜，据说它能把靠近海岸的敌国船只烧毁。

还有很多地方值得参观，但是我们没有太多时间，我们发誓总有一天能轻松从容地回到亚历山大港。于是我们登上了一艘埃及商船前往特莱姆森，在那里我们会待上一整个星期，随后再继续赶路。

*

我已经换上了马格里布人的装扮。经过菲斯的城墙时，我用面巾遮住了脸。在见到家人之前，我不想被别人认出来。我的家人，也就是我的父亲、母亲、瓦尔达、我十岁的女儿萨尔瓦特，还有哈伦和玛利亚姆。关于哈伦和玛利亚姆，我不指望能够见到他们，但我还是期待能听到他们的消息。

然而，我还是忍不住要先去我宫殿的工地去看看。一切都还是我当初抛弃它时的样子，只是没完工的墙上野草长得更高了。我赶紧转过头，牵着骡子朝不远处的哈里家走去。我敲了敲门。院子里有一个我不认识的女人的声音应了声。我喊了母亲的名字。

“她已经不住在这了！”里面的声音回答道。

我的情绪太过激动，声音哽咽，已经没办法再问其他问题。我往父亲的房子走去。

萨尔玛就在门口，她紧紧地把我、努尔和拜亚齐德抱在胸前，不停地吻着我的儿子，尽管对于我儿子的这个太不常见的名字和颜色过浅的皮肤感到有些吃惊，不过她什么也没说。她的眼神在说话，也是从她的眼神中我看到父亲已经不在了。她用一滴眼泪向我证实了这个消息。但这不是她首先想说的话题：

“我们的时间不多了。在你离开之前，你要听好我接下来对你说的这些话。”

“但是我没打算再离开啊！”

“听我说完你就明白了。”

就这样她说了一个多小时，也可能两个小时，中间没有犹豫也没有停顿，好像她已经在心里反复斟酌过千百遍，就等我回来时告诉我。

“我不想指责哈伦，但是他的所作所为让我们都倒了霉。对于扎鲁阿尔人的死，菲斯没有任何人责怪他。天哪！他却没有就此收手。”

母亲告诉我，在我流放后不久，苏丹就派出两百士兵去抓捕白鼬，但是那里的山民们为他提供了保护。士兵们中了一次埋伏，十六人死亡。消息传到菲斯后，一张告示就贴在了城里的墙上，并且在全城的街道上宣读，悬赏哈伦的人头。我们的住处也被警察监视。探子们不分昼夜地在那里执勤，询问每一个到访我们家的人，因此就算最亲近的朋友也不敢显示出和他这个被放逐的人有任何关系。从那以后，每星期都会贴出一张新告示，控诉哈伦和他的同伙们又袭击了一队行人，抢劫了一支商队并且杀了人。

“这不是真的！”我大声喊道。我了解哈伦，如果为了报仇或者自卫他可能会杀人，但是为了抢劫绝对不会！

“什么是真的，只有真主才会关心；对我们来说，最重要的是人们相信了。你父亲曾打算再搬一次家，去突尼斯城或是其他城市，但是他的心脏在伊斯兰历去年九月突然停止了跳动。”

萨尔玛长长地吸了一口气，随后接着说：

“他邀请了几个朋友一起庆祝开斋，但是那天没有一个人敢进这个门。第二天午休的时候，我被外面什么东西掉下来的声音惊醒。他躺在地上，就在他早上还焦躁地大步徘徊的院子里。他的头碰到了游泳池的边沿，已经没有呼吸了。”

我感到胸口被一股难以忍受的热流充满了。我用手捂住了脸。母亲没有看我，接着说下去：

“在逆境面前，女人们学会顺从，而男人们通常粉身碎骨。你的父亲被他的自尊束缚了。而我，人们则教会我屈服和忍受。”

“那瓦尔达呢？”

“穆罕默德死后，她就离开了我们。丈夫死了，女儿走了，她在这个国家再没有什么亲人。我想她应该是回卡斯蒂利亚的家乡去了，在那里她会在亲人的陪伴下终此一生。”

随后她压低声音说：

“我们或许从来就不应该离开格拉纳达。”

“可能有一天我们还会回去。”

对此她不愿意回答。她的手扫了扫眼前的风，就像是要赶走烦人的苍蝇一样。

“问问我关于你女儿的消息吧。”

她的脸上露出了笑容。我的也是。

“我在等你向我提起她。我不敢问，因为我离开时她还那么小！”

“她长得胖乎乎的，是个调皮鬼。现在她正在萨拉家，她经常去那里和萨拉的孙女们玩耍。”

两个小时后她们都来了。与我预期的不一样，是萨拉先跑过来搂住我的脖子，女儿只是远远地看着。看来还需要对我们做个介绍。母亲太激动了，于是萨拉来代劳：

“萨尔瓦特，这是你父亲。”

小女孩朝我走了一步，随后又停下来。

“你不是在通布……”

“不，不是在通布图，而是在埃及，我还给你带回来一个小弟弟。”

我把她抱在膝盖上，吻着她的头，贪婪地闻着她光滑黑发的味道，轻轻地抚摸着她的后颈。我想我是在尽力模仿曾见到过无数次的场景：父亲坐在沙发上，姐姐在他身边。

“有没有玛利亚姆的消息？”

这次是萨拉回答道：

“有人说曾看到她手里拿着一把剑，站在她丈夫身边。但是关于他们有太多传说了……”

“那你呢，你相信哈伦是个土匪么？”

“在每个社区里，都有不屈从的人。在公共场合人们诅咒他们，而私下里人们却为他们祈祷。在犹太人中也是这样。在这个国家，有人不愿意纳贡，于是他们骑上战马，拿起武器。你应该知道他们。”

我确认道：

“他们有几百人，像军队一样组织有序，住在德蒙塞拉和辛塔塔的山里，离马拉喀什不远。”

但是我还是想回到我最关心的问题。

“你相信在菲斯会有人秘密地为哈伦和玛利亚姆祈祷么？”

这一次是萨尔玛爆发了：

“如果哈伦只是个土匪，人们对他也不会如此穷追不舍，一张告示接着一张告示的。当他袭击了扎鲁阿尔人的时候，他差点成为人们心中的英雄。但是人们想把他刻画成一个抢劫犯。在普通人眼里，黄金比鲜血更脏。”

随后，她的语速变慢了，好像被其他人附体一样：

“确认你姐夫是不是好人一点用都没有。如果你想为他辩护，你会再一次被认为是他的同伙。”

母亲担心我想帮助哈伦和玛利亚姆会让我犯下新的错误。无疑她是正确的，但我还是想试一试。我被流放的结果也让我相信，菲斯苏丹现在可能会听我的。

苏丹当时正在和葡萄牙人作战，就在布拉瓦内一线。几个月的时间里，我一直追随着苏丹的军队，甚至有时还拿起武器，参与了几次交火。为了得到苏丹的原谅，我什么都愿意做。在两次战斗的间歇，我拜见了苏丹，还有他的兄弟以及很多个参谋。但是，结果注定是令人失望的，再详谈还有什么意义呢？最后，苏丹的一个兄弟告诉我，很多罪行都是不公正地强加给哈伦的。他还毫无戒备地用真诚的语气说：

“就算我们能够原谅你姐夫所做的，我们又如何能原谅强加给他的？”

有一天，我突然决定停止这种无用的尝试。很明显我没得到想要的结果，但是在一次偶然的谈话中，我听到了一个消息，并打算亲自去确认。我回到菲斯，带上萨尔玛、努尔、萨尔瓦特和拜亚齐德，没有告诉他们我的真正意图就上路了，并且毅然决然地头也不回。我留在菲斯的只有一座工地废墟，充满遗憾但是没什么值得回忆。

*

我们的旅程持续了几个星期，期间我一直没有向他们说明我们此行的目的，这次的目的地不是一个地方，而是一个人：海盗阿鲁吉，绰号红胡子。我听说哈伦现在在他的手下。于是我们直奔特莱姆森，随后沿着海岸往东，努力避开卡斯蒂利亚人占领的城市，例如瓦赫兰或是梅尔斯-凯比尔，而选择格拉纳达移民比较多的城市，例如阿尔及尔，尤其是舍尔沙勒，那里的居民几乎全部是安达卢西亚难民。

红胡子的基地是小城吉吉尔，那是他去年从热那亚人手中夺来的。在到达吉吉尔之前，我听说此刻他正带兵包围了贝贾亚的卡斯蒂利亚驻军。因为贝贾亚正好在我们前行的路上，所以我决定去那里看看，不过我还是把家人留在了城外几公里一座村庄的清真寺里，并向清真寺的伊玛目承诺去战场看一看就会回来。

在贝贾亚，我见到了红胡子，这些我在《非洲概况》里有所记载。他的胡子确实是红色的，一部分是自然的颜色，当然还有用散沫花染的颜色，因为他已经五十多岁了，看起来甚至更老一些，如果不是靠着战斗的欲望，他站起来都费劲。他的脚跛得厉害，左手是银质的假手。他的左胳膊就是在贝贾亚的战斗中丢掉的，那是在上一次围城的时候，结果是他大败而归。这一次的战斗看起来进展得要顺利不少。他已经夺下了城里的旧堡垒，现在正围困着靠近海滩的另外一处要塞，卡斯蒂利亚人仍然在那里负隅顽抗。

我到达的那天，攻势暂缓了一些。指挥帐篷门前站着几个卫兵，其中一个是来自马拉加的，正是他跑去帮我叫的哈伦，从他恭敬的语气中我了解到白鼬已经是红胡子的一个副官了。事实确实如此，哈伦带着两个土耳其人随从一起来的，他做个手势让两名随从退下，然后冲到了我面前。我们两个久久地抱在一起，用力地捶打对方，这充分显示了我们的友情，重逢的惊喜以及分别的痛苦。哈伦首先把我带进帐篷，把我介绍给阿鲁吉，他称我是一名诗人和一位有名的外交家，很久之后我才明白他这么做的用意。海盗说起话来就像国王一样，他总是用短句和决定性的语句，他的话表面意思看起来很平常，但是隐含的意思难以猜测。他还提到，奥斯曼苏丹塞利姆捷报频传，卡斯蒂利亚人也越来越傲慢，他很悲伤地认为，伊斯兰的太阳从东方升起，到达西方时就落下了。

我们向红胡子告退后，哈伦把我带到了他自己的帐篷，没有指挥帐篷那么大，那么多装饰，但是也足以容纳十来个人，并且里面水果饮料供应充足。我还没有问问题，哈伦就已经做出回答了。

“我只杀了那些杀人犯，抢了那些强盗。我一刻也没有停止对真主的敬畏。我只是不再害怕那些有权有势的人。在这里，我和异教徒战斗，而我们的王子们只会去讨好他们，我为了王子们抛弃的城市而战。我的同伴们都是些被流放的人，被驱逐的人，都是各个国家的坏人。但是，龙涎香不也是从抹香鲸的内脏里提炼出来的么？”

他一口气说出了这些话，就像是在背诵古兰经开端章一样。随后他换了一种语气接着说：

“你的姐姐很受人尊敬。她是阿特拉斯山里的一头母狮。她留在我们在吉吉尔的家里，离这里大概九十多公里，和我们的三个儿子在一起，对了我们最小的儿子叫作哈桑。”

我丝毫不想掩饰自己的激动。

“我一刻都没有怀疑过你。”

从我们儿时开始，在和哈伦争论时，我很快就会妥协。但是这一次，我还是决定告诉他，因为他的所作所为，我的家人经历了怎样的痛苦。他的脸色变得阴郁了。

“在菲斯，我对他们来说是一种苦恼。而在这里，我是他们的保护者。”

一个星期之后，我们全部到达了吉吉尔。我们全家仅剩的十个流亡者在一个海盗的家里团聚了。此后回忆起这段经历时，我认为这是全家难得的幸福时刻，我多么希望这一时刻能长长久久。

土耳其帝国之年

伊斯兰历 922 年

（公元 1516 年 2 月 5 日 –1517 年 1 月 23 日）

我跑遍整个世界，为了让拜亚齐德躲过奥斯曼人的迫害，但是这一年，我却带着妻子和孩子，来到了君士坦丁堡，这样的情景简直不可思议：我伏在可怕的塞利姆伸出的手下，他对我微微点点头，并露出一丝微笑。人们常说，猎物首先是被獠牙碰到，并被獠牙撕碎。这可能也可以解释我为何如此鲁莽。但是目前我还没有看到这一步。我始终跟随自己的感觉，追踪事态的发展，在这片没有让自己感到是流放者的土地上，慢慢地重新开始生活。但是我并不知道应该如何开始。

红胡子明显发迹了，哈伦也沾了他的光。围攻贝贾亚的战斗虽以失败告终，但是年初的时候，海盗成功地控制了阿尔及尔，亲手杀死了阿尔及尔先前的城主，就趁他在浴室里按摩的时候。

阿尔及尔显然没有瓦赫兰或者贝贾亚那么大，甚至连特莱姆森的一个区都不及，但是至少它看起来也是一个城市，有四千多户居民，井井有条的商业区，两侧有漂亮房子的街道，蒸气浴室，小旅馆，尤其是海滩空地上用大石头建起的雄伟的城墙。红胡子把阿尔及尔设为了首都，而他也自封为王，现在他希望伊斯兰国家的王子们能够承认他的地位。

而我在经历了吉吉尔的重逢之后，再一次上路了。厌倦了漂泊的生活，对开罗戛然而止的经历感到沮丧，我决定去突尼斯城发展，至少在那里待上几年时间。很快我就习惯了当地的穿衣方式，也吃当地人的食物，甚至还吃一种用毒品和糖做成的有害健康的食物，它能带给人醉酒、欢乐和饥饿的感觉。同时它还是一种强力的壮阳药，突尼斯的城主阿布 - 阿布达拉对此十分喜爱。

得益于哈伦和城内重要人物的密切关系，尤其是军队的首领，我很容易就在巴格 - 巴赫尔区找到了一处房子，并且和城里几家制布商建立了联系，打算开一家批发商行。

但我根本没有这个时间。在我到达后不到一个月，一天晚上，哈伦在红胡子的其他三个副官的陪同下，敲响了我的房门。三个副官中有一个土耳其人我在贝贾亚时还在红胡子的帐篷里见过。白鼬看起来十分严肃，就像是法官一样。

“我们给你带来了伟大的无敌的阿尔 - 凯伊姆比 - 阿姆利拉的口信。”

这是红胡子杀死阿尔及尔埃米尔之后自封的称号。他派我前往君士坦丁堡拜会奥斯曼苏丹，向他宣布阿尔及尔王国的建立以及对奥斯曼帝国的臣服和忠诚，并请求他支援在阿尔及尔海港入口处堡垒里抵抗卡斯蒂利亚人的战斗。

“得到如此的信任我深感荣幸。但是你们已经有四个人了，还需要我做什么呢？”

“苏丹塞利姆不会接见一个不是诗人的使者，如果使者不能为他献上颂词和感谢词的话。”

“我可以给你写一首诗，你到时候自己念给他听。”

“不。我们几个都是战士，而你已经完成过使者的任务。你仪表堂堂，这很重要。我们想让首领在其他人眼中显得是一个国王，而不是一个海盗。”

我没有说话，而是努力地想找一个借口逃过这趟苦差事，但是哈伦步步紧逼。他似乎直接看到了我内心的想法。

“你没有权利犹豫。一个伟大的穆斯林帝国正在东方崛起，而我们在西方要向他伸出友谊之手。直到现在，我们都生活在异教徒的法治下。他们已经占领了格拉纳达和马拉加，随后是丹吉尔、梅里亚、瓦赫兰、的黎波里和贝贾亚；明天，他们可能就会攻下特莱姆森、阿尔及尔或是突尼斯城。为了能够和他们抗衡，我们需要土耳其帝国的支持。我们希望你能帮这个忙，你不能拒绝。你在这里的任何其他事都不会更加重要。你的家人会很安全。另外，你不用负担任何费用，我们还会给你一大笔报酬。”

他的嘴角露出了海盗狡猾的笑容：

“当然，不管是我还是我的同伴们，我们都不敢跟红胡子说你没有答应。”

现在，我的自由已经和被隼追着的小鸟差不多了。我不能跟他们解释令我犹豫的真正原因，这样会暴露努尔的秘密，所以我已经找不到任何理由来争辩了。

“什么时候启程？”

“就在今夜。船在拉古来特等我们。为了接上你，我们才又折回来的。”

就像即将被行刑的犯人提出最后的请求一样，我要求和努尔谈谈。

她的反应令人钦佩，她看起来不是一个贵妇，而是士兵的女儿，这是她一直拥有的身份，还有就是未来苏丹的母亲。她站了起来，头发和脸被面巾挡着看不到表情，但是她的头始终高昂着，目光坚定。

“就是说你必须要去了？”

她的话一半是在询问，一半是在确认。

“是。”我只说了这一句。

“你认为这里有什么陷阱么？”

“绝对没有。如果有，那我宁可自己的脑袋被砍掉！”

“那是我们应该避免的事。但是既然你这么相信哈伦，那我们一起去。”

我想我没太听懂。她用坚定的语气向我解释说：

“拜亚齐德应该亲眼看一看他的城市和他的宫殿。或许在他年少时已经没有其他更好的机会了。海上旅行会有一些危险，但是我的儿子应该学会适应。让真主决定是保护他还是毁灭他吧。”

她如此自信，我找不到理由反驳，所以拐弯抹角地想劝她：

“哈伦不会同意我带上女人和孩子的。”

“如果你接受他的请求，那么他也不能拒绝你的请求。跟他谈谈吧，你知道应该怎么说。”

清晨时，我们已经路过了贾马特。晕船让我感觉简直就是在噩梦中航行。

*

真是一个奇怪的城市，君士坦丁堡。历史悠久，看起来却像个新城，不论是它的建筑还是居民。在土耳其人占领的不到七十年的时间里，城市的面貌完全变了。当然，圣索菲亚还在，只不过由大教堂变成了清真寺，苏丹每星期五都要带领一队人马前来祈祷。但是大部分建筑都是由征服者们新建的，并且每天都有新建筑在修建，宫殿、清真寺、学校，或是临时简易房，用于安置刚刚从大草原来的、曾经以游牧为生的土耳其人。

尽管迁来了一些人口，胜利的土耳其人在首都所占的人口比例相对其他种族仍是少数，并且也并非是有钱人，当然除了王室。在最漂亮的别墅里，在集市上生意最好的商店里，我们看到的通常是亚美尼亚人、希腊人、意大利人或是犹太人，而这些犹太人多半是从陷落的格拉纳达迁移过来的。他们至少有四万多人，对土耳其帝国的公平和公正深感欣慰。在商店里，土耳其人的头巾和基督徒的教士帽或是犹太人的小帽并排放在一起，并不会引发仇恨或是不满。除了为数不多的几条街道，城里的大部分街道都十分狭窄并且泥泞不堪，有身份的人只能靠人背着才能行动。数千人以这种苦差事为生，其中大部分都是新来的，还没有找到更好的营生的人。

上岸的那天，我们都太累了，没有力气再穿过港口进城。我们在海上的航行选择了一个糟糕的季节，因为要赶在苏丹出城春猎之前见到他。当晚我们在一个希腊人开的小旅馆里过夜，据说他还是红胡子的某个表兄弟。第二天我们就来到了苏丹的宫殿外。努尔待在栅栏外面，在拜亚齐德的耳边不停地说着什么，在他那个年龄其实不可能听懂，他只是一会儿发出几声咕噜声，一会儿又莫名地笑一笑。我猜想努尔今天可能把他的王朝所有血腥和荣耀的历史都给他讲了一遍。

而此刻我就在离他们不远的地方，在覆盖着镶金丝帐的雄伟的王宫大门的另外一侧，一遍又一遍地背诵即将念给苏丹的颂诗，那是我在海上趁着不晕船的短暂间隙匆忙写出来的。我身边有上千的士兵、大臣，还有各个阶层的市民，大家都十分安静，表示对苏丹的尊重。我等了两个多小时，相信一会儿肯定有人来通知我回头再来。

奥斯曼人肯定是小瞧了红胡子的实力，以至于对他没有什么兴趣。过了一会儿，一个年轻的侍从找到我，以及哈伦和他的同伴们，并带我们穿过了中央的大门，来到了接见厅的院子里，那真是一个种满鲜花的花园，我甚至看到有鸵鸟在里面奔跑。在我面前几步远的地方，一队土耳其骑兵骑在战马上一动不动。突然间，我感到眼睛看不清，耳朵嗡嗡地耳鸣，喉咙收紧好像发不出一点声音。是害怕了？还是旅途太过劳累？或是因为就要见到苏丹了？穿过骑兵队列时，我只能看到他们的铠甲和兵器闪闪发光。我极力让脚步显得正常一些，就像我身前的侍从那样，但我感到我已经步履蹒跚，差不多要摔倒了。我同时很担心一会儿拜倒在可怕的塞利姆脚下时，我会说不出话来。

他就在那里，坐在我面前，穿着满身丝绸衣服，像一座金字塔一样坐在锦缎沙发上，这与我想象的场景差异不大。他冷冷的目光瞬间让我眼前清晰起来，而我的恐惧却并没有缓解。我就像一个木偶一样，一个被眼前沉着镇定的苏丹指挥的木偶。我的颂诗从记忆中蹦出来，并不惊艳，但也还算通顺，念最后几句诗的时候，我还努力地做出了几个动作，弄得满身是汗。苏丹点了点头，不时地和周围的人说几句话。他没有大胡子，只留着一点稀疏的小胡须，他不停地捻着。在我看来他的面色苍白，眼睛对他的脸来说显得太大了，并且还有一点皱褶。他的头巾中间是一朵镶嵌着红宝石的金花。右耳上戴着一颗梨子形状的珍珠。

念完诗之后，我伏在地上，亲吻了他庄严的手。塞利姆戴着一枚银戒指，十分巨大，据说是他的占星师送给他的礼物。站起身之后，一个侍从为我披上了一件骆驼毛长披风，并让我跟着他走。接见仪式结束了，讨论即将开始，在另外一间大厅里，和参谋们一起。我并没有参与到讨论中，因为我的角色是使臣，而不是来谈判的，另外讨论开始时用的是阿拉伯语，随后变成了土耳其语，我在到达罗马之前对土耳其语一窍不通。

不过，我还是收集到了一个异常严重的信息，这还要感谢一个参谋犯的错误。“对一个人来说，脱口而出的话是最可怕的”，哈里发阿里曾经这样说过，愿真主赐予他荣光！而这位高官总是说漏嘴。当谈到阿尔及尔被异教徒占领的城堡时，这位总是说“开罗的城堡”，甚至还把切尔克斯人和卡斯蒂利亚人相提并论，直到另一位更年轻的参谋狠狠地瞪了他一眼，这位的脸色才变得惨白，似乎感到脑袋在肩膀上已经不稳了。正是通过这恶狠狠的目光和惨白的脸色，而不是通过他的口误，我明白了事态的严重。事实上，这一年苏丹塞利姆一直在做出姿态，似乎是在准备同波斯萨菲王朝开战；他甚至还邀请开罗的苏丹一起同异教徒作战。而真实情况是，奥斯曼人真正的目标是埃及的马穆鲁克王朝。

会见结束之后，我急忙向努尔转述了听到的情况，因为在我看来，这不是说漏嘴那么简单。正如我预料到的那样，我的切尔克斯女人异常激动，但她没有表现出来，而是在心里。毫无疑问，她想通知族内的兄弟们危险即将到来。

“苏丹坎索赫是一个年老多病、优柔寡断的人，他一直傻乎乎地相信塞利姆友好的承诺，直到有一天奥斯曼人的马刀割断他的喉咙，杀死所有切尔克斯人。他年轻时可能是一个勇敢的战士，但是现在他只想着保住他的眼皮，并且敲诈他的臣民更多财富。我们要告诉他君士坦丁堡的真正意图；只有我们能做这件事，因为只有我们知情。”

“你知道你在跟我说什么吗？你要我做间谍，要我从塞利姆的王宫出来之后就向坎索赫汇报我们都谈了什么。你知不知道，我们在这个房间里的这段谈话，足以让我们掉脑袋？”

“你不用吓唬我！这里就我和你两个人，并且我的声音很低。”

“为了你我离开了埃及，而现在你又要我再回去！”

“当初离开埃及是为了保住拜亚齐德的性命；而现在，我要回去拯救我的兄弟们，还有我儿子的未来。所有切尔克斯人都会被屠杀，苏丹塞利姆会把他们抓起来，占领他们的土地，建立一个如此强盛，如此庞大的帝国，我的儿子再也不可能觊觎他的位置。如果还有什么可以尝试，我一定会去做，哪怕冒着生命危险。我们可以去加拉塔，在那里坐最早的那艘船去亚历山大。不管怎么说，两个帝国现在还不是战争状态，它们看起来更像是同盟。”

“如果我对你说不呢？”

“告诉我：‘不，你不能去拯救你的族人，让他们避免被屠杀’，‘不，你不能为了儿子有一天成为君士坦丁堡的主人而奋斗’，告诉我这些话，我就听你的。但是我也会因此对生活和爱情失去兴趣。”

我什么话都没说。她继续说道：

“你是面团做的么？你怎么能接受失去一座又一座城市，一个又一个祖国，一个又一个女人，而不去反抗，不去后悔，不愿意回头？”

“在我离开的安达卢西亚和最终要到达的天堂之间，生活只是一段旅程。我哪也不想去，我不觊觎任何东西，也不会被任何东西牵绊，我相信对生活的热情，相信对幸福的直觉，相信天意。不正是天意让我们两个人在一起么？没有任何犹豫，我就离开了一座城市，一座房子，一种生活，为了追随你的道路，为了成全你的激情。”

“那么现在，你为什么不愿意再跟着我了？”

“我厌倦了被人强迫的感觉。不过我不会把你留在这里，留在敌人中间。我会把你带回到你的族人那里，这样你可以把消息传递给他们，但是那也是我们分手的时候。”

我不确定这是一个最好的决定，也不知道有没有勇气信守这个承诺。至少我觉得我已经标明了我能够冒险的底线。而努尔看起来十分高兴。对我的迟疑，她丝毫都不在意。从我啰嗦的话语中，她只听到了一句“是”，而我根本还没有说出口。刻不容缓，当我还在思考找个什么借口对哈伦不辞而别时，她已经开始讨论船和行李了。

*

当我回到这个尼罗河畔的国家时，亚历山大港的海关人员问我，奥斯曼人是不是真的打算入侵叙利亚和埃及，我没有直接回答他，而是诅咒了这个世界上所有的女人，尤其是那些金发的切尔克斯女人。大大出乎我的意料，他甚至很高兴地表示赞同，并认为我已经给了他明确的回答。

在开罗，努尔经受着人们的指责和嘲笑。但是从我们到达的第三天开始，我不得不承认努尔选择这条危险的道路并不完全是个错误。城里各种矛盾的谣言满天飞，以至于人们极度迷茫，不仅仅是城内的平民，连王宫内的统治者也不知所措。苏丹原本决定前往叙利亚与奥斯曼军队并肩作战，随后在收到一些消息后，他又取消了远征的计划。对于那些已经接到命令开拔的军队，苏丹又命令他们返回军营。哈里发和四位大法官两次被要求准备陪同苏丹前往阿勒颇；他们的队伍两次前往王宫准备出发；又两次接到指令，被打发回家。

仿佛为了加剧混乱的局势，奥斯曼人派出了一位全权代表，大张旗鼓地来到开罗，重申他们与马穆鲁克王朝的和平和友谊，并再次提议两国结成同盟，共同抵抗异教徒和异端分子。如此的反复和不确定大大削弱了埃及军队的战斗力，这正是土耳其人追求的目标。现在正需要来自君士坦丁堡的真实消息来擦亮统治者们的眼睛。同时，还要以一种让人信服的方式，并且不能泄露消息来源。

努尔想到，可以写一封信，并且秘密地把信送到国务秘书图曼贝伊的住宅。图曼贝伊是苏丹政权的二号人物，也是埃及统治阶层中最受人爱戴的。努尔确信，一个切尔克斯女人的书信会毫不耽搁地送到马穆鲁克领袖的手中。

当天夜里，就有人来敲我们的门。图曼贝伊一个人来了，这在这座城市简直令人难以置信，因为就算是指挥十来个人的小军官，出门都要带上一众吵闹的随从。图曼贝伊四十来岁，高大、优雅、肤色很白，胡须用切尔克斯人的方式精心打理。我刚说出几句欢迎的话，他的脸色就阴沉下来。是我的口音让他感到不安，因为开罗的马格里布人普遍对奥斯曼人心存好感。于是我赶紧叫来努尔。她没有戴面巾，图曼贝伊一下就认出她来。努尔和他同族，又是塞利姆敌人的遗孀，她的出现让图曼贝伊放了心。

国务秘书于是坐下来听我讲。我重复了当时听到的一切，不加修饰，也没有遗漏任何细节。我讲完之后，他首先让我不用担心：

“我不会以你的所见所闻作为证据对外宣传，重要的是要让我们的统治阶层心里清楚。通过你刚才所讲的，我已经对奥斯曼人的意图确信无疑了，接下来我会尽最大的努力让苏丹认同这个观点。”

他陷入了深深的思考中，嘴角露出了一丝古怪的表情。随后他继续说道，似乎是在自言自语：

“但是涉及到苏丹，事情从来都不会很简单。如果我太过坚持，他会认为我想让他远离开罗，那样他就不会出征了。”

他的知心话让我也放下了戒心：

“为什么你不去带兵出征？你至少比他年轻三十岁吧？”

“如果我得胜回朝，他会担心军队以后都听我的了。”

国务秘书的眼睛环顾四周，看到墙上挂着科普特人的圣像和十字架。他笑了，并不停地挠着头。他对此感到惊讶一点都不奇怪：一个马格里布人，穿着埃及人的衣服，娶了一个切尔克斯女人，奥斯曼埃米尔的遗孀，还在他家里的墙上挂着基督徒的东西！我正想告诉他这座房子是怎么到我的手里时，他打断了我：

“这些东西并不会让我生气。感谢真主，我是个穆斯林，但是我也是基督徒，并且受过洗礼，就像苏丹，就像所有马穆鲁克人一样。”

说完这些话，他站起身来告辞，并对我再次表示感谢。

努尔一直坐在房间阴暗的角落里，并没有参与我们的谈话。但是她对今晚的谈话表示满意：

“就算只为了今天的这次见面，我都不后悔从那么远的地方跑回来。”

很快，事态的发展就证明她是对的。苏丹最终决定亲自出征。人们看到他的军队从赛马场出发，穿过卢麦拉广场和萨利巴路，那天我听到消息后，也赶到了那里。苏丹在人群的欢呼声中从我面前几步远的地方经过，我注意到他太阳伞顶部马穆鲁克人的镂空金鸟徽章已经摘下，换成了一个金十字。我身边的人低声说，奥斯曼人写给苏丹坎索赫一封信，质疑他对宗教的热情，苏丹随后命令人换了徽章。

苏丹漫长的仪仗队最前面是三十头骆驼，十五头装饰着金线绒球，另外十五头装饰着彩色丝绒球；后面跟着的是骑兵队，由一百匹身披镶金铁甲的战马组成。再远一些，我们可以看到一些盖着黄色丝绸的轿子驮在骡子背上，里面应该坐着王室成员。

前一天晚上，图曼贝伊被任命为埃及军队的总副官，掌握了诸多权力。但是有传言称苏丹把国库的所有金子都带走了，大约有几百万第纳尔，同时带走的还有仓库里所有值钱的东西。

我想让努尔陪我一起去观看由她导演的这场仪式。但她求我自己去看，因为她觉得身体不太舒服。我想她是要避免过多在公众场合露面；但随后我很快发现她怀孕了。我没办法感到特别高兴，因为越临近她生产的日子，我就越想要她给我生个儿子，这样一来我就不可能离开她，甚至不能带她一起逃离开罗，正如我的理智所要求的那样。

三个月过去了，苏丹胜利的消息不断传来：加沙，提比里亚，随后是达玛斯，不过在那里发生了一点小意外。根据习俗，造币厂的厂长，一个叫萨巴卡的犹太人，在苏丹得胜进城时向苏丹脚下扔了一些银币。坎索赫的卫兵们急忙去捡银币，结果苏丹被挤来挤去，差点从马上摔下来。

达玛斯之后，苏丹又带兵去了哈马和阿勒颇。随后就陷入沉寂，三个多星期没有任何消息。这死一般的沉寂没有受到任何一点谣言的干扰，直到八月第十六天的那个周六，也就是公元 1517 年 9 月 14 日，一个气喘吁吁、满身灰尘的传令兵回到王宫：在离阿勒颇不远的马尔吉 - 达贝克发生了一次战斗。苏丹带兵参加了战斗，他头戴小帽，身披白袍，肩上扛着斧子，身边是哈里发、大法官和四十个背着古兰经的侍从。一开始埃及军队占据了上风，先后从敌军那里夺下七面军旗，并缴获了大量手推炮。但是苏丹的军队里出了叛徒，尤其是阿勒颇的执政官凯尔巴克，他早就和奥斯曼人串通一气。当时在战场上他负责左翼，但是他突然临场叛变，导致全军士气大减。看到眼前的局面，坎索赫突发脑血栓，从战马上摔了下来，当场就死了。但是令人疑惑的是，他的尸体却没有找到。

开罗的居民们都震惊了，随后关于奥斯曼人进军的各种消息也不断传来，逼得埃及军队节节败退。阿勒颇落入了奥斯曼人手中，随后是哈马。在卡昂 - 哈里里市场，人们抢劫了小亚细亚的土耳其人和马格里布人开的几间商店，但是图曼贝伊很快就恢复了城里的秩序，他宣布取消所有税收，并降低生活必需品的价格，来平息这些不幸的消息带来的影响。

尽管国务秘书已经大权在握，他还是等了一个月才宣布继位苏丹。那一天，达玛斯也落入了塞利姆手中；加沙很快也失陷了。因为兵力有限，图曼贝伊命令组成民兵队伍，参加首都的防御战；他清空了监狱的牢房，宣布所有罪犯，哪怕是杀人犯，都将被赦免。临近年底的时候，奥斯曼军队已经兵临开罗城下，马穆鲁克苏丹把军队集中在城东的莱达涅军营；他还给军队配备了几头大象，以及新近铸造的大炮；另外，他还命人挖了一条又长又深的壕沟，做好了面对敌人长期围城的准备。

但是奥斯曼人并没有打算围城。在经历了穿越西奈半岛的长途行军之后，塞利姆只给了军队两天休整时间，随后命令全面进攻。奥斯曼人的火炮数量太大，军队人数的优势也是压倒性的，只用了几个小时，埃及军队就已经溃不成军。

就这样，当年的最后一天，土耳其军队举行了盛大的入城仪式，开进了开罗。军队前有人高声喊话，承诺保全居民的性命，呼吁民众第二天就恢复正常的生活和工作。这是一个周五，在叙利亚被俘的哈里发被带回开罗，在城里所有清真寺替塞利姆讲道，并称他为“苏丹的儿子，两座大陆和两片海洋的君主，两支军队的毁灭者，两个伊拉克的主人，两座圣城的仆人，无往不胜的国王塞利姆。”

努尔的眼睛里布满血丝。奥斯曼人的胜利对她打击太大，我都有点担心她腹中的胎儿能否存活下来。距离她的预产期已经没有几天了，我让她答应我会好好地待在床上。而我则安慰自己，等她完全恢复以后就离开这个国家。在我住的街区，所有贵族都把他们家里值钱的东西藏到地窖里，躲避可能发生的抢劫。

然而这一天，我的赶驴人和驴如往常一样来到了我的家门口，带我去城里。小伙子很开心地跟我说，刚刚来的路上他差点被一个马穆鲁克军官砍下的头绊倒。看到我根本没笑，他甚至还大胆地说我把这些都想得太严肃了。我反手给了他一巴掌。

“现在这样，”我像父亲一样训斥他，“你的城市刚刚被占领，你的国家被侵略，统治者们要么被杀，要么流亡，远道而来的征服者代替了他们，你居然还敢说我把这些太当回事？”

作为回答，他只是耸了耸肩，并说出这句当惯了奴才的人才会说的话：“不管谁娶了我妈，都是我的继父。”随后他又大笑起来。

然而，有一个男人是绝不会屈服的。他就是图曼贝伊。他已经准备好书写开罗历史上最为悲壮的篇章。

图曼贝伊之年

伊斯兰历 923 年

（公元 1517 年 1 月 24 日 -1518 年 1 月 12 日）

土耳其人成了开罗的主人，他们整日列队操练，招摇过市，似乎是要清理每个圣地，每个街区，每间屋子和每个惊恐的目光。军队前面总有传令兵不厌其烦地喊着让市民们不必担心生命和财产，但是与此同时屠杀和抢劫仍在不断发生，有时就发生在离军队几步远的地方。

切尔克斯人首当其冲成为了受害者。只要是马穆鲁克人或是马穆鲁克人的后代都被一刻不停地搜捕着。当旧政权的一位高官被捕后，人们会把他扔到一头驴子上，脸朝后坐着，头上戴上蓝色头巾，脖子上系上铃铛。如此打扮之后，人们带着他游街，随后才会被砍头。人们把他的头挂在杆子上示众，身体扔去喂狗。奥斯曼人的每座军营里，都会有几百根这样的杆子，一片又一片的，据说塞利姆很喜欢穿过这种恐怖的森林。

当然，切尔克斯人刚开始被奥斯曼人的花言巧语蒙骗后，很快就反应过来，赶紧脱下平日的装束，摘下小帽和轻质头巾，换上厚厚的头巾，这样就能藏在市民中间不被认出来。但是之后奥斯曼士兵开始不加区分地随意逮捕路人，指控他们是伪装的切尔克斯人，并且敲诈他们一笔钱后才放他们离开。路上没有行人了，士兵们就会闯进市民家中，以搜捕逃跑的马穆鲁克人为借口，抢劫财物或是强暴妇女。

这一年的第四天，苏丹塞利姆正在布拉克区最大的军营里。他观看了几次行刑，并命令把堆在军营里的几百具尸体统统扔到尼罗河里。随后他去浴室沐浴，并到码头附近的清真寺做了晚祷。天黑之后他回到了军营，叫来几个助手开会。

会议刚刚开始，外面响起了不寻常的嘈杂声：几百头骆驼带着引火材料在奥斯曼军营里横冲直撞，点燃了士兵们的帐篷。天色已经很晚了，借着此时的混乱，几千人手拿武器冲了进来。为首的正是图曼贝伊。他的军队里有士兵，但是更多的是平民，有水手、搬水工，还有之前被赦免的罪犯也加入到了民兵组织。有些人手拿短刀，但是更多的人只有弹弓，甚至是木棍。不过，利用夜色和奇袭的效果，他们也杀了不少奥斯曼人。战斗最激烈时，塞利姆本人也被四面包围，靠着卫兵们的英勇奋战，他们才杀出一条路逃了出去。军营被图曼贝伊控制了，他没有浪费时间，随即命令士兵们在开罗各个街区追杀奥斯曼人，并且不要俘虏。

城市被一条街道一条街道地夺了回来。切尔克斯人四处追杀奥斯曼士兵，市民们帮了很大的忙。受害者摇身一变成了刽子手，并且毫不留情。我亲眼看见离我家不远的地方，七个逃进清真寺的奥斯曼士兵如何被杀死。身后是二十多个开罗人，这七个人被迫逃进清真寺尖塔的塔顶，并向追击的人群开枪射击。不过最后他们还是被抓住了，人们割断了他们的喉咙，并把他们从塔顶扔了下来，溅了一地的血。

战斗是周二晚上打响的。周四时，图曼贝伊已经占领了萨利巴路的切胡清真寺，并把那里当做总部。看起来他已经重新成了城市的主人，第二天人们又以他的名义讲道了。

但是他的位置并不是那么牢固。在经历了刚开始遇袭时的措手不及后，奥斯曼人很快就重新集结起来。他们夺回了布拉克，并渗透到老城区，包括我住的街道，一步步地拿回城市的控制权。图曼贝伊占领的是城中心的地区，他通过仓促挖出的壕沟或是路障来控制人员进出。

真主创造了那么多天，努尔偏偏选中这个星期五来感受即将分娩的阵痛。我不得不钻过我的花园，爬出去请邻居的接生婆来接生。经过我一个多小时的苦苦哀求和开出的天价，她才最终同意来我家接生：如果是女儿付两个第纳尔，是儿子则要付四个第纳尔。

当她看到婴儿浮肿的两腿间那一道暗红色的裂纹时，她十分失望地冲我喊道：

“两个第纳尔！”

我回答道：

“如果一切顺利，我还是会付你四个第纳尔！”

她对我的慷慨十分满意，并答应我几天之后会回来给女孩做割礼，不另外收费。我让她不用再来了，并向她解释说我们那里不做割礼，这使她非常惊讶和不满。

我的女儿看起来和她母亲一样漂亮，肤色也一样白。我给她起名叫海亚特，意思是生命，不仅是为了女儿，也是为了我们全家，能够毫发无损地离开开罗这个疯狂杀戮的地方，是我们此刻最大的愿望。在开罗，两个帝国正在进行激烈的碰撞，其中一个陶醉于疯狂的扩张，另一个则在顽强抵抗避免灭亡。

街上的战斗始终很激烈。奥斯曼人已经重新掌控了大部分地区，并尝试着向城市中心进军，但是他们进展缓慢，并且损失惨重。但是，随着战斗的进行，图曼贝伊的军队中不断有人当了逃兵，他的手中只有为数不多的追随者，几个黑人火枪手和他自己卫队的切尔克斯士兵，尽管如此，这位马穆鲁克苏丹又抵抗了一整天。周六夜里，他决定离开这座城市，但是并没有丧失反抗的决心。他让人传出话来，不久之后他就会带领更多的士兵打回开罗，赶走入侵者。

要如何描述那些再次进入开罗的奥斯曼人？现在，若要像他们第一次入城时做的那样，仅仅除掉那些切尔克斯抵抗者是不可能了；这次要惩罚的是整个开罗的市民：土耳其士兵们接到命令要杀死所有会喘气的。没有人能离开这座该死的城市了，因为所有的道路都被切断；也没有人能寻求庇护所，因为就连墓地和清真寺也成了战场。我们只能藏在家里的地窖里，祈祷着这场屠杀风暴能够尽快平息。这一天从清晨到午夜的最后时刻，城里一共死了八千多人。街道上到处都是尸体，男人的，女人的，孩子的，马和驴的，各种尸体堆在一起，成了一支一望无际的血腥队伍。

第二天，塞利姆在军营里升起两面军旗，一面白色的和一面红色的，意思是告诉他的手下大仇已报，屠杀应该停下来了。他的命令还算及时，因为如果这样疯狂的报复行为再继续几天，奥斯曼人得到的开罗将不过是一个巨大的停尸房而已。

在这残酷血腥的几天里，努尔一刻不停地祈祷图曼贝伊的胜利。我个人的感觉也并没有什么分别。那天晚上在家里接待了这位马穆鲁克苏丹后，我对他的英勇无畏更加印象深刻。另外，还有拜亚齐德。早晚有一天，一个怀疑，一次揭发或者只是不经意的闲聊都可能把他送到奥斯曼人手中，还有他的全家。为了这个逃亡的孩子的安全，为了我们的安全，图曼贝伊一定要胜利。周日，当我明白他已经完全失去这个国家时，我大发雷霆，因为失望，因为害怕和长期压抑的愤怒，我大喊着他不应该做出如此冒险的举动，把所有市民卷入他的战争，并且招致了塞利姆的疯狂报复。

尽管努尔还十分虚弱，她还是一下子就跳起来，就像突然被噩梦惊醒一样。在她苍白的脸上，只能看到一双空洞的眼睛。

“想想那些金字塔！为了建造它们，多少人死了，他们本来还有很多年可以耕地，可以吃喝玩乐，可以繁衍后代！或者他们可能会死于鼠疫，不留下任何一点印记。为了法老的愿望，他们建造了这样一座奇迹，他们的劳动，他们的痛苦和他们最宝贵的灵感将在金字塔上得到永存。图曼贝伊所做的也是这样的事。有勇气的四天，有尊严的四天，充满挑战的四天，难道不比屈服、顺从和碌碌无为的四个世纪更有意义？图曼贝伊带给开罗和他的人民最好的礼物，就是一盏圣火，它将照亮并温暖即将开始的长夜。”

努尔的话并不能让我完全信服，但是我不想反驳她。我只是轻轻抱着她，让她重新躺下。这是她的民族的论调；而我只想活下去，和我的家人一起活下去，离开这个地方，有朝一日能够在光纸上记下开罗的沦陷，记下这个帝国和他最后的英雄。

*

几个星期之内，我都不可能离开开罗，因为努尔还在慢慢恢复，暂时不能上路。等待期间，开罗的生活已经变得越来越困难。食物供给严重不足。奶酪、黄油和水果基本上已经找不到了，谷物的价格一再上涨。据说图曼贝伊切断了从他控制的地区对开罗的物资供应，想让奥斯曼军队断粮；另外，他还和那些从未臣服于任何埃及政权的阿拉伯游牧部落达成协议，请他们掠夺首都周边的地区。人们还确信图曼贝伊从亚历山大运来了一些战争物资，包括弓箭和火药，并重新组建起了军队，准备开始新一轮进攻。事实上，双方的冲突已经越来越多，尤其是在吉萨附近，这让我们无法通过金字塔周围的道路去接拜亚齐德。

是不是应该不顾一切地逃走，冒着被奥斯曼军队，被马穆鲁克逃兵或是被土匪拦截的危险？我一直在犹豫，直到有一天听说苏丹塞利姆决定把几千开罗市民押送到君士坦丁堡。最开始只是哈里发、马穆鲁克高官和他们的家人。但是名单一直在增加：泥瓦匠、木匠、石匠、铺路工、铁匠、各行各业的工人。很快我就得知，奥斯曼官员们正在统计城里所有马格里布人和犹太人的名单，准备押送到土耳其。

我已经下定决心了。三天后就出发，所以我最后一次去城里，把一些生意安排妥当，就在这时我突然听到了一个消息：图曼贝伊被抓住了，因为一个贝都因部落首领的出卖。

临近中午时，我听到了人们的叫喊声，伴随着祈祷前的宣礼声。我听到人们提到一个地方，巴伯 - 祖外拉。几千开罗市民正朝着这座城门涌去，有男人，有女人，有老人，也有年轻人。我跟着他们。那里已经聚集了一大群人，并且人数还在不断增加，更让人印象深刻的是，几乎没有人说话。突然，人群向两边分开，一队奥斯曼士兵从中穿过，他们大约有一百骑兵，两百多步兵。士兵们背对着人群站成了三个同心圆，把一个骑马的人围在中间。想从这个身影认出他是图曼贝伊并不容易。他光着头，胡子蓬乱，身上只穿着几块红色的破布，外面披着件白色长袍。他的脚上只缠着厚厚的蓝色绷带。

在一个奥斯曼军官的命令下，退位的苏丹站到地上。人们给他松了绑，但是十二名士兵很快站在他身边，手里的刀都出了鞘。但是，很明显他根本没有打算逃跑。他用解开的双手向人群打招呼，人群很勇敢地向他高呼。所有人的目光，包括我的，都转向了那座著名的城门，城门上方已经有一个刽子手往下扔绳子了。

图曼贝伊看起来有些吃惊，但是嘴角一直带着微笑。只不过他的目光少了之前的敏锐。他朝向人群喊了一声：

“为我背诵三遍开端章吧！”

几千人开始低声背诵，随后声音越来越大：

“一切赞颂全归真主，全世界的主，至仁至慈的主，报应日的主……”

最后的一声阿门已经成了长长的、狂怒的、愤慨的吼叫。随后一切归于寂静。奥斯曼人也被惊得愣在那里，是图曼贝伊把他们叫醒了：

“刽子手，干你的活吧！”

绳子被绑到了图曼贝伊的脖子上。人们拉紧绳子的另一端。苏丹一只脚离地，随后又掉了下来。绳子断了。绳子再次被系好，再次被刽子手拉紧，再次被拉断。场面已经紧张到难以维持了。只有图曼贝伊始终带着解脱的表情，似乎他的灵魂已经不在这里，而在另一个世界里他的勇气已经得到了另一种回报。刽子手第三次系好绳子。这一次绳子没有断。人群喧哗起来，夹杂着哭泣声，呻吟声，祈祷声。埃及的最后一位国王，尼罗河谷这个国家里最英勇的统治者被吊死在祖外拉门上，就像一个普通的盗马贼一样。

*

整个晚上，行刑的场面在我眼前始终挥之不去。但是第二天一早，因为悲伤和失眠，我已经感觉不到危险，径直朝着金字塔的方向上路了。

我自己都不知道，竟然选择了最好的逃亡时机：奥斯曼人刚刚处死了敌人，此刻正放松了警惕，而图曼贝伊的追随者们因为失利而消沉，已经四散逃走。当然，我们也停下来五六次回答了一些问题。但是我们既没有受到虐待，也没有被抢劫，晚上我们竟然已经平静地躺在卡德拉的家里，就在我们初次相爱的那座破房子里。

在那里，我们过了几个月意想不到的简单幸福的生活。因为又小又穷，老管家的村子不足以引起任何人的注意，反而在战争时期没有受到打扰。但是，这种平静而枯燥的生活只是我两次旅行中的一片绿洲而已。远处的声音在向我召唤，命中注定我不会对此不闻不问。

绑架之年

伊斯兰历 924 年

（公元 1518 年 1 月 13 日 –1519 年 1 月 2 日）

在我归隐乡间的那段时间里，经过一次次沉思和安静的散步，我更加感到人生无常。所有城市都要灭亡；所有王国都嗜血成性；天意又难以揣摩。只有尼罗河的流淌，日月星辰的轮转还有按季节出生的小水牛犊，让我的心灵得到慰藉。

终于还是到了要离开的时刻，这次我把目光投向了麦加。朝觐在我的生命中至关重要。努尔担心带着一岁和四岁的两个孩子能否旅行，于是我请卡德拉陪着我们一起去，这让卡德拉非常开心，因为在她看来，生命之火能在圣地熄灭，是对她这一生最好的回报。

我们在吉萨以南半日路程的河岸上了一艘帆船。这艘船属于一位制作芝麻油的富商，运送货物前往上埃及地区，在每个重要的城市都会停上一两天。我们因此先后参观了拜尼 - 苏埃夫、明亚，随后在曼费卢特，一位老先生上了我们的船。当天夜里，在孩子们睡了，周围一片安静的时候，我趁这机会在微弱的烛光下写东西，这时候这位新来的乘客对我喊道：

“嘿！你！去叫醒一个船员！我看到河里有一根粗木头，明天做饭可以用上！”

我不喜欢他这种土耳其近卫军一样的语气，也不喜欢他嘶哑的嗓音，同样不喜欢他在半夜的这个提议。然而，看到他已经那么大年纪，我对他的回答没有带上一点不尊重：

“已经半夜了，最好不要打扰任何人。不过我自己倒是可以帮你。”

我不甘心地放下了鹅毛笔，朝这个人走了几步。但是他焦躁地冲着我嚷道：

“我不需要任何人帮忙。我自己就能办到！”

他朝船外弯下腰，手里拿着一根绳子，打算把河里漂着的木头套住，突然一张大嘴从水里跳起来，把他拖进了尼罗河。我大声尖叫起来，吵醒了乘客和水手们。人们赶紧收起船帆，让船停了下来，在河岸大概停靠了一个多小时，在这段时间里勇敢的水手们跳进水里，但是搜寻并没有什么结果。所有人都说，这个可怜的人被一条鳄鱼吃掉了。

在剩下的旅程中，人们向我讲起了更多关于这种在上埃及地区令人闻风丧胆的巨大蜥蜴的传奇故事。在法老时代，罗马人时代，甚至是穆斯林时代刚开始的时候，鳄鱼并没有造成太多破坏。但是在伊斯兰历三世纪时，发生了一件奇怪的事情：在曼费卢特附近的一座洞穴里，人们发现了一座铅制的鳄鱼雕像，跟真鳄鱼一样大小，上面刻着法老的铭文。当年的埃及统治者，一个叫伊本-图伦的，认为这是不符合教义的偶像崇拜，下令把雕像毁掉了。第二天，大量鳄鱼冒了出来，疯狂地向人类复仇，咬死了很多人，让人们对鳄鱼十分害怕。那时人们才知道，这座雕像是集日月之精华，用来镇住鳄鱼的。幸运的是，这个诅咒只在上埃及地区出现。开罗的下游，鳄鱼从来不以人肉为食，可能是因为镇鳄鱼的雕像还没有被发现吧。

曼费卢特之后，我们到达了阿斯由特，但是没有在那里靠岸，因为那里刚刚又爆发了鼠疫疫情。下一次靠岸是在穆恩齐亚，我还拜访了那里的柏柏尔领主。之后是在小城西亚姆，那里所有市民都是基督徒，除了警察总长之外。两天之后，我们到达了基纳，那是一座很大的市镇，砖坯城墙上炫耀地挂着三百只鳄鱼头。从那里我们就要走陆路了，要一直走到红海海岸的库赛尔港，我们把所有羊皮袋都灌满了水，因为从尼罗河到红海海岸的这一路上，没有一个能够取水的地方。只要一个星期，我们就到达了延布，阿拉伯半岛南部的港口，当我们的船靠岸时，已经可以看到四月的新月了，这也意味着每年的朝圣季节已经临近尾声；六天之后，我们到了吉达。

这是一座并不繁荣的港口，没什么值得参观的。大部分房子都是简陋的木屋，除了两座有些年头的清真寺和几家旅店。值得一提的还有一座小教堂，人们声称人类的祖先夏娃曾经在那里住过几个晚上。这一年，这座城市暂时由一个奥斯曼海军上将统治着，他把之前忠于马穆鲁克人的执政官抓起来，从船上扔到了鲨鱼出没的一片海域。城里大部分都是穷人，他们希望新政权能够严惩那些干扰红海航行的异教徒。

我们只在吉达待了两天，联系到了一个即将前往麦加的商队。在半路上，我脱掉了衣服，换上了朝觐者的装束，两块长长的白布，一块系在腰上，另一块系在肩膀上。我的嘴里也不断地念着朝觐者的祈祷词："我在这了真主！我在这了真主！我来了，真主！"我的眼睛始终在搜寻着麦加的影子，但是一整天之后我才看见了这座圣城，并且是当我最终来到城墙下的时候。这座城市是先知的故乡，它坐落在一座山谷的谷底，四周都是山，挡住了人们的视线。

我从人们最常通过的巴伯 - 奥姆拉门进了城。街道看起来很窄，房子也是一栋挨着一栋，但是比吉达的房子建得更好。货摊上摆满了各种新鲜水果，尽管这里环境非常干旱。

向前走的时候，我感觉自己就像在梦境里：这座城市建在贫瘠的土地上，除了接待虔诚的信徒，似乎没有别的使命；城市中心是麦加大清真寺，易卜拉欣的落脚地；清真寺的正中央就是天房，我愿意围着这座神圣的建筑转到精疲力竭，建筑的四个角落都有名字：伊拉克角，叙利亚角，也门角，黑石角。黑石角是最受人尊敬的，朝向东方。黑石就镶嵌在那里。人们告诉我，摸到黑石，就等于摸到了造物主的右手。通常都会有很多人挤在那里，不可能长时间地瞻仰。不过现在朝觐季节已经过去，我可以随心所欲地靠近黑石，亲吻它，对着它哭泣。

努尔在我身后不远的地方，我把黑石前的位置让给她之后，就去了天房旁边的一座拱门下，喝了渗渗泉的圣水。当我看到天房的大门刚刚为了某个有身份的参观者打开之后，我急忙钻了进去，参观了大概一次祈祷的时间。天房由带红色和蓝色条纹装饰的白色大理石铺砌而成，四周的墙上铺满了黑色丝绸的帷帐。

第二天，我又回到了这些同样的地方，虔诚地重复着所有的仪式，随后我靠在大清真寺的围墙上，一坐就是几个小时，对周围的一切都毫无意识。我没有刻意去思考。我满脑子都是真主，就像一朵花沐浴在清晨的阳光里，我感到彻底的放松和安逸，任何话，任何动作，任何眼神都显得多余。我只是遗憾每天太阳落山时我都得起身离开，而第二天我又满心欢喜地回来。

在我沉思的时候，我的记忆里总会出现经文，尤其是提到天房的黄牛章。“我以天房为众人的归宿地和安宁地，你们当以易卜拉欣的立足地为礼拜处。”我低声念着真主的这些话，就像是诵经大会时那样，没有结巴，也没有篡改。“我们信奉真主，信奉真主赐予我们的一切，信奉易卜拉欣，易司马仪，易司哈格，雅各，十二部落，信奉赐给摩西和尔撒的经书，信奉真主赐予先知们的经书；我们并不对他们加以分别，我们都是穆斯林，顺从真主的意愿。”

*

一个月之后，我们离开了麦加，这一个月的时间简直比做一晚上爱过得更快。我的眼神里始终充满宁静，努尔把孩子们带远一些，不让他们打扰到我。我们一路向北，前往麦地那拜谒了先知的陵墓，随后经过塔布克和阿喀巴到达了加沙，在那里一位苏斯商人让我们上了他的船，此刻他的快帆船正停靠在城西的一处小湾里。我在上一段旅程中认识了这位商人，并且经常结伴骑马出行。他叫阿巴德。他和我同样年龄，身材相仿，连做生意和旅行的兴趣都很像，只不过有一些让我忧虑的事，他却能泰然处之。确实他没有读过很多书，但是却完整地保留了一些无知，而我已经太早地失去了。

我们的船已经到了外海时，努尔才第一次问我：

“我们要去哪？”

答案是显而易见的，她和我一样清楚。我不是在突尼斯城有座房子么，我的母亲和大女儿不是还在那里等着我么？不过我还是什么话都没说，嘴角露出了一个迷一般的微笑。我的切尔克斯女人很坚持：

“你是怎么跟你的朋友说的？”

“他的船会穿过整个地中海，经过丹吉尔之后会沿着大西洋海岸南下。我们可以在任何想下船的地方下船。”

为了不显示出自己的担心，努尔低声唱着说：

“不在埃及，不在叙利亚，不在坎迪……”

我很喜欢她的这个游戏，接着说：

“不在非斯王国，不在苏斯……”

“不在布鲁斯，不在君士坦丁堡……”

“不在阿尔及尔……”

“不在切尔克斯……”

“不在安达卢西亚……”

我们同时发出了笑声，从眼角观察着看谁先耐不住流亡路上的乡愁。十天之后，我才看到努尔的眼泪，那次她是真的害怕了。

我们停靠在亚历山大港补充一些物资，正准备离开时，一个奥斯曼军官登上了船做例行检查，并没有任何不寻常。他所做的只是他的职务所要求的，不过他习惯仔细盯着每一个人的面孔看，让人觉得自己好像犯了错，是个逃犯，已经被认出来了。

突然，努尔的儿子从卡德拉手中挣脱出来，径直朝着这个军官跑过去。

“拜亚齐德！”老管家喊道。

听到这个名字，奥斯曼人弯下腰，把孩子抱了起来，仔细地观察他的头发，他的手和脖子。

“你叫什么名字？”他问道。

“巴齐德。”

“谁的儿子？”

不幸的女人，我早就跟你说过，我心里喊道。我两次撞到努尔告诉她的儿子，他叫拜亚齐德，奥斯曼人阿拉丁的儿子，我也很激烈地训斥过她，告诉她在儿子这个年纪，他很可能会暴露自己。她没有怪我，只是对我说，她的儿子应该知道自己的身份并且准备好接受命运的挑战，她担心如果有一天自己不在了，还没来得及告诉他这些秘密。但这个时候，她浑身发抖，冒着虚汗，我也一样。

“阿拉丁的儿子。”拜亚齐德回答道。

同时，他还不确定地指着我坐的地方。我赶紧站起来，朝着军官走过去，满脸堆笑地朝他伸出手：

“我叫阿拉丁 - 哈桑 - 伊本 - 瓦赞，在菲斯经商的格拉纳达人，愿真主借着奥斯曼人的利剑把格拉纳达还给我们！”

拜亚齐德十分亲近地扑向我，并把脸埋在我的肩膀上。军官放开了他，对我说：

“好孩子！他和我的长子同一个名字！我已经七个月没见到他了。”

他的胡须在颤抖。他的目光里没有任何吓人的东西。他转过身，站上了跳板，给阿巴德做了个手势，告诉他我们可以出发了。

离开港口快一公里的时候，努尔回到了我们的隔间里，把刚刚忍住的所有眼泪都哭了出来。

*

一个月之后，在杰尔巴岛，努尔第二次感到了害怕。但是这一次，我不能看见她哭了。

我们在那里过夜，而我也很高兴能够暂时离开颠簸的船板，和阿巴德一起踩在坚实的土地上。另外我对这座岛很感兴趣，因为人们总是对我夸赞这里的生活多么宁静。这座岛很长时间以来都属于突尼斯国王，但是自从上个世纪末，岛上的居民决定宣布独立，并摧毁了连接大陆和岛的桥。他们可以自给自足，出口油、羊毛和葡萄干，但是很快几个不同的部族就爆发了战争，岛上不断发生流血冲突。而自治权也就一点点地失去了。

但是，这并不能阻止阿巴德尽可能地经常在那里靠岸。

“混乱和生活的乐趣在这里如此完美地结合！”他如是评价道。

他知道一个水手们非常喜欢的酒馆。

“那里有海岸最大的鱼，还有最好的酒。”

刚刚结束朝觐归来，我不打算吃得太饱，更不想喝醉。但是，经过海上几个星期的旅行，小小地庆祝一下还是必须的。

我们刚刚进了酒馆，正在找桌子准备坐下来的时候，周围人的一句话让我差点跳起来。我伸长耳朵仔细听着。一个水手说他在瓦赫兰的广场上，看到红胡子阿鲁吉被砍下的头正在那里展览。卡斯蒂利亚人杀死了他，并带着这个可怕的战利品逐个港口巡展。

坐定之后，我开始跟阿巴德讲述关于这个海盗的记忆，如何去他的军营拜访他，如何带领他的使团前往君士坦丁堡。突然，我的同伴让我压低声音。

“在你身后，”他低声对我说，“有两个西西里水手，一个年轻的和一个年老的，他们对你表现出了超乎寻常的兴趣。”

我悄悄地转过身。这两个邻居的身影确实不让人放心。我们更换了话题，看到他们离开后，我们都松了口气。

一个小时之后，我们酒足饭饱，愉快地离开了酒馆，在明亮的月光下，沿着海岸，踩在湿湿的沙滩上散步。

我们经过几个渔民的窝棚，几个可疑的身影突然出现在我们面前。

我们很快就被十来个手拿长剑和短刀的人包围了，在他们中间，我们毫不费力地认出了刚才酒馆里的那两个邻居。其中一个人用蹩脚的阿拉伯语发出命令，我大概听明白了，如果不想被砍死的话，就不要说话也不要动。然后我们就被人扔到了地上。

我记得的最后画面就是在我眼前，有个人把拳头打在了阿巴德的脖子后面。随后我就陷入了痛苦的、令人窒息的、灾难一般的漫漫长夜。

我怎么会想到，我最特别的旅行竟是以这样的方式开始的呢？

Ⅳ | 罗马之书

我再也看不到大地，看不到海，看不到太阳，也看不到旅程的尽头。我的舌头咸咸的，头晕恶心，迷迷糊糊，身上还很痛。在关押我们的底仓里，我能闻到死老鼠、发霉的护板以及在我们之前被抓进来的人的味道。

就这样，我成了奴隶，我的儿子，我的血统以此为耻。我的祖先征服了欧洲大陆，而现在我却要被卖给某个王子，某个巴勒莫、那不勒斯或是拉古斯的商人，更惨的是被卖给卡斯蒂利亚人，那样我每时每刻都要品味格拉纳达的羞辱。

在我身边，戴着同样的枷锁和铁球，苏斯人阿巴德躺在布满灰尘的地上，就像最低等的仆人那样。我盯着他看，就像看到镜子中自己落寞的样子。昨天他还在船板上骄傲地指挥着水手们，带给人欢笑，或是踢谁几脚，大海对他来说还不够宽广，海浪也不够猛烈。

我重重地叹了口气。跟我一样不幸的同伴，我本来以为他睡着了，此时闭着眼睛反驳我说：

“感谢真主！感谢真主！感谢真主所做的一切！”

我并不想亵渎神灵，于是我说道：

“随时随刻感谢真主！但是在现在这种情况下，你想感谢真主什么呢？”

“感谢真主没有让我去划船，就像那些做苦役的囚犯一样，我能听到他们呻吟的喘息声。感谢真主让我活下来，也感谢他让我有个好旅伴。这三个原因，难道还不足以让我说感谢真主么！”

他坐了起来。

“我从来不祈求真主让我逃避灾祸，我只祈求他让我不要失去希望。要有信心。当真主一只手松开了你，他一定会用另一只手把你抓住。”

阿巴德说得没错，我的儿子，甚至比他想象的还要真实。在麦加，我不是刚刚离开真主的右手么？在罗马，我将生活在他的左手掌心中！

圣天使城堡之年

伊斯兰历 925 年

（公元 1519 年 1 月 3 日 –1519 年 12 月 22 日）

绑架我的人有一些名气，并且还怀有一颗虔诚的敬畏之心。皮尔托 - 博瓦迪格里亚，一位令人尊敬的西西里海盗，六十多岁，杀人越货无数，大概是不想死在抢劫的路上，所以决定向上帝献祭，来补偿他所犯下的罪过。或者说，是给地中海岸边上帝的代表一个礼物。利奥十世，罗马的统治者和大祭司，基督教的领袖。

献给教皇的礼物，就是我，2 月 14 日情人节时举行了进献仪式。人们头一天晚上通知了我这个消息，我一整夜都靠在单人牢房的墙上难以入睡，听着墙外城里街道上那些寻常的声音，看守的笑声，什么东西掉进台伯河发出的响声，新生儿的哭声，在寂静的黑夜里显得那么尖利。来到罗马之后，我经常失眠，后来我才想明白，到底是什么让日子变得如此难熬：不是因为缺自由，不是因为缺女人，而是听不到穆安津的声音。在此之前，我从没有体验过这样的生活，一周又一周，在城里听不到任何召唤人们去祈祷的声音，那种声音标记了时间，填满了空间，让人放心。

我被关在这座城堡里已经一个月了。经历了痛苦的航行和无数次停靠之后，我终于和阿巴德分开，在那不勒斯的码头下了船，那是意大利人口最多的城市。之后我一个人被带去罗马。再次见到我的同伴已经是三年之后的事了，在一个奇怪的场合。

我一直戴着锁链，但是大大出乎我的意料，博瓦迪格里亚为此道歉，但认为这样做是必须的：

“我们已经到了西班牙人的领土上。如果士兵们看到一个摩尔人没戴枷锁，他们一定会对他不客气。”

他的语气充满尊重，让我可以期望此后不会被粗暴地对待了。这种感觉在我到达圣天使城堡时几乎已经确信无疑了。经过一条螺旋状的楼梯，人们把我带进了这座威严的圆柱形城堡。我被安置在一小间单人牢房里，有一张床，一把椅子和一个木箱子，看起来更像是一个简陋的旅馆，不像是监狱，除了那扇重重的大门，还有门外锁着的挂锁。

十天之后，我迎来了一位访客。看到守卫们急忙站好迎接他，我就知道来的是教皇的心腹。人们称他为弗朗西斯科 - 吉西亚蒂尼大人，他是佛罗伦萨人，莫代纳的执政官，教廷的外交官。我也介绍了自己的名字，头衔和突出的事迹，没有漏掉任何一个使团，从通布图到君士坦丁堡。他看起来很高兴。我们谈话用的是卡斯蒂利亚语，我能听得很明白，但是说起来有些困难。于是他说得非常慢，当我很有礼貌地对我不懂卡斯蒂利亚语带来的不便表示歉意时，他也非常谦恭地回答道：

“我也不懂阿拉伯语，尤其是地中海周围的阿拉伯语。我也要对你表达歉意。”

被他的态度鼓舞，我努力说了几句通俗意大利语，也就是托斯卡纳方言，我们两个人都笑了起来。说完之后，我用朋友间打赌的口气向他承诺道：

“今年年内，我就能说你们的语言。不能说得像你那样好，但是足够让人听懂。”

他微微点了点头，我继续说道：

“还有一些习惯我可能需要时间慢慢适应。比如欧洲人与别人谈话时，如果对方是几个人，他会说‘你们’，如果谈到一个女人，他会说‘她’。而在阿拉伯语里，我们对所有人都说‘你’，不管对方是王子还是仆人。”

外交官沉默了一会儿，在我看来他不是在思考，而是在为接下来要说的话制造一种庄重的气氛。他坐在房间里唯一的那把椅子上，头上戴的红色小帽很合适，让他看起来像个阴谋家。我坐在箱子上，离他有一步远。他弯下身来，用肉乎乎的鼻子对着我。

“哈桑阁下，您来到这里很重要，非常重要。我不能向您透露更多，因为秘密只有圣父才知道，他会在认为合适的时机向您揭开谜底。但是请相信，您现在的境遇并不是一种巧合，或仅仅是海盗的随意行为。”

他想了想接着说：

“我并不是说勇敢的博瓦迪格里亚漂洋过海就是为了寻找您。当然不是。但是他知道应该把什么样的摩尔人献给圣父：一个旅行家，一个受过良好教育的人。比这更多，他抓住的还是一个外交官。我们都没预料到会是这样。”

他们如此看重我，我是不是应该感到高兴？不过我既没有表现出兴奋，也没有不满。我只是非常好奇，想知道更多的事情。但是吉西亚蒂尼已经站起身来。

他刚刚出门，一位军官就走进我的单间，问我需要些什么东西。我大着胆子要了一些干净衣服，一张小桌子，一盏灯和写字的东西，当天他们就给我送来了。晚上的饭也变了，不再是蚕豆和扁豆，我吃到了肉和宽面条，还有特雷比亚诺红酒，而我只是有节制地喝了一点。

*

佛罗伦萨人很快就带来了我期待已久的消息：教皇将从皮尔托-博瓦迪格里亚手中把我接过去。

情人节那天，海盗和外交官两个人一起出现在我的牢房门口。教皇就在这座城堡的图书馆里等着我们。博瓦迪格里亚显得非常虔诚，他趴在了地上；吉西亚蒂尼帮他站起来，恭敬但是简短地对教皇施了个吻手礼。我也走上前来。利奥十世端坐在沙发上，脸上没有胡子，圆圆的看起来十分有趣，下巴上有个酒窝，嘴唇肥厚，尤其是下嘴唇，眼神很慈祥，但同时又带着疑问，手指细长，一看就没有做过什么粗活。在他身后站着一个神父，看起来应该是翻译。

教皇把两只手的手掌放在我弯下的后背上，是代表喜爱，还是占有，我不知道。他随后对海盗说了几句感谢的话。我一直都跪在地上，我的新主人有意把我留下来，直到佛罗伦萨人领着我的绑架者走到外面后，才让我站起身来。对他们来说，会见已经结束了。而对我来说才刚刚开始。翻译用夹杂着卡斯蒂利亚表达方式的阿拉伯语把教皇的话讲给我听：

“一个懂艺术，有知识的人在我们教廷始终是受欢迎的，不是作为仆人，而是受庇护者。确实，你来到这里的方式是违背你的意愿的，教廷也不赞成这样做。但是世界有时就是这样，邪恶常常是美德的臂膀，有时看似好的举动却带着坏的目的，坏的举动却带着好的目的。因此，我们的前任教皇尤里乌斯二世一直致力于为我们的教廷争取一块领土，让我们的教廷更有安全感……”

他停了下来，似乎等着我与他进行辩论，而我一直不知道如何开口。我借此机会大胆地表达了自己观点：

“对我来说，这并没有什么丑陋的。先知的后人，那些哈里发，一直都手握军队并且领导国家。”

教皇饶有兴致地听着翻译，并且迫不及待地问我：

“现在还是这样么？”

“直到那些苏丹取代了他们。哈里发现在已经被幽禁在自己的宫殿里了。”

“这是好事么？”

教皇看起来十分看重我的意见。我绞尽脑汁地想了想，随后才说道：

“我不认为这是一件好事。当哈里发是统治者的时候，伊斯兰教的文化得到了发扬光大。宗教平静地治理着这个世界上的事务。而之后，武力成为了治理世界的力量，而信仰只不过成了苏丹手中的一把武器而已。”

我的听众看起来非常满意，他让翻译替他作证：

“我一直都认为，我光荣的前任做的是对的。如果手中没有军队，那教皇就成了最强大的国王控制下的一个小神父了。有时候，我们不得不拿起和对手同样的武器，做出同样的妥协。”

他把食指指向我。

“您所说的话让教廷很满意。博瓦迪格里亚的手给我们带来了好运。您准备好为教廷服务了么？”

我结结巴巴地说了一些同意的话。他立刻说道，语气很庄严：

“让我们服从天意吧！”

随后他继续说着，因为速度太快，翻译几乎有些跟不上：

“我们的顾问，吉西亚蒂尼大人已经跟您介绍了一些情况，告诉了您我们对您的期待。下次合适的时候我们再继续讨论。您只需要知道，您来到这座圣城，正是在它历史上最困难的时候。罗马正受到毁灭的威胁。明天，当您走在这座城里的时候，您能够感受到这座城充满活力，正越变越美，就像是一棵巨大但干枯的老树，长出了一些新芽，一些绿叶和一些漂亮的花。到处都是最好的画家，最好的雕塑家，作家，音乐家，手工匠人，创造出了最杰出的作品，在教廷的庇护下。春天刚刚开始，而冬天已经临近了。死神从各个方向窥探着我们。它将从哪个方向向我们发起攻击？它将用哪支宝剑砍向我们？只有上帝知道，除非他不想让我们的嘴唇尝到如此苦涩的味道。”

“真主至大！”我不由自主地说道。

“上帝保护我们不受任何苏丹打扰！”教皇补充道，表情看起来突然很开心。

当天我们的谈话没有再深入下去。利奥十世保证很快就会再召见我。回到单人牢房时，我发现士兵们已经收到了新的命令：直到太阳落山前，我的房门都不会上锁了，我可以在城堡的围墙内随意走动。

一个星期之后，当我再次见到教皇时，他已经为我制定了一个繁重的计划：从此之后，我的时间一部分用来学习，一部分用来教学。一位主教将教我拉丁语，另一位教我基督教教义，第三位教我福音书和希伯来语；一位亚美尼亚神父每天早上给我上土耳其语课。而我则要教七个学生阿拉伯语。这份工作每月还能给我带来一个杜卡托金币的报酬。我没有打算表达任何不满，我的恩人就笑着说，这是一种比较高雅的服苦役的形式，并说这份计划体现了他对我的热情。我对他表示了感谢，并承诺一定会竭尽全力不出差错。

从那以后，他每个月都会召见我，或是我一个人，或是和我的老师们一起，检验我的学习情况，尤其是基督教教义。实际上，在他的脑子里，已经准备好了我受洗的日期，以及我的教名。

*

被囚禁的这一年，不仅我的身体没有任何痛苦，精神还得到了极大充实。日复一日，我感到自己的见识在增加，不仅通过学习，还通过与老师们的联系，以及和学生们的联系。我的学生中间，有两个阿拉贡神父，两个法国人，两个威尼斯人，一个萨克森的德国人。正是这个德国人，在我面前引发了与教皇越来越激烈的辩论，将利奥十世与路德牧师对立起来，这一事件让整个欧洲充满战火和血腥，并将给罗马带来最可怕的灾难。

异端分子之年

伊斯兰历 926 年

（公元 1519 年 12 月 23 日 –1520 年 12 月 12 日）

“教皇有什么用？红衣主教有什么用？在罗马这座奢靡享乐成风的城市里，你们信仰的是哪个神？”

这就是我的德国学生汉斯说的话，他是奥斯定会的成员，而说这话时我们两个正在利奥十世的候见室里，他居然在这个时候想让我接受路德牧师的学说，我赶紧恳求他闭嘴，如果他不想被火刑烧死的话。

汉斯金黄头发，瘦削身材，充满活力但是十分固执，每次上课结束后，他都会从提包里拿出一本小册子，说是打算翻译和评论，不断地问我对此怎么想。我的回答是一成不变的：

“不论我感受如何，我不会背叛我的庇护者。”

汉斯显得有些失望，但是并没有打算放弃，下一次课结束之后，他又会重复同样的事情。

因为他可能发现，我听了他说的话似乎并没有什么不快。至少其中的一些观点，让我想起了先知穆罕默德的一些圣训。路德不也要求撤走朝拜地点的所有雕像，认为它们都是偶像崇拜么？“天使不会进入一间有狗或者雕像的房子里”，先知曾在一篇圣训里这样说道。路德不是认为，基督教的信仰是属于所有信众的，而不应该被教阶制度所束缚么？他不是也说，圣书是信仰唯一的根基么？他不是也嘲笑神父必须独身的规定么？他不是也教育别人，所有人都不能逃避造物主的安排么？先知对穆斯林说的，也不外乎就是这些。

尽管这些得到了我内心的认同，我的理智也要求我不能向他们倾斜。在路德和利奥十世之间，一场激烈的决斗正在进行，我不可能去赞同一个陌生人，而去损害一个保护我，把我当成亲人一样对待的人。

教皇肯定不止称我一个人为“我的孩子”，但是我知道他对我的感情不一样。1520 年 1 月 6 日，在尚未完工的圣彼得大教堂里，他庄严地赐予我他名字中的两个字，约翰和莱昂，以及他尊贵的姓氏，美第奇。那天，教堂里站满了红衣主教、大主教、使臣，以及很多受到利奥十世庇护的人，有诗人、画家、雕刻家，人们身上的锦缎、珍珠和宝石绚烂夺目。甚至乌尔比诺的拉斐尔，被他的追随者们称为神圣的拉斐尔，当天也在现场，丝毫看不出生病的迹象，而他三个月之后就因病去世了。

教皇戴着他的三重冕高声宣布：

“在今天这个主显节里，我们庆祝基督受洗，庆祝阿拉伯半岛来的东方三贤士朝见我主，而今天，我们在这座神圣的教堂里迎来了一位新的贤王，他来自遥远的柏柏尔地区，将为圣彼得大教堂献祭。”

我跪在祭坛前，穿着一件白羊毛大衣，此刻已经被熏香的味道搞得头晕脑胀，被这些名不副实的赞誉之词搞得崩溃。在这个地方，没有人不知道我这个“贤王”是一个夏日夜里，在杰尔巴岛海滩上被海盗强掳来，一路当作奴隶送到罗马的。我听到的这些话，我身上发生的一切，看起来都是那么荒诞，那么过分，那么滑稽！我是不是在噩梦里，在幻象中？此刻我是不是像每周五一样，正在菲斯、开罗或是通布图的清真寺里，只是因为前一天晚上失眠而精神不佳？突然，就在我一头雾水的时候，教皇的声音再次响起：

“而你，我主深爱的孩子，你，约翰 - 莱昂，天意在所有人中选中了你……”

约翰 - 莱昂！约哈内 - 雷奥！我的家族里从来没有人叫过这个名字。仪式结束之后，我的脑子里翻来覆去都是这几个字母和音节，我的嘴里一会儿拉丁语，一会儿意大利语地重复着这个名字。雷奥，雷奥内！真是奇怪，人们总喜欢把吓人的猛兽当作自己的名字，而很少有人把忠诚的动物当名字。比如人很喜欢被叫作狼，而不是狗。会不会有一天，我忘记自己叫哈桑，而对着镜子里的人说：“莱昂，你有黑眼圈了？”为了尽快驾驭我的新名字，我立刻把它阿拉伯化了，于是约哈内 - 雷奥变成了约翰那 - 阿萨德。我在罗马和博洛尼亚写的著作里，你们能看到下面的签名就是这个。但是教廷的常客们对美第奇家族诞生了我这么一个棕色皮肤，卷曲短发的后代并不特别吃惊，他们只是立刻给我加上了一个非洲人的绰号，把我和收养我的圣父区分开来。或许他们也是想避免有一天我被任命为红衣主教吧，因为教皇的大部分兄弟都是红衣主教，有些从十四岁就开始了。

受洗的当天晚上，教皇召见了我。他首先向我宣布，我已经自由了，但是在外面找到住处之前，我依然可以住在城堡里。他希望我能继续勤奋地学习和教课。随后，他从桌上拿起一本小书，像递圣餐饼一样放到我张开的手里。打开之后我发现里面是用阿拉伯语写的。

“大声地读出来，我的孩子！”

我照着他的话做了，小心地翻着书页：

> “日常礼赞书，1514 年 9 月 12 日完成……由教皇利奥十世支持在法诺城编写……”

我的庇护者用颤抖而又不确定的嗓音打断我：

“这是从印刷厂出来的第一本阿拉伯语书。当有一天你回到家人中间时，请好好地随身带着它。”

从他的眼中，我看出他知道，有一天我会再离开。他这么激动，我的眼泪也控制不住地流出来。他站起身来，我弯下腰想吻他的手。他紧紧地抱住我，就像一个真正的父亲那样。向真主发誓，从此时开始我真正地爱戴他了，尽管他刚刚让我经历了那样一个滑稽的仪式。一个因为基督教，不论在欧洲还是其他地区都如此强大，如此受人尊敬的人，在看到可能某个犹太人印刷作坊里印出的阿拉伯语小书，竟然这样的激动，让我想起了衰落前的几位哈里发，例如马穆恩，哈伦-拉希德的儿子，愿真主怜悯他们！

这次会见后的第二天，当我第一次以自由人身份，摇晃着双臂离开牢房时，当我经过圣天使桥朝庞特区走去时，我对这次囚禁生活已经没有一丝痛苦和怨恨。几个星期重重的枷锁，几个月温和的奴役，现在我又成了旅行者，迁徙的生物，就像此前我居住过的所有国家一样，我在这里也找到了一时的快乐和荣耀。这么多街道，这么多建筑，这么多的男人和女人，我多想尽情去探索，因为这一年的时间里，我能看到的罗马，就只有圣天使城堡圆柱形的身影和它连接梵蒂冈的漫长的走廊！

*

毫无疑问，让这个不可理喻的汉斯陪着我在城里第一次闲逛是个错误。出门之后，我首先朝着老银行街的方向径直往前走，在著名的派来格利奥街左转，去看那里金匠的橱窗和商店里展示的丝绸制品。我本来打算逛上几个小时，但是我的德国伙伴显得非常不耐烦。最后他拽住我的袖子，就像一个饥饿的孩子一样。是我做的有点过分了，我对自己的轻浮感到不好意思。附近难道不是有很多教堂、宫殿和其他著名建筑可以参观么？或者他是想带我去旁边的纳沃纳广场看看，听说那里不是一年四季都有演出，街头艺人的表演从来都不间断的么？

但是汉斯想的根本不是这些。他带着我穿过狭窄的小巷，好几次我们都要跨过垃圾堆才能通过。随后，在一个最阴暗，最恶臭的地方，他突然停了下来。很快我们就被脏兮兮，骨瘦如柴的看热闹的人围了起来。一个女人还从窗户向我们喊，让我们付点钱去跟她玩玩儿。我感觉糟糕极了，但是汉斯站在那里一动不动。看到我愤怒的眼神后，他自以为是地解释道：

“我想让你亲眼看看这个悲惨的世界，之后你再看看教会的那些首领，每个红衣主教都有三个城堡，他们在那里攀比奢华和放荡，在那里举行一次又一次聚会，吃着十二道鱼做成的主菜，八份沙拉，五种甜点。教皇本人呢？你看到他骄傲地炫耀葡萄牙国王送给他的那头大象了么？你看到他把金币扔到小丑们的脚下么？你看到他来到自己位于马格利亚纳的领地，在他六十八头猎犬的簇拥下追逐一头熊或是一只野猪么？你看到他花费重金从坎迪或是亚美尼亚买来的鹰隼么？”

我理解他的心情，但是他的行为让我很恼火：

“带我去看古罗马的建筑吧，就是西塞罗和蒂托-李维谈到的那些！”

我的年轻朋友露出了得胜的表情。他什么话都没说，而是直接向前走去，脚步那么坚定，我都快追不上了。半个小时之后，当他终于决定停下来时，我们已经远离了有人居住的街区。现在我们到了一大片平地的中间。

“这里就是罗马广场，古代城市的心脏地带，当年周围都是人头攒动的街道；而今天，人们把这里叫作养牛场！就在你眼前，你能看到帕拉蒂尼山么？那边往东看，在斗兽场的后面，埃斯奎利诺山？几个世纪以来，那里都没什么人去了！罗马现在只不过是具有大城市规模的村庄而已。你知道今天罗马的人口才有多少么？八千多户，最多九千多人。”

这比菲斯、突尼斯城和特莱姆森的人口少太多了。

回城堡的路上，我看到天色还早，于是错误地建议和我的同伴一起经过美丽的博尔戈区，到圣保罗大教堂的施工现场看一看。快到大教堂的时候，汉斯再一次抨击起教廷来：

“你知道教皇是怎么筹到钱来完成这座教堂么？靠从德国人那里征

收来的钱。”

已经有几个路过的人聚到我们周围了。

“我今天已经看够了，”我恳求他，“下次我们再来吧。”

然后，一刻也没耽搁，我赶紧跑回了原来的监狱里躲清静，发誓再也不会找一个路德派的人在罗马城给我当向导了。

第二次参观，我很荣幸地请到了吉西亚蒂尼来作伴，他刚刚从莫代纳的领地回来。我告诉他我的失望，尤其是看过了养牛场之后。他对此并不吃惊。

“永恒的城市，罗马，但也有被遗忘的。”他很睿智地总结说。

他随后说道：

“神圣的城市，但也有不信教的人；悠闲的城市，但每天都能给世界带来一个杰作。”

能够和吉西亚蒂尼一起散步，聆听他的想法，他的评价，他的知心话，对我来说是一种精神上的享受。不过也有一些让人厌烦的地方：从圣天使城堡到法涅斯红衣主教新宫殿的那一公里的路上，我们走了将近两个小时，足见我的同伴在此地有怎样的名望。如果有过路人和他打招呼，立刻就会有其他人下马加入他们长时间的对话。每次一空出时间来，佛罗伦萨人就来向我道歉：“这是一个同乡，他最近才来罗马”，或者是“这是教廷俸给管理处很有影响的一个官员”，“这是法国国王邮政部门的主管”，甚至有两次是因为“这是某某红衣主教的私生子。”

对此我没感到丝毫意外。汉斯已经向我解释过，在教皇居住的这座城市里，挤满了信教的人，修女，世界各地前来朝觐的人，教廷首领们的情人都有城堡和佣人，他们的后代也都被许以高官厚禄，就连低阶的神父都有自己的情人和女仆，他甚至可以带着女人毫不知耻地走在路上。

“淫乱并不像奢华那样容易引发丑闻，”吉西亚蒂尼这样说道，似乎他已经看出了我的心思。

他接着说：

“在罗马，高级教士的生活方式会花费很多钱，而这座教士的城市自身并不出产什么！所有东西都是从佛罗伦萨、威尼斯、米兰或是其他地方买来的。为了维持这座城市疯狂的生活，几任教皇都在公开叫卖教会的职务：一万，两万，三万杜卡托金币，换一个红衣主教的位置。在这里，所有的东西都能卖，甚至连摄政枢机主教都能卖！即使这样钱都不够用，于是我们开始向可怜的德国人卖赎罪券！如果你买了，所有的罪孽都可以被宽恕！就这样，圣父卖掉了天堂。这也是和路德发生争论的起因。”

“所以这位牧师还是有道理的。”

“某种意义上，是的。我只是希望，通过这种令人质疑的手段聚敛的钱财，能够真正用在建成圣彼得大教堂上，其中的一部分钱不是用于美味佳肴，而是奉献给人类最伟大的创造。在罗马，成百上千的作家、艺术家正在创造着无数杰作，先人们如果看到这些，一定会嫉妒得脸色发白。一个新的世界正在诞生，带来了一种新的视野，新的抱负，新的魅力。这个世界就在此地诞生，在这个堕落腐化，利欲熏心，不圣洁的罗马，用从德国人那里骗来的钱。这算不算是一种有意义的浪费？”

我不知道该作何感想。善与恶，真实与谎言，美好与腐朽在我的脑子里搅成一团！或许这就是利奥十世的罗马，非洲人莱昂的罗马。我高声重复着吉西亚蒂尼的话，希望能把它们刻在脑子里：

“悠闲的城市……神圣的城市……永恒的城市……”

他突然用让人难以忍受的语气打断我：

“还是被诅咒的城市。”

当我疑惑地看着他，等他做出解释的时候，他从口袋里拿出一张皱巴巴的纸。

“路德刚刚写给教皇一封信，我从信里面摘录了几句。”

他低声地读出来：

“你啊利奥，最最不幸的人，你此刻正坐在最危险的王位上。罗马曾经是通往天堂的大门，但现在却是连着地狱的深坑。”

犹太女基督徒之年

伊斯兰历 927 年

（公元 1520 年 12 月 13 日 –1521 年 11 月 30 日）

在我的生命里，这年的 4 月 6 日星期六，是幸福的一天！但是教皇那天非常生气。他在办公室里大发雷霆，我从来没见他如此发过脾气，在候见室里惊得半天不能动弹，好在钟锤重重的撞击声稍稍盖过了教皇的喊声。但是和我一起的瑞士卫兵明显已经得到了指令。他没有敲门就把我推进教皇的办公室，并在我身后很干脆地把门重新关上。

看到我之后，教皇停止了叫喊。但是他的眉头始终紧皱着，下嘴唇还在发抖。他用细长的手指焦躁地敲着桌子，示意我走近一些。我弯下身吻了他的手，随后也吻了一直站在他右边的那个人的手。

"莱昂，你认识我的表弟红衣主教儒勒么？"

"在罗马生活，怎么可能不认识他？"

在当下的局面，这并不是最好的一个回答。儒勒 · 德 · 美第奇，毫无疑问，是所有高阶主教里最闪耀的，也是最受教皇信任的。但是教皇一段时间以来经常批评他放荡，喜好炫耀，爱得轰轰烈烈，这让他成为路德派攻击的一个活靶子。但是吉西亚蒂尼对我说了他一些好话：“儒勒具有一位绅士所有的品质，热心资助文化和艺术事业，宽容而又随和。为什么魔鬼要让他成为一个宗教人士？”

教皇的表弟穿着红色斗篷，戴着红色小帽，额头留着一绺黑色的刘海，此刻好像陷入了痛苦的沉思中。

“红衣主教有话对你说，我的孩子。你们去那边的椅子上坐下吧。我还有封信要看。”

我想我没有看错，那天我们的谈话，教皇一个字也没有漏掉，因为他拿在手里的那份文件一页都没有翻。

儒勒看起来有些尴尬，一直在我的眼神里寻找默契。他突然清了清嗓子。

“我的随从里最近来了一个年轻的女人，善良又漂亮，而且聪明。圣父想让我把她介绍给你，让你娶她为妻。她的名字叫玛德莱娜。”

显而易见，说出这些话让他费了很大力气，随后他转移话题，询问了我的经历，我的旅行，我在罗马的生活。我看出来，他和他的教皇表兄有同样的爱好，在听到通布图、菲斯和开罗时同样的高兴，同样尊重精神世界。他向我保证，当有一天我把旅行的故事写下来之后，他一定会做我最忠实的读者。

这场谈话进行得非常愉快，但是丝毫不能减轻我对他指婚这件事的疑虑。按照我的判断，我可不想娶一个已经怀孕的年轻女孩，让全罗马市民说三道四。但是，想要跟教皇和他的表弟说出“不”这个简单的字，也十分困难。于是我拐弯抹角地表达了自己的态度：

“我把决定权交给圣父和红衣主教阁下，因为你们比我更清楚，究竟什么对我的身体和灵魂是好的。”

教皇的笑声让我跳了起来。他扔下文件，重新回到我们中间。

“今天莱昂就能见到这个女孩，在追思弥撒之后。”

*

事实上，这一天在西斯廷礼拜堂举行了活动，因为是乌尔比诺的拉斐尔去世一周年的纪念日。在所有受他保护的人当中，拉斐尔是最受教皇喜爱的。教皇提起他时，感情是真挚的，让我十分遗憾没能好好认识他。

我由于长时间被监禁，只见过拉斐尔两次：第一次是在梵蒂冈的一条走廊里匆匆的一面，第二次是在我的洗礼上。洗礼仪式之后，他就像其他人一样，来向教皇表示祝贺，教皇把他安排在我旁边。他突然问了我一个问题：

"在您的国家，真的没有任何画家或是雕刻家么？"

"有时人们也会画画和雕刻，但是任何塑像都是不允许的。这被认为是向造物主的挑战。"

"想到我们的艺术能够和造物主竞争，这简直是莫大的荣幸。"

他的表情很震惊，还有一点高傲。我认为有必要反驳他一下：

"米开朗基罗在雕刻完摩西像之后，不是也命令他走路或是说话么？"

拉斐尔狡猾地笑了。

"人们是这么说过。"

"这正是我们国家的人极力避免的。一个人竟然狂妄地想取代造物主。"

"那么一个掌握生死大权的王子，不是比一个画家更加不虔诚地取代了造物主么？还有那些主子们，手里有那么多奴隶，把他们买来卖去的呢？"

画家的声音提高了不少。我努力地想让他平静下来：

"将来我一定会去你的工作室看看。"

"如果我决定给您画幅肖像，这会不会是不虔诚呢？"

"绝对不会。对我来说，这就像最优秀的诗人给我写一首颂诗一样。"

我找不到更好的比喻方式。他很高兴。

"非常好。来我家吧，您想来的时候随时可以。"

我也打算这样做，但是他的去世来得太快了。拉斐尔留给我的，只有几句话，一个表情，一个微笑，一个承诺。而我要做的，就是在这个纪念日怀念他。但是这一切转瞬而过，仪式临近结束时，我的脑子里已经全是玛德莱娜了。

我想像着她的样子，她的头发，她的声音，她的身材；我琢磨着应该用哪种语言跟她交流，见面第一句话应该说什么。我还在猜利奥十世和他的表弟在召见我之前都说了些什么。教皇可能得知红衣主教成群的妻妾里又多了一个年轻漂亮的女人，恐怕会惹出新的丑闻，命令他尽快、体面地脱手。这样就不会有人怀疑红衣主教儒勒曾对这个女孩有什么非分之想，他的目的只是为了给他的亲戚非洲人莱昂找个女人！

我走出礼拜堂的时候，看到了一个认识的神父，他告诉我的一些消息更加重了我的猜疑：玛德莱娜长期住在一个女修道院里。在一次访问的时候，红衣主教注意到了她，当天离开的时候，玛德莱娜就已经在他的随行队伍中了。这一行径令人震惊，抱怨声传到了利奥十世的耳朵里，教皇立刻就以教会领袖和美第奇家族宗长的身份做出回应。

我认为已经掌握了所有真相，但我不知道，这些只是虚假的表面而已。

*

“你真的和我一样，从格拉纳达来的？也像我这样是后来皈依的？”

我太高估自己的能力和处事时的冷静了。我坐在红衣主教安排的客厅里，当她缓步走进来时，我突然不想问她任何问题，担心她的一句话会逼得我离开。对我来说，现在关于玛德莱娜的一切真相，就只是玛德莱娜本身。我只有一个愿望，那就是能一直这样看着她。在罗马所有的女人中，她有一种不同寻常的忧郁。动作里有忧郁，声音里有忧郁，眼神里也是，那是一种傲慢，同时也是甘于痛苦。她的头发如此乌黑，只有安达卢西亚的炼金术士用烧土制成的染料才能保持这样的颜色。在成为我的女人之前，她已经是我的姐妹了，她的呼吸让我感到那么熟悉。

落座之前，她已经开始讲她的故事了，所有的故事。我没问出口的问题，她已经回答了。她的外祖父出自著名的犹太家族，阿布拉巴内尔家族的一个没落的旁系。他是一个普通的铁匠，住在我家乡南面的纳吉德，对即将影响全家人的危险毫无觉察，直到驱逐令正式宣布的时候。于是他带着六个孩子迁往得土安，惨淡经营，唯一的愿望就是看到儿子们学些知识，女儿们越长越漂亮。他其中的一个女儿就是今天这个犹太女基督徒的母亲。

“我的父母决定搬去费拉拉，”她对我解释道，“那里有几个表亲过得还不错。但是我们坐的那艘船上爆发了鼠疫，很多船员和乘客都死了。在比萨靠岸时，我已经孤身一人了。父亲、母亲和弟弟都死了。那时候我才八岁。一位老修女收留了我，她把我带到了一家女修道院，她是那里的院长，并且立刻给我施洗，给我起了玛德莱娜这个名字，而我的父亲是叫我朱迪斯的。尽管失去了至爱的亲人非常痛苦，我却并没有诅咒命运，因为我能吃饱饭，读书识字，没有受到任何不公正的责骂。直到我的恩人去世的那一天。她的继任者是西班牙一位大人物的私生女，她被关在这家修道院，就是为了救赎她家人所犯下的罪过，因此她把这家美丽的修道院当作了自己和其他所有人的炼狱。不过她还是有她的手段，恩威并用。而我在她的心里是最坏的。我成为基督徒已经七年了，并且越来越虔诚。但对她来说，我只是一个皈依者，一个血统不纯正的犹太女基督徒，我只要存在，就会给修道院带来最恶毒的诅咒。因此，在经受了她不公正的责难后，我觉得又回到了最初的宗教信仰。吃到猪肉让我感到恶心，整晚都会辗转反侧。我计划逃出去，但是我唯一的一次尝试却悲惨地结束了。我从来没有跑过那么快，尤其是穿着修女的衣服。园丁抓住了我，扭着我的胳膊把我带回了修道院，就像抓到了一个偷鸡的小偷一样。随后他们把我扔进地牢，打得浑身是血。”

她的身上还有一些印记，但是这并不能掩盖她的美丽，也不能影响她完美的身体。

“当人们两周之后把我放出来时，我决定改变态度。我装出很后悔的样子，并且装得虔诚、服从，不计较受到的侮辱。我在等待时机。红衣主教儒勒来访问，我的机会来了。院长无奈必须用礼遇来迎接红衣主教，尽管她恨不得把他烧死，如果她有这个权力的话。她有时会让我们为教会高级教士们的胡作非为祈祷，并且不止一次批评过‘荒淫的美第奇家族’，当然不是公开地，而是在她的几个亲信修女中间，但是这些消息很快就走漏了出来。正是这些恶习，让我觉得可以利用一下这个红衣主教。”

我也表示赞同：

“美德如果不加克制，就会变得病态，信仰如果没有怀疑，只会变得疯狂。”

玛德莱娜轻轻碰了碰我的肩膀，表示对我的信任，随后她继续说：

“当红衣主教到达时，我们站成一排对他行吻手礼。我不耐烦地等着他走到我近前。我的计划已经准备好了。红衣主教的手指上戴着两个戒指，他高傲地把手伸向我。我接过他的手，握得比正常情况稍重，并且长了两秒钟，这足以引起他的注意。我抬起头，好让他能看清我的脸。‘我要向您忏悔！’我高声地说出这句话，好让这个请求显得正式，让红衣主教的随行人员和院长都听到。院长虚情假意地说道：‘走开吧，我的小女孩，您打扰到红衣主教阁下了，您的姐妹们还在等着。’有一瞬间我犹豫了。我要重新回到她们报复的地牢里么？我能抓住拯救者的手么？我的呼吸停顿了，我的眼神充满了哀求。突然我听到他的声音：‘你们在这里等我！我听您忏悔！’我的眼泪流了出来，暴露了我的幸福。但是，当我跪在忏悔室的时候，我的语气再次变得坚定，把心里重复过几百遍的话一字不差地说了出来。红衣主教安静地听着我绝望的呼喊，不住地点头鼓励我继续说。‘我的孩子，’当我停下来之后他说，‘我想修道院的生活并不适合你。’我自由了。”

说完这些，她的眼泪再一次流了出来。我把手放在她的手上爱抚着，她继续说下去的时候我才把手收回来。

“红衣主教把我带回了罗马，这是一个月之前的事。修道院院长不想放我走，但是我的保护者没有理睬她的抗议。为了报复，她筹划了一个阴谋，找到了西班牙的红衣主教，让他们去找教皇告状。他们给我们加上了最恶毒的罪名，对红衣主教阁下和我……”

她停下了，因为我突然跳起来。我不想听到这些污蔑之词，哪怕是从玛德莱娜优雅的口中。现在最重要的是我心中刚刚萌生的爱意，我想犹太女基督徒的心中也是如此。当她站起身来准备跟我告别的时候，我看到她的眼中有些不安。我突然离开的举动吓到了她。她克服了内心的羞涩，对我说道：

“我们还会再见么？”

“直到我生命的尽头。”

我的嘴唇轻轻触到她的。她的眼睛里再次出现了惊恐，但这次是因为幸福和希望而感到的眩晕。

阿德里安之年

伊斯兰历 928 年

（公元 1521 年 12 月 1 日 –1522 年 11 月 19 日）

教皇利奥十世在这一年的第一天因为溃疡而去世，我也一度认为应该离开罗马，没有了这位细心的教父，没有了这位慷慨的保护者，这座城市突然变得不适合生活。愿诸神赐予他无尽的财富，就像他自己对别人所做的那样！

我不是唯一一个打算离开的，红衣主教儒勒回到了佛罗伦萨避难，吉西亚蒂尼回到了莫代纳，我身边数以百计的作家、画家、雕刻家、商人，其中不乏知名人士，纷纷逃离了这座城市，似乎这里爆发了瘟疫一样。事实上，这里确实短暂爆发过一次传染病，但真正的瘟疫并不是这个。从博尔古到纳沃纳广场人们高喊着一个名字，带着一个一成不变的修饰语：野蛮人阿德里安。

红衣主教们选了他当教皇，好像是在赎罪一样。前一任罗马教廷受到了太多指责，好几个省的德国人纷纷表示支持路德的论调，利奥十世无疑应该为此负主要责任。人们还想改变教会的形象。不同于利奥十世，佛罗伦萨人，美第奇家族，三十八岁就当上教皇，给罗马带来了奢华和美丽，人们选出的继任者却是一个严肃的荷兰人，六十三岁，“一个高尚的圣人，令人讨厌，秃头还满脸雀斑”。这是玛德莱娜对他的描述，她对这个基督教的新首领没有丝毫的宽容和认同。

“他总是让我想起迫害我的修道院院长。他的心胸也是同样的狭隘，同样想让自己和其他所有人都过上苦行僧的生活。”

刚开始我的判断并没有这么斩钉截铁。就算我一直都忠于我的恩人，罗马人的一些生活方式也与我内心的信仰并不一致。当一个教皇像阿德里安这样宣布“我喜欢清贫！”，这并不会让我感到不快，而他从执政一开始就引发人们嘲笑的那个故事，也并不能让我立刻笑出声来。在进入西斯廷礼拜堂，看到穹顶上米开朗基罗画的壁画时，新任教皇突然大叫起来：“这不是一座教堂，而是一个堆满裸体的蒸气浴室！”他宣布要用石灰把这些不虔诚的画像盖起来。向真主发誓，如果是我，也会发出同样的叫声！与罗马人的交往已经让我多少打消了对绘画，对裸体，对雕像的抵触，但这些不应该出现在祈祷的场所。这些就是阿德里安六世即位后，我最初的一些感受。然而我此刻还不知道，这位罗马皇帝查理五世的家庭教师，在来到罗马之前曾经是阿拉贡和纳瓦拉的宗教裁判所法官。几个星期之后，他就把我完全当成了美第奇家族的人，就算血统上并不一致，至少在生活追求上是一样的。

这位教皇首先取消了利奥十世曾经批准的所有年金，其中包括我的。同时他也取消了所有绘画、雕像、书籍的订单，并停下了所有工程。每次讲道时，他都会对艺术狂怒不止，包括古代和现代艺术，他还反对所有节庆，所有享乐，所有花费。很快，罗马就变成了一座死城，没有新事物诞生，没有新建筑，甚至没有货物可卖。为了证明他的决定是正确的，新教皇还提到了前任积累下来的诸多债务，认为钱财都被浪费了。“用整修圣保罗大教堂消耗的钱，”阿德里安的亲信曾说道，“我们可以组成一支十字军与土耳其人作战；用扔给拉斐尔的钱，我们足够武装一个骑兵团。”

自从我到达罗马之后，我不止一次听人提起过十字军，甚至从利奥十世的口中。但是，这只不过是没有下文的表面文章，就像某些穆斯林王子整日鼓吹的圣战，只不过是为了让对手难堪，或是安抚那些假装虔诚的人们。但在阿德里安这里就完全不是同一回事了，愿真主诅咒他和那些狂热的信徒！他坚定地认为，发动基督教与伊斯兰教的战争就可以结束与路德的教会分立，还能重新让查理五世与法国国王结成同盟。

取消了我的年金，并且鼓动人们发动大规模战争。很明显，仅此两点就足以打消我为这位教皇欢呼的所有念头。这也促使我想要尽快离开罗马前往佛罗伦萨，红衣主教儒勒曾劝我和他一起去。

如果不是玛德莱娜怀孕，我肯定已经和他会合了。我在庞特区租了一座三层的房子。最高层是一间厨房，第二层是一间会客室，里面还摆着我的写字台，一层是一间大卧室，外面是一个菜园。七月份的一个晚上，我的第一个儿子就在这间卧室出生了。我给他起名叫尤塞皮，也就是尤素福，与麦西哈的父亲，雅各的儿子和苏丹萨拉丁同样的名字。我的快乐是无边无际的。玛德莱娜有时会嘲笑我，但她浮肿的脸上洋溢的也都是幸福。我会连续几个小时坐在他们身边，轻抚着他们母子，看着他们的日常活动，尤其是看她哺乳，这让我特别感动。因此我不想把他们带到痛苦的流亡之路上。不去佛罗伦萨，也不去突尼斯城，就像这一年里那个离奇的场合中，有人向我建议的那样。

*

红衣主教儒勒离开罗马前往托斯卡纳之前，有一天我在他家作客，正好有个年轻的画家来拜访。画家名叫马诺罗，从那不勒斯来，在那里还有一点名气，他想在回家之前，能卖掉几幅画。这并不奇怪，经常有艺术家大老远地来找美第奇家族的人，因为只要敲开门，就一定不会空手而归。于是这个那不勒斯人在我们面前展开了几幅画，我觉得质量高低不一。我随意地瞟了几眼，突然我跳了起来。一幅肖像画从我眼前晃过，马诺罗匆忙把它收了起来，动作看起来还有些懊恼。

“我能再看看这幅画么？”我向他询问道。

“当然可以，但是这幅画是不卖的。我不小心拿错了。这是一位商人向我订做的，我还得把画交给他。”

这丰满的身材，染了暗色的头发，这胡子，这带着无尽满足的微笑……绝对不可能错！不过我还是决定问问他：

“这位先生叫什么名字？”

“阿巴多老爷。他是那不勒斯最有钱的船商之一。”

苏斯人阿巴德！我笑着轻声骂了一句。

“你很快就能见到他么？”

“五月到九月间他通常在旅行，但是他会在别墅里过冬，就在圣路济亚区。”

拿过一张纸，我兴奋地给我的同伴写了一封信。两个月之后，阿巴德来到了我家，乘着四轮马车，带着三个随从。就算是我的亲兄弟，我也不会像对他这样如此开心地把他抱得那么紧！

“我离开你时，你还在货船的底仓里戴着枷锁。再见到你时，你已经如此富有和光鲜了。”

“感谢真主！感谢真主！真主对我是十分慷慨的！”

“这些都是你应得的！我可以作证，即使在最糟糕的时候，你都从来没有抱怨过天意。”

这些话都是发自我内心的。不过，我还是对他的经历很好奇：

“你是如何这么快就摆脱困境的？”

“这要感谢我的母亲，愿真主保佑埋葬她的土地！母亲常常对我说这句话，我一直牢记在心：一个男人永远不是一无所有的，只要他的舌头还在嘴里。确实我被当作奴隶卖掉了，手上戴着铁链，脚上拴着铁球，但是我的舌头是自由的。一个商人买了我，我忠心地为他服务，给他提了一条又一条建议，用我在地中海上的经验给他提供帮助。第一年，他就赚了很多钱，于是他给我恢复了自由，并让我和他一起做生意。”

当我对这一切竟如此简单表示惊讶时，他只是耸了耸肩。

“如果我们在一个国家能赚到钱，在其他任何地方也都可以。我们的生意现在是那不勒斯最红火的。感谢真主！在每个港口都有我们的职员，还有十来家商铺，我会经常去转一转。”

“你有机会路过突尼斯城么？”

“夏天的时候我会去。我会去看看你的家人。要不要我告诉他们，你在这里过得很好？”

我得承认，就算在这里没有发财，至少也没有因为囚禁而受过任何苦。并且罗马给我带来了两个真真切切的幸福：一座重生的古城，美得让人心醉；一个我爱的女人，还有她膝盖上熟睡的孩子。

我的朋友看起来很满意。不过他还是说：

“如果有一天，你在这座城市不再感到幸福了，记得我家的大门永远为你和你的家人敞开，我的船也可以把你带到任何你想去的地方。”

我没有流露出离开罗马的意图，并向阿巴德承诺，在他从突尼斯城回来之后，一定为他准备一场豪华的大餐。

*

我不想在朋友面前诉苦，但是对我来说，事情确实变得越来越严重了：阿德里安决定发起一次运动，抵制人们留胡须。“胡须只适合士兵，”他如此宣布，并且命令所有宗教人士剃掉胡须。这件事和我并没有直接的关系，但是因为我经常出入梵蒂冈的宫殿，坚持留胡须看起来就像是为了彰显自己摩尔人的血统，或是在向教皇发起挑战，甚至还会被当作不虔诚的表现。在我接触的意大利人当中，留胡须并不普遍，更多的是艺术家们古怪新颖的标志，对一些人来说这显得有才华，而对另一些人来说就显得张扬。有些人坚持保留这个特征，但是其他人随时准备剃掉，不想冒犯教廷的禁令。对我来说，这件事不是这么简单。在我的国家，胡须是教规规定的。不留胡须也可以接受，尤其是对外国人。而当一个人留胡须很多年，现在让他剃掉，这对他来说就是一种侮辱。我不想承受这样的侮辱。

如果我说，这一年我准备为我的胡须而死，你们相信么？不只是为了我的胡须，更多的斗争在我的脑海中搅成一团，相信在教皇的脑子里也一样：教士的胡须，西斯廷礼拜堂穹顶上的裸女，摩西雕像那吓人的眼神和颤抖的嘴唇。

不用刻意去做什么，我已经成了与阿德里安斗争的中心人物和象征。当看到我经过，骄傲地抚摸着下巴上浓密的胡须时，没有胡子的罗马人都会低声地表示敬意。所有抨击教皇的文章都会首先经过我的手，随后才会被塞进贵族们的门缝里。有些文章只是单纯的辱骂："野蛮人，麻子脸，猪"甚至更糟糕的。有些文章带着罗马人的骄傲："意大利之外的人，不能坐在圣彼得的宝座上！"我已经停下了所有教学和研究工作，把全部时间都用在了斗争上。我得到了应有的回报。红衣主教儒勒给我送来了一大笔钱，还有鼓励我的信。他还向我保证，将来时来运转之后，一定会对我做的贡献心存感激。

我焦躁地等着这一时刻的来临，因为我在罗马的处境已经越来越危险。我的一位神父朋友，一篇煽动文章的作者，在离开我家两个小时后被关进了圣天使城堡，另外一位神父朋友被几个西班牙牧师痛打一顿。我感到自己也时刻处在监视中，于是不再出门，除了赶快在周围的街上买一些东西。每天晚上，我都感觉可能是睡在玛德莱娜身边的最后一晚，于是我紧紧地抱住她。

苏莱曼之年

伊斯兰历 929 年

（公元 1522 年 11 月 20 日 –1523 年 11 月 9 日）

这一年，奥斯曼帝国重新赢得了我的好感。当然，它本身并不知道这些，但是这重要么？和它的斗争是在我心里开始的，当然也要在我心里消失。

当初离开这个伊斯兰帝国，是为了帮一个孩子躲避嗜血成性的统治者的迫害，而在基督教城市罗马，我却找到了哈里发，我多么希望能在他的庇护下，生活在巴格达或是科尔多瓦。我的思想在这种悖论中悠然自得，而我的理智却不能因此平静。难道不靠说大话，就可以为家人感到骄傲的时代已经过去了么？

还有阿德里安，还有苏莱曼，尤其是阿巴德的这次来访。从突尼斯城回来之后，他信守承诺，来到我家看我，还没开口，眼神里就流露出了对我的同情。看他犹豫不决，不知该不该把得到的消息告诉我，担心给我造成打击，我只好让他放心：

“对于天意决定的事，我们不能怪罪传信的人。”

随后，我笑着说：

“对于一个离家多年的人，我们不能指望从家里听到任何好消息。就算你告诉我努尔又生下了一个孩子，这也是个悲剧。”

我的朋友权衡了一下，觉得任我再这样开玩笑也不会有什么好处，最后还是决定告诉我：“你的女人没有在家等你。她只在你突尼斯的家里住了几个月。”

我的手心里直冒汗。

“她走了。给你留下了这个。”

他递给我一封信，我把信打开。信中的书写很漂亮，应该是出自城里替人写信的人之手。但信中的话一看就是努尔说的。

“如果只是为了自己的幸福，我会等你很多年，在孤寂的夜里，看着青丝变成白发。但是我的存在就是为了儿子，为了他有一天能完成自己的使命，如果真主允许的话。那时我们会请你来到我们身边，与我们分享荣耀，就像当年共同面对危险一样。我准备去波斯，那里尽管没有朋友，但至少追捕拜亚齐德的敌人会少很多。

“我给你留下了海亚特。我帮你照看女儿，就像你帮我保守秘密一样，现在，是时候拿回属于各自的东西了。有人会说，我不是一个称职的母亲，但是你知道，我是为了她好才把她留下来，这样才能让她远离我和她哥哥面临的危险。我把她留给你，她是一个礼物，当你回来时你会发现：随着年龄的增长，她会变得越来越像我，她会让你时刻想起那个你爱的和爱你的金色头发的公主，那个在逃亡路上将爱你到永远的人。

“不论等待我的是死亡还是荣耀，不要让我的面容在你的心里褪色！”

看到我流泪，阿巴德急忙靠在窗边，假装被院子里发生的什么事吸引。好像没看到旁边空着的椅子一样，我任凭自己滑坐在地上，眼前一片模糊。我愤愤地低声嘟囔着，似乎努尔就在我眼前：

“如果在金字塔下的小破屋里就能找到幸福，为什么还要去追求王宫呢！”

几分钟之后，阿巴德回到我身边，靠着我坐下。

“你的母亲和女儿们过得很好。哈伦每个月都会给她们送来钱和食物。”

叹了两口气之后，我把信递给他看。他向外推了推，但是我很坚持。没有多想，我就决定让他看一看信。或许是不想让他责怪努尔，或许是出于自尊，不想让他觉得我就是一个被厌倦等待的妻子抛弃的可怜男人，或许我需要朋友分享那个独自保守多年的秘密。

于是，我开始讲述我的切尔克斯女人的故事，讲得十分详细，从在商店里那次偶遇开始。

“现在我终于明白，在亚历山大港的时候，为什么土耳其军官抱起拜亚齐德会让你那么害怕。”

我笑了。阿巴德很高兴能帮我解闷，他继续说道：

“我一直都没想明白，为什么一个格拉纳达人会如此惧怕奥斯曼人，因为他还要指望奥斯曼人有朝一日能帮忙夺回他的家乡。”

“玛德莱娜也不理解。她希望所有安达卢西亚人，不论是犹太人还是穆斯林，在听到奥斯曼人一次次取得胜利时，都能够像她一样兴奋。对于我冷冰冰的态度，她十分震惊。”

“现在你要解开她的疑惑么？”

阿巴德低声问道。我也压低声音回答他：

“我会一点点地告诉她。之前，我不能告诉她努尔的存在。”

我转向我的朋友。我的声音更微弱，更出神：

“你有没有注意，我们来到罗马之后改变了多少啊？在菲斯，我从来不可能聊起我的女人，哪怕是对最亲近的朋友。如果我这样做，朋友一定会满脸通红。”

阿巴德笑着表示赞同。

“每次我都要找一千零一个借口，才敢问我的朋友他妻子过得好不好，而在回答我之前，他首先要确认没人听到我们讲话，好让他的自尊不受到伤害。”

我们一起笑了很久，随后又经过片刻的沉默，我的同伴刚要开口，却又尴尬地停下了。

“你想要说什么？”我问他。

“可能现在还不是时候。”

“我告诉你那么多秘密，可你却把自己的想法对我半遮半掩！”

他最终让步了。

“我想说的是，现在你可以去爱奥斯曼人，因为拜亚齐德不再是你儿子，因为你的女人不再是切尔克斯人，因为罗马已经被你的保护者留给了宗教裁判官，因为在君士坦丁堡，残暴的塞利姆已经死了两年，接替他的是苏莱曼。”

某种意义上来说，阿巴德是对的。现在，我可以自由地面对自己的感受和热情，自由地分享玛德莱娜发自内心的感情流露。在世界大事的面前，能够划清欢乐和痛苦的界限，多么让人幸福啊！但是我知道，这种幸福不属于我，因为我的内心。

“我了解你，”阿巴德没有看我，继续说道，“你不会把一种快乐保持到最后。”

他思考了一会儿。

“我相信，简单地说，你不喜欢那些王子，更不喜欢那些苏丹。当他们中间的一个人取得胜利时，你会立刻支持他们的敌人，而当一些蠢货仰慕他们时，这对你来说已经是一个让你厌恶他们的理由了。”

这一次，阿巴德无疑也是对的。看到我没打算辩解，他继续追问道：

“为什么你对苏莱曼有对立的情绪？”

他的话听起来那么天真，我忍不住笑了。就在这个时候，玛德莱娜走进屋里来。她听到了我朋友的话，我的朋友赶紧翻译成意大利语，因为他觉得玛德莱娜一定会立刻支持他的观点。她语气强硬地问我：

“为什么，该死的，你对苏莱曼有敌意？”

我们一直靠着墙坐在地上，就像小学生在背诵长篇的古兰经妇女章。她慢慢走近我们。阿巴德站起来，嘴里含糊不清地说了句什么。我还坐在原地，迷迷糊糊，若有所思。似乎是为了帮助我思考，玛德莱娜满怀激情地开始颂扬土耳其人的新任首领：

“自从继位之后，苏莱曼立刻停止了他父亲血腥的方式。他既没杀兄弟，也没杀儿子。从埃及强掳来的贵族们都被放回了家。监狱都空了。君士坦丁堡的人们都在歌颂年轻的统治者，把他比作初升的太阳；开罗的人们也不用生活在恐惧和死亡中了。”

“一个不杀戮的奥斯曼苏丹！”

我的语气充满怀疑。阿巴德更正道：

“所有王子都要杀人。重要的是，他并不认为杀戮中有什么乐趣，像他的父亲做的那样。但是苏莱曼有纯正的奥斯曼精神，在征战过程中，他丝毫不输给他的父亲。两个月以来，他围困了罗德岛的骑兵，他的海军规模是伊斯兰世界从未见过的。他身边的军官里，有你的姐夫哈伦，还有他的长子，这个年轻人有一天会娶你的女儿、他的表妹萨尔瓦特。不管你愿意与否，你的家人已经在战斗中了。就算你完全不想加入他们，至少你总会希望他们胜利吧？”

我转向玛德莱娜，她听完我朋友的话非常高兴。我很郑重地问她：

“如果我决定是时候带着孩子去突尼斯城了，你会怎么想？”

“只要你一句话，我就会很高兴地跟你走，远离这个宗教裁判官教皇，他只是在等一个机会把你抓起来！”

阿巴德是我们三个人中最兴奋的：

“这里没什么可留恋的，立刻就跟我走吧！”

我先让他冷静下来：

“现在是十二月，如果我们要走海路，至少要等三个月才行。”

“那就去我那不勒斯的家里，从那里，你们一开春就可以上船去突尼斯城。”

“这看起来可行。”我若有所思地说道。

不过我很快又加上了一句：

“我会考虑的！”

阿巴德没听到我后面说的话。为了庆祝我终于羞涩地接受了他的建议，并且不想看到我再改变主意，他从窗户喊来了两个随从。他让其中一个去买两瓶最好的希腊红酒；让另外一个准备些烟草。

“你尝过新世界的这两种毒药了么？”

“两年前尝过一次，在一个佛罗伦萨的红衣主教家里。”

“在罗马买不到？”

“只有几个酒馆里有卖的。但是开烟草商店的，都是城里名声最差的人。”

“很快全世界都会开满烟草商店，它们的名声不会比杂货商或是香料商更差。我自己也从塞维利亚进口整船的烟草，卖到布尔萨和君士坦丁堡去。”

我吸了一口。玛德莱娜只是闻了闻香味，拒绝尝试。

“我害怕被烟呛到！”

苏斯人建议她烧点热水，把烟叶泡水喝，再加一点糖。

*

那天阿巴德离开后，玛德莱娜立刻跳过来抱着我的脖子。

“能离开我太高兴了。我们不要在这里耽搁了！”

“做好准备吧！当我的朋友回来后，我们就一起上路。”

阿巴德去安科纳处理一些生意，并且答应我们十天之内一定回来。他说到做到，但是迎接他的只有哭泣的玛德莱娜。

我是前一天晚上被捕的，也就是 12 月 21 日星期日，那时我刚从佛罗伦萨人的圣若望圣殿出来，一个法国教士把一篇抨击文章放进了我的口袋里。

不知道这是巧合还是有意让我恼火，人们把我带到圣天使城堡，就关在我几乎住了两年的牢房里。不过在当时，我只是被关起来而已，但是这次我可能会被判决去遥远的监狱里赎罪，甚至是去服苦役。

如果不是已经计划离开这里，我可能也不会如此伤感。不过，刚开始几天的囚禁生活还不算太苦。我甚至在二月还收到了阿巴德送进来的礼物，对这个环境而言简直十分豪华：一件羊毛大衣，一个椰枣蛋糕，还带着一封信，里面隐晦地写了苏莱曼占领罗德岛的消息："大海把我们的家人送上了山顶，大地在我们胜利的欢呼声中颤动。"

在牢房中的我看来，这件事就是对阿德里安和他十字军梦想最好的报复。接下来的几个月，我的囚禁环境越来越差，我再也没有别的东西读，没有能写字的东西，没有鹅毛笔，没有墨水，没有纸，甚至连能照明的灯都没有，牢房里从下午开始就是漆黑的。我和外界断绝了一切联系，守卫假装听不懂任何语言，似乎只能含糊地说一点德国方言。这时候，我会把阿巴德给我的信当作圣物一样拿出来读，像念咒语一样重复罗德岛被占领的消息。

有天夜里，我做了一个梦。我看到苏莱曼的头巾下面是一张孩子的脸，是拜亚齐德。他从山上跑下来救我，就要到我近前时，我醒了过来，仍然在我的牢房里，却怎么也睡不着，不能把这个梦做完。

黑暗，寒冷，失眠，绝望，安静……为了不让自己发疯，我重新恢复了祈祷的习惯，每天五次，向从儿时便信奉的真主祈祷。

我等待有人从君士坦丁堡来把我救出去。但我的拯救者其实比那近得多，愿真主在他面对今天的痛苦命运时，也能去拯救他！

克雷芒之年

伊斯兰历 930 年

（公元 1523 年 11 月 10 日 -1524 年 10 月 28 日）

乱哄哄的脚步声，一群人的说话声，随后是钥匙开锁声和生锈的门慢慢打开发出的吱嘎声。我在床边站着，揉了揉眼睛，借着外面照进来的光盯着那些人的身影，想看看谁会出现。

一个男人走了进来。当我认出是吉西亚蒂尼时，我朝他走了一步，刚想搂住他的脖子，但是我突然停了下来。我甚至还往后退了一步，似乎是被某种看不见的力量推了一把。或许是因为他铁青的脸，或许是因为他的沉默，尽管只有几秒钟却已经显得很长，或许是他不同寻常的僵硬举止。在昏暗的光线里，我确信看到他的嘴角露出了一丝微笑，但是当他开口时，他的语气在我听来是那么冷淡，还带着过分的歉意："圣父想要见您。"我应该感到担心还是高兴？为什么阿德里安想见我？为什么他会派吉西亚蒂尼亲自来找我？佛罗伦萨人面无表情，我也没办法询问什么。我抬头看了看天。大约是早上六七点的样子，但是今天是哪一天？哪个月？在我们前往梵蒂冈的路上，穿过一段走廊时，我问了周围的守卫这个问题。吉西亚蒂尼回答了，语气再生硬不过：

“今天是 1523 年 11 月 20 日”。

他来到一个小门前，敲了门走进屋子，并且示意我跟着他。屋子里所有的家具就只有三个空着的红沙发。他坐下来，但是没有邀请我也坐下。

我没办法理解他的态度。他曾经是那么亲近的朋友，是可以推心置腹的人，我知道他也喜欢我的陪伴，我们一起交流思想，打打闹闹……突然，他站起身来。“圣父，犯人带到了！”教皇从我身后的小门悄无声息地走了进来。我转过身想看看他。

“我的天啊！我的天啊！我的天啊！”

我说不出其他的话来。我跪在地上，没有吻教皇的手，而是把他的手抓过来，贴在我的额头上，贴在我泪流满面的脸上，贴在我颤抖的嘴唇上。

他轻轻把手抽回去：

“我要去做个弥撒。一个小时后会回来。”

他走出去，留我呆呆地跪在地上。吉西亚蒂尼突然大笑起来。我站起身朝他走过去，带着威胁的表情。

“我是应该拥抱你，还是应该用拳头揍你？”

他笑得更开心了。我倒在一个沙发里，不管他有没有让我坐下。

“你告诉我，弗朗西斯科，我是在做梦么？刚刚是红衣主教儒勒进了这个房间，穿着一身白色衣服？我亲吻的是他的手么？”

“美第奇家族的红衣主教儒勒已经不存在了。昨天他被选举为教皇了，并被命名为克雷芒，克雷芒七世。”

“我的天啊！我的天啊！”

我的眼泪止不住地流出来。我一边哭泣，一边问道：

“那阿德里安呢？”

“我没想到他的消失让你这么悲伤！”

我照着他的肩膀打了一拳，他没打算躲开，因为他知道那是应得的。

“教皇阿德里安离开我们已经两个月了。据说他是被人下了毒。教皇死亡的消息传开后，不知道什么人在教皇医生的家门上挂了花环，感谢他拯救了罗马。”

他低声对这一行为做了必要的谴责，随后继续说道：

“教皇选举会议围绕红衣主教法涅斯和红衣主教儒勒进行了激烈的斗争。看起来法涅斯拥有更多的选票，但是因为最近一年的痛苦经历，高级教士们还是希望用美第奇家族的宽容和慷慨来统治这座城市。经过数轮投票后，我们的朋友当选了。街上的人们立刻庆祝起来。教皇首先想到的就是你，我可以作证。他原本打算立刻放你出来，但是我请求他给你演这场戏。你能原谅我么？”

“很难！”

我把他拉过来，给了他一个热情的拥抱。

“玛德莱娜和尤塞皮已经得到消息了。我也想让你立刻去见他们，但是我们要先等等教皇。”

正当佛罗伦萨人讲述我拘禁期间发生的事情时，克雷芒七世回来了。他让我们不用拘礼，随后很随意地坐在我们为他留着的沙发上。

“我本来以为已故红衣主教毕比耶拿的笑话是讲得最好的。不过吉西亚蒂尼老爷的独特想法也让人印象深刻。”

他稍稍从座位上坐起来一点，表情突然变得忧虑。他不安地看着我。

“昨天夜里，弗朗西斯科和我聊了很久。他不能给我太多关于宗教的建议，但是上天还给了我治理国家和保卫圣城不被强敌侵犯的任务。在这一点上，弗朗西斯科的建议显得弥足珍贵，当然也包括您的，莱昂。”

教皇给了外交官一个眼神，让他接过话题往下说。“你可能经常会想，莱昂，你来到罗马的真正原因是什么，为什么我们有一天决定让皮尔托 - 博瓦迪格里亚在柏柏尔海岸绑架一个有文化的摩尔人？已故的教皇利奥十世有一个打算，但是一直没有机会跟你说。今天应该把这些告诉你了。”

吉西亚蒂尼停下来，克雷芒接着说，就像他们在背诵同一篇文章一样：

“看一看我们生活的这个世界吧。在东方，是一个强大的帝国，他们的信仰和我们不一样，他们的帝国建立在绝对服从和秩序的基础上，他们有能力铸造大炮，武装海军。他们的军队正在向欧洲腹地推进。布达和佩斯已经受到威胁，维也纳不久之后也一样。在西方，是另一个帝国，也就是基督教国家，但是也同样可怕，因为它的触角已经从新世界延伸到了那不勒斯，并幻想着有一天能统治全世界。它尤其希望罗马能遵从它的意志。在它西班牙的土地上宗教裁判所盛行，而在它德国的土地上全是路德派的异端分子。”

在教皇点头鼓励下，外交官接着说：

“一边是苏莱曼，苏丹和伊斯兰教哈里发，年轻，有野心，权力无限，但是苦于如何让人遗忘他父亲的罪过，并且看起来像个好人。另一边是查理，西班牙国王，更年轻，同样有野心，并且刚刚花费重金获得了神圣罗马帝国皇帝的头衔。在这两个世界上最强大的国家中间，是我们的教皇国，我们的十字架很巨大，但是刀很短小。”他简短地停顿了一下。

“当然，并非只有教廷担心当下的局面。法王弗朗索瓦同样担心他的王国遭到瓜分。还有英王亨利，他愿意把一切献给圣父，但是远水不解近渴。”

我仍然看不出来，凭我卑微的力量能在这场加冕之争中发挥什么作用。但是我不想打断佛罗伦萨人的话。

“这个微妙的局面，圣父利奥应该已经跟你说过一些，这也是他当时与红衣主教儒勒和我讨论最多的。今日正如当日，我们必须在几个方向采取行动来让我们远离危险。首先要和弗朗索瓦结成联盟，这并不容易。三十年以来，法国国王一直想征服意大利。他们对半岛的破坏负有主要责任，他们的军队带来的是瘟疫和劫掠。我们还需要说服威尼斯、米兰和佛罗伦萨，希望他们之间能暂时放下争议，共同面对几个强大的帝国。”

他压低了声音，身体略微向前倾，就像他每次准备说知心话那样：

“我们同样认为，和奥斯曼人的谈判也应该开始了。用什么方式？我们不知道。我们同样不知道，从谈判中我们能得到什么。能延缓土耳其近卫军占领欧洲腹地基督教国家的步伐吗？可能也不行。恢复地中海地区的和平？改变这一地区海盗肆虐的局面？”

他用一个怀疑的表情回答了自己提出的疑问。克雷芒继续说：

“能确定的是，现在是时候在罗马和君士坦丁堡之间搭建一座桥梁了。但我不是苏丹。如果我的步子迈得太大，我会受到西班牙和德国的种种攻击，来自我的同僚的攻击。”他为自己的口误笑了一下。

“我是说那些红衣主教。所以我们要小心谨慎，等待时机，先看看法国人、威尼斯人和其他基督教国家的反应。你们两个人一起行动。莱昂懂土耳其语，还有阿拉伯语；尤其了解奥斯曼人，以及他们思考和做事的方式；甚至还曾经出使过君士坦丁堡；弗朗西斯科了解教廷的政策，他完全可以代表教廷谈判。”

他仿佛自言自语地低声说道：

“我只希望我的两个特使中间有一个是神父……”

随后，他提高嗓音，还带着一点挖苦的口吻：“吉西亚蒂尼老爷一直拒绝担任圣职。至于您，莱昂，我一直很惊讶我们亲爱的表兄和光荣的前任从来没有建议您献身宗教。”

我十分困惑：为什么把玛德莱娜介绍给我的人，会向我提出这样一个问题？我瞟了一眼吉西亚蒂尼；他看起来很担心。我觉得教皇在交给我出使穆斯林国家的任务前，想首先确认我的宗教信仰。看到我迟迟没有回答，他坚持说道：

“宗教难道不是像您这样知识渊博的人最好的一条道路吗？”

我的回答含糊其辞：

“在圣父面前谈论宗教，就像在准岳父面前谈论未婚妻一样。”

克雷芒笑了。但是他并没有对我放松。

“那么你在准岳父不在场的时候，会怎么说你的未婚妻？”

我决定不再拐弯抹角：

“如果教会领袖听不到我的话，我会说宗教教育人们要谦逊，而宗教本身并不谦逊。我还会说所有宗教都能缔造圣人，也能缔造杀手，尽管都出自同一信仰。还有，在这座城市里，既有克雷芒的年代，也有阿德里安的年代，而在两者之间，宗教并无权选择。”

“那么伊斯兰教徒有更好的选择么？”

我差点就说“我们”了，不过我及时更正过来：

“穆斯林认为，‘最好的人就是对人类最有用的人’，但是尽管这么说，他们有时崇拜伪君子比真圣人更多。”

“那这其中蕴含着什么真理？”

“这个问题我不会去思考：在真理和生活之间，我已经做了选择。”

“应该要有一个真正的信仰才对！”

“信徒们的共同点，有时不是共同的信仰，而是他们每天重复的共同的动作。”

“是这样的么？”

教皇的语气有点深不可测。或许他已经在质疑刚刚交给我的任务了？吉西亚蒂尼感到担心，于是他赶紧插话，脸上还挂着大大的笑容：

“莱昂的意思是真理只掌握在上帝手中，人们只能去曲解，或是服从。”

为了表示赞同，我大声地念出这句话，好让在场的人都听到：

“让那些掌握真理的人放手吧！”

克雷芒尴尬地笑了。他随后说道：

“我们总结一下。莱昂兄弟不加入教会，他只加入使团，就像弗朗西斯科兄弟一样。”

吉西亚蒂尼放心了，他交叉着手，带着虔诚的表情，但是用一种滑稽的语气说道：

“如果莱昂兄弟敬畏真理，那么他可以不用担心，在我们的团体里，他不会经常遇到真理。”

“阿门！”我用同样的语气回答道。

*

当我被释放的消息在黎明传开后，很多朋友来到我家里庆祝。邻居、学生、朋友，他们都说我在牢里的一年时间看起来并没有什么变化。所有人，当然除了尤塞皮，他和我赌气赌了三天不肯认我，三天后才叫出了他人生中的第一声：“父亲！”

很快，阿巴德就从那不勒斯赶了过来，既是为了庆祝我回家，更是为了劝我赶紧离开罗马。而对我来说，现在已经绝对不可能了。

“你能确信，下次你想离开的时候，不会再被关进圣天使城堡？”

“真主选择让我留在这里还是让我离开。”

阿巴德的语气突然严肃起来：

“真主已经做出了选择。他难道没有说过，不允许自愿留在异教徒的国家？”

我狠狠地瞪了他一眼。他赶紧道歉：

“我知道我没有权利给你上课，因为我住在那不勒斯，每年还要给圣亚纳略教堂捐赠两次礼物，我的合作伙伴都是比斯开人和卡斯蒂利亚人。但是我担心你，我向古兰经发誓！我觉得你已经陷入了本不属于我们的纷争里。你向一个教皇宣战，只有他死了你才得救。”

“现在，这里已经是我的城市了，经过了牢狱的生活，我更感到与这座城市的命运，与这座城市领导者的命运息息相关。他们把我当作朋友，我不能把他们仅仅当成是基督徒。”

“但是你的家人不在这里，你忽略了他们，似乎在你生命的三十年里，你们从来没有在对方的生活中出现过。”

他停顿了一下，才告诉我这个给我带来强烈打击的消息：

“你的母亲这个夏天去世了。”

很显然玛德莱娜已经知道这个消息了，她拉过我的手，安慰地吻了一下。阿巴德继续说道：

“她病的最重的时候，我正好在突尼斯城。她希望你能在场。”

“你跟她说我在监狱么？”

“是的！我希望她留给你的，是她最后的担心，而不是最后的责备！”

*

为了表示对再一次给我带来坏消息的歉意，阿巴德从突尼斯城给我带回了一个小箱子，里面装的都是我旅行中的笔记，这让我可以着手写一本书，自从我到罗马之后，已经有无数人要求我写这本书了：关于非洲的一些描述，以及那里值得关注的事物。

但是我还一个字都没写，就有另外一个计划占据了我的时间，一个疯狂但是迷人的计划，是由我之前的学生汉斯提议的。在我出狱后一个月，汉斯前来拜访。他已经决定回到萨克森，这次是来专程向我道别并且感谢我教会他许多知识。同时他还介绍给我一个朋友，一个印刷厂厂主，也是萨克森人，但是已经在罗马住了十五年了。

和汉斯不同，这个人不是路德派。据他说他是荷兰一位思想家的弟子，吉西亚蒂尼也曾和我提起过这位思想家：伊拉斯谟。正是这位思想家向他建议了这个疯狂的计划，而他已经将其定为人生目标。

他的计划是编纂一套大词典，每个词都用多种语言显示出来，其中包括拉丁语、阿拉伯语、希伯来语、希腊语、萨克森的德语、意大利语、法语、卡斯蒂利亚语，土耳其语和其他很多语言。我的任务就是为很多拉丁语词汇找到对应的阿拉伯语和希伯来语。

印刷匠的话带着感人的虔诚：

“很可能这个计划永远也不会完成，至少在我的有生之年，不能以我梦想的方式完成。但是我已经决定把我的生命和财富奉献给它。为了所有人有朝一日能互相理解，这难道不是最崇高的事业么？”

萨克森的印刷匠为这个伟大的梦想，为这种不可思议的疯狂，起了个名字：对抗巴别塔。

法国国王之年

伊斯兰历 931 年

（公元 1524 年 10 月 29 日 –1525 年 10 月 17 日）

这一年，大雪第三次降在我前行的路上，像一个冰冷的信使把死亡和失败带到我面前。就像儿时在格拉纳达的某个冬天，就像在阿特拉斯山里夺走我所有财产的那个秋天，又一次毁灭性的暴风雪，似乎是命运不祥的低语。

我正在从帕维亚回来的路上，和吉西亚蒂尼一起。我们完成了一次不同寻常的出使任务，也是最秘密的一次，因为在教会所有高阶教士当中，只有教皇本人知道我们的真正目的，我们的谈判对象也只有法国国王。

表面看起来，是教皇派遣佛罗伦萨人率领一个友好代表团前去慰问。最近几个月十分血腥，神圣罗马帝国皇帝的军队试图占领马赛，他们向城内倾泻了数百发炮弹，但是没有成功。法国国王弗朗索瓦展开反击并占领了米兰，随后围困了帕维亚。两国军队眼看就要在伦巴第遭遇，教皇有义务避免这场大战的发生。有这个义务，吉西亚蒂尼解释道，但是并不符合教廷利益，因为只有两个强大的基督教国家保持对立，教廷才能相对保持独立。“为了确保他们之间不会和平，我们要从中发挥些作用。”

更重要的是另外一个任务，也是与我有关的任务。教皇得到消息，奥斯曼人派出一名使者，正在前往法国国王军营的路上。这难道不就是等待已久的和奥斯曼人建立联系的机会吗？我和吉西亚蒂尼需要在奥斯曼使者到达帕维亚城下时，也同时出现在那里，接近他并向他转交克雷芒七世的亲笔信。

尽管天气寒冷，我们还是用了不到一星期就赶到了法国军队的前线。首先迎接我们的是一位年老的绅士，法军的高级将领，拉帕里斯领主德·夏邦涅元帅，他和吉西亚蒂尼很熟悉。对于我们的到访，他显得很惊讶，因为一个星期之前，教皇的另一位特使，教廷俸给管理处处长马特奥·吉波尔蒂刚刚来过。为了不让场面显得尴尬，我的同伴半开玩笑半严肃地说“让施洗约翰为基督提前打探一下”是很正常的。

这次吹牛看起来很有用，因为当天佛罗伦萨人就受到了法王的接见。我没有参加会见，但是我还是可以吻一下法王的手。他的目光快速在我身上扫过，像芦苇的影子，随后就再也捕捉不到了，而我一直带着疑惑盯着他脸上的一个部位，他的鼻子遮住了仅有的一小撮胡子，甚至还延伸到了嘴唇上。可能也就是因为这种气质，弗朗索瓦的微笑看起来像是嘲笑，尽管他可能想表现得好客。

从法王的帐篷里出来后，吉西亚蒂尼对刚刚会见时发生的事显得很兴奋。法王向他确认，奥斯曼人第二天会到达，并且法王对罗马有意和君士坦丁堡建立联系表示欢迎。

“在他准备和异教徒建立联盟时，有什么比圣父的祝福更值得期待呢？”佛罗伦萨人这样评价道。

随后，他对于再次给我出其不意的一击显得很开心：

“会见时我也介绍了你，包括你懂土耳其语。国王陛下希望你能做翻译。”

然而，当奥斯曼特使走进帐篷开始说话时，我变成了哑巴，张不开嘴，甚至都不能清嗓子。国王向我投来一个要杀人的眼神，吉西亚蒂尼因为愤怒和迷惑而满脸通红。幸运的是，来访者自己准备了翻译，并且他自己也懂弗朗索瓦的语言。

在场的所有人当中，只有一个人理解我的激动，并且他和我一样，只是他的职责要求他不能流露出来，至少在这个该死的仪式结束之前。只有在高声读完苏丹的信，和法国国王进行了几句友好交谈之后，奥斯曼使臣才走向我，把我紧紧地抱住，并且高声说道：

“我知道在这座军营里一定会遇到朋友和盟军，但我从没想到，竟然在这里遇到了失散多年的兄弟。”

当奥斯曼使团的翻译把这些话翻译完之后，人们的目光不再聚焦到我身上，吉西亚蒂尼也松了一口气。而我自己只能迟钝又怀疑地说出一个字：

“哈伦！”

前一天晚上，人们告诉我土耳其使者名叫哈伦·帕夏。但是我从来没有把这个名字和我最好的朋友，最亲的亲人和兄弟联系起来。

等到晚上，我们才在他的随从为他搭好的豪华帐篷里见面。白鼬阁下戴着一顶又高又重的白色丝绸头巾，头巾上镶着一块巨大的红宝石和一根孔雀毛。但是他迫不及待地把这一切都取掉，像终于能解脱一样，露出了花白的头发。

他直截了当地满足了我必然的好奇心：

“我们一起前往君士坦丁堡后，我经常穿过那里雄伟的宫门，作为红胡子阿鲁吉的使者，愿真主怜悯他！随后作为他兄弟海雷丁的使者。我学会了土耳其语，还有一些奉承的话，在王宫里交了一些朋友，之后与奥斯曼人谈判，让阿尔及尔加入了奥斯曼帝国。这些事，直到审判日我都会感到很骄傲。”

他的手大幅度地在空气里挥舞着。

“现在，从波斯边界到马格里布海岸，从贝尔格莱德到也门，只有一个穆斯林帝国，帝国的主人赐予了我信任和恩惠。”

他继续说道，带着毫不掩饰的指责：

“你呢，这些年你都做了什么？你真的已经是教廷的高级人物了？”

我模仿他的话说道：

“圣父赐予了我信任和恩惠。”

随后，我字斟句酌地继续说道：

“正是为了见到你，他让我赶到这里。他希望在罗马和君士坦丁堡之间建立联系。”

很正式地说出这些话之后，我原本希望能看到他有一些兴奋，一些激动，一些惊讶，但是我深深地失望了。哈伦似乎突然很关注他宽大的袖子背面沾上的泥点。他在上面又擦又吹，然后才漫不经心地说：

“罗马和君士坦丁堡，你刚才说？目的是什么？”

“为了和平。在地中海周围，穆斯林和基督徒能够和平地生活和贸易，没有战争，没有海盗，我可以带着家人从亚历山大港到突尼斯城，而不会在中途被西西里海盗劫走，这难道不好么？”

泥点再一次出现在他的袖子上。这次他擦得更起劲，用力地想把它掸去，然后毫不客气地瞪了我一眼：

“听我说，哈桑！如果你想回忆我们的友谊，我们在学校的生活，我们的家人，或者讨论我儿子和你女儿的婚事，那我们就坐在摆满食物的桌子边上好好聊聊，向真主发誓，我比任何时候更珍惜这样的时光。但如果你是教皇的特使而我是苏丹的特使，那我们就用另一种方式说话！”

我试图为自己辩解：

“你指责我什么？我只是说要和平。不同宗教间停止杀戮，这难道不正常？”

他打断我：

“你要知道，君士坦丁堡和罗马，君士坦丁堡和巴黎，是宗教信仰把它们分开，又是利益，不论是高尚的还是卑鄙的，拉近了它们的关系。别再跟我说和平或者宗教，根本不是这么回事，我们的主子脑子里想的也不是这些。”

当我们还是孩子的时候，我就从来没有和哈伦辩论成功过。这一次我的回答再次让步：

“不管怎么说，我看到你的主子和我的主子之间还是有共同的利益：不管任何一方都不想看到查理五世的帝国占领整个欧洲，甚至是柏柏尔地区！”

哈伦笑了起来。

“现在我们说的是一回事了，我可以告诉你我来这里的目的。我给法王带来了礼物，带来了承诺，甚至还有一百名英勇的骑兵，他们将与法国军队并肩作战，我们的敌人是同一个。你知道么，弗朗索瓦的军队刚刚俘虏了蒙卡达的雨果将军，阿鲁吉死后，我在阿尔及尔也曾经亲手打败过这个人。你知道么，我们的海军已经得到命令，如果帝国军队想要再次攻击马赛，我们的海军就会介入。我的主子已经决定巩固和弗朗索瓦国王的联盟关系，在这个目标下，他充分展示了友好。”

“你能向国王承诺，奥斯曼军队不会继续攻击欧洲么？”

看到我如此天真，哈伦十分兴奋。

“如果我们攻击匈牙利人，因为他们的统治者是查理皇帝的姐夫，法国国王绝对不会指责我们。同样的道理，如果我们围攻维也纳也没关系，因为城主是皇帝的兄弟。”

“如果法国国王任由你们侵占基督徒的土地，他不会受到同僚们的批评么？”

“可能吧，但是我的主子已经准备好交换条件，耶路撒冷的教堂和黎凡特的基督徒都将受法王控制。”

我们都停了一会儿，陷入各自的思考。哈伦靠在一个雕花箱子上笑了。

“当我告诉弗朗索瓦国王，我还给他带来了一百名战士，他显得有些尴尬。我以为他会拒绝这些士兵和他一起作战，但是最后他还是对我表达了诚挚的谢意。随后他在军营里说，这些士兵都是苏丹的基督徒战士。”

他没有停顿继续说道：

“你打算什么时候回到家人那里？”

“总有一天，这毫无疑问，”我犹豫着说道，“当罗马对我完全没有吸引力的时候。”

“当我在突尼斯城见到苏斯人阿巴德时，他曾经告诉我，你被教皇在一个城堡里关了一年。”

“因为我毫不留情地批评了他。”

哈伦突然大笑起来。

“你，哈桑，格拉纳达人穆罕默德的儿子，你居然在整个罗马城公然批评教皇！阿巴德说你甚至指责这个教皇是外国人。”

“事情并不完全是这样。但是如果让我选择的话，我更愿意教皇是个意大利人，如果可能，佛罗伦萨的美第奇家族最好。”

看到我用全世界最严肃的表情回答他，我的朋友震惊了。

“美第奇家族，你说的是真的？好吧，等我回到君士坦丁堡，我会请求将哈里发的荣誉带回奥斯曼人那里，由一个阿拔斯王朝的后裔担任。”

他小心翼翼地抚摸着脖颈，若有所思地重复着那句话：

“你更喜欢美第奇家族的人，你说？”

当我和哈伦闲聊的时候，吉西亚蒂尼已经在制定最荒谬的计划了，他坚信我和奥斯曼使臣的关系对教廷来说是一个千载难逢的好机会。我让他冷静一点，并特别向他强调了我姐夫对这一切的无动于衷。但是佛罗伦萨人挥挥手打消我的疑虑：

“作为使臣，哈伦·帕夏会把这一切都报告给奥斯曼的统治者。我们的第一步已经迈出去了，不久之后我们就可以在罗马见到奥斯曼的特使，或者是我们两个前往君士坦丁堡。”

但是，在进行下一步之前，首先要把我们完成任务的情况向教皇汇报。

*

就在快马加鞭赶回罗马的路上，在博洛尼亚以南几公里的地方，我们遭遇了前面提到的暴风雪。狂风一起，我就立刻陷入了对阿特拉斯的痛苦回忆中。我仿佛回到了那个可怕的时刻，感觉就像被死神抓住，被饥饿的狼群围住，想要活下去只能抓住希巴的手，我疯狂地想要抓住。我不停地念着我漂亮的努米底亚奴隶的名字，仿佛在她之后，再也没有任何女人进入我的内心。

风越来越大，我们随行的士兵只能下马站在地上寻找避风处。我也下了马，吉西亚蒂尼也是，但是他很快就从我的视线里消失了。我觉得听到了一些喊声、呼唤声和尖叫声。我看到了一些人影，本想跟着他们，但是他们转眼就消失在风雪中了。很快我的马也脱离了控制、我盲目地跑起来，撞到了一棵大树，于是我抱紧树干，蹲在地上瑟瑟发抖。当暴风雪稍微平息一些，人们找到我时，我已经倒在地上，深深陷在雪里，一动不动，右腿被一匹受惊的马撞得骨折。看起来我并没有困在雪里太久，这使我不用被截肢。但是我还是不能走路，并且胸口像火烧一样。

于是我们返回博洛尼亚，吉西亚蒂尼把我安排在靠近西班牙人学校的小旅馆里。他本人第二天就出发了，并且没忘记告诉我，十天之后我应该就可以下床，到时候我们就能在教廷再见。但是这只不过是为了安慰我而已，因为他一回到罗马，就让玛德莱娜带着尤塞皮尽快来找我，并且带来了我的旅行笔记，好让我通过写作来忘记烦恼。而事实上，我并不习惯整天呆在那里不动，刚开始的时候，我不能平息心中的怒火，整日诅咒暴风雪、命运和这个可怜的旅馆主人，尽管他很耐心地照顾我。

直到年底之前，我都没能离开我的房间。我先是因为肺炎差点死去，身体刚刚恢复，我的腿又有了麻烦。我感到腿又麻又肿，担心还是需要截肢。因为狂怒，因为绝望，我工作又工作，夜以继日。这样我完成了答应萨克森印刷匠的阿拉伯语和希伯来语翻译。这一年，我甚至还写了《非洲概况》的前六章。几个月之后，我已经可以从这种深居简出的抄写人的生活，从这种回忆过去的旅行者的生活里苦中作乐了，并且还有时间享受我的小家庭带来的日常生活的快乐。但是我仍然不安地观察着周围发生的一切。

当玛德莱娜告诉我震惊了整个意大利的消息时，我还在发烧。帝国的军队在帕维亚击溃了法国国王的军队。有谣言甚至说弗朗索瓦被杀了。不久之后我了解到，他只是被俘虏了。但是情况并没有因此而好转。不管他们的统治者命运如何，很明显法国人短时间内是不可能再阻止皇帝的野心了。

我想到了克雷芒七世。他表现得太过于倾向弗朗索瓦，必然会因为法国人的失利而引火上身。他要如何化解这场危机呢？他会不会和查理五世结盟来平息皇帝的怒火？或是正好相反，他会运用教会至高无上的权力，召集所有基督教领袖共同抵制这个愈发强大、愈发危险的帝国？我也会因为和教皇走得过近而付出惨痛代价。还有我和吉西亚蒂尼的关系，尤其是夏初的时候，他还给我写了一封信，里面有这么一句神秘、吓人而又讽刺的话："只有奇迹才能拯救罗马，而教皇希望这个任务由我去完成！"

黑带军之年

伊斯兰历 932 年

（公元 1525 年 10 月 18 日 –1526 年 10 月 7 日）

他就站在我面前，像一个血肉和钢铁组成的雕像，放声大笑，不怒自威。

“我是教会武装的手臂！”

然而人们都叫他“伟大的魔鬼”，并且喜欢他这个样子，不可战胜、勇敢、热情，既能征服女人，又能攻克堡垒。人们害怕他，但是也担心他，人们祈祷上帝保护他，并且祈祷他走远点。

“我不可救药的表弟乔万尼。”克雷芒七世温柔又无奈地说。

雇佣兵队长，出身美第奇家族，整个意大利恐怕只有他这一个。他领导的军队和他一个风格，利欲熏心却又慷慨无私，专横跋扈但是伸张正义，同时无惧死亡。这一年，他们开始为教皇服务。人们称他们为黑带军，很快他们的首领就不再以美第奇家族的约翰出名，而是以黑带军的约翰闻名于世。

我见到他是在博洛尼亚。我第一次能出门的时候，决定去雅克波 · 萨维亚蒂老爷的宫殿拜访他。他是城里备受尊敬的绅士，在我生